中外语言文学学术文库

# 经典叙事学视域中的圣经叙事文本

Biblical Narrative Texts in the
Horizon of Classical Narratology

梁 工 著

华东师范大学出版社
East China Normal University Press

图书在版编目（CIP）数据

经典叙事学视域中的圣经叙事文本/梁工著. —上海：华东师范大学出版社，2017
（中外语言文学学术文库）
ISBN 978-7-5675-6600-2

Ⅰ.①经… Ⅱ.①梁… Ⅲ.①《圣经》—叙事文学—文学研究 Ⅳ.①I106.99

中国版本图书馆CIP数据核字（2017）第154950号

# 经典叙事学视域中的圣经叙事文本

| | |
|---|---|
| 著　　者 | 梁　工 |
| 策划编辑 | 王　焰 |
| 项目编辑 | 曾　睿 |
| 特约审读 | 王斯泓　纪超然 |
| 责任校对 | 时东明 |
| 封面设计 | 龚向华　陈　曦 |
| 责任印制 | 张久荣 |

| | |
|---|---|
| 出版发行 | 华东师范大学出版社 |
| 社　　址 | 上海市中山北路3663号 邮编 200062 |
| 网　　址 | www.ecnupress.com.cn |
| 电　　话 | 021-52713799 行政传真 021-52663760 |
| 客服电话 | 021-52717891 门市（邮购）电话 021-52663760 |
| 地　　址 | 上海市中山北路3663号华东师范大学校内先锋路口 |
| 网　　店 | http://hdsdcbs.tmall.com |

| | |
|---|---|
| 印 刷 者 | 江阴市华力印务有限公司 |
| 开　　本 | 710×1000 16开 |
| 印　　张 | 20.5 |
| 字　　数 | 339千字 |
| 版　　次 | 2017年11月第1版 |
| 印　　次 | 2017年11月第1次 |
| 书　　号 | ISBN 978-7-5675-6600-2/I.1703 |
| 定　　价 | 63.00元 |

出 版 人　王　焰

（如发现本版图书有印订质量问题，请寄回本社客服中心调换或电话021-52717891联系）

## 《中外语言文学学术文库》
## 编委会

成员：（按姓氏音序）

辜正坤　何云波　胡壮麟　黄忠廉

蒋承勇　李维屏　李宇明　梁　工

刘建军　刘宓庆　潘文国　钱冠连

沈　弘　谭慧敏　王秉钦　吴岳添

杨晓荣　杨　忠　俞理明　张德明

张绍杰

# 总　序
## GENERAL PREFACE

改革开放以来，国内中外语言文学在学术研究领域取得了很多突破性的成果。特别是近二十年来，国内中外语言文学研究领域出版的学术著作大量涌现，既有对中外语言文学宏观的理论阐释和具体的个案解读，也有对研究现状的深度分析以及对中外语言文学研究的长远展望，代表国家水平、具有学术标杆性的优秀学术精品呈现出百花齐放、百家争鸣的可喜局面。

为打造代表国家水平的优秀出版项目，推动中国学术研究的创新发展，华东师范大学出版社依托中国图书评论学会和南京大学中国社会科学研究评价中心合作开发的"中文学术图书引文索引"（CBKCI）最新项目成果，以中外语言文学学术研究为基础，以引用因子（频次）作为遴选标准，汇聚国内该领域最具影响力的专家学者的专著精品，打造了一套开放型的《中外语言文学学术文库》。

本文库是一套创新性与继承性兼容、权威性与学术性并重的中外语言文学原创高端学术精品丛书。该文库作者队伍以国内中外语言文学学科领域的顶尖学者、权威专家、学术中坚力量为主，所收专著是他们的代表作或代表作的最新增订版，是当前学术研究成果的佳作精华，在专业领域具有学术标杆地位。

本文库首次遴选了语言学卷、文学卷、翻译学卷共二十册。其中，语言学卷包括《新编语篇的衔接与连贯》、《中西对比语言学——历史与哲学思考》、《语言学习与教育》、《教育语言学研究在中国》、《美学语言学——语言美和言语美》和《语言的跨面研究》；文学卷主要包括《西方文学"人"的母题研究》、《西方文学与现代性叙事的展开》、《西方长篇小说结构模式研究》、

《英国小说艺术史》、《弥尔顿的撒旦与英国文学传统》、《法国现当代左翼文学》等；翻译学卷包括《翻译理论与技巧研究》、《翻译批评导论》、《翻译方法论》、《近现代中国翻译思想史》等。

本文库收录的这二十册图书，均为四十多年来在中国语言学、文学和翻译学学科领域内知名度高、学术含金量大的原创学术著作。丛书的出版力求在引导学术规范、推动学科建设、提升优秀学术成果的学科影响力等方面为我国人文社会科学研究的规范化以及国内学术图书出版的精品化树立标准，为我国的人文社会科学的繁荣发展、精品学术图书规模的建设做出贡献。同时，我们将积极推动这套学术文库参与中国学术出版"走出去"战略，将代表国家水平的中外语言文学学术原创图书推介到国外，构建对外话语体系，提高国际话语权，在学术研究领域传播具有中国特色、中国高度的语言文学学术思想，提升国内优秀学术成果在国际上的影响力。

《中外语言文学学术文库》编委会
2017年10月

# 序一
# PREFACE

梁工教授致力于《圣经》和基督教文化研究已多年,他主编、撰写及编译了《圣经百科辞典》、《圣经指南》、《圣经与欧美作家作品》、《圣经时代的犹太社会与民俗》等十多部作品,并在国内核心刊物上发表了大量关于《圣经》研究的论文,成果丰硕,业绩斐然。即将问世的《经典叙事学视域中的圣经叙事文本》是梁工教授在《圣经》研究领域里的一个新起点,它从梳理和探讨《圣经》及基督教对西方文学、文化、政治、社会和思想各方面的巨大和深刻影响,转向研究《圣经》文本自身的文学特点和价值,因此这一成果将促进我国的《圣经》研究与世界接轨,是梁工教授对我国这一领域的研究做出的可喜贡献。

正如梁工教授在《经典叙事学视域中的圣经叙事文本》中提到的,从很早的时候起,《圣经》中许多脍炙人口的诗歌、故事、寓言的文学品质就得到了评论界的关注。但是,把《圣经》文本整体上看成一部伟大的文学著作却是从20世纪中叶方才兴起的一个新研究学科。20世纪中期犹太学者俄尔巴赫出版了《模仿:西方文学中对现实的表现》。在该书的第一章中,俄尔巴赫富有创意地提出了《圣经》是可与荷马史诗比肩的伟大史诗,并界定了它那独特的、由意识形态决定的,简约、深邃的文体,从此便引发了20世纪下半叶西方用文学批评理论和手段来解析《圣经》的热潮,涌现出了弗莱、艾尔特、斯腾伯格等一大批《圣经》文学阐释学者,并促成了80年代欧美各大学开设《圣经》文学课程的局面。可以说,20世纪中后期掀起的这个《圣经》研究高潮,已经使得在西方社会,特别是在年轻人当中逐渐淡出和陌生化了的《圣经》,重新回归到西方文化和思想关注的中心地位,并因此而深化了人们对西方文明、文化和文学等多种学科的认识。

中国对《圣经》和基督教的研究一直没有间断，而且自改革开放以来这方面的工作又有了长足的发展。但是，上述提到的这种《圣经》文学阐释式的研究，却是近十多年内的新动向，比西方这一学科的开展晚了约半个世纪。令人欣慰的是，目前我国的学者已经认识到这个学科的缺失，并开始涉猎这一研究领域。梁工教授从叙事艺术的角度去审视和剖析《圣经》的文本，就是我国《圣经》研究这一新动向的突出表现之一。

西方学者在证实《圣经》是伟大的文学作品时，首先着眼于它是否可称得上是个整体上的文学文本，而并非一个包容了许多文学篇章的杂样文类集子。在俄尔巴赫之后，艾尔特和斯腾伯格等著名文学批评家在这个方面做出了深入又令人信服的讨论。通过他们对叙述中的类型场景和人物、隐喻和暗指，以及主题、词语和情节的重复出现等现象的剖析，《圣经》的文学整体性已经成为不争的事实。人们逐渐认识到它具备同莎士比亚、但丁、巴尔扎克等人的世界名著一样的品质，因此也应该得到与那些作品同样的文学关注，并可以使用文学批评理论和手段去对它进行评论和解读。有趣的是，通观这一领域目前已取得的成就，我们就会发现几乎所有的《圣经》文学批评都是以叙事理论和手段为基础进行的。不论是文体、修辞和结构分析，还是女权主义、社会历史、文化或神话原型批评，都离不开对文本叙事的解析。而斯腾伯格的《圣经的叙事诗学》则以《圣经》的意识形态为中轴，试图建立一个《圣经》叙事理论体系，在书中集《圣经》叙事特点之大全。他的这部著作也是西方至今最有分量的《圣经》叙事研究成果。

在我国，梁工教授可以说是系统研究《圣经》叙事的第一个人，他的探讨填补了我国在这个研究领域里的空白，也为我们提供了进入国际对话的一个平台。在书中，梁工教授采取了归纳分析的方法，并在各项叙事特点后面引用了《圣经》的例子来做具体说明。他十分注意运用各名家的文学理论和叙事理论，显示了他上起古典下至当代的宽泛文论功底。不过，最引起我注意的，而且必须在此大力推荐的该书优点，却是梁工教授对《新约》文本的偏重。显然梁工教授对《新约》十分熟悉，而且卓有研究心得。一反西方学者多以《旧约》为讨论《圣经》叙事特点的主要文本依据的做法，梁工教授在他的书中对《新约》，特别是对《福音书》的叙事分析很多，有不少十分精彩的例子。如果梁工教授能沿着这个方向继续深入研究下去，我国就有可能直达国际《圣经》叙事研究的前沿，出现一部与斯腾伯格专门研究《旧约》叙事的《圣经的叙事诗学》并列的、讨论《新约》叙事特点的大作。当然，此是后话。

最后，我愿借写此序言的机会，在这部《圣经》叙事研究新作出版之际向梁工教授表示祝贺。我相信这部专著将会大大促进我国的《圣经》文学阐释研究。

刘意青<br>2017年秋于北京大学

# 序二
# PREFACE

作为神学、政治及历史文本的《圣经》在20世纪逐渐退场，而随着哲学阐释学及新历史主义批评的兴盛，作为艺术文本的《圣经》日益进场，这既是后现代社会的一种意识形态景观，也是以艺术拯救颓败世界的人类需求的体现。《圣经》已不单纯是一种信仰的表征，它在今天已成为人类重建其文化与艺术叙事的一种重要资源。当面对现代艺术那不知所措、杂乱无章的个人叙事之时，在人类彻底疯掉之前，我们必须找到一种健康的、强有力的叙事母本，以求恢复正常的模仿能力，有尊严地走向未来。于是在西方出现了对《圣经》叙事的研究，并在20世纪后期蔚成风气。在这种背景之下，我们看到，来自古老东方的中国学者也开始介入这一"神圣"事业。我国老一辈学者朱维之先生于1980年代初在南开大学开始招收《圣经》文学方向的研究生，当时有一位来自河南的年轻人投奔在他的门下，承接起他那《圣经》文学研究的衣钵，在中国开始了这一领域的筚路蓝缕的工作。二十余年如一日，朱先生这位弟子的大名——梁工，早已为学界所熟知，而在朱先生诞辰百年之后，梁工教授更是推出了他多年心血的结晶之作《经典叙事学视域中的圣经叙事文本》，成为我国系统研究《圣经》叙事的第一人，开始了他与西方学者的对话之路。

所谓叙事，从认识论角度讲，乃是一种价值立场的施为。可以说，人类的文化史就是由不断的价值叙事文本构成的。由于人类自身的脆弱性，这种价值叙事呈现两种倾向，一种是历史决定论的，另一种是存在论的。前者相信人类是在沿着一条上升的曲线迈向完善，而后者则对此持怀疑态度，只相信存在即是本质。无疑，《圣经》正是坚守历史决定论的宏大叙事的代表性文本。而要真正认识《圣经》文本的叙事真谛，必须对其进行学理层面的解读与阐释。

梁工教授的《经典叙事学视域中的圣经叙事文本》在这方面所做的工作，可谓细致入微。本书借助充分的文本细读和理论归纳，为我们清晰地勾勒出《圣经》叙事的主导模式。

首先，"叙事者"全程存在。在现代艺术的零度叙事出现之后，起着主导价值作用的叙事者的存在变为一种可疑的成分。而在《圣经》文本中，无论或隐或显，叙事者从不缺席。因此，一如本书所论，叙事者具有"无所不知或全知的性质"，他"不但了解各种公开的活动，还能看到隐蔽的行为，听到暗室里的对话，熟悉人物的心理状态，将其最深层的思想展示给读者。无所不知关系到无所不在，上帝了解一切，乃是因为他无论何时都无处不在"。当然，这个叙事者的全程存在并不意味着他始终"显现"在读者面前，当进行"概述"时，他是显性在场，当进行"显示"时，则是隐性在场。正如书中所分析的："《圣经》叙述者用'概述'和'显示'两种方法表现对象。进行概述时从远处观望事件，在读者面前铺展出一幅宽广的前景图；进行显示时则近距离审视事件，在读者面前描绘出生动具体的场景。在前一种情况下，读者得知什么事已经发生；在后一种情况下，读者用自己的眼睛看到某件事正在发生。"但即使是你自己看到的，也仍是在"预先设定的叙事框架"之中的事件。然而一切都在预定之中，正是宏大叙事的基本特征。

其次，不同功能元及视点的价值统一。《圣经》遵从着艺术叙事的一般规律，在叙述技巧、人物塑造、情节设置等方面讲求丰富性、多样性、生动性，以实现艺术感染力的渗透。不过与此同时，艺术感染力渗透的根本目的还在于价值的渗透，这种价值渗透有赖于各种艺术手段保持价值立场的统一。例如，《圣经》为达到价值的统一，显然不能认同"杂语喧哗"式的观看与评价方式，也就是说，个体的目光不能取代上帝的目光，即使上帝的目光暂时消隐。诚如梁工教授所分析的，"在《圣经》中，如果说先知文学和智慧文学以直抒胸臆方式公示作者的见解，号召读者接受其劝诫，那么叙事文学便诉诸间接、含蓄、不事张扬的态度，借助包括聚焦在内的多种叙述手段，使隐含读者在潜移默化之中心悦诚服地采纳隐含作者的观念"。在人物塑造方面，梁工教授提出，《圣经》叙事是在二元对立原则下处理其人物关系及性格配置的，即人物个性是以"二分法"的对照模式设定的，其基本对立体现为诸如"善良与邪恶、虔诚与悖逆、圣洁与淫糜"的冲突。其实，这种二元对立并非"间性"

对立，而是"对立统一"。有人认为黑格尔的辩证法带有神学色彩，这是不无道理的，因为《圣经》的统一逻辑决定了它要通过正反两种路径使其唯一价值立场获得确证，而这或许也正是黑格尔哲学的本体论资源之一。二元对立的，或曰对立统一的人物格局，标志着《圣经》对世界整一性和确定性的肯定：善良必受恩赏，邪恶必遭惩罚；虔诚必获赎救，悖逆必趋消亡；圣洁必得尊崇，淫糜必被唾弃。《圣经》的普世价值就在这种对立统一之中实现。

其实，归结起来，《圣经》叙事的总体特征是意义的完整性。《旧约》与《新约》能否算作意义统一的标准文本，在释经史上众说不一，而梁工教授从叙事分析的角度对此做出了肯定的回答。他认为："《新约》叙事著作的代表作是四福音书和《使徒行传》……它们与《旧约》相衔接，由犹太民族的弥赛亚观念连成一体。时至公元4世纪，一部始于上帝创世，止于未来新天新地降临的基督教《圣经》成为犹太—基督教历史画卷的元典，其中所有层面的事件都被这个整体赋予既定的含义。"从这一意义上说，《圣经》是典型的隐喻型文本（弗莱语）。所谓隐喻文本，是相对于近代转喻文本和现代通俗文本而言的，其根本特征是喻词与喻本严密对应，或曰达到浑融一体的形态，也就是说，文本能指即是文本所指本身，它的意义并不溢出于文本能指系统之外。总之，它是象征的，而不是反讽的。

反讽的叙事形态，正是当今世界典型的文化表征。自19世纪尼采宣告上帝死去之后，人类便逐渐失去了自身意义所依附的母体，意义无法通过文本能指与所指关系的传统定义而获得表达。所以，我们放眼望去，这个世界充斥着漂浮的能指碎片，它们借助于私人的、微观的、零度的叙事包围着我们。人类在意义缺失的状态下可以存在多久？这成为我们每一个人必须面对的严峻问题。于是，在后现代危机日益明显的今天，对意义的呼唤已渐成时代的强音。我们期待于《圣经》叙事艺术研究的，或许不仅是在文学领域如何为历代文学寻找其叙事模本之源，更是对一种人类救赎资源的重新发掘。在这个伟大的拯救事业中，我可以肯定地说，梁工教授的工作标志着我们已开始跨出重要的一步。

王志耕

2017年秋于南开大学

# 目录
## CONTENTS

**第一章　西方圣经文学研究掠影** /1
　　第一节　圣经文学研究的源流 /1
　　第二节　历史批评时代 /4
　　第三节　走向文本和读者 /13
　　第四节　圣经叙事批评的成长 /24

**第二章　圣经叙事批评的理论构架** /34
　　第一节　隐含作者和隐含读者 /36
　　第二节　叙述者和受述者 /40
　　第三节　聚焦 /53

**第三章　人物** /59
　　第一节　"心理性人物"和"功能性人物" /61
　　第二节　"扁形人物"和"圆形人物" /68
　　第三节　人物的结构模式 /79
　　第四节　人物塑造的"讲述"和"显示" /87

**第四章　情节** /102
　　第一节　何谓"情节" /102
　　第二节　圣经情节剖析 /113

**第五章　时间** /140
　　第一节　时间顺序 /142

第二节　节奏和频率　/ 156
　　第三节　福音书的时间形态　/ 172

## 第六章　背景　/ 184
　　第一节　空间背景　/ 186
　　第二节　社会背景　/ 205

## 第七章　修辞　/ 224
　　第一节　圣经修辞艺术概览　/ 227
　　第二节　隐喻　/ 248
　　第三节　重复　/ 265

## 余论　圣经叙事批评的反思和展望　/ 290
## 主要参考书目　/ 298
## 圣经（新旧约全书）卷名缩略语表　/ 305
## 后记　/ 307
## 再版后记　/ 309

# 第一章
# 西方圣经文学研究掠影

圣经是古犹太—基督教文化遗产的总汇，带有百科全书性质。它首先是宗教神学经典，同时也是文学、史学、哲学、伦理学、民俗学、法学、经济学、政治学、地理学、艺术学、军事学……著作。就其大半篇幅是用特定文字并遵循一定规则写成的富于形象、包含情感的书面作品而言，它的基本属性是文学。作为一部文学著作，它体现了古代犹太人和初期基督徒独特而杰出的文学天赋，展示了他们多方面的文学成就。但在漫长的年代中，它却仅仅被奉为神圣真理和信条教义的载体、犹太—基督教历史的记录和世人日常行为的指南。圣经阐释学之核心地带所关注的始终是神学及伦理意义问题，文学研究只在不起眼的边缘地带发出微弱之音。所幸的是，近代圣经文学研究兴起后，圣经作为一部历史文化经典和文学巨著的原貌渐渐有所显露；最近半个世纪，借助于20世纪文学和文化理论的有力支撑，一批当代学者终于使它的文学性质清晰地呈现出来，其中叙事批评学者的功劳特别值得称道。

## 第一节
## 圣经文学研究的源流

圣经既然是文学著作，读者自然能把它当成文学著作来阅读。然而，把圣经当成"文学著作"阅读意味着什么呢？答案是，暂时无视其"宗教经典"性质，回避其神学意识形态问题，而把它视为与荷马史诗、莎士比亚戏剧、托尔斯泰小说同类的文学作品。一如加百尔和威勒所言，既然是文学著作，它就与文学史上的其他著作一样，也是"人类心灵的产物"，是一部"由生活在确切时代的真实人物所撰写的作品选集。如同所有其他的作者，这些人使用本民族语言和当时可资表达思想的文学形式，逐步写出这批作品；它们符合普遍适用的一般文学原理，故可以被所流传之地的人们阅读和鉴赏"。[1]这种说法与"圣经神授"的宗教理解未必相悖，因为它只是对圣经成书的"启示性"问题避而不谈，而未否认圣经作者的心灵可能确曾得到过神圣的启示。

圣经的文学著作性质使"圣经文学研究"有了合理的理论依托。然而何谓"圣经文学研究"？学者们的理解并不一致。大体而言，在学术发展史上，由于受到不断嬗变的时代文化思潮的制约，18世纪中期以前，人们研究"圣经中的文学"，主要是一批圣经故事和诗歌；从18世纪下半期起，开始用历史考据法从整体上揭示圣经的文学经典性质；20世纪以后，又借助比较文学和各种现代文论提供的视角和方法，探讨"世界文学中的圣经元素"，并对圣经进行多维度的现代观照——本书所探析的叙事批评即其中引人瞩目的一种。[2]

在很长一段时间中，人们对"圣经文学"的认识相对狭窄，以为该词所指仅仅是圣经中一批富于纯文学意味的片断，如"亚当、夏娃在伊甸园"、"雅各和以扫的故事"、"摩西之歌"、"所罗门断案"、"马利亚的尊主颂"等，这些篇目或是情节生动的故事，以真切感人的心理描写塑造人物，以精巧的结构布局谋篇，以多样性的修辞技巧营造效果；或是激情澎湃的诗歌，以特定的诗体和韵律抒发情感，以当时流行的隐喻和象征述说人生和历史的哲理。后世读者能被它们所吸引，完全是顺理成章之事。但在现代学者看来，它们仅仅是狭义的圣经文学，即"圣经的文学"（the literature of the Bible），而非"作为文学的圣经"（the Bible as literature）。[3]

自古就有人从文学角度研究圣经，如公元3世纪的基督教教父奥利金（Origen）把《雅歌》解释成男女对唱的戏剧；公元4世纪安提阿派解经家摩普绥提亚的狄奥多（Theodore of Mopsuestia）认为，《雅歌》可据字面意义理解成爱情诗，是所罗门对自己与法老女儿之婚姻的辩护；12世纪的犹太拉比伊本·以斯拉（A. Ibn Ezra）进而指出，《雅歌》是一出小戏，包含所罗门、书拉密女及其乡间情郎三个人物。早期教父奥利金、哲罗姆（Jerome）、奥古

---

[1]  J. B. Gabel and C. B. Wheeler. *The Bible as Literature: An Introduction.* New York: Oxford University Press, 1986, p.1.

[2]  参见梁工：《跨文化视域中的圣经文学研究》，《解放军外国语学院学报》2003年第5期，第78—81页。

[3]  J. B. Gabel and C. B. Wheeler. *The Bible as Literature: An Introduction.* p.14.

斯丁等还注意到希伯来诗歌的韵律,摩普绥提亚的狄奥多甚至论及希伯来诗歌的重复技巧和平行体(parallelism)。文艺复兴时期的意大利犹太拉比罗西(A. dei Rossi)确认,圣经中含有诗歌,它们有其独特的韵律(meter)。18世纪30年代斯考根(C. Schoettgen)对希伯来诗歌的平行体做出进一步探讨。在此基础上,英国牛津大学教授罗伯特·洛斯(Robert Lowth)于1753年发表《希伯来圣诗讲演集》,卓有成效地考察了圣经中的希伯来诗歌,论及它们的文体、韵律、类型、功能等,指出它们大多用平行体诗句写成,包括同义平行(synonymous parallelism)、反义平行(antithetic parallelism)和综合平行(synthetic parallelism),他的成果极大地激发起读者对圣经文学的兴趣。

　　狭义的圣经文学概念固然有助于揭示圣经的文学特质,却存在明显的缺陷。一方面,它把读者的目光引导到最具美学吸引力的篇章上来,难免使人忽略圣经的其他内容,尤其那些枯燥乏味的章节,从而留下顾此失彼、以偏概全之嫌。另一方面,依加百尔和威勒之见,它还对所选段落"进行了错误的描述",原因是"所选段落能被收入圣经,不是因为文学特质,而是因为编纂者和宗教社团从中发现了宗教用途……即使我们照样欣赏所选篇章(如雅各和以扫故事)的幽默感、戏剧性和心理描写,这些品质在圣经时代也像今天那样为人们所欣赏,我们也必须毫不含糊地坚持认为,它们能被收入圣经,价值绝不在于文学成就。如果把对雅各和以扫的描写只看成一篇精彩故事,就会犯严重的理解错误"。[1]此外,狭义的圣经文学概念虽然承认圣经某些章节和卷籍的文学地位,却未能从整体上评价圣经的文学性质。

　　为了弥补狭义圣经文学概念的理论缺失,从18世纪下半叶起,一批学者试图拓宽"圣经文学"的内涵,主张该术语既指圣经中那些富于文学意味的章节,也指作为文学的圣经整体。他们认为,圣经乃是一部由数十卷经籍汇编而成的巨著,不但各卷有其书写、编纂、形成的特殊经历,整部圣经也有汇编、修订、增补、定型的复杂过程;圣经成书后被接连不断地誊录、抄写、翻译,并以文学研究者公认的各种方法进行阐释和解读,与荷马史诗、但丁的《神曲》、莎士比亚戏剧等文学经典的际遇大同小异。既然如此,对圣经自然也能着眼于它与历史的关联,对其进行宏观的综合性观照和微观的分析性解读。基于这种认识,一个历史批评的新时代逐渐来临。

---

1　J. B. Gabel and C. B. Wheeler. *The Bible as Literature: An Introduction*. p.15.

## 第二节
## 历史批评时代

据埃德迦·克伦茨（Edgar Krentz）研究，从18世纪下半叶到20世纪中叶，历史考据法在圣经学术领域一直占据支配地位。[1]这时，一批学者瞩目于圣经各卷的成书背景、作者身份、资料来源、形成时间及地点、著书目的、所述事件的历史原貌等，意图是再现圣经文本的形成经过，并重构圣经时代的生活和思想；运用的方法大体是基于反映论哲学的历史考据法——所有这些都是西方近代理性主义、科学主义和实证主义哲学思潮在圣经研究领域的表现。

近代理性主义哲学的奠基人笛卡尔强调客观世界的秩序性和规律性，认为只有依靠理性的力量和科学的方法，才能推动自然科学的发展和道德文明的进步。科学主义是自然科学革命的产物，在那场深刻的变革中，"亚里士多德的等级宇宙在牛顿的世界机器面前垮掉了。在过渡中，毁灭性的批判和建设性的综合如此互相切近，以致无从画出界限"。[2]实证主义哲学强调知识的"实证性"和现象间的外部联系，主张用自然科学的方法研究各种社会和人类现象。作为近代自然科学的重要成就之一，达尔文的进化论认定人类是漫长的生物进化历史的产物，它使人日渐形成一种科学主义的历史观：世界上的一切事物，包括古老的文化经典在内，都不是突然出现、孤立存在的，而是与周围事物相互依存，处于持续不断的发展变化过程之中。正是这些哲学文化思潮的综合作用，使历史实证主义方法在古籍研究领域大行其道，并延续大约两个世纪。学者们热衷于探讨经典生成的历史原因和过程，注重从作家的生平传记或作者所在族群的特定观念中寻找破译文化密码的钥匙；在民族意识不断增强的背景下，许多学者注重考察传统，将民族文学的源头追溯到遥远的古代典籍之中。那时，希腊的古典文献便成为学术界瞩目的焦点，《伊利亚特》、《奥德赛》的远古形态和成书过程，荷马的身份及其对编纂史诗做出的贡献，以及两大史诗对于"希腊社会从远古部落制度到奴隶制城邦形成"的认识价值，都被维科（G. Vico）等近代学者愈益清晰地揭示出来。[3]

---

1 Edgar Krentz. *The Historical Critical Method.* Philadelphia: Fortress Press, 1975, pp.1—14.
2 贝尔纳：《历史上的科学》，伍况甫等译，北京：科学出版社，1959年，第210—211页。
3 Ｂ·Ｃ·塞尔格叶夫：《古希腊史》，缪灵珠译，北京：高等教育出版社，1957年，第109—113页。

按照一种流行观点，运用历史实证主义方法研究圣经的早期代表作之一是凯尔（K. A. Keil）出版于1788年的《经卷的历史研究及其价值》。[1]在其书中凯尔提出，要想解释文本，就必须进入作者的内心，分析其原义，与他同步思考。释经者要像历史学家一样对外物不存任何偏见，尤其对作者的本义不存偏见。凯尔讲出名言"要用理解其他书籍的方式理解圣经"，强调释经者必须保持客观冷静的心态，不因文本神圣与否而改变态度，因为如果不把圣经作者当成实际生存过的人，就难以运用通行的方式解读它。这些见解孕育了后来施莱尔马赫的阐释学；对19世纪上半叶一大批释经著作影响深远，包括迈耶（H. A. Meyer）从1829年开始出版的多卷本《批评与释经评论》；对18世纪下半叶至20世纪中叶相继繁盛的"资料来源批评"、"形式批评"和"编修批评"也有不少启迪。

## 一、资料来源批评（Source Criticism）

资料来源批评着眼于揭示各种原始资料被编进圣经的历史经过。区别于后世作家的个人作品，圣经中的不少卷籍是由多种早期资料汇编而成的。这是一个不自觉的过程，古代作者们将其收集到的原始资料按照所在社团的观念加以整合、阐释和重写，编成记叙相关人物或事件的文件；它们传诸后世，成为后来作者所拥有的资料，他们将其与其他资料编在一起，按照新的思路再度整合、阐释和重写，编出新的文本；此后若干年，这种"滚雪球"式的编写活动可能会再度重演。所以后人看到的圣经卷籍其实是多次编纂后的产物，而资料来源批评就试图从传世的经卷出发，以文本中的种种重复、矛盾、疏漏和抵触现象为线索，推导出陆续汇入最终文本的各种早期资料，分析它们形成的时间、地点，它们的内容、文体，它们被采纳的原因以及被汇入最终文本的复杂过程。这种研究有时又称为"文学批评"（Literary Criticism）。

对摩西五经早期形态和成书过程的研究以及对同观福音书相互关系的揭示彰显了资料来源批评的重大成就。这种以"底本理论"著称的研究成果认为，摩西五经取材于若干种不同的原始文献即底本，它们的作者、成书地点和时间

---

[1] W. G. Kummel. *The New Testament: The History of the Investigation of Its Problems.* Abingdon, 1972, pp.108—109.

均不相同，编订过程远在摩西之后，前后长达数百年之久。底本理论的奠基人一般追溯至法国学者阿斯特鲁克（Jean Astruc），他于1753年出版《关于摩西用以写作〈创世记〉的原始资料的猜想》，认为《创世记》中有两种原始记述，一种将上帝称为"亚卫"（Jahweh），另一种称为"艾洛希姆"（Elohim），该猜想被称为"《创世记》二底本说"。此后20多年，德国教授艾希荷恩（J. G. Eichhorn）出版《〈旧约〉导论》（1780—1783），将《创世记》全书和《出埃及记》前两章分割为"亚卫本"（J）和"艾洛希姆本"（E），以此解释书中的平行记录和重复记载，并探讨了二底本各自的特征。几年后《〈旧约〉导论》再版时艾希荷恩进而以上述二分法分解五经的大部分资料，且称全部五经都是摩西以后的作品。18世纪末至19世纪中期，对五经起源问题的学术研究日趋繁荣，底本理论的几种变体"残篇说"[1]、"补充说"[2]和"结晶说"[3]相继问世。

19世纪下半叶，经过胡辉德（H. Hupfeld）、格拉夫（K. H. Graf）、古宁（A. Kuenen）、威尔豪森（J. Wellhausen）等人的持续努力，关于五经原始资料的"J、E、D、P四底本说"形成一套完备的理论，要点如下："J底本"是一部记述以色列民族起源及早期历史的史书，主要见于《创世记》、《出埃及记》和《民数记》中，编订于所罗门统治的中后期（约公元前950年左右），作者可能出身于犹大支派，与大卫、所罗门同族，并在犹大支派的属地写作，称上帝为"亚卫"（Jahweh）。"E底本"是另一部以色列古代纪事，亦见于《创世记》、《出埃及记》和《民数记》，编订于统一王国分裂之后（约公

---

[1] 残篇说（Fragmentary Theory）：苏格兰天主教神父格德斯（A. Geddes）首倡，主张五经取材于许多长短不同的残篇，其中一些出自摩西时代甚至更早，另一些则较晚，全书编订于所罗门时代。华特（J. Vater）进一步提出，《创世记》由大约39份残篇汇成，汇编年代晚至被掳时期。

[2] 补充说（Supplementary Theory）：认为五经以一份基本文献为基础，又补入多种来源不同的零碎资料。伊华德（H. Ewald）构想，五经中有一批原始资料（如《创世记》第14章、《出埃及记》第20章、《民数记》第33章等）形成年代即使晚于摩西也非常之早，后来几百年不断有人予以增补，至公元前8世纪中叶全书定型。布律克（F. Bleek）将五经的底本研究延伸至《约书亚记》，认为连同后者在内，六经的基本材料出自摩西，至统一王国和约西亚王时期有人作出重大增补，最后由匿名的《申命记》编者汇纂成书。

[3] 结晶说（Crystallization Theory）：补充说的分支或发展，认为五经乃由一个核心不断扩展而成。后代凡参与编纂者都曾重修全部资料，而非只在某些段落中加入个人材料，这使定型后的五经藉着层层分子，成为一种文学的"结晶体"。伊华德推测，五经系从"十诫"等核心律法条文扩张而来。

元前900至前850年之间），成书于北国，用"艾洛希姆"（Elohim）称呼上帝。公元前722年北国沦亡后，E底本由流亡者带入南国，由一位南国文人把它和J底本编在一起。"D底本"的基本部分是公元前621年发现于耶路撒冷圣殿，又呈送给犹大王国约西亚的律法书或"约书"，史称"原本申命记"，大致相当于传世《申命记》的第12至26章。它出自匿名的"申命派作者"（Deuternomist），以摩西在摩押平原训诫民众的口吻写成，将J、E底本已有的律法条文摘编整理而再次公布，文体庄重、审慎而雄辩。"P底本"因出自祭司派作者（Priestly Writer）而得名"祭司经卷"，始于《创世记》卷首的六日创世记载，贯穿于《出埃及记》、《利未记》、《民数记》三卷书中，除少量历史纪事外主要是有关以色列神权政体渊源及礼仪细则的论述，以及各种家族谱系和编年史料。它成书于公元前6世纪中叶至前5世纪中叶，体现了犹太人亡国后急欲抢救其宗教遗产，并以之为精神武器早日完成复兴大业的紧迫心愿。P底本问世后，与业已编成一体的J、E、D版本进一步合并，成为传世的摩西五经。[1]

在《新约》研究领域，比摩西五经的资料来源考辨稍迟，对同观福音书之原始资料和成书经过的研究从19世纪上半叶起渐入佳境。从古代教父时期开始，研究者就尝试通过分析各种早期文献，解释正典福音书之间的彼此重复和矛盾现象。较早的设想是"利用假说"（the utilization hypothesis），认为某部福音书利用了另一部或几部福音书中的资料。随后又有"原始福音理论"（the protogospel theory），主张正典福音书源于某种原始福音书，哲罗姆（Jerome）推测为"拿撒勒的犹太基督徒福音书"，西门（R. Simon）猜想为一部亚兰文原始福音书。1782年科普（J. Koppe）提出"多源理论"（the multiple source theory），称马太、马可、路加都是在多渠道搜集各种口传和文字资料的基础上完成其福音书写作的。稍后德国狂飙突进运动的先驱赫尔德（J. G. Herder）提出"口传假说"，认为福音书的"细胞质"（protoplasm）是一些民间口头传说。[2]

在上述理论基础上，进入19世纪之后，圣经学者对福音书资料来源的研

---

[1] 详见梁工等：《律法书、叙事著作解读》，北京：宗教文化出版社，2003年，第51—68页。

[2] 详见刘光耀等：《四福音书解读》，北京：宗教文化出版社，2004年，第19—26页。

究取得一系列极具说服力的成果,其中最重要的是霍兹曼(H. Holtzmann)的"二底本说"和斯特瑞特(B. Streeter)的"四底本说"。霍兹曼于1863年发表《同观福音的来源和历史特征》,认为《马可福音》的叙述风格相对原始,最早成书,《马太福音》和《路加福音》次之;马太和路加著书时主要采纳了两种早期资料,一是《马可福音》,二是一部"耶稣语录"——后者大体见于今本《路加福音》的几个段落(6:20—7:35;9:57—10:24;11:2—12:59;13:18—35;17:20—37等),亦见于《马太福音》的"登山训众"中;此外还包括少量叙事,如施洗者约翰传道的经过,耶稣受试探的细节等,但鲜有奇迹故事。此外霍兹曼提出,马太和路加还各有独特的口传和书写资料。斯特瑞特在1924年出版的《四福音书》中提出有关同观福音资料来源的"四底本说",称它们分别是代表耶路撒冷教会传统的M、代表安提阿教会传统的Q、代表该撒利亚教会传统的L,和代表罗教会传统的《马可福音》。《马可福音》首先成书。其后《马太福音》形成,吸收了四种资料:《马可福音》、Q、M和今本《马太福音》前两章的耶稣降生故事;《路加福音》亦编订成书,吸收了《马可福音》、Q、L和今本《路加福音》前两章的耶稣降生故事。但Q和L进入《路加福音》之前曾被先行编为"路加初稿",指今本《路加福音》中与《马可福音》联系松散的五个段落(3:1—4:30;6:12—8:3;9:51—18:14;19:1—27;22:14—24:53),它们以正式的导言开始,以耶稣受难及复活告终,俨然自成一部小型福音书。

## 二、形式批评(Form Criticism)

形式批评是资料来源批评的继承和发展。统一的经卷经过资料来源批评的分解,已经成为源头互异的多种原始资料。现在形式批评家进一步指出,早期的各种原始资料也是由更小的文学单元汇编成的。这些单元起初在特定的信徒群体中口耳相传,各有赖以生成的生活背景,亦有其自身的内容、观念、形式和文体特征,并发挥着独特的交际功能。形式批评家的任务就是追寻这种更小的文学单元,研究其外在形式和内在意义,进而谋求一斑窥豹,透过这些文学细胞再现古代犹太人和初期基督徒的社会生活图景。

形式批评在《旧约》和《新约》研究领域都取得可观的成就。德国学者衮克尔（H. Gunkel）是形式批评的开创者，最先致力于考察圣经形成前的口传情况，把类型分析、历史判断和意图推测结合起来。1901年，他尝试追溯《创世记》之现存文本的最早形态，提出在被资料来源批评称为J、E、D、P的传统资料形成以前，曾有过一个原始素材的口传时期，那时许多单篇故事曾以各自独立的样式在以色列民间流传。他依据内容、形式和目的的差异从这些单篇故事中区分出解释种族之间关系的"人种学传说"，解释部族、山岳、河流、圣所和城镇名称的"语源学传说"，解释以色列古代宗教仪式的"礼仪传说"，以及述说某地域或地点特征的"地理传说"。他认为这些故事可以从《创世记》中分割出来，对照古代中东地区的类似作品进行比较研究。衮克尔还以同样方式研究《诗篇》，将其中的诗歌分成赞美诗、集体哀歌、王室诗篇、个人哀歌和个人感恩诗五大类，又进一步分出若干小类。衮克尔的学生、挪威学者莫温克尔（S. Mowinckel）继承并发展了形式批评方法，在《〈旧约〉中的王室诗》、《〈诗篇〉与以色列崇拜活动》[1]等著作中对以色列人的王室诗、登基诗进行了富于创见的论述。他更重视考察文本单元流传的背景，以求认识与特定文类相适应的文化环境。

在《新约》形式批评方面，曾为摩西五经的资料来源研究做出重大贡献的威尔豪森于1905年出版《三福音导论》，提出福音书的早期资料乃是一些口传的文学单元，后来才被收集起来，记录成文字，成为作者著书的材料。第一次世界大战结束后三位德国学者将这方面的研究推向高潮，其中施密特（K. L. Schmidt）于1919年出版《耶稣故事之架构》，第比留斯（M. Dibelius）于1919年出版《从传统到福音》，布尔特曼（R. Bultmann）于1921年出版《同观福音传统史》。施密特指出，福音书是由许多小故事连缀而成的，它们生动简洁，自成一体，但生成的时间和地点不易确定。针对以往学者的流行看法——福音书作者是按年代先后编排耶稣生平事迹的，施密特认为，他们乃是出于自己的兴趣把那些小故事串连起来。他说："一般地说，福音书中没有按照年代先后和发展过程编纂的耶稣生平事迹，只有孤立的故事和扼要的摘录，在一个安排好的架构上表达出来。"[2]第比留斯对福音书的资料单元进行详细分

---

[1] S. Mowinckel. *The Psalms in Israel's Worship.* Trans., D. W. Thomas, Nashville: Abingdon, 1962.
[2] K. L. Schmidt. *Der Rahmen der Geschichte Jesu.* Berlin, 1919, p.317. 引自周天和：《新约研究指南》（第三版），香港：香港中文大学崇基学院神学组教牧事工部，1998年，第88页。

析后提出，同观福音的作者不应称为"著作人"（authors）而只能算是"编纂者"（compilers），他断言："只是在最低程度上福音书的作者是著作人；他们主要都是收集人、传递人和编辑人。"[1]

第比留斯和布尔特曼坚持认为，从耶稣受难到《马可福音》成书之前的30来年（公元1世纪30至60年代），日后见于各福音书的故事和言论都是以文学单元（units 或 pericopae）形式在基督徒社团中口头流传的。第比留斯从初期教会的生活背景出发研究它们从口传至编进福音书的过程；布尔特曼则从福音书的现存文本着眼，追根寻源，直到找出他所认定的最初的文学传统。第比留斯将福音书中的资料分成五类：（1）宣告型故事（paradigm），即耶稣讲一个小故事，再以一句宣告语作结；（2）短篇故事，只讲故事而没有宣告语；（3）传奇，是另一类故事，其中的主角在道德或灵性方面常有令人惊奇之处；（4）训言，耶稣对门徒的教训多属此类；（5）神话，是含有超自然情节的小故事，如耶稣登山变容。布尔特曼的分类法与第比留斯略有不同，他把耶稣的言论分为"格言"和"基督语录"两大类，进而细分出论辩性对话、教师语录、箴言、"我"式语录[2]、比喻等；同时把福音书中的叙事性内容分为奇迹故事和历史叙述与传奇。经过如此这般的条分缕析之后，布尔特曼试图恢复每一个文学单元的原始面貌，这时他发现，耶稣的故事和言论早已被初期教会加工修改，融入各种信仰要素，欲恢复其原貌几乎没有可能，形式批评所能做到的，只是向原貌靠近一步。

## 三、编修批评（Redaction Criticism）

形式批评对圣经文学单元的辨析及其恢复文本原貌的努力离不开种种主观臆测，致使人觉得缺乏足够的说服力。20世纪中期，几位德国学者的兴奋点从分解文学单元又转回福音书整体，主张同观福音书的作者不仅是原始资料的收集编纂者，在某种程度上也是著作人，因其乃是出于一定的考虑，按照一定的步骤编排和修订原始资料的，意在通过独特的编修活动表达与众不同的神学意

---

1  M. Dibelius. *From Tradition to the Gospel.* New York: Scribner's Press, 1935, p.59.
2  "我"式语录：指耶稣以第一人称权威口气讲述的教训，申明他是谁，他的工作和命运如何。布尔特曼认为福音书中的这类言论许多并非耶稣之言，其中一部分来自巴勒斯坦教会，另一部分来自希腊教会。

念。既然如此，研究者就应瞩目于他们的编修活动，以揭示其独特的神学思想。循此思路，研讨福音书的编修批评应运而生。[1]

英国牛津大学教授莱弗特（R. H. Lightfoot）早在1934年就率先运用编修批评方法研究同观福音书，但"编修批评"一语直到1954年才由德国尼尔大学教授马克森（W. Marxsen）正式提出。马克森在其就职讲演中对形式批评与编修批评的不同特点做出分辨：首先，形式批评认为福音书作者是原始资料的收集人，编修批评主张他们兼为著作者。其次，形式批评关注构成最初资料的细微单元，编修批评瞩目于较大的文本单元及福音书整体，注重揭示其潜在的写作意图。再次，形式批评停留于对福音书各种单元的解析，编修批评则致力于依据马可、马太、路加对各种单元的独特编排，揭示出他们互不相同的神学观念。最后，形式批评关心福音书资料与初期教会"生活背景"之间的联系，编修批评进而主张关注福音书作者的神学意念之背景。[2]简言之，形式批评要"查考福音书未曾写成文字之前的口传时期的情形"，编修批评则"着重福音书作者的神学思想，看他们如何按照各自的神学目的，把早期教会流传下来的资料编排组织起来，成为整部的福音书"。[3]

最早以编修批评方法研究福音书取得显著成就的是布尔特曼的学生鲍恩凯姆（G. Bornkamn），他于1948年对马太和马可关于耶稣平定海浪的描写（太8：23—27；可4：35—41）做出比较考察，通过分析马太对马可的改编，说明马太不仅是传统资料的收集者，也是一个诠释者。1954年鲍恩凯姆发表另一篇重要论文《〈马太福音〉里的末世期望与教会》，用编修批评法则对《马太福音》的主题思想和神学观念予以论证。同年康泽曼（H. Conzelmann）出版《圣路加的神学》，令国际圣经学术界因编修批评的实效性而耳目一新。该书继承了资料来源批评的成果，认定路加著书时运用了《马可福音》和"耶稣语录"（Q）；在此基础上对《路加福音》和《马可福音》做出缜密繁详的比较研究，富有说服力地指出，路加有一套完整的神学观念，借助其著作揭示出上

---

1　Gail P. C. Steete. "Redaction Criticism" in *To Each Its Own Meaning: An Introduction to Biblical Criticism and Their Application.* Edited by S. L. Mckenzie and S. R. Haynes, Louisville: Westminster John Knox Press, 1999, pp.106—107.

2　Norman Perrin. *Want is Redaction Criticism? Guides to Biblical Scholarship.* New Testament Series. Philadelphia: Fortress Press, 1969, pp.33—34.

3　周天和：《新约研究指南》，第三版，第103页。

帝救赎世人的神圣历史。这部历史分为三个阶段：一、施洗者约翰传道的"以色列阶段"；二、从耶稣在世工作到其升天的福音流传阶段；三、从耶稣升天到其再临之间的教会传道阶段。路加笔下的所有细节都表现出他的神学观念，就连对地理位置的细微处理也不例外。[1]1956年马克森在《传福音的马可》中运用编修批评方法研究《马可福音》，指出马可是在特定的神学目的指引下著书的，他把施洗者约翰的传说编进福音书，仅仅是为了诠释耶稣；约翰本身并无独立存在的意义。

除了同观福音，圣经学者也用编修批评考察《旧约》，取得重要成果。1938年瑞德（G. von Rad）在《六经的形式批评问题》中提出，资料来源和形式批评都无法最终解释六经的整体一致性问题。六经中存在着一些简单的历史信条，是以色列人宗教信念的远古形式，它们散布在古代人物和事件的各类传说中，由J底本作者按照自身信仰整合起来，成为一部宏伟历史的主线。故研究六经不仅要关注原始资料的可靠性，还应着力追索其编著者的著书意图和信仰特征。另一位学者诺斯（M. Noth）在《五经传统的历史》（1948）中也刻意探讨了五经编纂过程中体现出的神学意念。此外，在先知书、历史书尤其《历代志》研究领域，编修批评也显示出旺盛的生命力。

上述回顾证明，从18世纪中期开始的200来年，历史批评成为圣经学术领域中的主流，学者们"将注意力从圣经文本的叙事本身转移到对文本形成方式的解构"。[2]他们关注的大体是圣经成书之前的际遇：资料来源批评意在揭示用以编成最终文本的各种原始资料；形式批评意在分解构成原始资料的各类传说单元，解析其形式特征并描述其赖以流行的社会背景；编修批评则指出最后编纂者对原始资料的合并、汇编方式，及其在编著过程中流露出的神学信仰。沿着一条理性主义和科学主义路线，一代代历史考据学者取得了多项重大成就，使圣经的远古面目和形成过程日益明晰地显现在世人面前，以致不断博得人们喝彩。

---

1　康泽曼在《圣路加的神学》中详尽考察了路加的地理概念，认为对于路加而言，地名在救赎史中的位置远甚于其本身的地理位置。如耶稣复活后之所以在耶路撒冷而非加利利向门徒显现，是因为路加认为耶路撒冷是耶稣后期工作的地点，而加利利只是他前期工作的地点。

2　D. F. Tolmie. *Narratology and Biblical Narratives: A Practical Guide.* San Francisco: International Scholars Publications, 1999, pp.1—2.

# 第三节
# 走向文本和读者

在理性主义思潮和科学精神的推动下，圣经的历史考据强调原始资料，注重实证，突出编纂者在著书过程中的主体性，将学术探讨建立在确凿可靠的历史根基之上。它是对中世纪神学诠释传统的有力反拨，使圣经成书以前的种种暗昧经历逐渐大白于天下。然而一如其他古代经典，尤其那些浓缩了诸般民族精神的文化盛典，圣经的内涵也极其精深复杂，尚待运用多角度、全方位的理论进行全面解析。历史考据是透视圣经的重要途径，但不是唯一途径。文学理论史上相继流行过多种批评方法，它们对全面解读圣经能提供多样化的有益借鉴。

1953年美国学者艾布拉姆斯（M. H. Abrams）尝试对纷繁复杂的文学理论加以分类，在《镜与灯：浪漫主义理论批评传统》中提出，艺术作品关系到四种"总体要素"，首先是作品，即艺术产品本身；第二是工匠，即艺术家或作家；第三是作品反映的自然或宇宙；第四是作品的对象，即听众、观众或读者。他把这四种要素排列成一个等边三角形，作品居于中心，作家、宇宙和读者各居一角。[1]在他看来，"一切符合情理的理论多少都要考虑到这四要素，然而……几乎所有的理论都明显地偏重于某一个要素"。依据这四者之间的关系，他论述了四种最基本的批评模式——

1. 模仿型。认为艺术作品主要是对宇宙万物的模仿，"模仿"在不同理论家笔下被替换为"反映"、"表现"、"摹写"、"复制"、"摹本"、"映像"等。柏拉图认为艺术是对表象世界的模仿，表象是对理念的模仿。亚里士多德主张艺术是对人类行为的模仿，艺术的起源可追溯到人类天生的模仿本能，及其欣赏模仿时获得快感的天性。在18世纪的大部分年代，"艺术是一种模仿"之说几乎成为不言而喻、无需证实的定理，那时的理论家同意，天才的作品既是一种独创，也是一种模仿。19世纪的现实主义和自然主义理论家亦认同艺术对外部世界的模仿性质。

2. 实用型。这是一种面向观众的批评理论，把艺术作品视为达到某种目的

---

[1] M·H·艾布拉姆斯：《镜与灯：浪漫主义理论批评传统》，袁洪军等译，北京：中国社会科学出版社，1991年，第10页。

的手段，或完成某种意图的工具，并侧重于依据是否成功地达到目的来判断其价值。艾布拉姆斯指出它的主导倾向："认为诗歌应该对读者发生必要的影响；从作家为达到这一目的而必须具有的能力和素养的角度来评价作家；主要根据每个种类和成分所能产生的特殊影响来区分和剖析诗歌，根据诗歌读者的正当需求制定出诗歌艺术的标准和批评鉴赏的原则。"[1] 这种批评源于古典修辞学理论和贺拉斯的《诗艺》，因为修辞学被普遍理解为说服听众的艺术，而"贺拉斯的批评大体上是教诲诗人怎样使观众安坐其席直至结束，怎样激起喝采和掌声，怎样取悦于罗马观众……怎样取悦于所有观众和赢得不朽的名声"[2]。后世有人将模仿型和实用型批评综合起来，主张诗人既要反映世界的本质，又应满足听众的自然与合理要求，塞谬尔·约翰逊（S. Johnson）评论莎士比亚戏剧时即持此说。

3. 表现型。指以作者为中心的批评理论，倾向于依据是否忠实而恰当地表达了作者的意念和情感来评价作品。基本观点是：艺术作品本质上是由内而外地形成的，产生于作者激情支配下的创作过程，在此过程中作者的感受、思想、情感逐渐趋于形象化和具体化；所以诗本是诗人心灵活动的表征，或者说，外部世界透过诗人的情感和心理活动由事实转变成诗歌。如果说模仿型批评询问"作品是否忠实于自然"，实用型批评思考"作品是否合于完美的判断或人类的普遍性要求"，表现型批评便追问"它是否真挚、纯正，是否与诗人的创作意图及情感状态相吻合"。早在古罗马时期朗吉驽斯就将"庄严伟大的思想"和"强烈而激动的情感"称为崇高风格的首要来源。[3] 近代学者培根指出，诗是"由不为物质法则所局限的想象而产生的"，能给人以"弘远的气度、道德和愉快"。[4] 把文学视为作家个性的表征始于19世纪初，最典范的言论出自华兹华斯："一切好诗都是强烈情感的自然流露。"[5]

---

[1] M·H·艾布拉姆斯：《镜与灯：浪漫主义理论批评传统》，第24页。

[2] 查德·麦基翁：《模仿的概念》，第173页。参见《镜与灯：浪漫主义理论批评传统》，第25页。

[3] 朗吉驽斯：《论崇高》，钱学熙译，载伍蠡甫主编《西方文论选》上卷，上海：上海译文出版社，1979年，第125页。

[4] 培根：《学术的进展》，刘若瑞译，载伍蠡甫主编《西方文论选》上卷，第247—248页。

[5] 华兹华斯：《抒情歌谣集一八〇〇年版序言》，曹葆华译，载伍蠡甫主编《西方文论选》下卷，第6页。

**4. 客观型**。不同于上述三类理论都致力于考察艺术作品与某一外在要素（宇宙、读者或作者）的关系，第四类把作品当成一个由内在系统构成的封闭整体，并仅凭某种内在标准对其进行判断。[1]这类批评理论比较罕见，一个早期尝试出现在亚里士多德的《诗学》中。在确立了悲剧与宇宙的关系为模仿人类行为、与观众的关系是使之产生怜悯和恐惧情感之后，亚里士多德指出构成悲剧的六种要素——情节、性格、思想、言词、形象和歌曲，并对其相互间的关系加以论述。[2]19世纪以后，一些批评家力图把诗当成独立于现实生活的另一个世界，称其目的不在于教谕或愉悦读者，而仅仅在于自身的存在。20世纪中期英美新批评学者明确指出，文学作品是一个封闭自足的世界，对它的研究只能依据内部标准客观地进行。

用这四种模式衡量上述对圣经的历史考据研究，可知它的理论根基乃是模仿型和表现型批评。这批学者深信圣经是在古代以色列史和初期教会史的特定阶段合乎逻辑地产生的，其中渗透了各种历史性元素。资料来源批评把最终文本分解成多种来源不同的原始资料，对资料汇编的历史进程加以描述。形式批评进而将原始资料分解成更小的片断传说，并对各自的形式特征及其流行时的生活背景做出推测。编修批评亦瞩目于正典形成以前的成书史，尤其关注最后编纂者对早期资料的编辑和修订过程。所有这些研究都建立在模仿论的基础上，认定圣经含有丰富的历史内容，是某种自然或宇宙外物的复制品。另一方面，圣经历史考据也贯彻了表现型批评的原则，因为学者们明确地指出，各种早期资料并非简单机械地汇成经卷，而是经历了编纂主体的精心过滤；哪些保留，哪些删减，哪些改写，哪些合并，怎样改写与合并，怎样重组叙述顺序和逻辑关系，都显示出编纂者的独到匠心，显示出各位编者自成一家的神学意念。

但相对而言，圣经的历史考据学却远离实用型和客观型批评。这批学者对圣经与读者的关系缺乏应有的关注，从文学和审美角度对圣经文本进行的封闭性考察更为鲜见。然而，这方面的批评在20世纪西方文论界却相当活跃。20世纪有"理论的世纪"之称，一系列当代文论此伏彼起，相继风靡学术领域，令

---

1　M·H·艾布拉姆斯：《镜与灯：浪漫主义理论批评传统》，第40页。
2　亚里士多德：《诗学》，罗念生译，载《诗学·诗艺》，北京：人民文学出版社，1982年，第21—24页。

人眼花缭乱目不暇接，比如形式主义、语义学、现象学、新批评、修辞学、结构主义、符号学、叙事学、原型批评、文化阐释学、接受美学或读者反应批评、后结构主义或解构主义、后殖民主义、新历史主义、女性主义等等。这些理论中的一部分以强大的学术生命力渗入圣经研究界，酿成运用新潮文论观照古老经典的种种奇观，其中结构主义批评、修辞批评、读者反映批评和叙事批评的成就尤其引人瞩目。按照艾布拉姆斯的分类法，这四类批评恰在实用型和客观型理论之列，以致成为历史考据学的必要补充。下面即对它们的理论特征略做说明。

**一、结构主义批评**

结构主义（structuralism）是20世纪60年代出现于法国巴黎的一股社会文化思潮，一经形成就风靡人文社会科学诸多领域，对哲学、文学、艺术、人类学、社会学等学科的理论更新产生了极其深远的影响。结构主义的思想源头可追溯到瑞士语言学家索绪尔的语言学观点，以及俄国形式主义的文艺美学观。

索绪尔在其《普通语言学教程》中对语言和言语加以区分，称语言是人的抽象话语系统，言语是人的具体言说行为。对于语言研究来说，语言与政治、民族、社会制度等外部要素的关系固然重要，它本身的内部要素却更重要，因为外部要素必须通过内部要素才能起作用；语言是一个系统，有其固有的秩序，只有对内部要素施加影响，才能改变整个系统的运行秩序。索绪尔还区分了历时性研究和共时性研究，称前者是按照时间顺序进行的注重实证和因果关系的纵向研究，后者是对某系统中诸要素之间的逻辑关系的横向研究；为了阐明语言交流的本质，应当把研究的重点从历时性转到共时性方面。俄国形式主义学者把索绪尔的语言学理论运用于文学研究，致使语言学与诗学联姻，形成所谓的"语言学诗学"。

结构主义在法国形成之际，一方面标榜科学精神，倡导系统分析、共时方法和深层阐释，另一方面对传统哲学持激烈的批判态度，希望用一种全新的科学模式取代以往那种以人为本、注重主观思辨的人文主义，以及弥漫着意识形态气息的历史诠释方法。其"全新科学模式"的核心概念是"结构"。据考斯（P. Caws）研究，"结构"源于拉丁文Structum，意谓"经过聚拢和整理后构成的某种有组织的稳定统一体"。它有宽广的适用范围，几乎可以指代一切——"从一粒分子到一幢摩天大厦，从一个单词到一本小说、一套游戏、一种传统或一部宪法"。作为一个抽象术语，结构主义体现了一种新兴的哲学目光，关注的是人类社会和文化现象中普遍存在的系统和结构关系。"系统"（system）和"结构"意思相关，但并不相同，前者指一套由相互关联的要素组合而成的体系，后者则指体系内部的整套关系；这套关系既能用抽象逻辑的形式予以概括，也能在系统的运作中得到象征性的体现。[1]通常认为，结构主义高度重视事物的整体性及其内在的组合关系，把数学逻辑的方法运用于具体研究，大大方便了对世界的宏观把握和微观分析。

法国人类学者列维—施特劳斯是结构主义的代表人物之一，在神话和人类原始文化研究领域独树一帜。他把各种文化都视为自成体系的系统，认为对它们可据其诸成分之间的结构关系加以分析。在他看来，文化系统中的普遍模式是人类思想中恒定结构的产物；从对立的成分中能分出两种单一的成分，从单一的成分中又能发现新的对立成分。亲属关系的基本结构有四种类型：兄妹关系、夫妻关系、父子关系、舅甥关系，其他所有亲属系统都建立在此基础之上。

在结构主义风靡学术界的背景下，一批圣经学者也运用这种理论研究圣经，取得显著成果。1969年爱德蒙·里奇（Edmund Leach）出版《作为神话的〈创世记〉及其他论文》[2]，以创世造人、伊甸园和该隐杀弟故事为例，分析了《创世记》中普遍存在的二元对立结构，如"生—死"、"男—女"等；还借鉴列维—施特劳斯分析原始部落家庭关系的方法，研究了所罗门家族的亲族构成模式。70年代前期结构主义圣经研究蔚然成风，但学者们对如何运用这一新兴理论和方法的见解并不一致。1976年丹尼尔·帕特（Daniel Patte）出版《什么是结构释经学？》，[3]两年后又与阿兰·帕特（Aline Patte）合作出版《结构释经学：从理论到实践》[4]，对该领域的基本概念和理论构架予以廓清，对结构主义运用于圣经研究时应注意的问题做出论证，有力地推动了这方面的研

---

[1] Peter Caws. *Structuralism: The Art of the Intelligible.* New Jersey and London: Humanities Press, International, Inc., 1988, pp.3—5.

[2] Edmund Leach. *Genesis as Myth and Other Essays.* London: Jonathan Cape, 1969.

[3] Daniel Patte. *What Is Structural Exegesis?* Philadelphia: Fortress Press, 1976.

[4] Daniel Patte and Aline Patte. *Structural Exegesis: From Theory to Practice.* Philadelphia: Fortress Press, 1978.

究。七八十年代圣经学者出版一系列新著，研讨对象包括神话、律法书、历史书、福音书、《使徒行传》等，方法灵活多样，不仅分析文本构思，也探讨与结构相关的意识形态问题。丹尼尔·帕特研究《马太福音》时分析了耶稣的一系列二元对立式论断，如不可把"新布"补在"旧衣服"上，不可把"新酒"装在"旧皮袋"里；批评文士和法利赛人能"说"不能"行"等（9：16，17；23：3），认为这些论断不但有效地表达了所在段落的要点，也将局部结论汇入贯穿全书的信念系统中。

结构主义批评为随后叙事批评的粉墨登场发挥了鸣锣开道作用。这两种理论皆在艾布拉姆斯所谓"客观型批评"之列，都主张无视历史而返回文本，只对文本进行内在因素的研究；结构主义的某些理论甚至渗入叙事批评，为其分析性格构成、情节模式、背景类型提供有效的思路和方法。但二者毕竟采用了两套概念，赖以确立的哲学基础也有所不同，以致显示出不少差异。一般说来，叙事学者无意将精细的结构原则当成文学的基本原理，"他们更关注叙事的线性演进，而非在其他层面才能辨析的关系；他们通常更注意限定故事的外在含义，而非寻找将故事凝聚为一体的深层结构"。[1]但二者的区别也不绝对，在实际操作时这两种方法常会出现折衷交错的情况。

## 二、修辞批评

在文学研究领域，修辞学（Rhetoric）被视为一种实用型批评，主要研究作品对其读者产生特定影响的方式。修辞学作为一门学科形成于公元前5世纪的古希腊，创始人传为苏拉古斯的柯拉斯（Corax of Sracuse）。在公共集会或诉讼事务中，擅长辞令的饱学之士发表演说、讲解证据，以各种方式说服听众，古典修辞学即在此过程中应运而生。约翰·罗宾逊（John M. Robinson）称修辞学为"说话的技巧"，认为这种技巧是将民主领袖"引到政治成功的钥匙"。[2]柏拉图惯用简明流畅、平俗易懂的对话表达见解，对长篇大论不感兴趣，认为依赖修辞技巧的演说家缺乏诚意和创意，不探索真理而哗众取宠。亚

---

1　Mark Allan Powell. *What Is Narrative Criticism?* Minneapolis: Fortress Press, 1990, p.14.
2　John M. Robinson. *An Introduction to Early Greek Philosophy.* Boston: Houghton Mifflin Press, 1968, p.239.

里士多德对修辞学则有崇高评价,他在《修辞学》中评述了论辩和劝告的形式、类型、构思、风格,分析了诉讼演说、审议演说和典礼演说的特征和效果,论证了演说者的品格、情感和理性对于获得最大说服效果的意义,建立起一个相当完备的修辞学知识系统,且有一套坚实的哲学基础相支撑。古罗马最重要的修辞学家首推西塞罗,他在《论演说家》、《演说家》等著作中为演说家设定很高的标准,认为他们必须拥有渊博的知识,对听众极其了解,还具备娴熟的语言表达能力,能在复杂情况下善用每一项有助于征服听众的条件。贺拉斯间接论及修辞学的重要性:"寓教于乐,既劝谕读者,又使他喜爱,才能符合众望。这样的作品……才能使作者扬名海外,留芳千古。"[1]

基督教成为罗马帝国的国教后将希腊罗马的古典文化几乎清除净尽,但在所剩无几的古代遗存中,尚留有历经基督教改造的修辞学。研究者认定,《新约》尤其使徒书信是在罗马世界形成文字的,由于深受希腊、罗马修辞学的影响,其文体风格已偏离古希伯来传统而接近于西方模式。保罗书信"尝试将基督真理透过严谨的辩证而有说服力地表达出来,其方式与内涵都综合了犹太与希罗之修辞学和神学"。[2]这使修辞学研究和教育在漫长的中世纪绵延不休。奥古斯丁皈依基督教之前是一位精通西塞罗修辞学的教授,曾在《忏悔录》中谈到古希腊智者派的缺失。在《基督教教义》第四卷,他把西塞罗所论演说者应具备的智慧、口才和讲演艺术加以改造,称演说者的智慧来自圣经,口才和讲演艺术都是为了更好地讲道。公元6世纪前后西欧卡西奥多隐修院的修士们将古罗马学校设立的"七种自由艺术"(七艺)加以改造,使之成为中世纪教育的基础,其中之一就是修辞,用以培养讲经布道和阐释教义的辩才。"七艺"在加洛林王朝文艺复兴时期成为独特的课程体系,有关"七艺"的书籍则成为中世纪欧洲图书馆的重要藏书。近代以来,伴随着圣经文字校勘学的发展,对圣经的修辞学研究亦不时取得新成果,如鲍尔、亨利基等对保罗书信论辩技巧的解读。

20世纪文学理论空前繁荣,表现之一是修辞学全面复兴。现代修辞学要求通过语境来考察话语,把话语内容看作时间、地点、主体动机和客体反应诸要

---

[1] 贺拉斯:《诗艺》,杨周翰译,载《诗学·诗艺》,第155页。
[2] 杨克勤:《古修辞学:希罗文化与圣经诠释》,香港:汉语基督教文化研究所,道风书社,2002年,第20页。

素的综合性产物。在解释具体作品时,主张既要推测创作时的情形,也要把握那些对后世理解它起重要作用的内外因素。一些现代哲学流派(如存在主义和现象学)提出,哲学家如同作家、律师、教师一样,也从事修辞活动,以求首先说服自己,再通过著述去说服别人。由于受到现代文化总趋势的影响,修辞学除了被理解为有关言说技巧的学问,更被视为人类话语研究的有机组成部分。现代学者主张从听者和说者两方面研究语言的修辞功能,因为在某种程度上对听者起作用的修辞手段对说者也能起类似作用,从而支配其采用特定的话语表达。现代修辞学的特色之一是考察修辞学的哲学机制,在这方面,理查德(I. A. Richards)于1936年出版《修辞学的哲学》[1],白尔德(A. C. Baird)于1965年出版《修辞学的哲学探究》[2],其中后者广泛论述了修辞学在文学交流活动中与诗学、思想、情感、语言、人格表达及道德内涵的关系。现代修辞学的发展离不开对古典经验的借鉴,许多学者致力于这方面的探索,其中乔治·肯尼迪(George A. Kennedy)从60到80年代相继出版三卷有关该课题的著作:《希腊的劝说艺术》[3]、《公元前300年至公元300年间罗马世界的修辞艺术》[4]、《基督教皇帝统治下的希腊修辞学》[5],为学术界所瞩目。

现代修辞研究的热潮难免波及圣经学术领域。一批学者运用修辞学方法解释《旧约》的先知文学和《新约》的使徒书信,分析作者的论说技巧,为圣经研究带来不少新气象。缪伦堡(J. Muilenburg)在国际圣经文学学会1968年年会的主持人演说《超越形式批评》[6]中肯定了修辞批评的地位,认为它有助于廓清经卷的形式特征,成为以往形式批评的必要补充。此后研讨修辞问题的论文大量涌现,甚至形成一个"缪伦堡学派"。贝芝(H. D. Betz)将《加拉太书》的论说艺术与现代法庭用于辩护的司法辞令进行比较,指出其异同和各自

---

[1] Ivor Armstrong. *The Philosophy of Rhetoric.* New York: Oxford University Press, 1936.

[2] A. Craig Baird. *Rhetoric: A Philosophical Inquiry.* New York: Ronald Press Co., 1965.

[3] George A. Kennedy. *The Art of Persuasion in Greece.* Princeton: Princeton University Press, 1963.

[4] George A. Kennedy. *The Art of Rhetoric in the Roman World, 300 B.C.—A.D. 300.* Princeton: Princeton University Press, 1972.

[5] George A. Kennedy. *Greek Rhetoric Under Christian Emperors.* Princeton: Princeton University Press, 1983.

[6] James Muilenburg. "Form Criticism and Beyond", *Journal of Biblical Literature* 88 (1968): 1—18.

的功能[1]。乔治·肯尼迪进而将修辞批评的实际运作概括成五个步骤：确定修辞单元——分析修辞处境——分析修辞结构和秩序——分析风格和技巧——评估修辞效果[2]。

修辞批评对圣经叙事批评的兴起有一定促进作用。二者均关注作品与读者的关系，注重研究作品对读者发生的效用，并探讨怎样才能对读者发生较显著的效用。但叙事批评对读者持有一种独特的概念，以致它成为更强调"文本中心"的方法。大致说来，叙事批评是从一个理想化的"隐含读者"角度分解文本的，这个读者是观念性的，内在于文本，以文本的存在为前提，由阐释者从文本中构想出来。所以对于叙事学者而言，是否像修辞学者那样了解实际读者，其实无关紧要。

另外，区别于古典修辞学大体是一种说服的艺术，意在使听众心悦诚服地接受讲演者的论点，叙事批评更注重研究叙述技巧，分析叙事者怎样如愿以偿地实现讲故事的初衷。如果说修辞学主要适用于论说文学，叙事批评则更适用于叙事文学，而叙事文学最典范的文类是小说。布斯（W. C. Booth）在其《小说修辞学》中以"修辞"关系统摄全书，在他看来，"无论采用何种叙事方式，小说家的艺术从本质上说都是修辞性的"[3]。该书最关心的是作者、叙事者、人物和读者之间的关系，在布斯笔下这些关系都是修辞关系。换言之，"作者通过作为技巧手段的修辞选择，构成了与叙述者、人物和读者的某种特殊关系，由此达到某种特殊的效果"[4]。

## 三、读者反应批评

借用艾布拉姆斯的概念，读者反应批评属于典范的实用型文学研究，突出特色是强调读者在文本意义生成过程中的中心地位。其学术渊源主要是伽达默

---

1　George A. Kennedy. *New Testament Interpretation through Rhetorical Criticism.* Chapel Hill, N.C.: University of North Carolina Press, 1984, pp.33—38.

2　H. D. Betz. *Galatians: A Commentary on Paul's Letter to the Churches in Galatia.* Philadelphia: Fortress Press, 1979.

3　David Lodge. *Language of Fiction.* Routledge: Kegan Paul Ltd. 1966, p.10.

4　周宪：《小说修辞学·译序》，载W·C·布斯《小说修辞学》，华明等译，北京：北京大学出版社，1987年，第3页。

尔的阐释学和因加尔登的现象学，理论基础是姚斯（H. Jauss）和伊瑟尔（W. Iser）等人于20世纪60年代创立的接受美学。这批德国学者破除实证主义和形式主义文学批评的传统模式，一反单纯以作家或作品为对象的研究方法，而主张探讨文学活动中创作与接受、文本与读者的相互关系和相互影响，尤其主张研究读者接受活动的能动性及其对意义生成的制约作用。姚斯的《文学史作为文学科学的挑战》（1967）和伊瑟尔的《文本的召唤结构》（1970）系统阐述了接受美学的基本观点，被视为该派的理论纲领。

在接受理论看来，文学是一种人际交流活动，表现为意义的动态实现过程。它由创作和接受两个基本环节构成，二者缺一不可：作者写出作品，是文学过程的第一阶段；读者接受作品而使之产生效果，是文学过程的第二阶段。文本并非自在自足的封闭客体，其价值亦非超越时空的恒定常数。按照捷克学者穆卡洛夫斯基之说，未经读者阅读的文本只是一种人工制品（artefact），只有经过读者的阅读理解才能转化成审美客体（aesthetic object），这就像一部乐谱只有经过演奏才能成为乐曲一样。接受活动的能动性表现为：首先，读者的审美标准和鉴赏趣味能导致某种"期待视野"，它既会制约其自身接受艺术品时的心理定向，也会进而影响作者的创作思路。其次，任何文学文本中都难免存在意象结构中的含浑甚至空白之处，有待于读者进行创造性的确定或弥补。再次，文学作品的价值和地位是由作者和读者共同确定的，最终是由读者在接受过程中确定的——换言之，一部作品优异与否终究不取决于作者的声明，而取决于读者的评价。当然，被众多读者认定优异的作品，通常也会是作者的精雕细刻之作。

70年代接受理论在美国获得巨大反响，一大批理论家热烈探讨阅读活动、读者感受和意义生成等问题，共同主张一种以读者为中心的批评方法。1980年汤普金斯将一批重要论文编成《读者反应批评》并出版，此后"读者反应批评"（Reader-Response Criticism）便成为这一批评思潮的通用名称。其实这批理论家在批评主张、概念系统、理论倾向上并不相同，其中最激进的是斯坦利·费希（Stanley Fish），在他看来，读者的活动在文学全过程中不仅是理解文本的依据，而且与文本具有同一性，以致成为文学价值的源泉："既然文学就是我们在阅读时所发生的东西，那么文学的价值就依赖于阅读过程的价值。"[1]针对伊瑟尔提出的阐释来源于文本与读者的相互作用之说，费希主张

---

1　金元浦：《接受反应文论》，济南：山东教育出版社，1998年，第210页。

一切意义的创造都仅仅依赖于读者对主观性的运用,而读者的所见所知则取决于一种先在的视点与观念构架。

在圣经学术界,70年代中期坦尼希尔(R. Tannehill)发表《言辞之剑:同观福音格言之强有力的形象化语言》[1]和《〈马可福音〉中的门徒:叙述角色的功能》[2],尝试用读者反应批评解析福音书。他认为,在马可笔下耶稣与门徒的关系处于协调与不协调的交替之中,这种交替流露出马可对门徒的评价,也引导着读者的评价;读者在阅读中对马可的故事会形成一种期待心理,它不论实现与否,都能把读者卷进情节进展中去。80年代,圣经的读者反应批评迅速发展,专门评介圣经研究领域新动向的刊物《符号学期刊》(Semeia)于1985和1989年出版两期读者反应批评专号,对这一新兴理论加以介绍,同时运用它对圣经文本进行研究。90年代这方面的新成果继续涌现,如福勒(R. M. Fowler)的《让读者理解:读者反应批评和〈马可福音〉》[3]、达尔(J. A. Darr)的《感知的范例:读者与〈路加福音——使徒行传〉中的人物》[4]等。

读者反应批评之所以引起圣经学者的普遍关注,是因为它打开了一条解读圣经的新途径。它提升了读者的地位,极力强调阅读理解的重要性,允许读者立足于自身所处的文化语境自主地感受文本的意义,实现与古代经典的互动,且允许读者从事富于个性化的多样性阅读。它在圣经的历史性和现实性之间架起一座桥梁,有效地拓宽了古代文本的意义空间。但读者反应批评也有明显的局限性,首先是容易放纵误读。罗密欧与朱丽叶以身殉情时,有人觉得不可悲而可笑;耶稣在十字架上受难而死时,有人以为他是咎由自取——此即典型的误读。其次是缺乏自成一体的方法论,在具体操作时往往需要辅以其他理论(如形式主义、结构主义、现象学、解构主义、女性主义等)才能进行。[5]

---

1　R. Tannehill. *The Sword of His Mouth: Forceful and Imaginative Language in Synoptic Sayings.* Missoula, Mont.: Scholars Press, 1975.

2　R. Tannehill. "The Disciples in Mark: The Function of a Narrative Role", *Journal of Religion* 57 (1977): 386—405.

3　R. M. Fowler. *Let the Reader Understand: Reader-Response Criticism and the Gospel of Mark.* Minneapolis: Fortress Press, 1991.

4　J. A. Darr. *Paradigms of Perception: The Reader and the Characters of Luke-Acts.* Louisville: John Knox Press, 1994.

5　D. V. Mcknight. "Reader-Response Criticism", in *To Each Its Own Meaning: An Introduction to Biblical Criticism and Their Application.* Edited by S. L. Mckenzie and S. R. Haynes, Louisville, Kentucky: Westminster John Knox Press, 1999, p.247.

在世俗理论界，读者反应批评是作为包括叙事学在内的"文本中心批评"的逆反者面貌出现的，但在圣经学术界，读者反应批评与叙事批评却大体同时出现，平行发展且相互促进。二者皆未发展到充分成熟的地步，以致自我张扬而排斥对方。它们的学术锋芒所向是历时性的，二者共同构成对历史考据学的反拨，分别借助于对文本或读者的强调，将圣经研究从两个世纪以来历史学、社会学、心理学的重重束缚中解放出来。但必须指出，它们并不排斥历史考据学的方法和成果，而是认为历史考据法不能揭示圣经的全部蕴涵，还必须辅以其他行之有效的方法；为了彻底揭开这部古老经典的神秘面纱，不仅需要模仿型和表现型批评，还需要客观型和实用型批评。

## 第四节
## 圣经叙事批评的成长

现代叙事学是"对叙事文本典范特征的系统研究"。[1]它的诞生基于如下假设：人们从古往今来的所有叙事文本中能发现某些普遍特征，它们可以被整合进一个理论体系，用于对所有单独叙事文本的认识、分析和研究。以神话、传说、史诗、民间故事为最初样式的叙事文学自古就为读者所喜闻乐见，对叙事结构和技巧的研究也自古即存。亚里士多德在《诗学》中论述了构成悲剧的六种要素，其中情节居首，而情节就叙事之"事"。西方的叙事文学历经中世纪和文艺复兴时期的传奇，发展出最典范的叙述文体——近代长篇小说，法国作家福楼拜和美国作家亨利·詹姆斯便致力于研究长篇小说的形式技巧，成为现代小说理论的奠基人。此后，产生于20世纪前期的俄国形式主义至50年代对西方学术界产生了较大影响，推动了结构主义叙事学于60年代在法国兴起。

结构主义叙事学即现代叙事学，是由一批结构主义学者创立的，形成的标志是1966年第8期《交际》杂志在巴黎出版，该期注为"符号学研究——叙事作品结构分析"专号，通过一组文章对叙事学的基本理论和方法加以介绍。该派的重要理论著作包括罗兰·巴特的《叙事作品结构分析导论》（1966）、格雷马斯的《结构语义学》（1966）、托多洛夫的《〈十日谈〉语法》（1969）、热拉尔·热奈特的《叙事话语》（1972）、查特曼的《故事与话语：小说和电

---

1　D. F. Tolmie. *Narratology and Biblical Narratives: A Practical Guide*. p.1.

影的叙事结构》（1978）、里蒙—凯南的《叙事虚构作品》（1983）以及米克·巴尔的《叙述学：叙事理论导论》（1985，1997）等。当今的研究者将叙事学分为"经典叙事学"和"后经典叙事学"，称前者鼎盛于七八十年代，"旨在建构叙事语法或诗学，对叙事作品之构成成分、结构关系和运作规律等展开科学研究，并探讨在同一结构框架内作品之间在结构上的不同"；后者出现于90年代以后，"将注意力转向了结构特征与读者阐释相互作用的规律，转向了对具体叙事作品之意义的探讨，注意跨学科研究，关注作者、文本、读者与社会历史语境的交互作用"。[1]

圣经叙事批评指当代学者运用叙事学理论对圣经中叙事性作品所做的文学研究。它与大体同时流行的结构主义批评、修辞批评和读者反应批评相互声援、彼此印证，共同开拓出圣经阐释的新天地，从文本和读者角度打开人们观察圣经的新视野，实现了对圣经历史考据学的历史性反拨。

## 一、形成和发展

早在20世纪初期，德国学者衮克尔就注意到希伯来圣经的某些叙事特征。1901年他在评论《创世记》时探讨了它的艺术特质，论及其故事被分割成场面的方式，主要人物和次要人物的区别，人物个性化的手法，对话的技巧，事件在叙事结构中的重要性等，所有这些都为后来的叙事阅读所关注。遗憾的是，在历史考据学如日中天的学术氛围中，他的这类共时性研究未得到应有的重视，相反，他对圣经形式和体裁的历时性分析却为人们津津乐道，被尊为圣经形式批评的圭臬。

1946年犹太裔学者奥尔巴赫（E. Auerbach）出版巨著《模仿论：西方文学中所描绘的现实》，讨论历代文学模仿现实的不同方式，以及由此而形成的多种表达手法和效果。在他看来，圣经叙事完全可以按照一般文学批评的准则加以研究，圣经作者必定会以某些手段实现对现实的叙述描写，这是他们与其他作者（包括荷马）的共同特征。叙事形式中的现实描写是文学的基本成分，超越了美学目的和历史意图的传统区别；在对现实描写进行文学尺度的研究时，可以无视它是否具备历史的准确性，把历史性质的问题暂时搁置一旁。奥尔巴

---

[1] 申丹：《叙事学》，《外国文学》2003年第3期，第60页。

赫将《奥德赛》中俄德修斯十年漂泊后回到家中的场面与亚伯拉罕燔祭献子的场面进行比较，对圣经叙事的简约、含蓄风格[1]予以充分肯定。他的分析证明了对圣经诉诸叙事研究的合法性，使人意识到"圣经之所以具有文学性质，不是由于其作者关注纯文学，而是因为他们使用了与世俗文学同样的语言和文学法则"。[2]

50年代在这方面做出重要贡献的另一位批评家是诺思洛普·弗莱，他在《批评的剖析》（1957）中认为，圣经历史考据学的潜在假设全然无效，因为它把圣经当成一部由片断之言拼凑成的书，猜测圣经曾历经多次编订，充满了讹误，行间常有评注、插话、合成、错位或含浑不清之处。与此相反，圣却经拥有统一的原型结构和文学类型，从《创世记》一直延伸到《启示录》。后来，弗莱在《伟大的代码——圣经与文学》（1982）中将其见解进一步系统化。

五六十年代，圣经研究的历史舞台上呈现出十分奇妙的一幕：一方面，编修批评的出色成果将长达两个世纪的历史考据学推向佳境，赢得学术界一片叫好；另一方面，受"新批评"思维模式的影响，一代年轻学者异军突起，用文本中心理论演出学术史上的全新场面。当时流行的"新批评"反对将历史资料视为解读文本的关键，而主张作品的价值隐藏于业已完成而自主存在的、人人皆知的文本之中。其理论基础是文学本体论，宣称文学的"本体"存在于作品内部或自身，而非外部的世界和作者之中；批评家只有专注于文本，通过分析构成作品的诸种内在因素，诸如情节、结构、人物、隐喻等，以及各因素之间的相互关系，才能对文学对象做出恰切的评价。

新动向的出现伴随着对历史考据学的质疑。1969年彼尔茨利（W. A. Beardslee）在《文学批评与〈新约〉》[3]中与当时通行的批评模式大唱反调，主张对圣经采用更富于文学意味的研究方法。他认为，对圣经的形式分析不但应当有利于了解其成书的历史，还应该有助于了解文本自身的文学意义、特质和影响。彼尔茨利提出，必须更多地关注福音书的整体形式或现存样式。他认为，以往的形式考证学者过多地瞩目于各种"传说片断"，刻意研究了诸如耶稣降

---

1　参见刘意青：《简约、含蓄的圣经叙事艺术》，载《外国文学》2001年第1期。

2　D. V. Mcknight. "Reader-Response Crticism", in *To Each Its Own Meaning: An Introduction to Biblical Criticism and Their Application.* p.247.

3　William A. Beardslee. *Literary Criticism and the New Testament.* Philadelphia: Fortress Press, 1969.

生、召选门徒、行施神迹、教诲众人之类叙事的"基本单元"的特征,而忽略了对福音书的宏观把握。

稍后,汉斯·弗雷(Hans W. Frei)于1974年出版《圣经叙事的缺失:18至19世纪释经学研究》,[1]提出所有历史考据方法都有共同的缺陷:皆未说明圣经故事的叙事特征。圣经叙事著作是关于古代以色列人或基督教创始人及其门徒的故事,而非各种杂乱资料的汇编;它们要求读者从头到尾地系统阅读,而非首先分割出许多片断,再分别检验其文献价值。但历史考据法却聚焦于圣经卷籍的文献性质,着力解释的并非故事本身的文学价值,而是它背后的历史性元素。

为了全面或宏观地把握福音书,必须更重视最终定稿人的作用。以往的形式考据学者仅仅把最终定稿人当成单纯的资料搜集者和汇编者,而不是作者,虽然后来的编修批评学者提高了他们作为著作人的地位,认为他们对福音书的最终形式负有重要的个人责任。随着编修批评的深入发展,人们对最终定稿人的认识更趋深刻,意识到他们不仅是编纂者,而且兼为作者。终于,帕林(N. Perrin)于1972年得出这样的见解:"必须把一种全新的方法引进研究工作……一种一般的文学研究方法。假如传福音者是作者,那么,对待他们理应像对待其他作者一样。"[2]

"有必要对圣经卷籍进行更侧重文学性质的研究",这一看法最初是由历史考据学者提出的。那时他们意识到,单纯运用历史考据法难以摆脱其先天的局限性,无法解决某些全局性的问题。当然,这样说并不意味着历史考据做错了,或者其成果是无效的,目标是失误的;而是主张另有重要的事情也必须去做。他们发现,人们尚未运用研究其他古典名著的方式研究圣经。在许多大学,至少有两个系科从不同角度研究荷马史诗——史学家从中得到有关古希腊社会历史的资料,诸如人们如何饮食、起居、婚配、打仗等;文学研究者则从艺术和审美视角提出问题:其情节结构有何特征?人物性格有何变化?对读者的审美活动有何影响?等等。但圣经研究者所关注的基本上都是历史问题,其成果大体上只是犹太史和基督教会史研究的补充或延伸。福音书仅仅被视为

---

[1] Hans W. Frei. *The Eclipse of Biblical Narrative: A Study in Eighteenth and Nineteenth Century Hermeneutics*. New Haven, CT: Yale University Press, 1974.

[2] Norman Perrin. "The Evangelist As Author: Reflections on Method in the Study and Interpretation of the Synoptic Gospels and Acts", *Bible Study* 17 (1972): 9—10.

耶稣及初期教会研究的史料资源,而非一部叙事文本,含有可供讲述的文学故事。对此,彼得森(N. R. Petersen)于1978年说,将经卷当作史料资源是无可非议的,问题在于,它们成为其他某物的证据之前,是否还应首先按照自身的话语体系去解释。[1]这种见解成为圣经叙事批评兴起的前奏。20年后大多数叙事研究者已超越新批评对文本(text)的关注,许多人甚至走向反面,重新强调语境(context)对文学创作的制约作用,但即便如此,人们仍普遍认为文本显示的意蕴比作家的历史性意图更为重要。

从70年代初期起,圣经学术界日益感受到以当代文论研究圣经的必要性,世俗评论家也意识到进行这种研究的可能性,二者逐渐走到了一起。圣经学者得到文学评论家的协助,日趋熟练地掌握了正在流行的文学理论和方法,尽管他们的主观意图依然是阐释圣经。在此过程中,叙事批评从形式主义和新批评的范型中脱胎而出,带着结构主义、修辞学和读者接受理论的某些成分,70年代末期取得早期成果,80年代发展成为研究《旧约》历史故事和《新约》福音书的流行方法。

1977年,一个名叫大卫·罗斯(David Rhoads)的青年圣经教授邀请文学研究者多纳德·米琪(Donald Michie)用分析短篇故事的方法讲解一部福音书,多纳德·米琪的讲解不仅使学生也使罗斯眼界大开。这件事最终导致《作为故事的〈马可福音〉》[2]于1982年问世。大卫·罗斯在该书前言中回顾此事道:

> 五年前我请一个英语系的朋友多纳德·米琪向我的"新约概论"课程的学生表明,怎样像阅读一篇短篇故事那样阅读一部福音书。我听那位英语教师讲解《马可福音》之际,被他讨论故事时新鲜而令人兴奋的方式所吸引。他谈到戏剧中的悬念,他把耶稣当成一个极力传播其信息的人物来讲解,他表明了矛盾冲突如何在耶路撒冷达到高潮。那次讲演留给我了比对《马可福音》本身还浓郁的兴趣,学生们随后讨论故事时也变得异常热烈。[3]

---

[1] Norman R. Peterson. *Literary Criticism for New Testament Critics*. Philadelphia: Fortress Press, 1978, p.20.

[2] David Rhoads and Michie Donald. *Mark As Story: An Introduction to the Narrative of a Gospel*. Philadelphia: Fortress Press, 1982.

[3] David Rhoads and Michie Donald. *Mark As Story: An Introduction to the Narrative of a Gospel*. p.1.

大卫·罗斯和多纳德·米琪合作完成的这项成果有力地证实了运用叙事学理论阅读福音书的可能性，表明只有把《马可福音》读为一部连贯的叙事，才能强烈地体会到它的感人力量。翌年又有两部同类著作刊行，分别是金斯伯利（Jack D. Kingsbury）的《〈马可福音〉的基督论》[1]和库普柏（R. A. Culpepper）的《第四福音剖析：一种文学构思研究》[2]，两书都自觉运用了被罗斯称为"叙事批评"（Narrative Criticism）的方法。几年后金斯伯利出版《作为故事的〈马太福音〉》[3]，对首卷福音书也做出卓越的叙事研究；坦尼希尔（R. C. Tannehill）则推出《〈路加福音—使徒行传〉叙事的一致性：一种文学阐释》[4]，对路加的著作予以叙事分析。90年代《新约》叙事批评的成果层出不穷，而上述四人——罗斯、金斯伯利、库普柏和坦尼希尔——在此领域充当了先驱者角色，正是他们最早对《新约》开头的五卷书做出精彩的叙事评述。

对《旧约》进行叙事批评的早期著作之一是罗伯特·奥特（Robert Alter）的《圣经的叙事艺术》[5]（1981），该书揭示出希伯来圣经的叙事奥秘，雄辩地表明圣经文本是一个各部分相互联系的统一体，而不是由互不相属的零散底本拼凑成的组合物；只有把它当成故事欣赏，或者从文学风格的角度欣赏，才能充分领略其艺术魅力。例如对于读者通常视为缺陷的种种重复现象，奥特认为多属于作者有意为之，其实体现出别具一格的叙事技巧。他把重复分成五类，分别是字词重复、母题重复、主题重复、行为序列重复和类型化场景重复。

奥特的著作在学术界引起重大反响，一经发行就好评如潮。在他前后研究《旧约》的叙事批评名著尚有巴尔·伊弗拉特（Shimon Bar-Efrat）的《圣经的叙事艺术》[6]（希伯来文版1979，英文版1989）、布莱纳（Athalya Brenner）

---

1　Jack D. Kingsbury. *The Christology of Mark's Gospel*. Philadelphia: Fortress Press, 1983.

2　R. A. Culpepper. *Anatomy of the Fourth Gospel: A Study in Literary Design*. Philadelphia: Fortress Press, 1983.

3　Jack D. Kingsbury. *Matthew As Story*. Philadelphia: Fortress Press, 1988.

4　Robert C. Tannehill. *The Narrative Unity of Luke-Acts: A Literary Interpretation*. Philadelphia: Fortress Press, 1986.

5　Robert Alter. *The Art of Biblical Narrative*. New York: Basic Books, 1981.

6　Shimon Bar-Efrat. *Narrative Art in the Bible.* First published by Sifriat Poalim (Tel Aviv) in Hebrew, 1979, translated by Dorothea Shefer-Vanson. Sheffield: Almond Press, 1989.

的《圣经叙事中的以色列妇女：社会作用和文学类型》[1]（1985）、斯腾伯格（Meir Sternberg）的《圣经叙事诗学：意识形态的文学与阅读的戏剧》[2]（1985）、大卫·加恩（David M. Gunn）和丹纳·弗威尔（Dann N. Fewell）的《希伯来圣经的叙事》[3]（1993）等。其中伊弗拉特以细腻的笔法论述了叙述者在文本中的存在及其功能，作者在塑造人物、安排情节、处理时间和空间方面的匠心，以及希伯来叙事文学的文体风格，最后对《撒母耳记下》第13章所载"暗嫩与他玛"之事做出综合性分析。斯腾伯格在长达580页的宏篇中建起一个甚为繁详的圣经叙事批评体系，论及各种叙述模式的特征、视点与阐释的关系、局部真实与整体真实的关系、意义的呈现、重复的结构、劝说的艺术、意识形态与修辞学和诗学的关系等。作者特别强调圣经首先是一部意识形态著作，对它进行任何文学批评都不能无视其宗教背景和神学典籍性质，从而表现出后经典叙事学的某些理论导向。

## 二、理论特征

圣经叙事批评理论可以研究圣经中的叙事作品。具体地说，它尝试运用现代叙事学理论研究各种圣经故事，揭示圣经故事对读者或听众可能造成的艺术效果。叙事学者承认圣经故事确有记载犹太—基督教历史事件的资料功能（referential function），同时主张它们还有诗性功能（poetical function），能激发读者的想象，令人反省忏悔，寻求心灵净化，并得到审美愉悦。这种诗性功能是叙事批评关注的主要对象。

圣经叙事批评从传统的历史考据学中发展起来，与后者既相联系又有区别。一方面，它滋生于对圣经进行形式批评和编修批评的过程中，在某些方面成为它们的理论延伸物；另一方面，它又深受当代新批评理论的陶冶，而新批评对历史考据学采取了极力否定的态度。二者的差异性可借助"窗口"和"镜

---

[1] Athalya Brenner. *The Israelite Woman: Social Role and Literary Type in Biblical Narrative.* Sheffield: JSOT Press, 1985.

[2] Meir Sternberg. *The Poetics of Biblical Narrative: Ideological Literature and the Drama of Reading.* Bloomington: Indiana University Press, 1985.

[3] David M. Gunn and Danna Nolan Fewell. *Narrative in the Hebrew Bible.* New York: Oxford University Press, 1993.

子"的比喻[1]来说明：历史考据学把圣经叙事当成窗口，使读者透过文本看到其背后的时代、地点和作家；叙事批评则把同样的文本用为镜子，使读者的目光停留于故事本身，并参与文本意义的营造。在叙事学家看来，文本是文学的关键所在，不仅负载了文学意蕴，而且制约着读者理解自身及其周围环境的方式。

圣经叙事批评与圣经历史考据学的主要分野可归纳如下：

首先，圣经叙事批评瞩目的中心是文本的最终完成形式，即经卷的现存样式或圣经的正典样式；主张研究对象的客观实在性不在于文本形成的过程中，而在于现存文本的本身。而历史考据学则津津乐道于构成经卷的"可辨别的传说单位"，热衷于再现那些零散片断被陆续编为一体的过程。在历史研究者笔下，资料来源批评被用于限定并评价经卷赖以编订的早期资料，形式批评着重研究片断传说的文体特征和社会背景，编修批评着重考察编纂人在文本最后形成阶段的主体作用。叙事批评家并不否认一些卷籍可能确由异质材料汇编成，因而亦不否认上述种种对文本形成过程的细致观察，但他们强调，最终成为正典的不是早期的散篇资料，而是那些资料被编订成书以后的文本。这使他们不重视成书经过，认为文本的早期材料是否以某些形态在某时某地存在过和它们的最后完成形态都无关紧要。重要的是，能否对文本的最后完成形态即现存状态做出合理的解读。

其次，圣经叙事批评强调文本的整体统一性。这派学者虽然辨析将文本连成一体的线索，却从来不分割文本。他们把圣经故事视为前后连贯的叙事，把个别段落当作整体中的有机组成部分。而在历史考据学者看来，现存的经卷多由种种关系松散的段落汇编而成；在区分各种早期文字单位时，他们又难以摆脱主观臆断。从事资料来源批评或形式批评时，他们试图离开经卷的上下文，孤立地解释某些特定语词或纪事。即使在同观福音书的编修批评中，他们也对不同经卷中相关段落的平行对照更感兴趣，而不大注意同一部书中各段之间的内在关联。

第三，圣经叙事批评将文本当作最终的研究对象，认为研究者的直接任务是解读文本所叙之事，文本讲述的故事以及讲故事的方式应当得到充分尊重。

---

[1] Murray Krieger. *A Window to Criticism: Shakespeare's Sonnets and Modern Poetics*. Princeton: Princeton University Press, 1964, p.3.

但历史考据学者却把文本视为通向目的地的一站,认为由此继续前行,才能到达终点,终点乃是对于某些文本所涉故事的复原或重构。比如,构成五经的 J、E 底本分别因何缘故而写作?它们又缘何汇为一体?又如,历史上的耶稣有哪些确凿的生平事迹和教诲?那些保留了耶稣传说的初期教会、社团各有什么独特的关注?历史考据学者钻研文本,只是为了找出诸如此类问题的答案。

第四,圣经叙事批评着重探讨文本的诗性功能,而历史考据学则瞩目其资料功能。这意味着叙事批评家能摆脱对于文本反映现实深广程度的思考,而进入一个审美境界,专注于对所叙故事的鉴赏。他们要用审美的目光观察或参与故事的世界,而不是用历史术语评判这个世界。在圣经故事中,上帝时常用可闻可感的声音降下神谕,造成种种神迹奇事;人类与天使、魔鬼一类灵体也常有交往。面对这类超自然描写,历史考据学者常会提出疑问,因为他们以"资料功能"之高低衡量对象,而资料功能本是文字材料表现合于自然法则的真实世界的性能。但叙事学家对此却不会发生任何困惑,因为他们一视同仁地看待各种故事成分,兴趣只在研究不同成分对叙事系统所发生的特定作用,以及对于读者接受所造成的影响。这样说并不意味着叙事批评家天真地把自己读到的一切都接纳为无可置疑的历史记载,或者反过来,把圣经仅仅当成一部神话故事集,以为其中没有任何真实可信的历史元素。恰恰相反,叙事批评家只是为了专注于圣经文本的文学研究,才把历史考据有意地暂时搁置在一旁。他们并不否认圣经所述之事确有不同程度的史料性质,也不怀疑历史探究的合理性;他们甚至充分肯定历史考据的必要性及其已经取得的各项成就。

最后,圣经叙事批评和圣经历史考据学各有赖以确立的理论基础。圣经叙事批评建立在现代"言说行为理论"(speech-act theory)的基础上,这派理论欲研究水平维度的信息交流模式,其中最深刻而简明的"言说行为模式"由雅各布森提出,他断言,每个交流单位都涉及一个信息放送者、一个信息和一个信息接受者。在文学活动中,信息放送者大致与真正作者同一,信息大致与文本同一,信息接受者则与真正读者同一。叙事学理论以此模式为基础,又有其出新之处:它要研究的不是信息藉文本从真正作者向真正读者的流动,以及从真正读者向真正作者的反馈,而是文本的自身。依据叙事学概念,文本自身就是一个包含了信息放送者、信息和信息接受者的复杂体系,只是它把信息放送者称为"隐含作者",把信息接受者称为"隐含读者"——由叙事本身预设的作者和读者，而不同于历史上的真正作者和读者。

圣经历史考据学的理论基础则是近现代的反映论哲学，主张感觉、观念一类精神性的东西终究都是社会生活的反映，文本作为观念的物态形式，生成的根源最终存在于历史之中。因而阐释的任务乃是溯本推源，重构文本形成的复杂过程，及其最初的历史缘由。受这种哲学理念的制约，《新约》研究者建构出福音书形成的演变模式：第一步，耶稣生活和传道的历史事件提供出原型；第二步，上述原型生发出初期信徒的口头传说；第三步，口头传说被笔录成片断的书面资料；第四步，四位传福音者各据自己掌握的片断资料编写成福音书。历史考据学的任务就是从现存的文本出发，揭示出它形成过程中各个阶段不断演变的面目。这是一种自上而下的垂直维度研究，意在说明植根于历史中的圣经文本如何一步步从无到有，最后被编成一部兼为宗教经典和文学作品的巨著。

# 第二章
# 圣经叙事批评的理论构架

语言交际是人类最基本的交流活动。这种活动是怎样发生的？有什么规律性？布拉格学派的代表人物雅各布森（R. Jakobson）提出一个普遍适用的模式：语言交流的对象是信息，信息来源于一个放送者，中止于一个接受者——此三者构成语言交流的三种基本要素。同时，交流须在一定的语境中进行，借助交流双方的某种接触方式进行，并依赖一定的代码进行——它们构成语言交流的另外三种要素。雅各布森将上述六种要素图示[1]如下：

联系以叙事文学为对象的交流活动，上述模式中的"信息"相当于叙述文本，"信息放送者"相当于文本的真实作者，"信息接受者"相当于真实读者，信息交流过程表现为由作者写出的叙述文本成为读者阅读接受的对象。只是叙述文本自身亦包含了复杂的信息交流过程，具体表现为，隐含作者经叙述者将信息传递给受述者，再传递给隐含读者。查特曼（S. Chatman）以如下表格[2]说明这一交际模式：

叙述文本

真实作者 → 隐含作者 → （叙述者）→ （受述者）→ 隐含读者 → 真实读者

---

1　Roman Jakobson. "Closing Statement: Linguistics and Poetics", in Thomas A. Sebeok ed., *Style in Language.* Cambridge: MIT Press, 1974, p.356.
2　Seymour Chatman. *Story and Discourse: Narrative Structure in Fiction and Film.* Ithaca and London: Cornell University Press, 1978, p.151.

这个表格的优长是具体分析了叙述文本中隐含作者与隐含读者、叙述者与受述者的关系，以及两组概念之间的关系，缺陷是未能显示信息本身的构成要素，即隐含作者借助叙述者把什么信息经由受述者传递给了隐含读者。为了弥补这一点，本书列出如下表格：

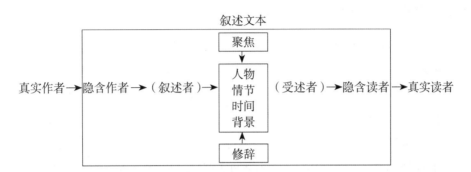

其中真实作者和真实读者最容易理解，前者是在历史上确曾参与某叙述文本的口传、笔录、加工、编纂之人，可能是一个人，也可能是一批人；后者是在历史上确曾阅读过某文本的人，可能生活在该文本成书之日，也可能生活在后世乃至当今。然而，这两类真实人物却非圣经叙事批评关注的重点。圣经叙事批评主要研究叙述文本内部诸要素的特征及其相互关系，不但考察隐含作者与隐含读者、叙述者与受述者的性质，更分析文本内部信息交流的中心环节——由人物、情节、时间、背景交互作用构成的故事本身，以及贯穿于故事始终的聚焦特征和修辞技巧。

这本书便以圣经文本为解读对象，尝试对它的叙事艺术进行多方位的研讨。在概览圣经叙事批评的历史嬗变轨迹之后，本章将综论圣经叙述文本中的隐含作者与隐含读者、叙述者与受述者以及聚焦的特色，随后几章分头考察构成圣经叙事的基本要素——人物、情节、时间和背景，以及贯注于其间的修辞手法，最后对圣经叙事批评的优长、缺陷和发展前景略加议论。

## 第一节
## 隐含作者与隐含读者

### 一、隐含作者（implied author）

"隐含作者"是美国小说理论家布斯在其《小说修辞学》中使用的颇富创见性的术语，被他解释为作者的"第二自我"（second self）。[1] 现代批评家大多主张作家不应介入小说，不宜从小说中走出来对人物或故事情节评头品足。有人甚至宣称，在现代小说中作者已经隐退，不再介入情节。而布斯却睿智地发现，让作者隐退实属奢望，实际上是完全不可能的。创造者在其创造物上必定留下自身的烙印，这种印迹不可能彻底抹煞。既然介入永远无法避免，应该讨论的问题就是如何介入，而不是要不要介入。所以布斯围绕着作者、叙述者、人物和读者的修辞关系，讨论作者应当如何介入。有鉴于作者在传统小说中的介入往往笨拙而粗俗，布斯指出一种艺术的介入法，即创造"隐含作者"，由他代替作者潜入作品，体现作者的意图，表达作者意欲表达之事。显然，这比作者直接抛头露面巧妙得多，也更易于为读者所接受。由此可见，隐含作者既不同于真实作者，也不同于文本中的叙述者，而是作者在创作活动中显示出的某种自我形象。

换一个角度看，隐含作者是读者依据叙事所体现的价值观和世界观重构的作者；或谓隐含于文本之中，能表达所叙之事主导倾向的作者。[2] 人们在阅读故事过程中会形成对于作者的种种印象，这时，他们即便对真正作者一无所知，也会觉得或多或少地了解那个写出故事的人——这个由读者从故事中感悟出的作者就是隐含作者。例如，凡读过《神曲》和《天路历程》的人，都会认定其作者是基督徒；读过《源氏物语》的人会相信其作者熟悉日本古代的宫廷社会；读过《红楼梦》的人会觉得其作者亲历过中国封建大家族的衰落。诸如此类的印象显然有助于读者对某一叙事的隐含作者做出适当的判断。

然而，判断隐含作者不是为了寻找或深入地了解真正作者，而是为了理清

---

[1] W·C·布斯：《小说修辞学》，华明等译，北京：北京大学出版社，1987年，第80页。
[2] 参见W·C·布斯：《小说修辞学》，第77—86、169页。

叙事结构的内在逻辑，找出能够透析该叙事的最佳思路。确定隐含作者的方位时，可以完全不考虑外在于叙事的因素，也就是说，叙事学家能在文本自设的范围内，仅仅借助对某些叙事成分的解读而发现隐含作者的所在。因为当阐释与隐含作者而非真正的历史性作者相关联时，叙事就成为一个自给自足的文学天地，这时阐释的关键不再系于背景资料，而存在于文本的文学体系之中。

"隐含作者"的概念会引出一些相关结论。比如，当某部作品表现出与其真实作者之见解相左的价值观时，叙事学家认为，故事的含义是由隐含作者而非真实作者决定的。研究者从历史考证中发现，真正写出了故事的人有时并不像他在故事中所显示的那样看问题，然而，这时故事的意义依然是文本所呈现的意义，而不是作家自我声称的主观意志。当同一位作家的若干作品被人用比较的目光同时审视时，隐含作者和实际作者的差异性会看得更清楚，因为所有那些面目互异的作品都有其自身的隐含作者，而它们却可能只有一个共同的实际作者。

在文学研究界，"隐含作者"一语起初是由民间文学研究者提炼出来的。他们遇到的作品大都在民间流传了许多世代，最初是口耳相传，后来其中的一些也被笔录成文。在这个漫长年代中，难以历数的匿名人士参与了作品的加工编订，但"真正作者"是谁却无法断定。对这样的作品能按照叙事学的原则加以研究吗？回答是肯定的，[1]因为某部叙事的真正作者不论怎样不得而知，它的形成过程不论怎样不可复原，它都有一个随时随地与文本——书面文本或口传文本——同在的隐含作者，能够被读者感知，被研究者识别并加以剖析。每部叙事都有其独到的见解、信念和价值观，它们便是隐含作者在文本中的隐形存在。

既然重要的工作是认清隐含作者，那么，搜寻真正作者的传记资料或与作品成书相关的史料就显得无关紧要了。所以，《创世记》的叙事批评者只关心现存文本所记载的文学故事，而无意于辨析故事背后曾经发生过的历史事件或宗教事项，以为大可不必从文本中苦心分辨出J、E、D、P等原始资料。《格列佛游记》的作者斯威福特曾十分注意爱尔兰清教和天主教的关系，但他并未将这方面的态度写进《格列佛游记》，因而分析那部小说时，就不该受到他一度持有的上述宗教态度的影响。事实上，人们用"经典名著"一词去限定文学

---

1 Seymour Chatman. *Story and Discourse: Narrative Structure in Fiction and Film*, p.140.

作品时，往往是说它们具有穿越时空的永恒价值，远远超出了其真实作者的初衷。对这类作品如果一味拘泥于史料考证，是很难发现其精华所在的。

## 二、隐含读者（implied reader）

另一方面，叙事学者通常无意于考察故事对真正读者发生的实际影响，而关注它对隐含读者的预期效果。"隐含读者"是与"隐含作者"彼此平行的概念，指能够领会并实现文本潜在意义的读者。詹姆斯·费伦（James Phelan）称之为"隐含作者为之写作的读者"，或"作者的读者（authorial audience）：假想的理想读者，作者为他们建构文本，他们也能完美地理解文本"。[1] 依据叙事学理论，他们对文本总能按照隐含作者所期待的方式做出反应。

那么，文本应当怎样对其隐含读者发生影响呢？较之对于真实读者，答案通常缺乏专门的限定性。如果斯威福特希望《格列佛游记》的最初读者意识到黑暗腐败的英国王朝已经危机四伏，则这部游记的隐含读者或许应当从中得出更带普遍意义的教训，因为书中的辛辣嘲讽不但适应于彼时彼地，也适应于包括读者自己在内的此时此地。换句话说，倘若真实读者从《格列佛游记》中更多地看到当年英国社会的历史报道，隐含读者就会从另一层面感受到普遍适用的讽喻意义。可见，与真实读者相比，隐含读者对叙事含义的理解可能更加抽象，而叙事研究也因此更富于多义性。

对叙事研究的常见误解是，这种理论抬高了隐含读者的地位，会导致如下看法：隐含读者的阅读是"预期阅读"（expected reading），因而是正确的；实际读者的阅读是"非预期阅读"（unexpected reading），所以是错误的。这一看法源于对叙事批评缺乏了解。其实，隐含读者和实际读者只是从不同角度阅读，因而形成不同的理解；在正常情况下，其理解都不会"溢出"叙事本身所限定的意义区域。众所周知，儿童们把《格列佛游记》当成格列佛游历小人国和大人国的娱乐故事，这种接受肯定属于非预期阅读，但在较大的意域内，有谁能断言儿童们背离了预期的接受方式，以致错误地欣赏了那个故事呢？与此相似，基督徒对《旧约》文本的不少段落做出"基督论"的解读，宣称其中

---

[1] 詹姆斯·费伦：《作为修辞的叙事：技巧、读者、伦理、意识形态》，陈永国译，北京：北京大学出版社，2002年，第169、171页。

的弥赛亚预言本是对耶稣基督的预表。就《旧约》隐含作者的本义而言，这或许是一种非预期阅读，然而当《旧约》被赋予基督教经典的性质之后，基督徒难免从它与《新约》相互贯通的视野看问题，这时"基督论"式的解读也就势在必然地获得某种预期阅读的特性。

在探讨文本对其隐含读者可能发生的预期效果时，叙事批评家做过一些规范阅读过程的假设。例如他们设想，对一个叙事单元来说，阅读应当是连贯而完整的，构成整体的所有相关部分都应该注意到。于是，阅读《撒母耳记上》第17章的大卫与歌利亚故事时，就须留意其中的每一个细节；那个故事的预期效果就应由延伸于叙事的所有段落而非某个孤立的片断来确定。规范的阅读过程还假设隐含读者事先了解与故事相关的某些情况，同时不了解另一些情况。比如《马太福音》的读者应当知道法利赛人是谁，百夫长是什么官职，一个第纳尔（denarius，汉语和合本译为"一钱银子"）值多少钱……等等，因为马太显然是以"众所周知无须解释"的口吻提到这些术语。而《马可福音》的读者会被设想没有读过《马太福音》，更没有读过《约翰福音》，对耶稣的降生一无所知，似乎耶稣的生平本来就是从接受约翰施洗开始的。

遵循同样的思路，叙事批评家既然要从隐含读者的视野解读故事，就必定假设隐含读者心悦诚服地接受那些支撑着故事的信念和价值观。规范的阅读涉及一种潜在的约定，根据这种约定，读者同意接受由隐含作者赋予叙事的原动力。假如故事津津乐道于会说话的动物或会飞翔的太空船，隐含读者就被期望收起疑惑而信以为真，确信在该故事中事情就是这样发生的。圣经叙事中时常可见对于神迹奇事和神人交往的超现实描写，叙事学者无意于质疑这类描写的信实性，也不企图弄清这类故事受了什么历史事件的触动才写成。相反，他们会自觉采纳隐含读者的视点，至少在故事的世界中对一切都信以为真，以便设身处地地考察所叙之事的预期效果。总之，叙事学批评家总将思维指向与历史考据学者相反的方向，如果说历史考据学者为了客观真实地解释文本必须暂时收敛信念，那么，叙事学家为了充分体验叙事对于隐含读者的影响，则须暂时采纳隐含作者的信念。

# 第二节
# 叙述者和受述者

## 一、何谓叙述者和受述者

詹姆斯·费伦将叙述者（narrator）简明地界定为"讲故事的人"。[1]这个定义似乎过于简略，尚可再作限定，表述为"在叙事文本中讲故事的人"。只要一打开叙事文本，真实读者就成为一次阅读交流活动的构成要素，其间他（他们）会"听到"文本中有个声音正在讲故事，那声音便来自叙述者。叙述者被隐含作者以各种方式巧妙地操纵着；同时也被隐含读者所控制，因其如何讲故事须视隐含读者的需要而调整。任何叙事文本中都有叙述者，通常是一个，在现代小说中时而也有若干个，他（他们）面对与其处于同一层面的受述者而讲述。据普林斯（G. Prince）研究，叙述者与其讲述的人物、事件以及面对的受述者之间往往有某种距离，可能是时间距离，即其所讲之事发生于一段时间之前；可能是智能距离，即其智能高于或低于受述者；也可能是道德品行距离，即其道德品行高于或低于所讲述的人物。[2]相应地，叙事文本中还有一个或若干个作为叙述者讲述对象的人物，他（他们）是内在于文本的聆听者，即所谓"受述者"（narratee）。受述者有时可能与隐含读者相重合。

若与戏剧的舞台艺术相比较，能清楚地看到叙述者在叙事文本中的地位。戏剧和叙事文本都塑造人物，表现其对话、活动和命运，但戏剧借助演员把人物的言论和行为展示出来，使之与观众直接相遇；叙事文本则由作为媒介的叙述者讲述，间接展示人物的面貌及其周围的诗化世界。读者无法直接面对文本中的人物，只能借助叙述者的眼睛观察他们，通过其耳朵聆听他们，因为他们的所有言行都镶嵌在叙述者的讲述之中。

从叙事理论的角度看，对真实作者和叙述者加以区别相当重要。真实作者是写作主体，是一个或若干个具有真实身份的人；叙述者则是叙述主体，只有代言人资格，二者不可混为一谈。了解真实作者的生平，熟悉其传记中的诸多

---

[1] 詹姆斯·费伦：《作为修辞的叙事：技巧、读者、伦理、意识形态》，第172页。
[2] G. Prince. *A Dictionary of Narratology*. Lincoln: University of Nebraska Press, 1988, p.65.

细节，对理解文本中的叙述者未必奏效，因为二者的价值观、知识体系和性格特征未必等同。同时，对隐含作者和叙述者也应加以甄别。隐含作者是隐藏于文本之中、能表达所叙故事之主导倾向的作者，透过人物的言行和其他叙事要素（如情节、时间、空间等）的精心编排显示出来。叙述者则是隐含作者的发言人，他告诉读者在情节进展的某一时刻什么事正在发生，什么人物正在讲什么话、做什么事。

## 二、叙述者及受述者的类型

叙事文本中的叙述者和受述者有多种类型，下面从若干角度加以辨析：

1. 时间关系

这方面的考察涉及叙述者和受述者与所述之事的时间关系，遇到的问题是"所述之事是何时发生，又是何时被讲述及受述的？"可能出现的情况有四种：（1）故事在事件发生之后被讲述，这时读者看到"事后的（ulterior）叙述者和受述者"。（2）故事在事件发生之前被讲述，这时读者看到"事前的（anterior）叙述者和受述者"。（3）讲故事行为与所述事件同时发生，这时读者看到"同步的（simultaneous）叙述者和受述者"。（4）讲故事行为与所述事件交替发生，这时读者看到"穿插的（intercalated）叙述者和受述者"。就圣经而言，读者看到的通常是事后的叙述者和受述者，即其在故事发生之后讲述和受述。即使历史书和福音书中那些经常出现的对未来之事的预告，比如对耶稣再临的预告，似乎是在事前讲述或受述的，实际上依然是在事后，因为所有预言都必须首先有人发出，其后才能被叙述者讲述，讲述总是出现在发出预言的行为之后。

2. 叙述层次

读者在阅读实践中不难发现"大故事套小故事"的现象，印度的《五卷书》、伊本·穆格发的《卡里来和笛木乃》、薄迦丘的《十日谈》、乔叟的《坎特伯雷故事集》均属此类。最典范之例当属阿拉伯大型民间故事集《一千零一夜》，该书的总体框架是宰相之女山鲁佐德给国王山鲁亚尔讲故事，所讲之事由数百个大大小小的故事连缀而成。这时，第一个故事（或初始故事）中的某些人物被作为形象化的叙述者和受述者；那些叙述者所述之事

（或第二层次故事）中可能又有人充当叙述者和受述者，而这种叙述者所述之事（或第三层次故事）中可能再度出现叙述者和受述者……这就构成不同层次的叙述。托尔米（D. F. Tolmie）称第一层故事的叙述者和受述者为"外在（extradiegetic）叙述者和受述者"，第二层为"内在（intradiegetic）叙述者和受述者"，第三层为"亚（hypodiegetic）叙述者和受述者"。[1]

遇到多层叙述时，对照叙事的其他部分解析被包含故事的功能，会有一些发现。在那种基本层次为解释性的段落中，被包含的故事往往有诠释之效能。倘若被包含之事与基本层次相互印证或形成对照，则可能有揭示主题之功效。以《路加福音》中的"好撒玛利亚人之喻"（10：25—37）为例，该段相继出现两个层次的叙述者：首先是外在叙述者亦即全书的叙述者，他述及耶稣与一个律法师谈论"怎样做才能承受永生"；其次是内在叙述者，也就是与律法师对话的耶稣，他为了开导律法师而讲述"好撒玛利亚人之喻"——在此层面上律法师是内在受述者。耶稣与律法师的故事意在解释永生之道，其中引出有关"邻舍"的议题，"好撒玛利亚人之喻"便生动地诠释了什么叫"邻舍"。

3. 参与故事程度

叙述者和受述者既能位于故事外部，也能作为人物出现在故事内部。位于外部时，他们对故事具有异质性（heterodiegetic）；但若位于内部，便具有同质性（homodiegetic）。在圣经叙事中，异质性的叙述者和受述者最为常见。辨析异质性或同质性的依据是文本自身的内证，而非各种外证。摩西虽是《出埃及记》中的人物，却未在书中以叙述主体的身份讲故事，故读者不应由于其他原因（如福音派学者称他是五经的真实作者）而误以为他是该书中的同质叙述者。然而圣经叙事中确有一些同质叙述者，比如"好撒玛利亚人之喻"中的耶稣，他既是基本叙述层次中的角色之一，也是内含小故事的讲述者。《尼希米记》中的"我"（即尼希米本人）既是全书的主人公，也是书中故事的讲述者，他听说故都荒芜，耶路撒冷颓败残破，便求波斯王允准他返回故乡，回乡后带领众人击败邻族的破坏捣乱，修竣城墙，恢复生产，恪守安息日，完成多项复兴之业——此人亦属该书的同质叙述者。另外，《使徒行传》中有四段以"我们"为叙述者的章节（16：10—17；20：5—16；21：1—18；27：1—

---

[1] D. F. Tolmie. *Narratology and Biblical Narratives: A Practical Guide.* San Francisco: International Scholars Publications, 1999, p.16.

28：16），"我们"暗示为保罗传道时的同行者——从叙事批评的角度看，这些片断也出自一个同质叙述者。《多比传》的开头部分（1：1—3：6）由主人公多比自述其事，这时多比便是同质叙述者。布斯在《小说修辞学》中论及"戏剧化与非戏剧化的叙述者"，前者在小说中往往扮演一个角色，成为"与其所讲述人物同样生动的人物"；[1]后者则不介入故事，不扮演任何角色，而仅仅讲故事——二者大致相当于同质性与异质性的叙述者。

4. 可觉察程度

所有叙事文本中都有叙述者，但他（他们）并非都能被人清晰明确地觉察出来。依据其可被觉察的程度，能分出外显的（overt）与内隐的（covert）叙述者，或公开的与隐蔽的叙述者。查特曼认为，典范的外显叙述者是作品中的一个人物，而内隐叙述者则不露痕迹地隐蔽在文本的行文中。[2]外显的叙述者常以第一人称提及"我"或"我们"，直接或间接地向受述者说话，并具有明确的自我意识，对自己讲述的人物、事件和情境公开发表各种议论。上述《尼希米记》中的"我"、《使徒行传》部分章节中的"我们"当属此类。隐蔽的叙述者则以不偏不倚的中立态度出现，不与受述者接触，不试图影响或说服受述者，而让故事尽量按自身的逻辑发展，让其中的人物都能依据各自的性情活动。普林斯论及一种最难觉察的叙述者，谓之"缺席的叙述者"，将其界定为"非个人化的叙述者"和"用最低限度的居间操作方式来表现情境与事件的叙述者"。[3]其实"最难觉察"并非无法觉察，因为既要叙述就不免留下种种叙述的蛛丝马迹，故此类叙述者不可能真正"缺席"，仍属于隐蔽的叙述者。另一方面，可觉察与不可觉察、外显与内隐的区分也不绝对，而能随着某些叙事要素的变化而变化。圣经叙述者的可觉察程度便因章节的不同而常有变化，有时难以察觉，有时则不难觉察，但即使在那些最易于觉察之处也有例外。在基本上由独白构成的章节中叙述者最隐蔽，如"登山训众"（太5：1—7：29）的叙述者就只在一头一尾出现（5：1，2；7：28，29），先引导受述者聆听耶稣之言，后示意他们耶稣的演说已毕。

---

1　W·C·布斯：《小说修辞学》，第170页。
2　Seymour Chatman. *Story and Discourse: Narrative Structure in Fiction and Film*, p.33.
3　G. Prince. *A Dictionary of Narratology.* p.1.

5. 知情程度

叙述者还可依据对其故事世界的知情程度分成"全知（omniscient）叙述者"和"非全知（unomniscient）叙述者"。前者如同上帝一般无所不知，能出现在任何地方，穿越坚固的墙壁而看到每一个隐秘角落，甚至看到人类心灵的幽暗之处。后者则有所不知，往往从外部世界的某个观察点看事物，能看到身边的人正在说什么，做什么，却不知他们在想什么，也不知远处的人正在说什么，做什么，想什么。圣经中最常出现的是全知叙述者。

6. 可靠性

詹姆斯·费伦对"可靠的和不可靠的叙述"（reliable and unreliable narration）做出如下界定："可靠的叙述指叙述者对事实的讲述符合隐含作者的视角和准则，不可靠的叙述指对事实的报告不同于隐含作者的报告，或叙述者对事件和人物的判断不同于隐含作者的判断。"[1]这段话源于布斯对"可靠的和不可靠的叙述者"的论断，在布斯看来，能按照隐含作者的价值观和行为准则讲述的叙述者是"可靠的叙述者"，否则便是"不可靠的叙述者"。在叙事作品尤其古典叙事作品中时常可见可靠的叙述者，他们作为隐含作者的代言人，能引领读者按照隐含作者的意愿正确地走过阅读的行程。

但古今作品特别是当代小说中也经常出现不可靠的叙述者，他们或许对自己讲述的故事不甚了解，或许出于某种目的而歪曲了其中的人物和情节，甚至明显背离了隐含作者的价值观。芥川龙之介的《竹林中》有七个叙述者——樵夫、云游僧、捕役、老妪、多襄丸、来到清水寺的女人、鬼魂——分别讲述某男子在竹林中被杀之事，他们的叙述相互矛盾，使事件的真相扑朔迷离，进而使作者的不可知论和迷惘困惑之心得以流露，这七个人皆属不可靠叙述者。

圣经故事通常都出自可靠的叙述者，依斯腾伯格之见，他们甚至"如同上帝般信实可靠"。[2]然而，由于圣经的许多卷籍是历经复杂的编纂过程之后才成书的，读者仍会不时发现一些自相矛盾之处，如《撒母耳记上》第17章明明生动地描写了大卫战胜非利士猛将歌利亚之事，但到了《撒母耳记下》第21章，又说"伯利恒人雅雷俄珥金的儿子伊勒哈难杀了迦特人歌利亚"——这难

---

1　詹姆斯·费伦：《作为修辞的叙事：技巧、读者、伦理、意识形态》，第173页。
2　Meir Sternberg. *The Poetics of Biblical Narrative: Ideological Literature and the Drama of Reading*, 1985, p.153.

免使叙述者的可靠性被人质疑。

### 三、叙述者的功能

叙述者在叙事文本中有多种功能。首先是叙述，即讲故事。一般而言，叙述指一个发送者将信息传达给接受者的交流行为，在叙事文本中则指对某一过去已经发生、现在正在发生或将来可能发生之事的讲述。事件有大有小，延续的时间有长有短，可以真实也可以虚构，但无论哪种情况，要想为受述者、隐含读者及真实读者所知，就必须由叙述者讲述。希伯来圣经中有三分之一以上篇幅、《新约》中有一半以上篇幅是叙述文体，它们皆由叙述者讲述出来；不论长达数千年的耶稣家谱，还是短至片刻的耶稣行施奇迹、治愈病人，都由叙述者娓娓道来。

其次，叙述者还有提示功能，能在行文中插入某些"话外音"，对所述人物言行或事件的性质、内涵等进行专门提示，给人以阅读的引导。《使徒行传》记述了教会从耶路撒冷一步步扩展到罗马帝国心脏罗马城的经过，叙述者把这一过程分成若干阶段，在每个阶段都向受述者做出专门提示。首先是教会在耶路撒冷建立，"上帝的道兴旺起来，在耶路撒冷门徒数目加增的甚多"（6：7）。随后教会传遍巴勒斯坦，"那时犹太、加利利、撒玛利亚各处的教会都得平安……人数就增多了"（9：31）。继而扩充到安提阿，"神的道日见兴旺，越发广传"（12：24）。接着发展到小亚细亚，"众教会信心越发坚固，人数天天加增"（16：5）。再后扩展到欧洲，"主的道大大兴旺，而且得胜"（19：20）。最后保罗虽然被囚禁于罗马狱中，但始终"放胆传讲上帝的道，将主耶稣基督的事教导人，并没有人禁止"（28：31）。

有时这类文字关系到对一个历史人物的评价，如谓"在约西亚以前，没有王像他尽心、尽性、尽力地归向亚卫，遵行摩西的律法；在他以后，也没有一个王像他"（王下23：26），隐含作者借助对约西亚的称赞，劝诫隐含读者都像他那样信奉上帝，遵守律法。在另一种情况下，叙述者以画龙点睛之笔申明其所述之事的要义，比如："记这些事，要叫你们信耶稣是基督，是上帝的儿子，并且叫你们信了他，就可以因他的名得生命。"（约20：21）——叙述者讲完耶稣生平后惟恐受述者不解其意，乃明确指出耶稣与基督的同一性，并明示其叙述意图在于劝人确立对耶稣基督的信仰。

再次，叙述者还有证明功能。在故事运行的某个环节，他可能如同法庭上的见证人一样站出来，为自己讲述的某件事提供证据。先看《希伯来圣经》中的几例：

> 所罗门其余的事，凡他所行的和他的智慧，都写在《所罗门记》上。（王上11：41）
>
> 耶罗波安其余的事，他怎样争战，怎样做王，都写在《以色列诸王记》上。（王上14：19）
>
> 约坦其余的事和一切战争，并他的行为，都写在《以色列和犹大列王记》上。（代下27：7）
>
> 亚哈斯其余的事和他的行为，自始至终都写在《犹大和以色列诸王记》上。（代下28：26）

这几例出现时，书中已讲述了所罗门、耶罗波安、约坦和亚哈斯的一些事迹。在叙述者看来，他们皆有其他事迹可谈，但由于某种缘故（如限于篇幅）而不便继续讲下去，于是便以亲历者的口吻提供一份"进一步阅读书目"，证明其中尚有当事人的其他资料，必要时读者可去检索。再看《路加福音》的卷首语：

> 提阿非罗大人哪，有好些人提笔作书，述说在我们中间所成就的事，是照传道的人从起初亲眼看见又传给我们的。这些事我既从起头都详细考察了，就定意要按着次序写给你，使你知道所学之道都是确实的。（1：1—4）

语中的"我"是叙述者，"提阿非罗大人"及"你"是受述者。"我"将要告诉提阿非罗大人，以下文字所载之事是起初的传道人亲眼见过的，又经过了"我"的详细考察，它们确凿无伪，完全可以深信不移。《约翰福音》卷尾也有一段叙述者的证言："为这些事作见证，并且记载这些事的，就是这门徒，我们也知道他的见证是真的。"（21：24）——以证明人的语气告诉受述者："这门徒"能为耶稣之事作见证，这部书中的耶稣之事就是由他记载的，其见证是信实可靠的。

另外，叙述者还有对故事进行干预和评点的功能。在某个特定环节他可能觉得不插入这类文字不足以使人充分理解故事，便中止正常的讲述，从外部对故事说三道四、评头品足。《马加比传下卷》的主线是马加比家族反抗希腊化国家统治的始末，为使读者更全面地了解这条主线，叙述者多次提供其他相关材料。他首先介绍成书经过，说明其书的原著者是古利奈人耶孙，耶孙将马加比家族的事迹写成一部五卷书，《马加比传下卷》只是五卷书的缩写本。他详细解释了自己的改编意图和原则：

> 现在我想把耶孙所写的这五卷著作归纳到一卷书里，原书细节和材料容量完全可以被任何有志于阅读史实原委的人们所消化。然而我还是力求把它简化，使其适合于所有的读者，使那些纯然以消遣为目的的读者从中得到乐趣，使那些有志于牢记史实的读者觉得它并不难读。（2：23—25）

他谈到犹太人因持守信仰而屡受迫害时说：

> 当你读到这些惨案时，请不要垂头丧气。要知道，这是主惩罚自己人民的方法，并不是要消灭他们。实际上，立刻惩罚一个人的罪过而不长久地拖延乃是一种仁慈……由此看来，主总是怜悯我们这些他自己的人民。他尽管用灾祸来惩罚我们，却从来不抛弃我们。（6：12—16）

怎样正确理解犹太人屡遭异教徒迫害之事而避免误解？叙述者直接站出来对读者加以点拨。在行文过程中叙述者还对某些存疑之处做出特别讲解，比如"后来西流古王死了，安提阿哥（又名伊皮法纽）当上了国王"（4：7）；"耶孙一开始就放弃了约翰为犹太人从前几代国王那里得到的利益（约翰是优波拉姆的父亲，优波拉姆后来去罗马签订盟约，建立了友谊的纽带）"（4：11）；"三年后，耶孙派麦尼劳斯（前面提到的西门的兄弟）带上一些钱去面见国王"（4：23）。安提阿哥、约翰、麦尼劳斯各是何许人？叙述者都在括弧中做出注释性说明。在现代批评家看来，注释性文字可以出现在学术著作里，却不宜出现在故事情节中；一旦出现，就可能被指责为对情节进行了不当干预。

## 四、圣经文本中的叙述者

圣经文本中的叙述者情况复杂，各有不同。一般说来，他们在故事发生之后而非之前，亦非同时讲述。他们多为异质性的、非戏剧化的、外显的叙述者，往往以非角色的身份讲述，从外部观察作品中的人物，但有时也从内部观察。他们通常以外在观察员的眼光看事件，虽然有时亦透过某个人物的眼睛观看。总的来说，他们近距离地描写事件，常在人物对话和交往的背后细腻地讲述，但偶尔也乐意从远距离观察，对对象做出粗线条的勾勒和概说。他们一般都注重表现事件发生演变的具体过程，以冷静客观的口吻述说笔下人物之事，然而他们并不冷淡麻木，有时也禁不住加上几句阐释和解说，以致由于某种话语标记被读者辨认出来。其主观态度多以隐晦的方式传达，含蓄而不引人注意。他们惯以巧妙间接的方式暗示外物，而不清楚明白地描述它们。他们与作品中的人物保持了距离，但有时其视点与某人物的视点也合而为一。除少数特例外他们皆为全知叙述者，提供的信息总能体现隐含作者的意志，具有信实可靠的性质。

作为外显的叙述者，他们可能由于某些"题外话"暴露了自己，这些题外话或针对特定情境发布提示，或做出证实、评析、解释、说明，对故事情节进行种种干预。比如，亚希多弗是个料事如神的智者，他加入押沙龙叛军后使之如虎添翼，对此叙述者评论道："亚希多弗所出的主意好像人问神的话一样，他昔日给大卫、今日给押沙龙所出的主意都是这样。"（撒下16：23）此语显然能使隐含读者对亚希多弗的智慧加深认识。但大卫令更高明的军师户筛打入叛军，挫败亚希多弗之计——笔锋至此叙述者解释道："这是因耶和华定意破坏亚希多弗的良谋，为要降祸与押沙龙。"（撒下17：14）此类非情节性议论难免使人意识到一个叙述者的存在，而每当这时隐含读者就会被引出故事，进入叙述者设定的话语范畴。

有时叙述者言及某种古俗时会暂停讲故事而插入一语，对那种古俗加以解释。《撒母耳记上》写到扫罗寻访神人时特意指出先知和先见的区别："从前以色列中若有人去问神，就说'我们问先见去吧'，现在称为先知的，从前称为先见。"（9：9）可见在当年的语言环境中，对"先见"如果不加解释，读者就可能不知所云。在另一处，他玛遭到暗嫩玷辱后撕裂身上所穿的彩衣，写到这里叙述者说："那时他玛穿着彩衣，因为没有出嫁的公主都是这样穿。"（撒下13：18）公主穿彩衣的习俗显然已成为往事，若不特意说明读者就会困惑不解。除了阐明古俗，叙述者偶尔也解释人物在特定背景下的心理动机。以撒在基拉耳居住时，凡有人问起他的妻子利百加，他都说那是他的妹妹而不说是妻子。何以如此？叙述者插语道："他心里想：'恐怕这地方的人为利百加的缘故杀我，因为她的容貌俊美。'"（创26：7）经过这番指点，读者明白了如何理解才不致于误读：以撒之所以称妻为妹，是为了避免那些对利百加图谋不轨的歹徒杀害自己。

在一些情况下，读者能从一个时间状语"直到今日"意识到叙述者的存在，试看以下各例：

> 以色列人不吃大腿窝的筋，直到今日，因为那人摸了雅各大腿窝的筋。（创32：32）
>
> 雅各在她的坟上立了一块碑，就是拉结的墓碑，到今日还在。（创35：20）
>
> 约书亚将艾城焚烧，使那城永为高堆、荒场，直到今日。（书8：28）
>
> （睚珥的儿子们）有三十座城邑，叫作哈倭特睚珥，直到今日，都是在基列地。（士10：4）
>
> 押沙龙活着的时候，在王谷立了一根石柱……以自己的名称那石柱叫"押沙龙柱"，直到今日。（撒下18：18）
>
> 所罗门挑取他们的后裔作服苦役的奴仆，直到今日。（王上9：21）

"直到今日"示意书中的故事发生于很久以前，但一直延续至今，年深日久之后叙述者向后来的读者提起那件事。一个比"直到今日"更隐晦而作用相同的时间状语是"那时候"，它也能拉开叙述者与所述之事的时间距离，使人意识到古时的故事出自一个后世的叙述者。例如"那时候有伟人在地上；后来神的儿子们和人的女子们交合生子，那就是上古英武有名的人"（创6：4）——显然是从一个后人口中，读者得知古时曾"有伟人在地上"。另一例是《士师记》的结束语"那时以色列中没有王，各人任意而行"（21：25；参见17：6；18：1；19：1），语中透出的信息是，叙述者是在以色列人建立王权以后讲故事的，他立足于后世反观古代，对王国建立前"各人任意而行"的混乱秩序发出微词。据学者考证，《士师记》出自申命派史家之手，著书年代确实在士师时期以后数百年。

从以上各例可以发现，圣经叙述者站出来说明、阐释或评判，目的之一是在读者和故事情节之间造成某种距离，以减少读者的情感介入。读者完全被故事情节吸引，就无法不带偏见地观察和判断事件，评定其意义。保持某种情感距离是进行清醒思考的先决条件，读者只有在清醒的思考中才能把握隐含作者的意图；而叙述者那些阐释、说明性文字有助于读者理解故事，掌握其中的要点，形成与隐含作者的价值观相协调的见解。但问题也有另一面，即叙述者的插入语能损伤故事的艺术画面，使读者将注意力从故事转向叙述方式，从事件本身转向对待它的态度。从艺术创作的规律出发，叙述者的存在越不为人所知，他讲述的故事就越生动，越具有扣人心弦的戏剧性。对读者而言，他们越不知道自己与作品的艺术世界之间存在一个中介者，就越少觉得正在受到某种外力引导，从而感受到更大的自由鉴赏空间。叙述者若想尽可能隐藏自身，就应当把说明、阐释性文字减少到最小程度；而仅仅出现少量插入语，是不会伤害艺术效果的。大体说来，在典范的圣经叙事性篇章中叙述者就是这样做的，他们表现出很大的隐蔽性，堪称隐蔽的叙述者。

不少学者认同圣经叙述者描述人物和事件时能克制主观倾向性而持守客观公正性，因为：其一，他们通常不掩饰主人公的缺陷甚至罪行，如对大卫谋害乌利亚、霸占拔示巴的揭露；其二，他们惯以冷静的笔法讲故事，避免渲染大喜大悲之情，即便遇到震撼人心的情节（如亚伯拉罕祭献以撒）也能保持一种通常的文风。[1]但即使如此，却不能认为圣经叙述者可以摆脱主观偏见。事实上，没有哪个叙述者能完全公正，不偏不倚；差别只在于表达主观态度时有的显露而有的隐蔽。圣经叙述者常用暗昧不明的手法表达其评价态度，这种手法其实并不比直接陈述更无效。相反，正因为是在无形之中作用于读者的，它传达隐含作者的价值观才更为得心应手。

---

1　Shimon Bar-Efrat. *Narrative Art in the Bible.* First published by Sifriat Poalim (Tel Aviv) in Hebrew, 1979, translated by Dorothea Shefer-Vanson. Sheffield: Almond Press, 1989, pp.32—33.

之所以说圣经叙述者对所述人物的褒贬态度暧昧不明，是因为其态度通常并不明言，而借助一些带有肯定或否定色彩的语词流露出来。如"城中的匪徒围住房子，连连叩门"（士19：22），"匪徒"透露出对行为人的否定性评价；又如"扫罗又健壮又俊美，在以色列人中没有一个能比他的；身体比众民高过一头"（撒上9：2），语中暗含对扫罗的赞美之意。有时叙述者笔下的动词也能流露出某种主观评价，比如"撒莱苦待夏甲"（创16：6）、"以色列人随从诸巴力行邪淫"（士8：33）、"那些人终夜凌辱利未人的妾"（士19：25）等，其中的"苦待"、"行邪淫"、"凌辱"皆非中性语词，而是暗示出叙述者的否定态度。

圣经叙述者惯用"概述"和"显示"两种方法表现对象。进行概述时从远处瞭望事件，在读者面前铺展出一幅宽广的全景图；进行显示时则近距离审视事件，在读者面前描绘出生动具体的场景。在前一种情况下，读者得知什么事已经发生；在后一种情况下，读者用自己的眼睛看到某件事正在发生。前一种方法更具综合性；后一种更具戏剧性。概述笔法的综合性意味着叙述者须对多种早期素材进行筛选，将重要资料编入一个预先设定的叙事框架，此间他难免作为读者与故事之间的中介者而发挥种种主体性作用，以致在文本中留下自身的痕迹。马太和路加在各自福音书的卷首都概述了耶稣的家谱，但马太从亚伯拉罕落笔，把耶稣与犹太人的祖先联系起来，从而表现出浓郁的犹太意识；路加则将耶稣的血统追溯到天下万族的共同始祖亚当，示意耶稣是普世的救主，进而透露出世界主义的神学观念。显示笔法的戏剧性意味着叙述者退避幕后，只操纵作品中的人物登台演戏；较之概述，它对情节的干预作用无疑会明显削弱。然而既要操纵人物，就难免留下自身的痕迹，致使留心观察的读者发现叙述者的存在。

通常认为作品中的人物登场时，叙述者便退场了；人物的声音响起时，叙述者的声音就沉默了。而实际情况并非完全如此，因为叙述者无论何时都不可能真正退场。叙述文本中的人物不同于戏剧舞台上的人物，他们并不具备言说的独立性，其所有言谈话语都必须冠以指示言说主体的引导语，诸如"以撒问"、"利百加回答"、"约瑟对哥哥们说"等，而这类引导语无一例外地出自叙述者。所以，只是借助于叙述者，读者才听到人物的谈话，看到他们的行为。叙述者不仅申明谁在说，向谁说，有时还限定了言谈话语的特征，诸如

"保罗大声呼叫说……"、"大家同声喊着说……"、"犹太人同谋起誓说……"（徒17：28；19：34；23：12）等，读者从中不仅得知谁在说，还得知言说者在怎样说。

对叙述者在圣经叙事文本中的外显式和内隐式存在进行一番讨论之后，有必要转入另一个话题，分析其无所不知或全知的性质。圣经叙述者在大多数情况下都无所不知，不但了解各种公开的活动，还能看到隐蔽的行为，听到暗室里的对话，熟悉人物的心理状态，将其最深层的思想展示给读者。无所不知关系到无所不在，上帝了解一切，是因为他无论何时都无处不在。圣经叙述者在某些方面类似上帝，也能介入所有领域，但由于语言媒介的局限性，他讲故事时无法同时存在于各处，只能时而在此地，时而在彼处；先进入某人的内心，再进入另一人的内心，不断将视点从一处转向另一处。拿俄米和路得刚才还在摩押地，转眼间就回到伯利恒（得1：6，19）。保罗三次旅行传道，行程数千里，所到的地点不计其数（徒13—28章）。圣经叙述者还能进入最深的内室，出入于高度个人化的情境中，看到人物的种种隐私，如大卫密谋杀死乌利亚的信（撒下11：15），耶稣向门徒承认自己是基督的谈话（太16：20），以及上帝和撒旦在天上有关如何考验约伯的讨论（伯1：6—12；2：1—6）。在描写外在行为的同时，圣经叙述者也进入人物内心，直接揭示其思想、情感、欲望、动机、知情状态和意志，在不同场合分别述及他们的爱、恨、欢乐、忧伤、愤怒、恐惧、羞耻等情感。比如"雅各爱拉结胜似爱利亚"（创29：30），雅各的儿子因底拿受辱而"人人忿恨，十分恼怒"（创34：7），摩西因众人拜牛犊而"大发烈怒"（出32：19），以利"为上帝的约柜心里担忧"（撒上4：13），大卫"心里切切想念押沙龙"（撒下13：39），亚多尼雅"惧怕所罗门"（王上1：50），耶稣因拉撒路之死而"心里悲叹，又甚忧愁"，乃至"哭了"（约11：33—35）。叙述者甚至了解上帝的喜怒哀乐，如称上帝因见"人在地上罪恶很大"就"后悔造人"，"心中忧伤"（创6：6）；以色列人在埃及受苦时上帝"看顾他们，知道他们的苦情"（出2：25）；大卫与拔示巴行淫生子后"亚卫甚不喜悦"（撒下11：27），等等。

## 第三节
## 聚　焦

　　叙事学研究者大都关注"视点"（point of view）或"聚焦"（focalization）问题。20世纪初期以来，一批学者如威特科姆（S. L. Whitcomb）、卢伯克（P. Lubbock）、布鲁克斯（C. Brooks）、瓦伦（R. P. Warren）、斯坦泽尔（F. K. Stanzel）、弗里德曼（N. Friedman）、布斯、热奈特等相继发表各家之见，使用一系列术语——包括视点、聚焦、叙述透视（narrative perspective）、叙述焦点（focus of narration）、叙述情境（narrative situation）、观察角度（angle of vision）、叙述方式（narrative manner）、叙述视点（narrative point of view）等——使这方面的研究成为现代叙事学理论的有机构成部分。

　　大致说来，"视点"所讨论的是叙述者观察故事的角度。早在1905年，威特科姆就在《小说研究》中提出，"语段或情节的统一性……依赖于（叙述者）位置的清晰和稳定性"。[1] 1921年卢伯克在《小说技巧》中进而指出，小说创作的复杂技巧"都要受到观察点问题，也就是叙述者相对于故事所站位置的关系问题所制约"。[2] 20世纪中期新批评理论家卢鲁克斯和瓦伦对"视点"做出有名的界定："在松散的意义上，该词指涉作者的基本态度和观点……在较为严格的意义上，该词指涉讲故事的人——指过滤故事材料的头脑。故事可用第一人称或第三人称讲述，讲故事的人也许仅仅是旁观者，也许较多地参与了故事。"[3] 他们提出四种"叙述焦点"：（1）第一人称主人公叙述：主要人物讲述自己的故事；（2）第一人称观察者叙述：一个次要人物讲述主要人物的故事；（3）作者从旁叙述：作者作为观察者讲故事；（4）全知叙述：由分析的或全知的作者讲故事。上述理论固然不断深化了对视点的研讨，却未对"说"与"看"做出严格区别。在叙事文本中说者与看者（或叙述者与观察

---

1　Norman Friedman. "Point of View in Fiction: The Development of a Critical Concept", in *The Theory of Novel*. Austin: University of Texas Press, 1968, p.114.

2　Pency Lubbock. *The Craft of Fiction*. London: Jonathan Cape, 1966, p.251.

3　C. Brooks and R. P. Warren. *The Scope of Fiction*. New York: Crofts, 1960, pp.334—335.

者）可以合而为一，即叙述者兼为观察者，他说出自己看到的事；也可以不尽一致，这时叙述者说出某个特定观察者看到的世界，亦即通过另一个人物的视点讲述。

早期学者对叙述者与观察者的模糊认识由热奈特在1972年出版的《叙述话语》中予以澄清。热奈特明确指出"谁说"和"谁看"的分野，认为前者确认了文本中的叙述者及其"叙述声音"，后者则辨明叙述者通过谁的视点进行叙述。为了对二者做出更明确的区分，热奈特用"聚焦"一词取代"视点"，并提出三种聚焦模式：[1]首先是"零聚焦"或"无聚焦"，指没有固定视角的全知叙述，叙述者比作品中任何人物知道的都多，能不加限制地讲述，还能把自己对人物、事件的分析议论纳入故事。热奈特用"叙述者>人物"的公式申明其特征。其次是"内聚焦"，特点是叙述者只说出某个人物知道的情况，可用"叙述者＝人物"的公式来表示。它又细分为三种情况：（1）固定的内聚焦，或"固定式人物有限视角"，聚焦者是某一固定人物，文本中的所有事件都在他的感知范围之内；（2）不定式内聚焦，或"不定式人物有限视角"，聚焦者是不同的人物，文本中的事件由他们轮流讲述；（3）多重式内聚焦，或"多重式人物有限视角"，若干人物从各自的角度讲述同一故事，前述芥川龙之介的《丛林中》即属此类。热奈特提出的第三种聚焦模式是"外聚焦"，指一种客观化的叙述方式，能像摄像机一样旁观人物的言行，叙述者通常只介绍人物的表情、对话和外部动作，而不进入他们的内心。其特点可用"叙述者<人物"的公式表示。

有必要指出，某种聚焦方式并不总是运用于整部作品，而可能只运用于一个叙述片断，有时短到只运用于一句话。一个文本或许交替运用多种聚焦方式，因为每种方式都有其长处和不足，一般说来，零聚焦有利于讲述大跨度或头绪纷繁的事件，内聚焦有助于揭示人物的精神状态，外聚焦则便于客观地展示某种场景。热奈特用较抽象的"聚焦"一词取代"视角"、"视野"、"视点"之类过于专门的视觉术语，有助于将"叙述"和"观察"加以区分，不但关注作为言说主体的叙述者，也注重分析其心理或精神感受的内核，分析故事中的信息是透过谁的心灵和目光传达出的。《叙述话语》的英文版于1980年问

---

[1] 热拉尔·热奈特：《叙事话语·新叙事话语》，王文融译，北京：中国社会科学出版社，1990年，第129—130页。

世后,热奈特的观点大得好评,几乎成为叙事学者探讨聚焦时不可回避的理论命题。

探讨聚焦问题具有多方面的理论意义。首先,聚焦是使一部作品形成内在统一性的诸要素之一。文学作品通常涉及繁杂的人物、事件、场所和时间,它们处于经常不断的变化重组之中,需要叙述者有条不紊、从容不迫地"一一道来"。讲述时怎样才能做到"活而不乱"?有人认为,在亚里士多德提出的三个统一(指时间统一、地点统一和情节统一)之后,聚焦成为第四种统一要素,能将作品中各色人等的诸多视点综合起来,纳入一个整体。[1] 被选定的聚焦模式能决定哪些事讲,哪些事不讲;哪些事从远距离讲,哪些事从近距离讲;以及要讲的事如何讲——这恰如一个摄影师能决定哪些场景收入画面,哪些不收入画面;从什么距离和角度拍照,用什么光线和清晰度拍照。如果说一张照片的特色取决于摄影师的操作方式,叙事文本的特色在很大程度上便取决于叙述者的聚焦方式。

其次,采用何种聚焦方式关系到叙事文本能否达到最佳的艺术效果。出色的叙事文本应当意趣盎然,引人入胜,甚至能扣人心弦,使读者如痴如醉神魂颠倒,与作品中的人物有乐同喜,遇难同悲。读者的情感能否卷入正在阅读的故事,关系到多种叙述手段和修辞技巧的运用,其中便包括聚焦方式,诸如何时零聚焦,何时内聚焦,何时外聚焦,以及怎样处理不同聚焦方式的衔接和转换,等等。

再次,聚焦方式的选择关系到隐含作者的价值观能否被隐含读者顺利地接受。自然,隐含读者对文本所述之事的态度首先取决于自身固有的思想观念,但隐含作者仍能多方面地影响其价值判断。如果隐含作者采取积极的态势,隐含读者很可能处于积极的接受状态之中;反之亦然,因为一般说来,较之故事中的人物,隐含读者更多地与隐含作者认同,透过隐含作者的目光观察人物,站在隐含作者的立场上评判人物。不同于某些童话、寓言习惯将道德教训置于末尾,在故事和小说中隐含作者的态度通常不会专门申述,而是和生动的情节交织在一起,在事件嬗变的过程中自然而然地流露出来。既然如此,叙述者"讲什么"及"怎样讲",对于隐含读者的接受就显得十分重要。在导致"怎样讲"的诸要素中,隐含作者的总体构思及其处理人物言行的聚焦方式占有相

---

[1] Shimon Bar-Efrat. *Narrative Art in the Bible*. p.15.

当重要的位置，正是它们决定了隐含读者的阅读方式及其对故事意义的领悟方式。可见，叙事性作品的审美功效如何，在很大程度上取决于隐含作者能否得心应手地运用包括聚焦在内的叙述技巧。

在圣经中，如果说先知文学和智慧文学以直抒胸臆的方式公示作者的见解，号召读者接受其劝诫，那么叙事文学便诉诸于间接、含蓄、不事张扬的态度，借助包括聚焦在内的多种叙述手段，使隐含读者在潜移默化之中心悦诚服地采纳隐含作者的观念。圣经叙事文学的多数篇章都以零聚焦方式写成，叙述者可以任意讲述自己欲讲之事。在"该隐杀弟"（创14：1—16）中，聚焦对象按叙述需要发生一连串转移，基本线索是：（1）亚当、夏娃生该隐和亚伯；（2）两兄弟献祭；（3）该隐因其供物不被悦纳而发怒；（4）亚卫警告该隐；（5）该隐无视警告而杀弟；（6）亚卫质问并咒诅该隐；（7）该隐被罚去挪得之地居住。叙述者对笔下的所有人物都了如指掌，不但熟知其言论行为、心思意念，还知道他们的喜怒哀乐之情，如该隐"大大发怒，变了脸色"（4：5）；亚卫对该隐既痛恨又怜惜，既惩罚又保护，一面让他"流离飘荡在地上"，另一面又给他"立一个记号，免得人遇他就杀他"（4：13，15）。圣经中也时常出现内聚焦，述及人物的心理活动和情感状态，但通常篇幅短小，缺乏铺张的描写，如以下各例：犹大"以为"他玛是妓女（创38：15）、以利沙向约阿施"发怒"（王下13：19）、希律王听到耶稣降生的消息后"心里不安"（太2：3）、门徒们因耶稣在海面上行走"心里十分惊奇"（可6：51），等等。

圣经中也有聚焦转移——从零聚焦转为内聚焦之例。阿代尔·帕林（Adele Berlin）在《圣经叙事的诗学与阐释》（1983）中提出，希伯来语词"看"（*hinneh*）就是这种转移的符码。[1]《士师记》第4章述及雅亿钉死迦南将军西西拉之后有一段文字：

> 巴拉追赶西西拉的时候，雅亿出来迎接他说："来吧，我将你所寻找的人给你看。"他就进入帐棚，看见西西拉已经死了，倒在地上，橛子还在他鬓中。（士4：22）

---

[1] Adele Berlin. *Poetics and Interpretation of Biblical Narrative.* Sheffield: Almond Press, 1983, pp.43—82.

其中第一个"看"把读者的视线从外部引入帐棚内部，第二个"看"将零聚焦转换成内聚焦，使读者透过巴拉的眼光看到西西拉死后的惨象。类似的处理亦见于以下各例（中文本将"看"译为"看见"、"见"等）："素来认识扫罗的，看见他和先知一同受感说话……"（撒上10：11）、"大卫到了山顶敬拜神的地方，见亚基人户筛衣服撕裂头蒙灰尘来迎接他。"（撒下15：32）、"大卫刚过山顶，见米非波设的仆人洗巴……来迎接他。"（撒下16：1）、"亚哈见了以利亚，便说……"（王上18：17），在这些地方读者皆追随句中的主体，借助其目光看到随后的景象。

雷伯维茨（N. Leibovitz）发现，圣经叙述者还能随着聚焦对象的改变而调整立场，总是从当事人的角度讲述。[1]如《创世记》第21章8至11节载：

> 以撒断奶的日子，亚伯拉罕设摆丰盛的筵席。当时，撒拉看见埃及人夏甲给亚伯拉罕所生的儿子嬉笑，就对亚伯拉罕说："你把这使女和她的儿子赶出去！因为这使女的儿子不可和我的儿子以撒一同承受产业。"亚伯拉罕因他儿子的缘故很忧愁。

这个场面中的矛盾冲突源于亚伯拉罕与夏甲所生之子（即以实玛利），在撒拉眼中他只是"使女的儿子"，但对亚伯拉罕来说则是"他儿子"，所以叙述者先站在撒拉的立场上写她对孩子的厌恶，接着又从亚伯拉罕角度写他对孩子的爱怜——出于爱怜他才对孩子面临的不幸命运忧愁。随后又提到夏甲对孩子的疼爱以及上帝对孩子的护佑（创21：14—20）——亦与当事者和孩子的特定关系相吻合。

聚焦不仅是一个"观察点"问题，而且涉及一种伦理立场和一套是非评价体系。从某种既定价值观出发，福音书对真理和谬误皆有明确的判断，其判断标准与上帝的准则相统一，此即金斯伯利（J. D. Kingsbury）所言："福音书的隐含作者把上帝的评价视点用为其作品的标准，明确地说，凡上帝所思所想的，就是真实和正确的。"[2]上帝是福音书中的一个角色，他偶尔也像其他角色一样直接言说和行动，但在另一些时候，则通过各种中介者如天使和先知

---

1　N. Leibovitz. *How to Read a Chapter of the Bible*. Jerusalem: Nefesh Weshir Press, 1953, p.100.
2　Jack D. Kingsbury. "The Figure of Jesus in Matthew's Story: A Literary-Critical Probe", *Journal for the Study of the New Testament* 21 (1984): 4.

间接活动，或在梦中显现，或借助奇迹及书中人物引用希伯来经卷表达其意志。同时福音书也允许与上帝视点相反的思维存在，谓之撒旦的视点或方式。如同上帝，撒旦也能直接言说并行动，或通过中介者活动，比如他"入了那称为加略人犹大的心"，使之为了得到少许银子而答应出卖耶稣（路22：3—6）。撒旦与上帝的根本对立表现为，他"不体贴神的意思，只体贴人的意思"（太16：23）。隐含作者以上帝和撒旦为正反面人物的两极，要求读者接受正面人物的移情作用而远离背弃上帝的反面人物，从而贯彻其价值观和行为评价的标准。

  叙述者对聚焦的灵活处理具有多种审美效能。《约翰福音》第18章12至27节描写耶稣被捉拿及彼得三次不认主，其中叙事焦点便在大祭司院子内部和外部一再转移。12—14节先写耶稣被带到院子里受审，15至18节再写彼得在院子外第一次不认主，19至24节又写耶稣在院子里驳斥大祭司，25至27节复写彼得在院子外第二、第三次不认主。聚焦对象的多次变更使院子内部和外部的场景形成鲜明对照，戏剧性地表明彼得无力实现其要为耶稣牺牲的誓言，门徒的精神境界与其老师相比有着天壤之别。《使徒行传》第9章及22章两次叙述扫罗皈依基督之事，前一次采用零聚焦，后一次采用内聚焦，二者因此表现出颇不相同的特色。据库尔兹（W. S. Kurz）在《阅读〈路加福音—使徒行传〉：圣经叙事的冲击力》[1]中研究，这两段文字均述及扫罗在前往大马士革途中被强光击倒，与天上的耶稣对话，双目失明，被人领进城里，由亚拿尼亚按手而重见光明之事，二者彼此印证，使读者对扫罗皈依的基本经历形成强烈印象。但二者又有显著差异：第9章的零聚焦显示出更宽广的视野，其中第10至16节详写耶稣与亚拿尼亚的对话，耶稣让他为扫罗医眼，他由于扫罗声名狼藉而不愿从命，耶稣便耐心劝导他。这段对话到第22章中却全然消失，该章以保罗自述其事的内聚焦方式写成，他的眼界难以覆盖耶稣与亚拿尼亚的对话，故对该事略去不谈；而另一方面，他又详述了亚拿尼亚对他的教诲，通过亚拿尼亚之口间接谈到耶稣对他未来使命的预告：向万人为耶稣作见证。两相比较，前一段叙事视域开阔，风格客观；后一段以亲历者的口吻讲述，娓娓动听，亲切感人。此外，《使徒行传》第26章9至18节亦以内聚焦方式言及此事，审美效果与第22章略同。

---

1 W. S. Kurz. *Reading Luke-Acts: Dynamics of Biblical Narrative.* Louisville: Westminster, 1993, pp.129—130.

# 第三章
# 人 物

　　人物是叙事文学中最活跃的构成要素，在故事世界中占据中心位置。显然，只要提起圣经故事，读者就会想起亚当、夏娃、挪亚、亚伯拉罕、摩西、大卫、耶稣、保罗……等人物；很难想象圣经故事能离开这些人物而存在。故事中的人物和事件犹如坐在一个跷跷板两端的游戏者，二者此起彼伏，相互作用，共同促成情节的运动和变化。[1]此即亨利·詹姆斯所说："除了事件的决定者，人物还能是什么？除了人物的说明者，事件还能是什么？"[2]查特曼尝言："惟有事件和存在者共同存在，方有故事可言。"[3]他所说的"存在者"即人物。可以认为，有人物而无事件仍能称为故事，但若只有事件却看不到人物，就只能算散文了。

　　换一种说法，人物是故事中的"行为者"或"行动者"（actor），经常处于积极主动或消极被动的运动状态中，其运动变化构成情节嬗变的过程。一般说来，人物指故事世界中的人：男人、女人、老人、孩子、英雄、懦夫、朋友、敌人……但在某些作品中，也指用拟人化手法塑造的其他非人实体，如神话传说中的神灵和魔鬼，寓言、童话中的动物和植物，现代科幻小说中的机器人等。在《创世记》第3章，蛇扮演了不可或缺的角色；在《士师记》第9章8至15节中，"众树"、橄榄树、无花果树、葡萄树、荆棘构成彼此对话的群体；在福音书中，各种天使、魔鬼和邪灵也作为非人类人物频频出现。除了指代单一对象，"人物"也能指称具有共同特征的群体，成为一种"类概念"，

---

1　Lawrence Perrine. *Story and Structrue.* New York: Harcourt Brace Jovanovich, 1974, p.67.

2　Henry James. "The Art of Fiction", in *Partial Portraits*. London: MacMillan, 1948, p.42.

3　Seymour Chatman. *Story and Discourse: Narrative Structrue in Fiction and Film.* Ithaca and London: Cornell University Press, 1978, p.113.

在福音书中这种群体包括耶稣布道的对象——犹太众人，耶稣的门徒，以及耶稣的敌人——犹太教大祭司、众长老、文士、法利赛人和撒都该人。当耶稣询问门徒们众人怎样看待他时，门徒们回答："有人说是施洗者约翰，有人说是以利亚，有人说是耶利米或先知里的一位。"（太16：14）此句的言说主体"门徒们"就是群体性人物，其言论能体现门徒的共同见解，但发言时并非十二门徒同声说话。这是圣经叙述者常用的文学技巧，借助于它，一系列"类角色"被浓缩成个别的文学人物。

当代诗学对人物的讨论首先集中在其存在模式方面。对此，以色列学者里蒙·凯南归纳出两种基本观点，一种是"现实主义的"，认为故事中的人物源于现实世界中的人，是对真实人物的再现，他们能超越被塑造的目的，在行动过程中获得一种脱离了周围事件的独立性，亦即获得某种自身的生命力；能在离开特定上下文一定距离时被人讨论，其未来言行也能被隐含读者合乎逻辑地进行预测。这种观点的极端表现，是将作品人物和生活人物等同起来。有关人物模式的另一种解说是"纯粹形式派"或"符号学派"提出的，主张人物实为一种语言现象，是故事或小说的结构要素之一，他们仅仅作为作品事件的一部分而存在，其产生和行动都是事件的伴生物，除此之外人物"根本就不存在"。[1]持此见解的默德里克评价现实主义的人物观说："倘若费尽心机地想把人物从特定上下文中抽取出来，把他们当作真实的人加以讨论，就会感情用事地误解了文学的性质。"[2]20世纪中期以后"纯粹形式派"的影响呈扩大之势，这派学者强调人物与语言的关系而割裂其与现实生活的联系，甚至将人物与文本中的其他语言现象等同起来，消解了人物作为独立文学形象的特质。对此，威尔麦评论道："在符号学的庇护下，人物失去了他们的特权、中心地位及其定义……如同一篇封闭文本中的其他片断一样，人物充其量只是重复的模式，只是不断被置于由其他主题构成的上下文中。在符号学的视域中，人物消失了。"[3]

应当说，这两种见解都有合理之处，也都有其缺失。现实主义观点从文学

---

[1] Shlomith Rimmon-Kenan. *Narrative Fiction: Contemporary Poetics.* London: Metheuen, 1983, pp.31—32.

[2] Shlomith Rimmon-Kenan. *Narrative Fiction: Contemporary Poetics.* pp.31—32.

[3] Joel Weisheimer. "Theory of Character: Emma", *Poetics Today* 1—2 (1979): 195.

社会学出发，正确地指出人物对社会历史的依存关系，但其极端之处在于故事角色和真实人物之间划上等号，最终取消了文学形象的虚构特性。纯粹形式派将人物融入文本的结构系统，开拓了解析作品的新途径，然其试图论证人物本是"单纯的文字符号"，与实际生活无关，显然又有悖于文学活动的真实。事实上，人物在文本中固然无法脱离整个结构而存在，在故事中却能从结构中独立出来。这一点不但能从故事的一般原理中推断出来，甚至仅凭经验就能得出结论。查特曼说得好："人物和'单纯文字'的等同是错误的。许许多多哑剧，许许多多没有字幕的无声电影，许许多多的芭蕾舞剧，都已表明这种局限的荒谬之处。我们经常能生动地回忆起虚构人物，却不必借助于使他们得以生存的文本中的一个字。"[1]

在进入圣经的人物世界之前，有必要对这两种既相矛盾又互为补充的人物理论加以梳理，因为它们对随后的研究将有所启迪。在叙事学领域，这两种理论还透过两个概念"心理性人物"和"功能性人物"的张力表现出来。

# 第一节
## "心理性人物"和"功能性人物"

### 一、"心理性人物"

学术界将一批近现代小说中的人物概括为"心理性人物"。之所以谓其"心理性"，是因为他们的心理或性格具有独立存在的意义，不依人物在情节中的作用而转移。近现代作家注重描写栩栩如生的人物，认为能否揭示人物的心理、动机和性格是小说成功与否的标志。在这批作家看来，塑造具有独立个性的人物是文学的目的，人物本身的意义超越其行为，其动机是行为的依据，行为能揭示心理或性格。人物源于生活，是具备心理实质的艺术生命实体，在文本中居于文学诸要素（如情节、背景等）的核心。巴尔扎克认为，小说主人公应有内在的生命力，能灵活自如地行动，还能体现作家的思想感情。他说："这样的人物就好比是我们的愿望的产物……他们身上那生动丰富的色彩表现出作家所再现实在人物的真实性，并且还高于实在的人物。没有这一切，就谈

---

[1] Seymour Chatman. *Story and Discourse: Narrative Structrue in Fiction and Film.* p.118.

不上什么艺术，也谈不上什么文学。"[1]海明威主张作家塑造"活的人物"，认为："如果作家把人物写活了，即使书中没有伟大的性格，他们的书作为一个整体也有可能流传下来。"[2]列夫·托尔斯泰把人物塑造明确置于文学创作的首要位置：

> 照我看来，每一部文学作品都有三个要素：一、什么人和什么样的人在说？二、怎样说？他说得好还是坏？三、他是否说他所想的，以及完全是他所想到所感到的东西？对我说来，这三个要素各不相同的结合决定着人类思想的一切作品。[3]

果戈理进而强调主人公在长篇小说中的极端重要性："主人公永远是一个重要的人物，他和很多人物、事件和现象发生联系；……他必须能够按照当时人类的思想、信念和意识的样式去行动。整个作品的世界都为这个主人公照耀起来了。"[4]这些小说家所论述的即是富于生机活力的"心理性人物"。

与小说家们的论断相互印证，一批美学家也充分肯定人物在叙事类作品中的突出地位，以及心灵或性格描写对于人物塑造的极端重要性。丹纳认为，文学研究者"首先要辨别构成一个剧本、一部史诗、一篇小说的各种元素"，即"表现活动心灵的作品元素"；在作品的诸元素中，"第一是心灵，就是具有显著性格的人物"。[5]黑格尔在《美学》中深入探讨了人物性格问题，主张"人物性格必须把它的特殊性和它的主体性融合在一起，它必须是一个得到定性的形象，而在这种具有定性的状况里，必须具有一种一贯忠实于它自己的情致所显现的力量和坚定性"。[6]所谓"特殊性"，是指某人物的性格不同于他者的特征；所谓"主体性"，则指该人物是一个自主存在的形象，有其自身的

---

[1] 巴尔扎克：《〈古物陈列室〉、〈钢巴拉〉初版序言》，程代熙译，载王秋荣编：《巴尔扎克论文学》，北京：中国社会科学出版社，1986年，第145页。

[2] 海明威：《午后之死》，《春风文艺丛刊》1979年第3期，第263页。

[3] 列夫·托尔斯泰：《致亚·尼·贝宾》（1884年11月10日），《文艺理论译丛》1957年第1期，第234页。

[4] 季摩菲耶夫：《文学发展过程》，北京：平明出版社1954年，第144页。载北京师范大学中文系文艺理论教研室编：《文艺理论学习参考资料》下卷，沈阳：春风文艺出版社，1982年，第94页。

[5] 丹纳：《艺术哲学》，北京：人民文学出版社，1963年，第394页。

[6] 黑格尔：《美学》第一卷，朱光潜译，北京：商务印书馆，1996年，第307页。

"定性",即"一贯忠实于它自己的情致所显现的力量和坚定性"。对此,黑格尔解释道:"一个真正的人物性格须根据自己的意志发出动作,不能让外人插进来替他作决定。只有在根据自己的意志发出动作时,他才能对自己的行动负责任。"[1]

20世纪文论家福斯特在《小说面面观》中也论及作品人物和真实人物之间的异同。联系衣食住行、生老病死等人生大事,福斯特对二者进行了多方面比较,认为他们既有许多相同之处——因为作品人物是在现实人物的基础上生成的;又有显著区别,表现为作品人物在小说世界里常有鲜活的生命力,要按其自身的逻辑活动:"他们想过自己的生活,以致常常背叛作品的主要设想。他们会'离开正道'或'无法控制':他们是创造物中的创造物,常常无法同作品协调起来。假如给他们充分自由,他们会将作品踢成碎片。如果限制过严,他们又会以奄奄一息作为报复,使作品因内部衰竭而被摧毁。"[2]福斯特指出,在某些情况下,塑造这样的人物正是小说家的兴趣所在:"小说家的爱好集中在人身上。为了人,他会牺牲故事、情节、形式以及伴随的美等很多东西。"[3]这句话论及人物与文本中其他因素的关系。福斯特清楚地看到,在一些小说中,人物与情节、背景等成分相互制约,相互协调;在另一些小说中,作家可能会集中精力塑造人物,而忽略文本中的其他因素。

这种在作品诸成分中居主导地位的人物即"心理性人物"。他们固然是作家虚构的艺术形象,与实际生活中的真实人物却有很多共性,比如也像真实人物那样各有自己的独特性格和内心世界。现代心理小说或意识流小说表明,作品人物可能拥有极其丰富的内心世界,甚至不亚于真实人物,只是其心理活动由于被作家展示在文本中而能为读者完全感知,真实人物则由于相互间沟通困难而不易彼此真正了解。既然"心理性人物"是以真实人物为依据塑造的,用于分析真实人物的社会学、伦理学、心理学和精神分析学说就可能适用于这类作品的研究,而事实上,上述理论的确被成功地运用于小说人物分析。至于"心理性"人物观赖以建构的理论基础,应当是西方学术史上有关人的一系列理论,申丹称之为"人本主义、浪漫主义、现实主义、现代心理学等思潮、学

---

[1] 黑格尔:《美学》第一卷,第308页。
[2] E. M. Forster. *Aspects of the Novel.* Harmondsworth: Penguin, reprinted, 1966. p.74.
[3] E. M. Forster. *Aspects of the Novel.* p.59.

派或学科"。如其所言,"人本主义强调人的重要性,认为世上一切都因为人而存在,人是衡量一切价值的标准。浪漫主义极为崇尚人的鲜明个性和主观想象力。现实主义则将作品人物生活化和'真人化'。现实主义追求作品的逼真效果,力求使读者在阅读时完全进入作品的'现实世界'之中;很多现实主义批评家甚至忽略作品人物与真实人物的界限"。[1]

## 二、"功能性人物"

与"心理性人物"形成对照,学术界另有"功能性人物"之说。对待人物和情节的相互关系,持此说者主张情节是故事的主线,人物依附于情节而存在,人物的"功能"仅在于推动情节的发展和演变。由于他们的存在是"功能性"的,研究者不宜将其与真实人物相提并论。可见这批学者所关注的只是人物做了些什么,在故事中发挥了何种作用,而非他们在心理、精神层面是怎样的人。这批学者反对将人物当作具有独立意义的形象分析,不赞成将其视为独立存在的文学实体加以研究。在他们看来,人物不能离开特定的上下文,只能作为文学世界诸因素的一部分而存在;若离开情节或事件,他们就会不复存在。可以说,在这些学者的视野中,人物已失去自身的文学生命力,而仅仅是一种文本成分或语言现象。

巴特在《叙事作品结构分析导论》中提出,"功能性人物"观念的发展经历了三个阶段:源于亚里士多德,继之由俄国形式主义学派加以论证,随后又由结构主义叙事学者深入探讨。[2]亚里士多德的人物观有其复杂之处,可以说兼具"心理性"和"功能性"二重特征,但下面这段话所论述的显然是其"功能性":

> 整个悲剧艺术包含"形象"、"性格"、情节、言词、歌曲与"思想"。
> 
> 这六个成分里,最重要的是情节,即事件的安排;因为悲剧所摹仿的不是人,而是人的行动、生活、幸福……;悲剧的目的不在于摹

---

1 申丹:《叙述学与小说文体学研究》(第二版),北京:北京大学出版社,1998年,第68页。
2 参见张寅德编选:《叙述学研究》,北京:中国社会科学出版社,1989年,第24页。

仿人的品质，而在于摹仿某个行动；剧中人物的品质是由他们的"性格"决定的，而他们的幸福与不幸，则取决于他们的行动。他们不是为了表现"性格"而行动，而是在行动的时候附带表现"性格"。因此悲剧艺术的目的在于组织情节（亦即布局），在一切事物中，目的是最关重要的。

悲剧中没有行动，就不成为悲剧。但没有"性格"，仍不失为悲剧。[1]

在这里亚里士多德明显突出了行动，而将人物放在相对次要的位置上。他认为"最重要的是情节"，人物只有作为情节的构成者或行动的执行者，才有实在的意义和价值。

兴起于20世纪20年代的俄国形式主义学派极大地深化了对"功能性人物"的研究。这派学者的不少成员（如雅各布森、什克洛夫斯基等）深受索绪尔语言理论的影响，主张从文学本身出发研究文学，认为惟有"文学性"才是文学研究的对象，而"文学性"仅仅与形式诸因素相联系。文学的形式不仅是手段，也是目的；作家"说什么"并不比"怎样说"更重要。文学存在的前提不在于传达某种意义或思想，意义或思想只是一种"素材"或"语言事实"；作家是凭借文学本身的功能性手段利用各种素材的，故形式才是文学的中心。在这派学者看来，文学与哲学、史学、社会学、心理学的对象和内容是一致的，不同之处仅仅在于形式，只有形式能体现作品的文学性，即文学的特殊本质；惟独进行形式研究，才能把文学批评与其他社会学科区分开来。

基于这种见解，俄国形式主义者把作品视为独立于现实而存在的有机体，着眼于观察其内部的结构规律和方式，认为人物只是叙事结构的产物，其本质乃是作品的构成元素，与人的心理世界和性格特征无关。既然如此，研究人物时只须分析其在故事结构中的位置，及其对推动情节变化的功能，而无须关注他们的思想、情感和性格。托马舍夫斯基甚至抹煞主人公存在的必要性："主人公决不是故事中必不可少的成分。作为由叙述因子构成的系统，故事可以完全不要主人公及其性格特征。其实，主人公是用故事素材构成情节这一过程的产物。一方面，他是将叙述因子串连在一起的手段，另一方面，他也体现出

---

[1] 亚里士多德：《诗学》，罗念生译，载《诗学·诗艺》，北京：人民文学出版社，1982年，第20—21页。

将叙述因子组合在一起的动机。"[1]可见,人物既然是情节建构过程中的伴生物,他们是否被当成具备独特个性和心理特征的文学实体加以研究,就变得无关紧要了。

"功能性人物"的理论是由结构主义叙事学者进一步发展深化的。结构主义把文学视为独立存在的审美客体,看成完整的语言符号系统,坚称该系统内部的各个组成部分相互依存,彼此制约,并按照一定的组合规律调节和转换,就构成所谓文学的内在结构。这种结构规定着作品的形式和意义,是其文学性之所在,也是语言符号能转化为艺术作品的内在依据。因而文学批评的目的不在于进行价值判断,而在于从千差万别的作品中发现具有普遍意义的结构,以便揭示文学的美感何以生成,及其以何种方式生成。由此,结构主义者主张对作品进行封闭式的研究,通过功能性推演,概括出文学的规范、准则和内在诸要素的组合规律。

在结构主义叙述学的视域中,人物是一种功能性而非心理性的文学构成要素。这派学者的奠基人普洛普提出,民间故事的基本单位不是人物本身,而是人物在故事中的行为功能。他从童话人物中归纳出三十一种功能,进而将人物完成那些功能的情节概括为七个"行动范围",认为从纷繁复杂的童话人物中可以区分出七类基本角色。在不同故事中,充当同一类角色的人物可以身份互异,其经历可以千变万化,而他们的功能是一致的。格雷马斯在语义学的基础上将人物归纳为六种"行动元":主体与客体、发送者与帮助者、接受者与反对者。按他的解释,"行动元"是叙事作品的基本要素,指代共享某些特征的一类行为者。"行动元"与普洛普的"角色"概念既有重叠之处,又彼此区别:一个行动元可以由若干个角色体现;反之亦然,从同一个角色中有时又能分解出若干个行动元。此外,托多洛夫、罗兰·巴特、斯科尔斯(R. Scholes)、米克·巴尔等对"功能性人物"也有各具特色的论述。

何以出现"心理性人物"与"功能性人物"的区别和对立?显而易见的原因是,就文学创作的实际情况考察,文学史上的确存在两类作品,分别适合进行"心理性"或"功能性"人物的研究。"心理性人物"多见于近现代现实主义小说和心理小说,这类作品注重塑造具有丰富内心世界的个性化人物,其中意识流小说甚至打破传统的叙事结构,几乎完全消解了统一的情节,而专注于

---

[1] 转引自申丹:《叙述学与小说文体学研究》,第63页。

人物的主观感受、自由联想及潜意识活动。显然，对这种作品中的人物适合进行"心理性"论述，而很难做"功能性"解读。"功能性人物"则多与相对初级或简单化的叙事性作品相关联。亚里士多德的研究对象是形式粗朴的古希腊悲剧，尽管人物行动已成为剧情的中心线索，但"就当时的哲学艺术理论和创作实践来说，对人物性格的认识难免带有局限性，不可能上升到文艺复兴以后的高度"。[1] 俄国形式主义和结构主义叙事学的研究对象多为人物性格相对单一、故事情节带有程式化特征的作品，如普洛普分析的俄罗斯民间故事、托多洛夫解读的《一千零一夜》、《十日谈》等；在这类作品中，情节的地位的确比人物更突出，以致人物成了情节的附属品。尽管叙事类作品确实存在着要么突显人物要么注重情节的现象，文学史上亦不乏二者兼顾的名作，如简·奥斯丁的《傲慢与偏见》，该书被誉为"将人物与情节有机结合的典范"。[2] 当然，学术界也有人强调人物与情节的相互依存，主张二者都是不可或缺的元素；在实际文本中既不存在没有人物的情节，也不存在可以脱离情节的人物，持此观点者可举出亨利·詹姆斯和查特曼，他们的见解已追述于本章开头的引言。

尽管很难将上述理论生搬硬套地运用于圣经研究领域，依然可以认为，"心理性"和"功能性"人物的概念能够给研究者以重要启迪。由于圣经文学整体上形成于遥远的古代，叙事艺术尚处于相当原始的阶段，远未受到近现代人文主义观念和心理学理论的浸润，其中人物与现实主义和现代心理小说塑造的"心理性人物"尚有较大距离。另一方面，圣经文学从整体上具有鲜明的意识形态性质，它的《旧约》和《新约》分别是犹太教和基督教神学观念的载体，这决定了书中的文学故事难免带有或强或弱的说理性，人物的言行举止难免与某种说理框架的必然要求相吻合，从而显示出某些特定的"功能性"特征。这在一批成组出现的叙事中尤为明显，比如出埃及之前摩西按上帝的吩咐以"十灾"击打法老，每次降灾都有既定的程序；出埃及后漂流旷野时摩西多次奉命消解以色列人的困厄，每次也有大体相仿的模式。士师们将百姓从异族统治者的压迫下一次次解救出来；以色列和犹大历代诸王因其或善或恶的行为遭到报应；耶稣行施一系列治病救人和改变自然法则的奇迹；门徒们聆听耶稣

---

[1] 申丹：《叙述学与小说文体学研究》，第60页。
[2] 申丹：《叙述学与小说文体学研究》，第72页。

训诲时一再做出不解其意或不得要领的反应……在诸如此类的场合中，当事人之间的相互关系皆有大体相同的结构模式，对此后文还会论及。

然而，这样说并不意味着圣经人物尽属"功能性人物"，也不意味着现代叙事学关于"功能性人物"的理论适合研究所有圣经故事。事实上，相对于一批情节简略、性格单一的故事，圣经中尚有不少情节复杂、性格多样化的纪事，对这类纪事中的人物，就很难用某种"功能性"概念加以整体性评价。在其情节发展的不同阶段，这些人物可能具备互不相同甚至截然相反的功能。比如扫罗曾经是亚卫拣选的君王，但后来又被亚卫所厌弃，废黜了王位；扫罗在基立波山壮烈牺牲时是叙述者笔下的英雄，但他不遗余力地追捕迫害大卫之际，又成了阴险狡诈的暴君，而被他迫害的大卫则相应地成为英雄。对于如此一个性情复杂的人物，就很难进行简单的"功能性"评判。此外，《旧约》中的亚伯拉罕、雅各、约瑟、摩西、约书亚、参孙、撒母耳、大卫、所罗门、以利亚、以利沙等，以及《新约》中的耶稣和保罗，也很难笼统地归结为"功能性人物"。

上面述及圣经中的两类人物：或性格单一，或性情复杂。福斯特有关"扁形人物"和"圆形人物"的理论有助于理解二者的不同特色。

## 第二节
## "扁形人物"和"圆形人物"

"扁形人物"和"圆形人物"是英国小说美学家福斯特（E. M. Forster）论述小说人物形象的术语，见于其著作《小说面面观》（1927）的第四章。

### 一、扁形人物

"扁形人物"又译为"扁平人物"、"平面人物"，指性格单一的人物。文学理论家亦称之为"类型人物"或"漫画人物"。所谓"类型"，是指17世纪琼森提出的一类人物均有"某种特别突出的气质"；至于"漫画人物"，则谓其特点如同漫画般易于被人观察和把握。"他们最单纯的形式，就是按照一个简单的意念或特性被创造出来"。他们只具备一种气质，甚至"可以用一个句子表达","用一个简单句子就能描绘殆尽",例如狄更斯《大卫·科波菲尔》中的密考伯太太,其标识语是"我永远不会遗弃密考伯先生";又如司格特《拉马摩尔的新娘》中的卡列勃·保尔斯通,他的口头禅是"即便耍尽花招,我也要把主人家的穷相隐瞒起来"。在福斯特看来,狄更斯笔下的人物几乎都是扁形人物,"差不多每个人物都可以用一句话来概括"。福斯特对扁形人物褒贬参半,认为他们易于产生喜剧效果,适合表现喜剧性角色,但其性格简单、缺乏深度与生命力,不适宜表现严肃的或悲剧性的角色。[1]大体说来,扁形人物易于辨认,易于记忆,不会偏离固定轨道,以致失去控制;其性格稳定,不受环境影响,周围的人事变动反而能显出其性格的一成不变。所以,这是一种在整部作品中无大变化,能够"一言以蔽之"的人物。

圣经中的许多角色都具备扁形人物的特质,其性情单一,在后世文化中甚至演变成某一概念的体现者,比如该隐——杀人犯,亚伯——无辜受害者,挪亚——与神同行的义人,可拉——叛党头目,喇合——因信得救的妓女,拉撒路——生前受苦死后享福的乞丐,多马——生性多疑者,多加——乐善好施的妇女……等等。除了这些典范例子,更多的情况是人物在其经历中表现出一成不变的性格特点,如以色列人出埃及时的法老,圣经叙述者多次重复一句话,用以归纳其个性特征:"法老心里刚硬,不肯听从摩西、亚伦,正如亚卫所说的。"(出7:13,参见出7:22;8:15,19,32;9:7,12,34,35;10:20,27;11:10)这句话一再出现于亚卫令摩西以十灾击打埃及的纪事中:一种灾祸降临了,法老因畏惧神威而暂时有所收敛,但灾情刚过就故态复萌,本性再显,又一次自食其言,不允许以色列人出埃及。在此过程中,"你有千条计,他有老主意",法老的个性始终如一。之所以出现这种戏剧性描写,不难发现,完全是叙述者有意为之。《出埃及记》第7章1至4节堪称这段故事的叙述框架:

> 亚卫对摩西说:"……你哥哥亚伦要对法老说:'容以色列人出他的地。'我要使法老的心刚硬,也要在埃及地多行神迹奇事。但法老必不听你们。我要伸手重重地刑罚埃及,将我的军队以色列民从埃及地领出来。"

---

[1] 福斯特:《小说面面观》,方土人译,载《小说美学经典三种》,上海:上海文艺出版社,1990年,第255—260页。

原来，法老"心里刚硬"、顽梗不化，完全是亚卫事先预定的。而亚卫何以如此？——是为了在反复较量中彰显其神威："我伸手攻击埃及人，将以色列人从他们中间领出来的时候，埃及人就知道我是亚卫。"（出7：5）

再拿以扫和耶弗他为例。以扫为人厚道，诚朴易欺，这种性情纵贯其一生。他与孪生兄弟雅各尚在母腹中时，亚卫就预示他将服侍其兄弟。长大后他于劳累中求喝雅各的红豆汤，被雅各仅以一碗汤就换去长子的名分。老父亲以撒弥留之际，他又被雅各骗去父亲意欲留给他的福分。但即使如此，他晚年对雅各仍不记前嫌，善待如初：迎上赎罪的兄弟，搂住他的颈项失声痛哭（创25：23，27—34；27：1—40；33：1—4）。耶弗他是以色列的士师，他出征前向亚卫许愿，倘能凯旋而归，就把第一个从家里出来迎接他的人献给上帝为燔祭。与这段话遥相呼应，他胜利了，攻取亚扪人的二十座城，凯旋而归，不料首先从家门出来迎接的竟是他的独生女儿。但耶弗他既许必践，克制住亲情，而将独生女儿献为燔祭，显示出性格的始终如一性（士11：29—40）。

本章开头述及一种"类角色"，如耶稣布道的对象——犹太众人，耶稣的门徒，以及耶稣的敌人，这种角色常被浓缩成独立的文学人物。作为文学形象，他们皆属性格单一的扁形人物。犹太众人是耶稣的听众，是其信息的接受者，他们求助于耶稣，因耶稣行施的神迹奇事而惊异，被耶稣的高妙谈吐所折服，其中许多人继而成为耶稣的追随者。耶稣的门徒常伴于老师左右，但对老师的教诲似乎难以心领神会，对耶稣降世救人的神圣使命也无法真正感悟，在"好牧人"耶稣面前只是一群懵懵懂懂的驯良羔羊。耶稣的敌人（包括犹太教大祭司、众长老、文士、法利赛人和撒都该人）是一群胸襟狭窄、愚顽保守、心狠手辣、无所不用其极的歹徒，他们处心积虑、不遗余力地试探耶稣、迫害耶稣，最终利用罗马总督彼拉多将耶稣钉上十字架。总之在福音书中，无论犹太众人、耶稣的门徒或其敌人，都有前后一致的性格特征，自始至终大体未变。

学术界和创作界对"扁形人物"均曾有过非议。早在该术语问世之际，西方就有学者指责这类人物缺乏深度，是对人类精神状态的复杂性缺乏了解造成的，表现出对人生真相的曲解。对此福斯特辩解道，人物的平面性并不意味着小说家对人性认识肤浅，例如狄更斯笔下的人物几乎尽属扁平一类，但他们仍"令人感到具有人性的深度"。然而福斯特也承认扁形人物的艺术效果不如圆形人物，因此主张构思复杂的小说不仅需要扁形人物，更需要圆形人物。他还指出，这两类人物的区分并非一成不变，而是可以相互转化；在不少情况下，小说家追求在同一部作品中既塑造扁形人物，也塑造圆形人物，以求收到相辅相成之功效。用这些见解衡量圣经文学，可以认为，其中的扁形人物既有单一的一面，也有"寓深刻于简约"的一面。"该隐杀弟"的故事相当简略，该隐的性格也十分单纯，但谁能否认这个人物有其精深的蕴涵呢？

## 二、圆形人物

"圆形人物"又译为"浑圆人物"，是与扁形人物恰成对照的文学形象。他们远离类型性和漫画性，而给人以立体感和丰厚感。他们处于复杂的人际关系之中，外部环境常有变化，内在性情也有相应的发展历程，从而形成多侧面多层次的复杂性格。福斯特认为，列夫·托尔斯泰、陀思妥耶夫斯基、普鲁斯特、福楼拜、萨克雷、菲尔丁、夏洛蒂·勃朗特等小说家都是塑造"圆形人物"的高手。此类人物可举出萨克雷《名利场》中的贝克·夏普，"她是个性格人物，我们不能一言以蔽之地去概括她；但从记忆所及，知道她跟许许多多厕身其中的场面有联系，而且那些场面还使她有所改变。也就是说，我们要回忆起她来是不容易的，因为她就像月亮那样盈亏互易，宛如真人般复杂多面"。[1]当代学者大都充分肯定圆形人物的审美价值，认为社会生活的复杂性、人生际遇的多样性和人类精神活动的丰富性必然反映到文学形象中，使出色的人物成为兼具多种性格特征的艺术实体。关于复杂性格的构成原因，概括起来有三方面：其一，多种多样的非对立性心理因素作用于同一个人物，造成其性格的复杂性；其二，内在的对立性人格要素造成性格的复杂性；其三，人物性情的可变性、流动性或不确定性造成性格的复杂性。既然圆形人物具备更高的审美价值，那么尽力表现性格的复杂多样性，就成为以审美方式折射杂色多变的社会生活的需要。

如前所述，圣经中有不少扁形人物，但其间也有圆形人物，至少有一些接近福斯特所论"圆形人物"的具有多重个性的人物。参孙就是一个生动的例子（士13：1—16：31）。他的个性有多种特征：（1）力大无穷。通常"参孙"

---

[1] 福斯特：《小说面面观》，第258页。

一名使人联想起"大力士",因为他有超人之力,曾赤手空拳撕裂狮子,用驴腮骨杀死一千个敌人,把高大的城门扛上山顶,后来又推翻支撑神庙的巨柱,使房屋倒塌,与在场的三千非利士男女同归于尽,死时所杀之敌比生时所杀的还多。(2)独往独来。作为士师,参孙不是带领民众反抗异族压迫的领袖,而只算一个进行个人复仇的勇夫,他一生形单影只,没有随从,不带兵器,更不调兵遣将、列阵作战,而仅凭一己神力创造出各种奇迹。非但远离本族同胞,他甚至还曾被自己的同胞捆绑起来,交到仇敌非利士人手中(士15:13)。(3)机智精明。区别于头脑简单的勇夫,参孙常有机智精明的举动。他在婚礼上向新娘的三十个非利士伴郎出谜语,难倒了他们;他在迦萨被敌人团团围住,天亮就会遇害,但他睡到半夜便起身离去,摆脱了危险;大利拉让他说出力量根源,他一再以谎言戏弄她。(4)有时言行幽默可笑。非利士伴郎让他的新娘哄骗他说出谜底,他戏称其新娘为"母牛犊":"你们若非用我的母牛犊犁地,就猜不出我谜语的意思来。"后来他与岳父发生纠纷,愤而捉来三百只狐狸,将尾巴一对对捆上,中间夹着火把,赶进非利士人的田地,把禾捆、庄稼和橄榄园烧个净光。这种行为既是报复,又是令人忍俊不禁的恶作剧。(5)生性风流,贪恋女色。参孙的故事验证了"英雄难过美人关"的古训,他一生都以交结女人为乐事。他在亭拿与一个非利士女子一见钟情,迫使父母同意他娶其为妻。不久在迦萨遇到一个妓女,又与她亲近。后来在梭烈谷又与大利拉堕入情网,并最终被她出卖,成为非利士人的阶下囚。

后世对参孙形象的理解形形色色,也印证了他作为圆形人物的复杂多面性。中世纪以来的剧作家、诗人和散文作者对参孙做出各种诠释:或英雄或暴徒,或精明的审判官或轻佻的小丑,或无敌的斗士或低能的罪人,或民族的救星或耽于拈花惹草的风流鬼。中世纪法国诗人彼得·阿伯拉尔(Peter Abelard)把他刻画成犹太裔基督徒式的赫剌克勒斯,说他如同先前的亚当,也因一个女人的背叛而被愚弄、遭毁灭。文艺复兴时期,相去甚远的"俗人参孙"和"信徒参孙"同时出现在欧洲文坛上,莎士比亚在《爱的徒劳》第一幕第二场中把他叙述为结实、强壮而多情的世俗男子,斯宾塞在《仙后》第五卷第八章中把他写成情欲失控的牺牲品。荷兰剧作家冯德尔(J. Vondel)在悲剧《参孙》中以《希伯来书》第11章32至34节为基调,称参孙从一个迷恋肉体享乐的凡夫俗子转变成终受信仰引导的圣徒。弥尔顿的《斗士参孙》着力描写了参孙从一个狂妄自负的希伯来式赫剌克勒斯向谦卑顺从的上帝仆人的转变，按希尔（J. S. Hill）的理解，全诗临近结尾处的唱词（第1687—1707行）借凤凰再生的神话示意，参孙已成为基督死而复生的预表。[1]德国现代剧作家布里（H. Burre）既把参孙写成尼采式超人，又说他被俘、失明、受辱之后找到了上帝与民众关系的统一性，学会承受苦难，最后以自我牺牲报答上帝和本族同胞。

可以说，圣经中最出色的圆形人物是大卫。大卫的传记见于《撒母耳记》、《历代志》等书，前后绵延数十章，汉语译本长达数万言。这些文字洋洋洒洒地塑造出一个性格多重组合的文学形象，给人以多方面的审美感受，令人掩卷沉思而回味无穷。或许由于时过境迁，某些希伯来古俗的确切含义已不为后人所知，今人阅读大卫的传记时不免困惑于某些阐释盲区，从而加重了这个角色的某种"不可言说性"。但大体说来大卫形象仍有其显见的性格轮廓，仅就此轮廓而论，他已足可称为具有极高审美价值的文学人物。

1. 英勇善战，治国有方

米开朗琪罗的著名雕塑《大卫》展示出一个蔑视强敌的年轻英雄，这一瞬间取材于大卫击败非利士猛将歌利亚的前夕。面对气焰嚣张的歌利亚，以色列将士惶恐万状，只有年轻的大卫挺身而出；扫罗担心大卫不是歌利亚的对手，大卫却不屑地把他比作自己打死过的狮子和熊；歌利亚身材魁伟，披坚执锐，大卫只拿了牧羊杖、机弦和几块石子；歌利亚不可一世地扑将过来，大卫却镇定自若地用石子将他击毙——叙述者运用层层对照、步步推进的技巧，把一个沉着勇猛的少年英雄形象突显在读者面前。

大卫是以色列民族史上最负盛名的国王，很早就以卓越的才干成为年轻将领，在战场上屡建功勋。扫罗死后，他先被拥立为犹大王，又被拥立为以色列和犹大统一王国的王。他的军队组织严密，骁勇善战；他本人在军事行动中经常身先士卒，冲锋陷阵亲自指挥，只在特殊情况下才由元帅约押代理。连年征战之后，他的版图空前扩大，几近族长亚伯拉罕得到的应许——"从埃及直到伯拉大河之地"（创15：18）。他在内政管理方面也有超人的才干，相继设立宰相、元帅、史官、书记、祭司长等官职，分工负责，对情况复杂、南北方积

---

[1] John S. Hill. *A Dictionary of Biblical Tradition in English Literature*. Michigan: William B. Eerdmans Publishing Company, 1992, p.677.

怨甚深的国家进行了卓有成效的治理。此外，他还有杰出的文艺才华，喜爱音乐，会弹琴舞蹈，相传还擅长作诗。他在会幕中设立"讴歌者"，他们演变成日后圣殿和会堂中的唱诗班。

2. 仁慈宽厚，以德报怨

年轻的大卫雄姿英发，后来居上，功高盖主，招致扫罗的嫉恨和不遗余力的迫害。扫罗欲借非利士人的刀枪除掉他，示意其儿女约拿单和米甲协助捉拿他，但阴谋皆未得逞。扫罗还明火执杖地当面刺杀大卫，丧心病狂地领兵四处追捕他。面对如此一个褊狭暴虐的君王，大卫只是四处躲避，从不还击，甚至一再放弃轻取仇敌的机会，显示出仁慈宽厚、以德报怨的义者胸襟。

一次扫罗追杀大卫的途中进一个山洞大便，恰逢大卫和部下藏在洞中的暗处。部下让大卫趁机杀扫罗，大卫只悄悄割下扫罗外袍的一块衣襟。扫罗离开山洞后大卫追出去，以衣襟为凭向他申诉自己绝无恶意加害王。一时间扫罗感动得失声痛哭："你比我公义，因为你以善待我，我却以恶待你。"这件事之后，扫罗又到哈基拉山寻索大卫，夜间在路上宿营，大卫和亚比筛潜入营地，只拿走扫罗的枪和水瓶，而未伤害他，事后扫罗再次感慨万分。

《旧约》主张憎恨仇敌或同态复仇，即所谓"以牙还牙，以眼还眼"（出21：24），大卫却反其道而行之，对必欲置己于死地的仇敌一再以恩相待。其行为透露出《新约》主张的"爱仇敌"、"为那逼迫你们的祷告"、要相信上帝将为受难者伸冤复仇等观念的萌芽，显示出一缕新型人神关系和人伦关系的曙光。大卫的宽宏博大之心另有多种表现，如他于逆子押沙龙反叛时流落到巴户琳，遭到当地人示每的肆意辱骂，他虽觉不快却未生恨意，故极力阻止随行的亚比筛惩罚示每，而只把自己的遭遇视为来自上帝的试炼。

3. 虔敬上帝，以信立身

大卫之所以英勇无畏，屡建功勋，且具备崇高的德行，皆因为他对上帝毕恭毕敬。他目睹非利士巨人歌利亚的嚣张气焰时极其愤慨，向身边的百姓询问道："这未受割礼的非利士人是谁呢？竟敢向永生上帝的军队骂阵？"随即向扫罗请战："你仆人曾打死狮子和熊，这未受割礼的非利士人向永生上帝的军队骂阵，必像那狮子和熊一般。亚卫救我脱离狮子和熊的爪，也必救我脱离这非利士人的手。"上战场后，他怒斥歌利亚："你来攻击我，是靠着刀枪和铜戟，我来攻击你，是靠着万军之亚卫的名，就是你所怒骂的带领以色列军队的上帝。今日亚卫必将你交在我手里。"可见大卫沉着勇猛的背后，是他与神同在的信心。

大卫一再厚待扫罗，乃是出于对上帝的敬畏之心。他在洞中对随从说："我在亚卫面前万不敢伸手害他，因为他是亚卫的受膏者。"在哈基拉山他制止亚比筛伤害扫罗，说："有谁伸手害亚卫的受膏者而无罪呢？"其实大卫本人也是亚卫的受膏者，他在圣经中首次露面，就是接受撒母耳奉亚卫之意施行的涂油礼，而从那以后，"亚卫的灵就大大地感动大卫"。

大卫的敬虔之心深刻影响了他的治国方略和为人之道，他以隆重的仪式将约柜迎入耶路撒冷，并着手规划兴建圣殿，初步创造了政教合一的国家体制。按《诗篇》所记，他多次虔诚地赞美上帝，谦卑地求告上帝，面对上帝真心忏悔，以求得到其眷顾——这种心理素质是他形成理想人格的内在依据。

4. 足智多谋，阴险狡诈

大卫拥有丰富的治国谋略。他在一块弹丸之地上扩充版图，建立王权，成就霸业，不但赖以非凡的勇气，也凭借了大智和大谋。他早年在南方的希伯仑被拥立为犹大王，与押尼珥辅佐的以色列王伊施波设对峙，不久后押尼珥和伊施波设死去，他不计前嫌，厚葬其敌手，赢得北方各支派的民心，得以成为以色列和犹大统一王国的王。大卫称王之后选出耶路撒冷为其新都，这一决定显示出一个政治家的深谋远虑：该城扼南北交通要道，三面环谷，易守难攻，且位于迦南中部，当时尚在异族的耶布斯人控制之下，不属于以色列任何支派，易于被南北双方共同接受，成为连结各支派的中心和纽带。大卫建都耶路撒冷后在政治、军事、宗教、外交和内政管理诸方面进一步表现出卓越的治国才干，即使偶而遇到麻烦，也能力挽狂澜，转危为安。他晚年不幸遭遇逆子押沙龙叛乱，一度只顾逃命而无招架之功。但他终究老谋深算，逃亡途中授意祭司撒督和亚比他潜回京城，派军师户筛打入叛军，伺机将押沙龙的反叛引入歧途，不久便指挥官军从容不迫地收复一度失陷的江山。

其实，大卫的足智多谋已达到圆滑、阴险和狡诈的地步。仅举一例：约押是大卫的外甥，气焰嚣张，不可一世，相继用卑鄙手段杀死大卫的干将或亲族押尼珥、乌利亚、押沙龙和亚玛撒，有时甚至使大卫陷入窘境。大卫明知他是个狠毒的小人，为了成就自己的王权霸业依然最大限度地利用他，使之多年居元帅的要职，直到临终前才吩咐所罗门，务必处死他，铲除这颗国家的毒瘤。

### 5. 真情毕备，亲切感人

大卫形象的动人之处在于，他虽有叱咤风云之势和种种非凡之举，却并非不食人间烟火而无情无义的"冷面"豪杰。其实，他毕备普通人的心思意念，常以一腔深情打动人心。他无疑是一个铁血男儿，但与其钢铁意志相伴的，还有如水的温情。男儿有泪不轻弹，一旦流泪满面，必能显示出一颗多情之心——大卫的故事便交织着他的晶莹泪水，使读者时常受到深深感染。

大卫和扫罗之子约拿单是情同手足的密友，扫罗丧心病狂地迫害大卫，约拿单则千方百计地保护他。但终有一天大卫和约拿单都意识到，大卫已危在旦夕，必须尽快逃亡，这使两位好友不得不天各一方。于是大卫"俯伏在地，拜了三拜；二人亲嘴，彼此哭泣，大卫哭得更恸"（撒上20：41）。后来扫罗和约拿单不幸阵亡，噩耗传来，"大卫就撕裂衣服，悲哀、哭号、禁食到晚上"，且作哀歌痛悼殉难者，真诚地呼唤以色列众人为他们哭号。不久，归降大卫的扫罗元帅押尼珥被约押阴谋刺杀，大卫在押尼珥的墓前放声恸哭，并作诗为他举哀，使众人都受其感染而哀哭不已。大卫对逆子押沙龙的态度尤能显出他内心的真情和深沉父爱。押沙龙举兵反叛后大卫一面调兵遣将镇压叛乱，一面下令保护这个不孝之子；当押沙龙遇害消息终于传来时，大卫悲恸欲绝，老泪纵横，将世间的一切都抛之脑后，惟余对儿子的由衷悼念："我儿押沙龙啊！我儿，我儿押沙龙啊！我恨不得替你死。押沙龙啊，我儿！我儿！"

### 6. 无视诫律，变节投敌

然而，以色列民族史上最卓越的国王也有不少缺陷，甚至是残忍暴虐的罪行。大卫称王之后看上有夫之妇拔示巴，把她接进宫中与其同房，使之怀孕。为了掩饰丑行，他先派人从前线唤回拔示巴的丈夫乌利亚，让他回家过夜以便移花接木；诡计失败后又施展阴谋，恶毒地借亚扪人之刀把他除掉。大卫既要夺人之妻，又要保全面子，复杂的内心世界透过一系列言行显示得惟妙惟肖。犹太教的法中之法"十诫"明令"不可奸淫、不可杀人"，大卫为求两性之欢而连犯奸淫、杀人两大罪孽，性格中的阴暗冷酷一面令人发指。

作为民族英雄的大卫还兼为可耻的投敌变节者。他躲避扫罗追捕期间曾两次逃进敌营非利士，其中第二次甚至带了家眷和六百精兵同去，祈求迦特王亚吉赏赐一块封地，在亚吉所赐的洗革拉城住了一年零四个月，其间不时外出劫掠，包括掠夺自己的同胞犹大人。这种令亲者痛仇者快的行为使亚吉王对他深信不疑:"大卫使本族以色列人憎恶他,他必永远作我的仆人。"(撒上27:12)非利士人再次征讨以色列时,亚吉让大卫带兵出战,大卫一口答应,后来只因非利士众首领因怕他上阵后倒戈而坚决反对,他才不无遗憾地退回洗革拉。扫罗就是在这次战役中殒命身亡的。苏联学者正确地指出:"大卫的叛变行为削弱了以色列人的势力,使非利士人有可能打败扫罗。"[1]此事是大卫政治生涯中的严重污点,其丑恶程度甚至超过他谋害乌利亚、霸占拔示巴的道德刑事罪行。

总之,大卫英勇善战,又暴虐残忍;足智多谋,又阴险狡诈;有时是忠义之士,有时又是卑劣小人;既是民族英雄,又是可耻的叛徒;既有风云之气,又有女儿之情;既是情深似海的慈父,又是淫心如焚的奸夫和手段毒辣的杀人犯。这些因素动人地组合在一起,构成一种多重矛盾交织错落的性格结构,使之成为一个令人咀嚼不尽的圆形人物。

用福斯特的小说理论透视《新约》着墨最多的人物耶稣,可以认为,他也带有"圆形人物"的特征。该形象的内涵十分丰富,参照基督教的正统教义,他乃是"完整神格"和"完整人格"的统一体。公元451年卡尔西顿会议制定的信经宣称:

> ……耶稣基督是神性完全、人性也完全者;是真上帝,也是真人,具有理性灵魂和身体;按其神性,与父同体,按其人性与我们同体,一切都像我们,只是无罪;按其神性,在万世之先,由父所生;按其人性,为我们和拯救我们,晚近由上帝之母、童贞女马利亚所生……二性结合,不失区别,个性特点,反得保存,并存于一个位格和一个实体之中。[2]

该信经谈的虽是基督教信条,对理解福音书中的耶稣形象也不无启迪。如其所言,耶稣同时具备神性和人性二重特征,就神性而论,他是太初就与上帝同体的"道",由童贞女马利亚感受圣灵而孕育,降生时有天兵和天使同唱赞美诗;他传道前抵御了魔鬼撒旦的引诱和试探,传道中行施了多种神迹奇事,如

---

[1] 苏联社会科学院编著:《世界通史》第一卷下册,北京:世界知识出版社,1957年,第672页。
[2] 威利斯顿·沃尔克:《基督教会史》,孙善玲等译,北京:中国社会科学出版社,1991年,第174—175页。

"治病救人奇迹"——使哑巴说话、聋子听见、瞎子看见、瘫痪人起身行走,"改变自然法则奇迹"——变水为酒、平定风浪、行于水面、以五饼二鱼使五千人吃饱等;他死后第三日复活,尔后多次向门徒显现,最后被上帝接上天庭。就人性而论,他一生从事了各种各样的现实性工作,如十二岁时去耶路撒冷圣殿守逾越节,成年后召选十二门徒,在加利利和犹太地区巡回传道,教诲门徒和众人,与法利赛人论辩,为门徒洗脚;他被加略人犹大出卖,在犹太教公会和罗马总督府受审,被彼拉多判处死刑,在十字架上悲惨地死去,死后被殓入坟墓,按普通人的习俗安葬等。

人性的耶稣全然是现实社会中的普通人,既有伟大之处,在于头脑清醒、意志坚强、谈吐犀利、极具远见卓识和非凡的组织能力;也有平凡之处,表现为一如世间凡人,他也有血肉之躯和喜怒哀乐之情。他在十字架上悲哀地呼喊:"我的上帝,我的上帝,为什么离弃我?"(太27:46;可15:34),接着痛苦地死去,与一般犯人受刑与死亡并无二致。勒南论及耶稣的人性特征时认为,在不少情况下,耶稣都"像纯粹的人一样行动着":

>……他被诱惑;他对许多事茫然无知;他更改自己的做法;他情绪沮丧,缺乏勇气;他求天父不要试炼他;他依附上帝如同儿子;他将要审判世界,却不知道审判的日期;他为自己的安全而采取种种防预措施;他出世不久就不得不被藏匿起来,以躲避图谋杀害他的权势者;他祈祷逐魔时,魔鬼竟敢欺骗他,听到命令而不肯立即离去;他施行奇迹时,我们感到的是痛苦的努力——一种似乎有什么东西离开身体的精疲力竭。

在勒南看来,所有这些都不是上帝的行动,而"只是受上帝保护和宠爱之人的行动"。[1]总之,初期基督教文学为世人贡献出"神人二性"完美合一的耶稣,也为世界文苑增添一个性情多面、蕴涵深邃、魅力永存的人物形象。

---

1 欧内斯特·勒南:《耶稣的一生》,梁工译,北京:商务印书馆,1999年,第201页。

## 第三节
## 人物的结构模式

"扁形人物"和"圆形人物"理论所进行的大抵是人物形象的孤立研究,虽然有利于准确把握具体角色,却无助于在情节的动态运行中掌握众多人物的结构关系,以及人物性格诸要素之间的结构模式。20世纪中叶兴起的结构主义流派提出解读事物内在结构的新理论,为研究的深入投下亮光。这派学者的早期代表之一列维–施特劳斯注重揭示神话要素中的二元对立关系,他考察部落社会体制和图腾分类特征时发现,神话中处处存在彼此相对的概念,如天—地,上—下,高—低,南—北,左—右,冬—夏,日—月,冷—暖,水—火,生—死,男—女等,每对都相互照应,其中一方总处于相对重要的位置。他认为神话的基本功能是化解这些永恒对立的矛盾,使人超越由此而来的困惑和焦虑,恢复心理的和谐与平衡。他论证的这种"二元对立模式"后来成为结构主义方法论的核心。这种模式算不上特别重要的理论发现,但对启发人们从较深层面追索圣经叙事的人物关系,研究故事的内在逻辑和结构原理,还是不乏实际意义的。

大量事实表明,圣经叙述者是在二元对立原则的潜在作用下处理其人物关系和性格构成的。可以说,在圣经中二元对立的人物模式无处不在。首先,贯穿于圣经始终的历史框架就是神与人的对立统一:一面是上帝的创造和救赎,另一面是人的犯罪、受罚和得救。挪亚方舟纪事描写了义人与罪人的对立及其不同命运,挪亚得以躲避大洪水,普世罪人则被滔滔洪水淹没。就民族关系而言,《旧约》多次记叙以色列人和异族的对抗,如摩西率众与埃及法老作斗争,约书亚率军击败迦南诸族,士师们战胜摩押、米甸、亚扪、非利士人等。《列王纪》述及另一类二元对立的人物——善王与恶王,善王因"行亚卫眼中看为正的事,行他祖大卫一切所行的,不偏左右"(王下22:2)而备受称赞;恶王则因"行亚卫眼中看为恶的事,使以色列人陷在罪里"(王下15:28)而屡遭谴责。此外圣经还提到"邪恶当权者与无辜受害者"的对立,如亚哈王和耶洗别王后玩弄权术,害死无辜的拿伯,夺走其葡萄园(王上21:1—16);以及"真假先知"的对立,如亚卫的先知以利亚和巴力的先知四百五十人在迦密山对阵，一番较量之后以利亚斗败后者，将其悉数处死（王上18：16—40）。有时叙述者也描写人物内在的二元对立，一种情况是共时性的，即某人同时存在两种截然相反的性格质素，比如扫罗对大卫就爱恨交加，既能在恶德的驱使下丧心病狂地刺杀他，追捕他，又能因大卫的义行而良心发现，感动得"放声大哭"（撒上24：16），继而中止其邪恶之行。另一种情况是历时性的，指某人可能经历前后相反的性格变化，如犹大国王玛拿西起初因违逆神命而受惩罚，被亚述人俘虏到巴比伦去；后来他弃恶向善，"在他列祖的上帝面前极其自卑，他祈祷亚卫，亚卫就允准他的祈求，垂听他的祷告，使他归回耶路撒冷，仍坐国位"（代下33：12，13）。

福音书中的耶稣是个讲故事高手，他熟谙二元对立的结构技巧，擅长通过对比，揭示不同人物的特征及其命运。在"财主和拉撒路"的寓言（路16：19—31）中，讨饭的拉撒路以其贫穷而趋同于善，死后在亚伯拉罕的怀里享福；终日宴乐的财主以其富贵而贯通于恶，死后被投进阴间的火焰里受苦。"法利赛人和税吏"的故事（路18：9—13）通过二者恰成对照的言行，说明自以为义者实则不义，谦卑自持的人"倒比那人更算为义"，"因为凡自高的必降为卑，自卑的必升为高"。在另一处，耶稣将儿童和成人相对照，高度评价儿童的天真和纯净，教诲门徒道："凡要承受上帝之国的，若不像小孩子，就断不能进去。"（路18：17）"马大和马利亚"的故事（路10：38—41）仅以寥寥数笔就勾勒出两个性情迥异的女性：马大被繁琐的日常事务缠住手脚，办事不得要领；马利亚则头脑清楚，行为明智，专拣最重要的事去做——叙述者藉此表明，世间万务之中惟独领受福音是首屈一指的大事。再以"十个童女"（太25：1—13）为例，她们去迎接新郎，其中五个聪明，既拿了灯也备足了油；另外五个愚拙，只拿了灯而未备足油，结果新郎突然来到，聪明的与其同进天国，愚拙的则被挡在门外。

二元对立的人物模式也有复杂情况，比如，耶稣与其身边的六种形象都构成鲜明对比，从而使耶稣的独特个性得以多角度地突显出来。这六种对比是：（1）耶稣与门徒：耶稣是聪慧睿智、境界高远的老师，门徒是忠心事主却懵然无知的学生；（2）耶稣与百姓：耶稣是灵魂与肉体的拯救者，百姓是灵与肉皆待救助的对象；（3）耶稣与犹太当权者：耶稣是英勇无畏的斗士，犹太当权者是丧心病狂的迫害者；（4）耶稣与罗马总督彼拉多：耶稣舍生忘死地

"为真理做见证",彼拉多则不知"真理是什么"(约18:37,38);(5)耶稣与撒旦:耶稣是意志坚定、不畏诱惑的圣子,撒旦是倒行逆施、诱人堕落的魔鬼;(6)耶稣与天父:耶稣是天父使命的忠实履行者,虽然他对天父的计划还有所不知(可13:32),天父则是终极主宰者,他导演了派遣独生子降世救人的神圣喜剧。

大体说来,二元对立的结构模式有助于揭示人物尤其扁形人物的性格特征,展露并解析故事中的矛盾,分解情节演绎和发展的线索。对圣经来说,这种结构模式的形成与犹太教和基督教的宗教思维定势密不可分。犹太—基督教神学用神与人、神与自然、神与万物、神圣与世俗的关系建构整个宇宙框架,用善良与邪恶、虔诚与悖逆、圣洁与淫靡解释人的行为和本质,这势必导致"二分法"的人物描写。"二分法"对照强烈,效果鲜明,通常能达到良好的审美效应;但若止步于此,则不免失之简单化,进而有伤读者的审美体验。幸而圣经叙述者在人物关系的处理方面还运用了其他种种方式,而当代形式主义和结构主义学者也对相关的叙事方式做过论述。

这里可举出本章第一节述及"功能性人物"时谈到的"行动元模式"。格雷马斯在《结构语义学》(1966)中运用符号学方法提出一个由六种"行动元"构成的人物关系模式,认为该模式普遍存在于所有叙事性作品中。他的理论受惠于普洛普对民间故事结构形态的分析,依普洛普之见,民间故事的人物结构有四条规律:(1)人物的功能是民间故事中恒定不变的要素,不论这些功能由谁来完成和怎样完成;功能构成一个故事的基本成分。(2)故事中已知功能的数量是有限的。(3)故事中功能的顺序是相同的。(4)从结构上看,所有民间故事(或童话故事、神奇幻想故事)都属于同一种类型。普洛普分析了大量作品之后提出,民间故事的情节结构具有可变和不变的双重特征:"它既是多样态的,丰富多彩;又是统一态的,千篇一律。"[1]就其千篇一律的统一态而言,民间故事的情节形态不论如何变化多端,基本角色不外乎七大类:主人公、假主人公、坏人、施予魔法者、帮助者、被寻求者及其父亲、派遣者。

格雷马斯的行动元模式对普洛普的继承和创新显而易见。进入该模式的

---

[1] 普洛普:《民间故事形态学》(节选),参见叶舒宪编选《结构主义神话学》,西安:陕西师范大学出版社,1988年,第3—11页。

前提是将人物转化为"行为者",并"把行为者限制在功能性行为者的范围内",[1]即只考察人物对情节的发展有何作用,而不关注其自身的性格或心理状况如何。该理论的关键词"行动元"(actants)又译为"行动素"、"行动位",被米克·巴尔界定为"行为者的类别"。米克·巴尔说:

> 行为者的类别我们称之为行动元。一个行动元是共同具有一定特征的一类行为者。所共有的特征与作为整体的素材的目的论有关。这样,一个行动元就是其成员与构成素材原则的目的论方面有相同关系的一类行为者。这种关系我们称之为功能。这是一个典型的结构主义模式:它是按照现象类别之间的固定关系来构想的,这是结构主义的一个标准界定。[2]

这句话要表明的是,故事的诸成分之间存在着一种目的论关系,其中的行为者皆有特定意图,渴望达到某个目的;倘若不同的行为者具有共同的目的性,在特定的结构关系中表现出相同的功能或类特征,这类行为者便构成一个行动元。就分析圣经人物的结构关系而言,格雷马斯由六种行动元建构的模式具有很强的可操作性。该模式的核心是"客体",即主体欲望的对象;客体处于发送者和接受者之间,而主体两旁则伴以帮助者和反对者。如下图所示:[3]

发送者 → 客体 → 接受者
　　　　　↑
帮助者 → 主体 ← 反对者

图中涉及三组相互关联的行动元。下面联系圣经叙事,对各自的特征和功能略作探讨。

1. 主体和客体

主体和客体的关系是追求某一目标的行为者与其追求对象之间的关系,在叙事性作品中是最基本的人物关系。以一个渴求实现某种欲望的句子如"以扫

---

1　米克·巴尔:《叙述学:叙事理论导论》(第二版),谭君强译,北京:中国社会科学出版社,2003年,第253页。
2　米克·巴尔:《叙述学:叙事理论导论》(第二版),第236页。
3　A·J·格雷马斯:《结构语义学:方法研究》,吴泓缈译,北京:生活·读书·新知三联书店,1999年,第256—257页。

想喝雅各的红豆汤"为例，主体行动元是以扫，客体行动元是红豆汤，主体对客体有一种"意欲占有"的关系。在《创世记》第25章29至34节中，这句话铺展成一段生动的故事。与之类似的人物关系遍及圣经各处，比如：

| 主体行动元 | 功能 | 客体行动元 |
| --- | --- | --- |
| 以撒 | 想娶 | 利百加， |
| 雅各 | 想娶 | 拉结， |
| 以笏 | 想杀死 | 伊矶伦， |
| 路得 | 想嫁给 | 波阿斯， |
| 扫罗 | 想追捕 | 大卫， |
| 耶稣 | 想治愈 | 病人， |
| 祭司长 | 想捉拿 | 耶稣， |
| 保罗 | 想教训 | 路司得人，等等。 |

在这种模式中，主体行动元通常是人，但在特殊情况下也能是人格化的动物、植物、天使或魔鬼，比如：

| 动物： | 蛇 | 想引诱 | 夏娃； |
| --- | --- | --- | --- |
| 植物： | 树木 | 想膏立 | 君王（士9：8—15）； |
| 天使： | 米迦勒 | 想制伏 | 恶龙； |
| 魔鬼： | 撒旦 | 想试探 | 耶稣。 |

至于客体行动元，既可以是人，也可以是其他目的物或某种状况，如实现某种欲望、改变某种地位、求得某问题的答案、遵守某一条例等。在《创世记》第39章，波提乏的妻子想与约瑟同寝，满足其情欲；在《士师记》第3章，以笏欲使以色列人改变被奴役的地位；在《约伯记》中，约伯想搞清楚义人受苦的原因，弄清一个问题；在《但以理书》第6章，大利乌王欲禁止百姓奉拜除国王以外的任何对象，使之遵守一项条例。可见客体行动元未必是具体人物，其基本特征乃是主体追求的目标。

2. 发送者和接受者

米克·巴尔将格雷马斯所说的发送者界定为"施动者",宣称"主体的意图本身无力企及客体。这里总有一些施动者,或能使其达到目的,或阻止其这样做。这一关系可以看作一种交流形式,所以我们可以区分一类行为者,这些行为者由那些支持主体实现其意图,供给客体,或使之能够得到供给或给予的人组成,我们将其称为施动者。客体给予的对象就是接受者"。[1]依照她的见解,发送者或施动者乃是这样一类角色——他们支持或阻止主体实现其意图,并使客体得到供给或补充。这种行动元大致相当于普洛普所说的"派遣者"。在民间故事中,派遣者有时是国王,有时是父亲(二者亦可合为一身),他赋予英雄一项任务;而英雄欲完成他交待的任务,便进入上述"主体—客体"的模式。在"以撒欲娶利百加为妻"的主客体结构中,发送者或施动者是亚伯拉罕,接受者是以撒,亚伯拉罕发出为以撒娶妻的指令,以撒接受了指令,这里的接受者与主体实为同一个人。至于发送者对主体能产生积极促进或消极阻碍的两种功能,可举出约拿传道的例子。当约拿背道而驰登上前往他施的航船时,作为发动者的亚卫使海上狂风大作,航船无法行驶,还让大鱼把约拿吞入腹中;而约拿一旦知错悔改,亚卫就令大鱼把他复吐于地面,继而派他去尼尼微传道。

发送者与接受者的关系还有一些复杂情况。在圣经中发送者通常是具体的人物或人格化的上帝,但有时也表现为非人格的抽象物,如被注定的命运、民族利益、对国家或个人的责任感等。押沙龙为何举兵反叛父王?因为他受到了个人野心的驱使,换言之,篡位夺权的野心充当了发送者。以斯帖为何舍生忘死地与哈曼较量?因为她把犹太民族的安危放在首位,崇高的民族责任感是她的发动者。本章第一节提到,格雷马斯的"行动元"与普洛普的"角色"既相互区别又彼此重叠,表现为一个行动元有时能由若干个角色体现,一个角色有时又能分解出若干个行动元,圣经中的婚恋故事便有如下现象:形式上是两个角色,其内部却综合了彼此对应的四个行动元——

女主角 = 主体 + 接受者

男主角 = 客体 + 发送者

---

[1] 米克·巴尔:《叙述学:叙事理论导论》(第二版),第237—238页。

典型一例见于《路得记》。路得欲嫁给波阿斯,这时她是主体,波阿斯是客体;波阿斯知情后亦深恋路得,渴望娶其为妻,于是他又成为爱情的发送者,路得则成为接受者。

3. 帮助者和反对者

上述两组行动元——主体和客体、发送者和接受者构成一个人物关系的模型:主体希望实现某种欲望,其欲望或许能实现,或许无法实现;与此同时发送者向作为客体人物的接受者提供某种支持,或设置某种障碍,促成了最终结果的出现。但在实际叙事文本中,情况通常并不这么简单,主体的目的往往难以企及,通向终点的道路大都曲折漫长;在此过程中,主体会得到某些帮助,也会遭遇各种反抗。由此能看到第三组行动元:帮助者和反对者。帮助者促使主体实现其欲望,反对者则妨碍其实现欲望。米克·巴尔指出,这两种行动元类似副词性的修饰语,不靠动词与客体相关联,而通过诸如"由于"、"虽然"一类介词与主体和客体的功能相衔接。"乍一看来,它们对于行动似乎可有可无,但实际上,它们往往是为数众多的;它们决定着主体种种不同的经历,这些主体在达到其目的前有的必须克服强大的反对力量。"[1]在具体作品中,那些肥皂沫式的冗长情节大多是帮助者和反对者们不厌其烦地制造出来的,正因为有了他们,故事的发展才跌宕起伏,一波三折,时而山穷水尽,时而又柳暗花明。

在"罗波安继位"的叙事(王上12:1—19)中,罗波安欲继承其父所罗门的王位,遇到帮助者和反对者两种力量。表面上看,宫中老少两派大臣都为之出谋划策,都是帮助者;而北方民众的代表背叛了他,是他的反对者。但深入分析后能够看出,北方的代表起初并不反对他,只是要求他减轻劳役和赋税;宫中老臣劝谏他倾听民众心声,年轻官员则蛊惑他蔑视众人之言。结果他采纳了年轻官员的意见,以致激怒北方百姓,痛失半壁江山。可见对于罗波安继承所罗门的政权而言,老臣是真正的帮助者,年轻官员只是表面的帮助者,实际上他们乃是反对者,因为他们做了妨碍罗波安继位之事;北方代表起初只是潜在的反对者,后来其诉求落空,才转变为事实上的反对者。

圣经故事述及形形色色的帮助者和反对者。《旧约》历史书描绘过一些宏大场面,诸如出埃及、进迦南、与异族征战、巩固王国政权等,其中的主人

---

[1] 米克·巴尔:《叙述学:叙事理论导论》(第二版),第240—241页。

公常有众多帮助者和反对者。以押沙龙叛乱初期的局势（撒下15：13—37）为例，叛军中有盲目跟从的二百人，有"大卫的谋士基罗人亚希多弗"，继而又有"日渐增多"的百姓，他们皆为叛党的帮助者和官府的反对者。大卫的阵营中则有六百勇士、迦特人以太、祭司撒督及其儿子亚希玛斯、祭司亚比亚他及其儿子约拿单，以及谋士亚基人户筛等，他们则属官府的帮助者和叛党的反对者。应当指出，作为行动元的帮助者或反对者特指对情节演变能发生显著功能的角色，如上述亚希多弗和户筛，由于他们近乎呼风唤雨的作用，当时的战局曾出现重大改观。至于那些无足轻重的"群众演员"，并不在帮助者或反对者行动元之列。另一个值得辨析之处在于，帮助者未必是叙述者意念中的正面角色，反对者也未必是反面角色；是正面还是反面，要看他帮助或反对的对象如何定性。在暗嫩玷辱其同父异母妹妹他玛的罪行中，约拿达为暗嫩出谋划策（撒下13：3—5），就属于反面的帮助者。司提反被犹太众人用石头打死时，扫罗兴灾乐祸地为打手们看管衣裳（徒7：58，60），也是反面的帮助者。以色列王亚哈当政年间，先知米该亚讲预言时"不说吉语，单说凶言"（王上22：8），甚至宣告亚哈行将阵亡，属于亚哈王的反对者，但他却是正义的反对者，因为亚哈王是叙述者否定的对象。

下面运用格雷马斯的人物结构模式对《托比传》的基本情节做一综合分析。《托比传》的中心故事是托比雅娶撒拉为妻，同时取回托比在玛代一个朋友家存放的钱财，在此故事中，托比雅是主体，撒拉和钱财是客体。故事中有主次两组发送者和接受者，主要一组是托比和托比雅：托比派遣托比雅前往玛代的朋友家取回钱财，托比雅是主体行动元兼接受者；次要一组是上帝和拉斐耳，上帝派遣拉斐耳为托比雅和撒拉结亲、制伏恶魔阿斯摩得并为托比揭去眼上的阴翳，使他重见光明。拉斐耳是上帝使命的接受者，也是托比雅的主要帮助者；大体得益于他的行动，托比雅和撒拉才得以圆满成婚。显而易见的反对者是恶魔阿斯摩得，主体行动元即托比雅的欲望要想实现，前提便是排除这个反对者。这个故事中还存在着角色与行动元错综交织的现象，一方面，不止一个角色充当了同一种行动元，如托比雅和拉斐耳皆是接受者；另一方面，同一个角色又显示出不止一个行动元，如托比雅既是主体又是接受者，拉斐耳既是接受者也是帮助者。《托比传》中还有一对角色与行动元错综重叠的人物，即托比雅和撒拉，在显态关系中，托比雅欲娶撒拉，前者是主体，后者是客体；

就隐态关系而言，撒拉亦慕恋托比雅，希望嫁给他，故她又成为爱情的发送者，而托比雅则是接受者。也就是说，托比雅兼为主体和接受者，撒拉兼为客体和发送者。

## 第四节
## 人物塑造的"讲述"和"显示"

### 一、"讲述"和"显示"

在一批现代学者看来，"讲述"（telling）和"显示"（showing）体现了古今小说在叙事技巧方面的根本区别。他们声称，古代故事是"讲述"出来的。以荷马为例，他热衷于向读者提供深刻而精确的"内部信息"，其中渗透了作者的是非评价，如谓希腊人是具有"强大灵魂"的"英雄们"；"万军之主"阿伽门农和"英武的"阿喀琉斯之间由太阳神阿波罗挑起了矛盾；俄底修斯理应得到良好的评价，因为他是个"英雄的"、"足智多谋的"、"令人钦佩的"、"聪明的"勇士。当述及俄底修斯的敌人时，荷马说珀涅罗珀的求婚者是"傲慢的"、"狂妄的"和"凶恶的"——这类语词难免使人随着叙述者的好恶生出或推崇或蔑视的情感。这种直接干预读者审美判断的修辞手法延续了两千多年，直到19世纪下半叶才发生重大转变，作家在故事中放弃了直接介入的特权而自行隐退，退到舞台的侧翼，而让其笔下人物去自行决定自己的命运。故事情节不加评价地"显示"出来，读者因而处于丧失明确引导的境地。福楼拜以后的许多作家和批评家确信，"客观的"（或"非人格化的"、"戏剧式的"）叙述方法优于允许作者或其他叙述人出面评判以引领读者的方法。他们把这两种方法概括为艺术的"显示"和非艺术的"讲述"。

"讲述"和"显示"的区分可上溯到古希腊文论中的"纯叙述"（diegesis）和"模仿"（mimesis）之分。早在公元前6世纪，毕达戈拉斯或其学派可能就提出过现实世界模仿一个深隐的、终极的、超越时空的"数字世界"的学说。亚里士多德在《形而上学》（1.6.987b11—14）中证实，柏拉图关于现实世界和观念世界关系的学说接近于毕达戈拉斯学派关于事物和数字之间关系的论述。时至公元前5世纪，医学家希波克拉忒斯明确提出技艺模仿自然的思想，认为技艺的产生得之于自然的启发，换言之，技艺的产生是对自然现象及其运作过程的模仿。哲学家德谟克利特则发表过类似"仿生学"的论述：蜘蛛是织布女和修补匠的教师，歌唱是对鸟鸣的模仿。[1]将诗人的讲诵分成"纯叙述"和"模仿"是柏拉图对文本研究的贡献。[2]柏拉图在《国家篇》第三卷的一段对话中首次述及二者的区别，以"纯叙述"指诗人用自己的语气间接叙述人物的言词，如"祭司走向前来，开口祈祷，愿神明允许阿开亚人攻下特洛伊城，安抵家园；请他们接受赎礼，尊重神意"；而以"模仿"表达狭广两义，狭义专指诗人假扮人物说话，广义则泛指文学艺术对现实的模仿，这种模仿可通过三种方式（文字叙述、戏剧表演及二者的混合）实施。[3]关于狭义的模仿，柏拉图借苏格拉底之口将其界定为"通过话语或姿势使自己等同于别人"。[4]在他看来，这种模仿实际等同于演员扮演人物的喜怒哀乐；为了进入角色，诗人必须模拟别人的行动，消隐自己的存在。后来亚里士多德在《诗学》中采纳了柏拉图的区分，亦同意柏拉图所说文艺模仿现实的三种方式，但未像柏拉图那样对"纯叙述"和"模仿"分头探讨。

由于后世文论更关注作品的道德意义而忽略其形式特征，柏拉图区分"纯叙述"和"模仿"的理论未得到足够的重视。时至19世纪末20世纪初，亨利·詹姆斯等英美学者将注意力转向小说的形式技巧，指出"讲述"与"显示"的分野。其理论与柏拉图的"纯叙述"和"模仿"之分既相联系又有区别，大致说来，柏拉图把诗人对事件的描述称为"纯叙述"，近代英美学者则依据描述的详尽和直接程度对"讲述"（纯叙述）和"显示"（模仿）加以区分。詹姆斯是作为心理现实主义的理论家倡导"显示"的，他所说的"显示"其实是让读者随着角色的视角进入人物内心，而不被一个外在的叙述者任意引导，故詹姆斯时期的"讲述"与"显示"之分"主要是夹叙夹议的全知叙述与采用人物有限视角的直接再现之间的区分"。[5]

---

1　参见陈中梅：《柏拉图诗学和艺术思想研究》，北京：商务印书馆，1999年，第57页。
2　G. F. Else. *Plato and Aristotle on Poetics*. Chapel Hill: University of North Corolina Press, 1986, p.28.
3　参见申丹：《叙述》，《外国文学》2003年第5期，第66页。
4　亚里士多德：《国家篇》3. 393C。转引自陈中梅：《柏拉图诗学和艺术思想研究》，第64页。
5　参见申丹：《叙述》，《外国文学》2003年第5期，第67页。

詹姆斯贬低讲述而褒扬显示的理论得到一些人的赞同，也遭到一些人的反对，反对派的代表人物是美国芝加哥大学教授布斯。布斯在《小说修辞学》中认为，把讲述和显示机械地区分开来，进而简单地对立起来，是一种错误作法，因为它过于武断。其实，小说创作的实践极其丰富，往往既有讲述也有显示，二者是纠结缠绕、相互渗透的。断言古代小说都是讲述而现代小说都是显示，或宣称只能用显示而不能用讲述，都是不合情理的，也是脱离实际的，因为世界上根本就没有完全显示而绝不讲述的作品。当然，这并不否认现代小说的创作实践确实发生了某种历史性的转变：作者不再直接控制读者的反应，而倾向于客观自然地展示人物的活动和事件的进程。布斯富于说服力地证明，在现代小说中讲述之法并未消失，只不过变换了形式，以较隐蔽的方式出现而已；它潜藏在显示的笔法中，也许以某个象征性细节或人物的特定动作间接地实现着讲述的功能。[1]

## 二、圣经叙事中的"讲述"

用讲述和显示的理论观察圣经，勿庸讳言，讲述是作者塑造人物的常用笔法，基本特征是以零聚焦介入情节，以不容置疑的口吻谈论人物，其间贯注着对人物是非善恶的评价。如称"亚卫上帝所造的，惟有蛇比田野一切的活物更狡猾"（创3：1），"挪亚是个义人，在当时的世代是个完全人"（创6：9），等等。此类论断有时加插在一个长篇故事的行间，如谓"摩西为人极其谦和，胜过世上的众人"（民12：3），"所罗门的智慧胜过东方人和埃及人的一切智慧"（王上4：30），等等。当这种讲述出现在卷首时，对左右读者的基本判断常能发生举足轻重的作用，比如《约伯记》的开场白："乌斯地有一个人，名叫约伯，那人完全正直，敬畏上帝，远离恶事。"（伯1：1）——叙述者似乎能如上帝一般洞察世事和人心，因而要用坚定不移的口气对约伯作出总体评价，为全书定下基调。事实上，书中后来的所有故事都是在此基点上发生的。讲述之法在福音书中也时而可见，如马太称马利亚的丈夫约瑟是个"义人"（太1：19），施洗者约翰是古代先知以赛亚所预言的人（太3：3）；路加说撒迦利亚夫妇"在上帝面前都是义人"、"无可指摘"（路1：

---

[1] W·C·布斯：《小说修辞学》，华明等译，第3—24页。

6）等。诸如此类的讲述不露声色地融入叙述者的价值观，使读者于不知不觉中便走上隐含作者指引的途径。

在不少情况下讲述是由叙述者进行的，但就圣经这部特殊的文学文本而言，有时也由一个独特的角色——上帝做出。圣经记叙了一部"神人交往史"，即一部上帝时常出没其间、人犯罪而神施救的历史，在这部历史中（尤其早期阶段），亚卫上帝常以人形出现，参与人间事务，与普通人交往、对话，发表对各种问题的见解。在一个众声杂陈的交际场合，亚卫上帝也许只是参与对话的角色之一，但由于他被理解为至高存在，他的话就被尊崇为绝无谬误的真理之言，其中的判断也就与叙述者的断言等同起来。在"毁灭所多玛"事件的开端，亚卫说："所多玛和蛾摩拉的罪恶甚重，声闻于我。"（创18：20）既然上帝已如此论断，随后的故事就只能诠释那两座城如何"罪恶甚重"，而不会出现其他诸如"有无罪恶"的可能性。大卫是古犹太史家极力颂扬的贤君明主，圣经对他的溢美之词可见于亚卫向所罗门讲的一段话："你若效法你父大卫，存诚实正直的心行在我面前，遵行我所吩咐你的一切，谨守我的律例典章，我就必坚固你的国位在以色列中，直到永远。"（王上9：4，5）字里行间流露出对大卫的首肯和褒扬。

在福音书中，上帝圣父远离人世而退隐到高天之上，活着的圣子耶稣取而代之向门徒和百姓频频施教，他也常以"讲述"方式评论周围的人物，如谓文士和法利赛人"假冒为善"，是"瞎眼的领路人"，"好像粉饰的坟墓，外面好看，里面却装满了死人的骨头和一切的污秽"，他们是"蛇类、毒蛇之种"，绝不能"逃脱地狱的刑罚"（太23：13—33）。对于把握文士和法利赛人的本质而言，这番话无异于最后定论，除了完全认同再无争议的必要。耶稣升天之后也成为远离人世的圣者，但他偶尔仍讲论人间之事，如扫罗在前往大马士革的路上双目失明，他吩咐亚拿尼亚去为之医病并施洗，说："他是我所拣选的器皿，要在外邦人和君王并以色列人面前传扬我的名。我也要指示他，为我的名必须受许多苦难。"（徒9：15，16）此语以毋庸置疑的准确性预言了扫罗未来的命运：他将成为基督教向外邦传教的最重要的使徒。

圣经叙事中也时常发生另一种情况：对某人的讲述出自其他人物之口。这时读者不免思考：其他人物的讲述能体现叙述者的评价吗？或叙述者对其他人物的讲述是否认同？而欲弄清楚这一点，往往并非易事。有时二者是统一的，如扫罗对大卫说："你比我公义。"（撒上24：17）又如大卫和示巴女王都说所罗门"聪明"、"有智慧"（王上2：9；10：6，7）——他们的评价显然体现了叙述者的看法。有时二者则不一致，如示每咒骂大卫是"流人血的坏人"（撒下16：7），这无疑并非叙述者的意念。叙述者表现其他人物对某人的议论，可能重在被议论者，是为了从一个特定角度讲述被议论者的特征；也可能重在议论者，即通过发言人的言行将其本来面目自我显示出来，如上述示每对大卫的恶语攻击就流露出一个扫罗余党对大卫的仇恨心理。

再看对话中的譬喻。有时，人物对话中可能出现譬喻，这时发言人往往不是为了描述，而是要表达自己的某种态度，或唤起对方的某种情感反应。洗鲁雅的儿子亚比筛称示每为"死狗"（撒下16：9），这一譬喻宣泄了他对示每的蔑视之情，并试图影响大卫，使之痛恨对方，允许自己处死他。与此类似的另一例见于大卫之言，他对穷追不舍的扫罗说："以色列王出来要寻找谁呢？追赶谁呢？不过追赶一条死狗、一个虼蚤就是了。"（撒上24：14）大卫用"死狗"和"虼蚤"自比，意在说明自己无关紧要，不值得扫罗穷追不舍。在《撒母耳记》中大卫四次被喻为"如同上帝的使者一样"（撒上29：9；撒下14：17，20；19：27），每次都有共同之处：发言者欲以恭维之词取悦于大卫，恭维的目的解释了比喻中的夸张。众所周知，将某人比作天使缺乏现实基础，因为人与天使原有本质差异，一是俗物，一是灵体，分属于绝不相同的生命范畴。但这种夸张又不难理解：讨好对方意在达到自己的目的。可见比喻和夸张的运用与其说揭示了谈论对象的特征，不如说更多地表现出谈论者的主观意图和自身特质。

以上各例所"讲述"的大都是人物性格。除了具备相对稳定的性格，人物还有时常变化的情绪或心理状态，这使圣经中也不时出现对人物情绪的讲述，包括直接讲述和间接讲述，前者由叙述人做出，如称大卫"自责"、"焦急"、"愁烦"、"惧怕"、"恼怒"、"发怒"、"悲哀"、"得安慰"、"怜惜"（撒上24：5；30：6；撒下6：8，9；12：5；13：21，37，39；21：7）等；后者由其他人物或当事者本人做出，比如约押刺杀押沙龙后大卫因晚年丧子而哀声哭泣，众民也受其感染"将得胜的欢乐变成悲哀"，不料约押却肆无忌惮地说：

> 你今日使你一切仆人的脸面惭愧了。他们今日救了你的性命和你儿女妻妾的性命，你却爱那恨你的人，恨那爱你的人。你今日明明地不以将帅、仆人为念。我今日看明，若押沙龙活着，我们都死亡，你就喜悦了。（撒下19：5，6）

这番话完全是血口喷人。其实大卫本是平定押沙龙叛乱的总指挥，只是他出于父爱而要求众人在平叛的同时留下那逆子一命。约押不但公然违命杀死押沙龙，而且当众混淆视听，攻击君主，气焰嚣张到了极点。这是故事人物曲解他人心理的典型一例。但在另一些场合，故事人物对他人情绪的谈论也可能真切合理，如以利加拿说他的妻子哈拿"心里愁闷"（撒上1：8）；有人对所罗门说亚多尼雅"惧怕"他（王上1：51）；耶洗别说亚哈王心里"忧闷"（王上21：5）；亚卫说约拿"发怒"（拿4：4）等。

另一些"讲述"涉及人物的知情状态和主观意图。某人知道一件事或不知道那件事，有时对性格塑造或情节发展十分重要，这时，对当事人体现出知情与否的讲述就显得格外引人瞩目。所罗门命令比拿雅处死约押时说道：

> （约押）用刀杀了两个比他又义又好的人，就是以色列元帅尼珥的儿子押尼珥和犹大元帅的益帖的儿子亚玛撒，我父亲大卫却不知道。故此流这二人血的罪必归到约押和他后裔的头上，直到永远。（王上2：32，33）

由于大卫"不知道"，杀死押尼珥和亚玛撒的罪行就与其无关，而必须由约押承担；此语既维护了大卫品行的仁慈完善，又揭露了约押的阴险歹毒。当某人解释另一人的主观意图时，可能是正确的；却也可能完全错误，以致引起恶劣后果。耶利哥王得到消息："今夜有以色列人来到这里窥探此地。"（书2：2）他的情报确凿可靠，因为以色列探子的主观意图的确是侦察耶利哥城。但亚扪人向其国王哈嫩却严重歪曲了大卫的意图，将他改善两国关系的美意说成攻城的企图（撒下10：2，3），最终导致亚扪人和以色列人的战争。

至此，本节已讨论了叙述者的直接讲述、藉上帝之言的讲述、其他人物的间接讲述（皆为对人物性格的讲述），以及对人物情绪、知情状态和主观意图的讲述。下面转入另一个议题：对人物外貌和服饰的讲述，或曰外貌描写。

总的说，圣经中缺乏准确而细致的外貌描写。叙述者对多数人物都不提外貌，只对少数略加描述；即使述及外貌，往往也只诉诸很普通的术语，以至难以给人留下深刻印象。这使圣经人物绝无脸谱化的嫌疑，好人未必漂亮，坏人也未必丑陋。撒母耳膏立大卫之事提到"人是看外貌，亚卫是看内心"（撒上16：7）——明示外貌与内心没有必然联系，这也许是圣经作者很少表现外貌的原因。然而人物外貌讲述一旦出现，与情节嬗变就可能具有某种内在关联，如以扫浑身有毛而雅各身上光滑（创27：11），这种体征导致日后雅各假扮以扫骗取了父亲对长子的祝福；而"利亚的眼睛没有神气，拉结却生得美貌俊秀"（创29：17），则解释了雅各何以爱拉结而不爱利亚，并进而解释了雅各何以偏爱他与拉结所生的儿子约瑟及便雅悯。拔示巴"容貌甚美"，他玛是押沙龙"美貌的妹子"（撒下11：2；13：1），她们的美貌诱发了大卫和暗嫩的淫行。书念童女亚比煞"极其美貌"（王上1：4），而大卫并未与其亲近，则反衬了大卫晚年对性欲的节制，也间接透露出他风烛残年时的虚弱。《旧约》中惟独押沙龙的美貌写得较为详尽：

> 在以色列全地之中，无人像押沙龙那样俊美，得人的称赞，从脚底到头顶毫无瑕疵。他的头发甚重，每到年底剪发一次；所剪下来的按王的量器称一称，重达二百舍客勒。（撒下14：25，26）

此语既示意押沙龙是命运的宠儿，又暗示他将被命运捉弄，未来的反叛必定以失败告终，一头美发将成为他亡命的祸根。当然也有外部容貌与内在品质一致的情况，比如大卫，"他面色红光，双目清秀，容貌俊美"（撒上16：12），后来成为理想君主，外在美应当是他赢得民心的原因之一。

一如体征，圣经对人物服饰也不做细致描写，个别情况下或许仅用一两个词提到，有时是为了推动情节发展，有时是为了表明当事人的情感状态。犹大的儿媳妇他玛"脱了她作寡妇的衣裳，用帕子蒙着脸，又遮住身体"（创38：14），意在不让公公犹大认出自己，反而把她当成妓女。提哥亚的妇女为了装扮成"为死者悲哀许久的妇人"，须"穿上孝衣，不得用膏抹身"（撒下14：2）。基遍人为了骗取约书亚的信任，亦"将补过的旧鞋穿在脚上，把旧衣服穿在身上"（书9：5）。但对非利士巨人歌利亚的装备描写却比圣经的常例细致得多：

第三章 人物

……头戴铜盔，身穿铠甲，甲重五千舍客勒；腿上有铜护膝，两肩之中背负铜戟；枪杆粗如织布的机轴，铁枪头重六百舍客勒。（撒上17：5—7）

历来惜墨如金的圣经作者何以如此奢侈地述说一个异族武士？原来是为了反衬：先写歌利亚全副武装，再说大卫不穿任何铠甲，仅以石子和机弦就将其击毙，借以表明大卫的英勇无敌更胜一筹。

值得注意的是，在圣经中当事人改变服饰的动作往往带有象征意义，常见之例是以撕裂衣服表达悲伤。大卫听到扫罗父子在基利波山阵亡的噩耗后，"就撕裂衣服，跟随他的人也都如此，而且悲哀、哭号，禁食到晚上"（撒下1：12）。大卫的女儿他玛受辱后也有类似表现："撕裂所穿的彩衣，以手抱头，一面行走，一面哭喊。"（撒下13：19）除了悲伤，他玛撕衣还另有寓意：彩衣原是公主和处女的象征，她现在既已被暗嫩玷污，不再是处女，便自我感觉不配再穿那件尊贵之衣。先知以利亚和以利沙是一对师徒，他们曾以交接外衣表示传递先知的身份和职责。以利亚召选以利沙时，"将自己的外衣搭在他身上"，以利沙就"起身跟随以利亚，服侍他"（王上19：19—21）；以利亚乘旋风升天之际，以利沙拾起从他身上掉下的外衣（王下2：13，14），用它击打约旦河水，使之左右分开，自己趁势渡河，象征他继承了以利亚的衣钵。从《以斯帖记》的细节描写可知，高贵的服饰能象征尊荣的地位。末底改作为"王所喜悦尊荣的人"，曾穿上"王常穿的朝服"，骑上"戴冠的御马"，由一个极尊贵的大臣引路，行遍城里的繁华街市（斯6：8，11）。他除掉恶人哈曼之后，更是衣着一新，"穿着蓝色、白色的朝服，头戴大金冠冕，又穿紫色细麻布的外袍，从王面前走来"（斯8：15），这身装束预示着他即将被封为相，成为波斯国一人之下万人之上的显宦。

## 三、圣经叙事中的"显示"

从上述分析可以看出，用"讲述"笔法刻画人物具有清晰明确、一目了然的特点，能使读者仅据十分简洁的文字就对某人的外貌和性情形成具体认知，同时得到叙述者的审美引导。然而这种笔法常与简单化概念化相关联，因为它惯以理性的、权威的、静止的、鉴定结论式的语词述说人物的主导性格，而忽略人物内心各种复杂且变化不定的性情因素。文学植根于五光十色的现实生活,作家要想全方位地展示社会和人生的丰富性,仅凭简略而武断的"讲述"显然很不够,尚须赖以各种"显示"的技巧。其实,圣经叙述者早已娴熟地运用过显示手法,正如坡威尔（Mark A. Powell）所言,即使在圣经故事中,"人物性格描写的首选方法似乎依然是'显示'的技巧。隐含作者可以运用各种手法显示人物形象,那些手法既能表达作家本人的观点,也能表达相关人物的观点"。[1]鲍里斯·乌思本斯基（Bolis Uspensky）的研究证明,作家对人物性格的显示可以从四个层面进行：其一,时空层面（spatial-temporal plane）,表现人物的行为；其二,语词层面（phraseological plane）,表现人物的言论；其三,心理层面（psychological plane）,表现人物的思想；其四,意识形态层面（ideological plane）,表现人物的信念和价值观。[2]这四个层面构成相互联络、逐层深化的人物形象系统,对于塑造复杂的圆形人物缺一不可。事实上,这四个层面的形象显示在圣经中皆有充分表现,只是四者之间未必总能逐一对应罢了。一般说来,思想、信念和价值观透过人物的行为和言论表现出来,而有时行为或言论也会显出假象,即心口不一或言行不一的现象。该隐杀死亚伯后亚卫质问他："你兄弟亚伯在哪里？"他竟然当面撒谎："我不知道！我岂是看守我兄弟的吗？"（创4:9）米甲掩护大卫从窗户里逃走,然后把神像放在床榻上,向追捕者谎称大卫病了（撒上19:12—14）。在语词层面希律王宣称欲拜婴儿耶稣,但在时空层面,他又企图杀害他（太2:8, 16）。圣经叙述者早就注意到人物言论和行为的自相矛盾现象,告诫读者每逢这时须观其行甚于听其言。耶稣一再论及此理："凡称呼我'主啊,主啊'的人,不能都进天国；惟独遵行我天父旨意的人,才能进去。""不要效法他们（文士和法利赛人）的行为,因为他们能说不能行。"（太7:21；23:3）

就其基本特征而言,显示与讲述恰成对照。显示不以直接判断的方式说明对象,而运用间接描述的手段委婉地展示对象,使读者从直观描述中感悟出对象的种种特点。与讲述的封闭性和确定性相比,显示更加带有开放性和可塑性；它对读者进行直接引导的功能削弱了,但促使他们参与文本意义生成的空

---

[1] M. A. Powell. *What Is Narrative Criticism?* p.52.

[2] Boris Uspensky. *A Poetics of Composition: The Structure of the Artistic Text and Typology of Compositional Form.* Berkeley and Los Angeles: University of California Press, 1973, pp.8—10.

间却加大了。显示和讲述也有彼此渗透、相辅相成的一面，表现为显示之中有讲述，讲述本身亦带有显示的功能。下面从言论记叙和行为描写两方面分析圣经中的显示技巧。

圣经叙述者擅长通过言论和对话表现人物的性格特色。罗伯特·奥特（Robert Alter）发现，古犹太作者偏爱直接引语，人物的思想常用内心独白来表述。他说："当然，人物的态度——爱、憎、恐惧、妒嫉等等——可以只用一个单独而合适的动词来表达，因为它们所涉及的其实只是某种内心经验的概括，而非其在故事中的实现。但当沉思某种特殊的可能性、抒发某种情感、权衡某种变更、做出某种决定的实际过程在叙事中占据了一定时间时，它们便以直接引语的形式表现出来。"[1]比如，当大卫觉察到他正面临着扫罗造成的严重危险时，叙述者写道："大卫心里说：'必有一日我死在扫罗手里，不如逃奔到非利士地去。'"（撒上27：1）——无声的思想转换成了有声的话语。叙述者似乎觉得，思想活动本身是不充分的，只有被转换成话语才趋于完善。对话语的高度重视导致人物之间的对话特别发达。大卫为扫罗作哀歌后，作家有如下记叙：

> 大卫问亚卫道："我上犹大的一个城去，可以吗？"
> 亚卫说："可以。"
> 大卫说："我上哪一个城去呢？"
> 亚卫说："上希伯仑去。"（撒下2：1）

大卫不是先知或先见，不具备与上帝直接对话的能力，此处亦未提到他以拈阄之法揣度神意，故这里的对话不可能实际发生，作家只是要用对话形式传达一个信息：上帝欲使大卫在希伯仑被拥立为犹大王。奥特认为，这充分说明圣经作者有一种"运用对话进行叙事"的嗜好。他们对话语特别偏爱，在他们看来，上帝用话语创造了世界；从一开始就使人拥有运用语言的能力，借此从其他生物中分离出来；每个人都能通过语言表现自己的特征，表达出乐意遵守神人之约的愿望；并显示出控制他人、愚弄他人、同情他人或答复他人的能力。[2]

---

1　Robert Alter. *The Art of Biblical Narrative*. New York: A Division of Harper Collins Publishers, pp.67—68.
2　Robert Alter. *The Art of Biblical Narrative*. pp.69—70.

在这种由对话支配的叙事方式中，视觉景观必定很少出现。里蒙—凯南曾称人物刻划的艺术分为直接形容和间接表现两大类，间接表现着眼于四个方面：人物的行动、言语、外表和环境。关于环境，她说："人物的物理环境（房间、屋宇、街道、城镇）和人际环境（家庭、社会阶层）也常被用作暗示性格特征的转喻形式。"[1]语中的"物理环境"即视觉景观，在圣经叙事中鲜有所见。以平定押沙龙之乱的著名战役为例，事件发生在辽阔的田野上，押沙龙最后也惨死在一棵橡树上，本应出现壮观的自然景色，但事实却并非如此，不但通篇看不到景物，而且全部都是人物的连续对话，对话与战事的发展同步进行（撒下18：1—33）。

在对话中贯彻对照的原则，运用对话揭示彼此对立的性格，是圣经叙述者精通的技法。以扫出卖长子名分之事就是在极富个性化的对话中完成的：

以扫对雅各说："我累昏了，求你把这红豆汤给我喝。"
雅各说："你今日把长子的名分卖给我吧！"
以扫说："我将要死，这长子的名分与我有什么益处呢？"
雅各说："你现在对我起誓吧！"……（创25：30—33）

寥寥数语，就展示出两个性格互异的人物：以扫头脑简单，因小失大，为了一碗红豆汤而出卖自己的长子名分；雅各则工于心计，精明诡诈，仅以少许代价就得到巨大收益。有时，对话双方的篇幅可能形成长短悬殊的对比，反面角色的话很短，只表述一种低劣的愿望，正面角色的话则长得多，言语之中显示出正义的精神。比如波提乏的妻子引诱约瑟，只说了一句"你与我同寝吧"，约瑟却振振有词地教训她，宣告不能"作这大恶，得罪上帝"（创39：7—9）。类似一例见于暗嫩和他玛的故事，暗嫩要求与其同寝，他玛予以严词拒绝，并劝他不要作"愚妄人"（撒下13：11—13）。以利亚在迦密山斗败巴力先知之事亦以对话分量的悬殊衬托出以利亚的强大：他接二连三地演讲，语气咄咄逼人，巴力的先知则仅仅重复一句话："巴力啊，求你应允我们！"这使双方的是非曲直仅看对话就能一目了然（王上18：20—40）。

在叙事文学中人物的言论通常具备二重功能，一方面提供某种信息，用以推动情节的发展；另一方面显示言说者的个性和心理状态，参与言说主体的形象塑造。事实上，较之直接或间接的讲述，圣经人物的性格特色更是借助其自

---

[1] 里蒙—凯南：《叙事虚构作品》，姚锦清等译，北京：生活·读书·新知三联书店，1989年，第119页。

身言行显示出来的。亚当和夏娃偷吃禁果后,亚卫上帝问亚当:"莫非你吃了我吩咐你不可吃的那树上的果子吗?"亚当回答:"你所赐给我、与我同居的女人,她把那树上的果子给我,我就吃了。"(创3:11,12)亚当答语中的信息是:我的确吃了禁果,但那果子来自上帝赐予的女人——该语在提供信息的同时也流露出当事人极力为自己开脱罪责的意图:如果说吃禁果错了,则错误源于女人,甚至来自上帝,因为那女人是上帝赐予的。再以"亚伯拉罕燔祭献子"中的一次对话为例。父子二人行路途中,以撒问亚伯拉罕:"请看,火与柴都有了,但燔祭的羊羔在哪里呢?"亚伯拉罕回答:"我儿,上帝必自己预备作燔祭的羊羔。"(创22:7,8)这句话显示出亚伯拉罕的高贵灵魂:直到那时,"作燔祭的羊羔"其实就是以撒,但亚伯拉罕不愿伤害儿子,故未直言这残酷的事实;同时,出于一颗诚实之心,他也不肯编造谎言哄骗儿子;而出于对上帝的虔诚信奉,他又深信"上帝必自己预备作燔祭的羊羔"。

在某些情况下,圣经叙事中也会出现长篇大论,它们对反观发言者的心态和个性极有助益。拿八以恶言攻击大卫之后,其妻亚比该向大卫送礼赔罪,以如簧之舌责备拿八"愚顽",恳求大卫宽恕,并预言大卫必得上帝赐福(撒上25:24—31)。这番话不仅打消了大卫的怒气,且使之对她产生非同寻常的好感,甚至于拿八死后娶她为妻。后来大卫还与一个提哥亚妇人对话,对她的口才也很赏识,那人在国王面前表现出职业性说客的干练和机敏,言辞锋利,思维缜密,先纵后擒,使大卫无形中便接纳了她的劝谏(撒下14:4—20)。亚比该和提哥亚妇人均为圣经中以能言善辩著称的女性,其机智主要是通过言论显示出来的。

除了言论,圣经叙述者还擅长通过人物的行为展示其性格特征。由于人物的心思意念能透过其一举一动流露出来,所以让人物自我表现,使读者观其行而见其人,就成为塑造人物的有效方式。此即伊弗拉特所言:"行为是性格的外化。人物藉其事迹展示性格,并不亚于藉其言词展示。既然人的内在性格能通过外在行动表现出来,叙述者就可以在行动中表现人物,而非直接讲出其特点。在圣经叙事中,事迹描写其实是性格塑造的首要方式。观察各种不同情况可知,读者对人物的了解最初都是通过其行为方式。"[1]例如,亚哈王企图贪

---

1　Shimon Bar-Efrat. *Narrative Art in the Bible*. First published by Sifriat Poalim (Tel Aviv) in Hebrew, 1979, translated by Dorothea Shefer-Vanson. Sheffield: Almond Press, 1989, p.77.

占拿伯的葡萄园遭拒绝后，他的行为显示出内心的沮丧烦恼之情："闷闷不乐地回宫，躺在床上，转脸向内，茶饭不思。"（王上21：4）以斯拉听说以色列人与四邻诸族杂婚之事，"就撕裂衣服和外袍，拔了头发和胡须，惊惧忧闷而坐"（拉9：3），这些动作和表情使读者不难感受到当事人的内心活动。

有研究者将人物的行为分成"习惯性行为"和"一次性行为"，[1]前者多次发生，能较多透露人物个性的静态特征，如亚伯拉罕的虔诚之举：他于75岁高龄奉上帝之命携家眷离开父家，背井离乡，到人地生疏的迦南去；于99岁按神意受割礼，并为家中的所有男子施割礼；后来听从上帝的吩咐把夏甲和以实玛利送到旷野中；并无条件地遵奉神意，把独生子以撒献为燔祭（创12：1—5；17：23，24；21：12—14；22：2，3）。这些反复发生的行为表明，亚伯拉罕乃以信奉上帝为人生第一要义。有时，叙述者也用某些时间副词显示人物的习惯性动作或一贯作法，揭示其性格特征，如以利加拿"每年"去示罗的圣所祭拜上帝（撒上1：3，7），表明他是个敬虔之人；押沙龙"每到年底"剪发一次（撒下14：26），从中可见其洁身自爱。

而后者——即"一次性行为"——在人物的行动链条中常有动态性意义，通常侧重于显示个性的动态方面，对推动情节发展具有不可替代的功能，在事件的转折关头更是必不可少。这类行为未必揭示人物相对稳定的性情，但较之大量平淡无奇的习惯性动作，它们往往富于戏剧性，更能显示人物的突出特点，从而给读者留下更深的印象。该隐杀弟（创4：8），罗得在所多玛接待并保护两位天使（创19：1—8），亚伦造金牛犊（出32：4），雅亿钉死西西拉（士5：21），暗嫩玷辱他玛（撒下13：14）、耶洗别计夺拿伯的葡萄园（王上21：5—10）……等等，固然都是"一次性"事件，却都足以显示出当事人的特点所在：该隐——杀人犯，罗得——好客者，亚伦——偶像崇拜者，雅亿——孤胆女英雄，暗嫩——对同父异母姐妹施暴的花花公子，耶洗别——凶狠邪毒的女人。当然，圣经人物描写中也有"多次行为、一次为主"的情况，如亚伯拉罕是信仰的始祖，叙述者写了他许多虔信上帝的事迹，其中首推燔祭献子；参孙是大力士，读者看到他一系列力大无穷的故事，其中最著名的是临终前推倒支撑神庙的巨柱（士16：30）。

人物在情节演变中经常面临各种抉择，必须对变化中的事态做出判断，对

---

[1] 里蒙-凯南：《叙事虚构作品》，第110页。

自己的相应对策做出决定,其判断和决定往往能显出当事者的价值观,表明他在欲望、情感和精神信念的冲突中何去何从,是让物质的肉体的追求还是让道德的宗教的理念占据上风。在圣经中,由于作者很少正面揭示心理活动,人物的判断和决定通常要从其事后行为中去间接推导。例如,亚卫上帝吩咐约拿去亚述首都尼尼微传道,警告那里的居民厄运将临,约拿对此作何反应?——他竟背道而驰,选择了躲避,这种行为表明他是个心胸狭隘的犹太民族主义者,惟愿敌国之民受惩罚,而不愿看到他们因悔过自新而得宽恕。异族船员在遇到狂风巨浪之际弄清了风浪的起因,完全能够丢弃约拿而求得自身安全,但他们为了保全约拿的性命而奋力将船划向岸边,这种决定显示出行为者拥有很高的道德水准,不但关注自己也珍惜同船伙伴的性命,甚至不惜冒着航船倾覆的巨大危险去保护他,救助他。再以尼希米为例,他听说回归的犹太人在故土遭大难,受凌辱,耶路撒冷的城墙被拆毁,城门被焚烧,接连数日悲哀哭泣,禁食祈祷,继而恳求波斯王亚达薛西派遣他回乡重建城垣,一旦得到允准就立即踏上返程(尼1:1—2:9)。这种以民族利益为重的决定彰显出一个爱国主义者的高尚品行。

　　如前所述,人物积极行动时,其行为方式能显示内在的动机、心理、情绪和性格特征。但若不行动,情况又如何呢?能不能揭示其内在的个性?答案是肯定的,因为本应行动而不行动,其实是一种消极行动,也出自当事者的精神特质。当然,不能因为叙述者没有提到某些行动,就断言某个人物不行动,这是由于受特定的取材和结构规律制约,文学家不可能不分巨细地把人的所有行为都尽显笔端,相反必须有所取舍,只写少量对推演情节和塑造形象确有意义的行动,而忽略大量无关紧要的其他行动。既然如此,为何还要提出"不行动"问题呢?因为对某些人物而言,出于正常人格构成的需要,他本应在特定时刻采取行动,但事实却非如此,这导致一种不合逻辑的"行动缺失",成为观察当事人性格缺陷的一个窗口。

　　圣经中最复杂多面的人物大卫就出现过这种现象。他虽然一生都在积极行动,精力旺盛地建立了诸多功业,但在子女教育方面却明显存在诸多毛病。他对三个儿子暗嫩、押沙龙和亚多尼雅都疏于管教,以致他们相继酿出祸端。暗嫩卧床装病,内心对他玛图谋不轨,对此大卫居然毫无察觉,不仅未予揭露制止,反而吩咐他玛去暗嫩的卧室送饭,客观上促成了丑行的得逞。事后大卫固然"发怒"（撒下13：28），却未见采取制裁和训导措施，以致冤冤相报的罪行在其儿子们之间继续上演。押沙龙设计为其胞妹他玛复仇，摆下鸿门宴，邀请众兄弟前往赴宴，大卫再次失去应有的警觉，允许暗嫩钻进圈套，致使他被埋伏的杀手除掉。尤其令人不可思议的是，大卫对押沙龙结民叛乱的阴谋和逆行竟连续四年一无所知，更遑论有效的防范；直到叛乱前夜，押沙龙借口向亚卫还愿去希伯仑，大卫还说："你平平安安地去吧！"（撒下15：9）岂料押沙龙一到希伯仑就自立为王，几乎颠覆大卫王朝的社稷江山。大卫晚年虽早已向亚卫起誓，要让所罗门继承王位，但对亚多尼雅谋权篡位的阴谋却防范不力，"素来没有使他忧闷"（王上1：6），直到他将篡位的野心化为行动时都"不知道"（王上1：18），只是由于先知拿单和所罗门之母拔示巴紧急禀告才如梦方醒，采取措施保住所罗门的王位。这些情节无一例外地表明，大卫在家庭领域中笨拙迟钝，远不及他在政治、军事和行政管理方面头脑清楚，行动果断，成效显著。

最后还应提到，圣经叙述者有时也会描写一些令人费解的行为，其动机至少在现代读者看来不可思议，以致行为者的性格底蕴显示出某种不可知色调。仍以大卫为例，他的不少行为都耐人寻味，难以确释，比如，当米甲成为拉亿之子帕铁的妻子后，他为何还要让伊施波设把她讨回来？是因为他依然爱着她？还是因为她是他"从前用一百非利士人的阳皮所聘定的"（撒下3：14），属于自己的私有财产？再如，大卫善待扫罗的孙子、约拿单的儿子米非波设，让他"住在耶路撒冷，常与王同席吃饭"（撒下10：13），是由于顾念与约拿单的旧情而施恩于他，还是出于对这个先王后裔的警惕之心而欲将其牢牢控制？又如，大卫为何将亚玛撒立为元帅，使之取代约押（撒下19：13），而无视他曾在押沙龙叛乱时担任叛军的主要头目之一？这是一种感召人心的政治策略吗？抑或出自他对约押的仇恨（约押历来狂妄狠毒，不久前又违命杀死大卫的儿子押沙龙）？……所有这些疑问都难以得到确切回答——此类行为的背后也许还交织着相互矛盾的动机。然而，正因为当事人的意图含糊不清，其性格显得难以捉摸，作为文学形象的大卫才有了更丰厚的内涵，具备了令人回味不尽的艺术魅力。

# 第四章
# 情 节

叙事文学所叙之"事"是故事，每个故事都含有三大要素：情节、人物和背景。当述及某人在某时某地做某事时，所做的"某事"是事件，"某人"是人物，"某时"、"某地"是背景。一系列事件按某种逻辑顺序编织起来，便构成情节。

自亚里士多德始，"情节"就成为西方文论史上耳熟能详的概念。历经文艺复兴、启蒙主义、浪漫主义和现实主义，人们对它逐渐形成一般性看法，大致说来，认为它是叙事性作品中展示人物行为、表现人与外界冲突事件的演变过程，其嬗变由人物的行为决定，反过来亦影响人物的行为方式和成长经历；它隶属于作品内容的范畴，有时与"故事"重叠，谓之"故事情节"。然而进入20世纪以后，随着俄国形式主义和欧美结构主义叙事学的形成及发展，"情节"被赋予种种新鲜内容，涵义愈益丰富，较之传统概念大有面貌全非之态。

## 第一节
## 何谓"情节"

### 一、传统的情节观

西方学者对情节的传统理解源于亚里士多德。亚里士多德在《诗学》中多次论及情节，一再谈到它在悲剧中的性质、地位和重要性，下面是其中几个片断：

> 情节是行动的模仿（所谓"情节"，指事件的安排）……整个悲剧艺术的成分必然是六个……即情节、"性格"、言词、"思想"、"形象"与歌曲。

六个成分里最重要的是情节，即事件的安排；因为悲剧所模仿的不是人，而是人的行动、生活、幸福……悲剧艺术的目的在于组织情节（亦即布局）。

一出悲剧……只要有布局，即情节有安排，一定能产生悲剧的效果……悲剧之所以能使人惊心动魄，主要依靠"突转"与"发现"，此二者是情节的成分。

……初学写诗的人总是在学会安排情节之前，就学会了写言词与刻划"性格"，早期诗人也几乎全都如此。

因此，情节乃悲剧的基础，有似悲剧的灵魂；"性格"则占第二位。

……情节也须有长度（以易于记忆者为限）……就长度而论，情节只要有条不紊，则越长越美；一般地说，长度的限制只要能容许事件相继出现，按照可能律或必然律能由逆境转入顺境，或由顺境转入逆境，就算适当了。

情节既然是行动的模仿，它所模仿的就只限于一个完整的行动，里面的事件要有紧密的组织，任何部分一经挪动或删削，就会使整体松动脱节。

在简单的情节与行动中，以"穿插式"为最劣。所谓"穿插式情节"，各穿插的承接见不出可然的或必然的联系。

情节有简单的，有复杂的；因为情节所模仿的行动显然有简单与复杂之分……所谓"复杂的行动"，指通过"发现"与"突转"，或通过此二者而达到结局的行动。但"发现"与"突转"必须由情节的结构中产生出来，成为前事的必然的或可然的结果。

恐惧与怜悯之情可借"形象"来引起，也可借情节的安排来引起，以后一种办法为佳，也显出诗人的才能更高明。情节的安排，务求人们只听事件的发展，不必看表演，也能因那些事件的结果而惊心动魄，发生怜悯之情；任何人听见《俄狄浦斯王》的情节，都会这样受感动。[1]

---

[1] 亚里士多德：《诗学》，罗念生译，北京：人民文学出版社，1982年，第20—43页。

在亚里士多德面对的古希腊文学中，悲剧和史诗是最重要的叙事作品，《诗学》着重论述的便是这两类作品，故其所论情节亦可视为一般叙事性文学的情节。由引文可知亚里士多德从若干角度对情节做了界定：情节是事件的安排，是对人物行动的模仿；在悲剧艺术的六个成分里，情节至关重要，是悲剧的基础和灵魂；悲剧之所以能达到惊心动魄的效果，使观众产生恐惧与怜悯之情，首先得自情节的合理安排；情节要模仿完整的行动，具备一定的长度，其中包括"发现"、"突转"等要素；构成情节的事件要有紧密的组织，按照可然律或必然律有条不紊地编排起来；如果事件之间"见不出可然的或必然的联系"即缺乏因果关系，便是"最劣"的情节……等等。作为对"情节"的经典论述，这些思想对后世两千年的西方文论产生了极其深远的影响。

17世纪的古典主义作家从亚里士多德的论述中引申出戏剧创作的金科玉律——三一律，其一便是"情节整一律"。布瓦洛在《诗的艺术》所论"发现"、"突转"的基础上提出，戏剧情节应精心设计高潮和结局："剧情的纠结必须逐场继长增高，发展到最高度时轻巧地一下解掉……这样才能使观众热烈地惊奇叫好。"[1] 伏尔泰在《论史诗》中主张，史诗的情节应该"单一而简单"、"轻松而逐步展开"，同时"带有鼓舞性"，能够打动人心，"因为一切心灵都要求受到感动"。[2] 狄德罗在《论戏剧艺术》中谈及情节的选择和加工："假使历史事实不够令人惊奇，诗人应该用异常的情节去把它加强；假使是太过火了，他就应该用普通的情节去把它冲淡。"[3] 契诃夫推崇故事简明，他在写给玛·符·基塞列娃的信中说："情节越单纯，那就越逼真，越诚恳，因而也就越好。"[4] 高尔基亦就情节发表过重要见解，称"文学的第三个要素是情节，即人物之间的联系、矛盾、同情、反感和一般的相互关系——某种性格、典型的成长和构成的历史"。[5]

---

1 布瓦洛：《诗的艺术》，任典译，载《西方文论选》上卷，上海：上海译文出版社，1979年，第298页。
2 伏尔泰：《论史诗》，薛诗绮译，载《西方文论选》上卷，上海：上海译文出版社，1979年，第322页。
3 狄德罗：《论戏剧艺术》，载《文艺理论译丛》1958年第1期，第172页。
4 契诃夫：《写给玛·符·基塞列娃》，载《契诃夫论文学》，北京：人民文学出版社，1958年，第31页。
5 高尔基：《和青年作家的谈话》，载《文学论文选》，北京：人民文学出版社，1958年，第297页。

概观之，这些引文提到的情节均源于亚里士多德的论述，与他的情节观构筑于同一层面。它们共同显示出一种传统的情节观，认为情节是表现人物间相互关系的生活事件的发展过程，由一系列展示人物行为，表现人物与人物、人物与环境之间关系的具体事件构成。它具有故事性，但又不同于故事，故事侧重于按时间顺序讲述事件，情节则是作家从自身审美意识出发对生活现象加以重组的产物，侧重于表现事件的因果逻辑。它要求在事件的发展中展现人物行为的矛盾冲突，揭示出人物命运的变化过程。需要指出的是，亚里士多德所论"情节是行动的模仿"，而"行动是由某些行动者来表达的"[1]强调了作品人物作为"行动者"或"行为者"的功能性，以致亚里士多德被尊为"功能性人物观"的鼻祖（详见第二章第一节）；后世理论家则注重情节与人物的辩证关系，主张它是"性格、典型的成长和构成的历史"，认为一方面人物性格决定着情节的构成和发展，甚至一系列事件的发生及其内在逻辑关系的建构，另一方面，情节的演变也展示并推动人物性格的刻画和发展，易言之，随着情节的不断展开，人物性格也能在矛盾冲突中不断深化并得到多方面的揭示。然而在亚里士多德那里，作为"行动者"的人物与作为"性格载体"和"思想者"的人物亦有着密切的内在关联，因为他随后便说："这些行动者必然在'性格'和'思想'两方面都具有某些特点。"[2]

进入20世纪，一批小说研究者在继承亚里士多德的情节观之际，对他又有多方面的发展，其中福斯特在《小说面面观》中对情节的看法已广为人知：

> 我们已将故事界定为按照时间顺序来叙述事件。情节也叙述事件，但着重于因果关系。如果"国王死了，接着王后也死去"是故事，则"国王死了，接着王后也因悲伤而死"便是情节。虽然情节中也有时间顺序，但因果关系却更为重要……拿王后之死来说吧，如果它发生在故事里，我们会问"以后呢？"而在情节里，我们则会问"什么原因呢？"这就是小说中故事与情节的基本区别。[3]

较之亚里士多德的情节观，这段话将情节与故事做出区分，提出情节是按因果

---

1 亚里士多德：《诗学》，第20页。
2 同上。
3 E. M. Forster. *Aspects of the Novel*, Harmondsworth: Penguin, reprinted 1986, pp. 93—94.

关系编排的事件，虽然其中也有时间顺序；而故事只是按时间顺序编排的事件。另外，针对以人物性格塑造为中心和以事件演变过程为中心的两类作品，有人区分出"关于人物的情节"和"关于事件的情节"。在此"二分法"的基础上，克莱恩（R. S. Crane）进而提出"三分法"的情节类型：一些作品刻意表现主人公境遇的变化过程，属于"有关行动的情节"；一些着力表现主人公性格的变化过程，属于"有关性格的情节"；另一些主要揭示主人公思想的变化过程，属于"有关思想的情节"。[1]凡此种种，都深化了学术界对情节的认识和把握。

## 二、形式主义—结构主义叙事学情节观

然而，20世纪对情节理论的最大创新还是由俄国形式主义者和欧美结构主义叙事学者做出的。学者的理论创新集中于一点，是将原属于叙事作品内容范畴的情节解释成形式因素，使情节从以往"对事件的安排"或"对人物行动的模仿"转化成"事件的组合方式"或"人物行为的结构模式"。这派学者用一系列新概念新术语表述其理论，包括"故事"与"情节"、"故事"与"话语"、"表层结构"与"深层结构"等，欲阐明其情节观，有必要从辨析这些概念和术语着手。俄国形式主义者什克洛夫斯基（V. Shklovsky）率先用"故事"（fabula）和"情节"（sjuzet）指代叙事性作品中的两个不同层面，称前者是按时间顺序和因果关系排列的事件，是作品的基本素材，属内容范畴；后者则指对这些素材进行的特定安排或形式上的加工整理，属形式范畴。什克洛夫斯基强调，未经艺术处理的材料必须经过"陌生化"的变形才能成为文学作品，"故事"起初是作为素材的一组事件，只有经过艺术变形，具备了能使人感到陌生而新奇的面貌后，才能成为叙事性作品；"情节"则是叙述者对素材进行艺术变形的方式，是其处理篇章结构的技巧，尤其重新编排时间关系的方式。

与此相关的"故事"（recit）与"话语"（discours）概念由法国学者托多罗夫（T. Todorov）提出，用以区别叙事性作品的素材和表现形式。结构主义者认为，故事是作品所述事件的本体，受时间顺序和逻辑法则制约，与事件

---

[1] 参见申丹：《叙述学与小说文体学研究》，北京：北京大学出版社，1998年，第50—51页。

实际发生的状况相类似；它既存在于作品之中，又独立于作品的实际状态之外，可以由多种媒介表达，且能在不同媒介之间相互转换。例如，《麦克白》的"故事"是麦克白从立功凯旋到弑君篡位再到被杀身亡的事件，它经过艺术加工后成为一个叙事文本，但自身依然是首尾完整、生动感人的人物故事；它可以写成剧本，也可以写成叙事诗、小说、电影，或绘制成美术作品，而且其诸种艺术表现形式之间能够彼此改编或移植。"话语"与"故事"恰成对照，是将故事转换成叙事性作品的艺术组合或建构方式，借助诸如聚焦方式游移、时间变形等手段来实现。在此层面，读者看到的不再是故事本身，而是叙述者对故事做出的讲述。情节便隶属于这一层面，是叙述者讲述或重构事件、使之形成完整艺术品的结构方式。

另一组术语"表层结构"（surface structure）与"深层结构"（deep structure）得自语言研究中转换生成语法的概念，该语法体系涉及在某种语言中确定有限的深层结构，将深层结构转换成表层结构，进而列举出无穷个句子的一整套规则。受其启发，结构主义者对叙事性作品之抽象的基本结构（即深层结构）与其在单篇作品中的具体表现（即表层结构）做出区别和研究。格雷马斯论述道："必须区分两个不同的表达和分析层次：一个是叙述的表面层次，在这一层次，叙述过程通过语言做实质性的表达，并为其特定的要求所约束；另一个是内在层次，它像一个共有的结构主干，在表达之前其叙述性就已存在并得到组织。这样，共同的符号层次就同语言层次区分开来。不管表达时选择什么语言，从逻辑上说，符号层次总是先于语言层次。"[1]可见，格雷马斯用"内在层次"、"共有的结构主干"、"共同的符号层次"指称一种深层的情节模型，这一模型关注的是人物、事件之间的逻辑关系，而非它们的表现形态或具体内容；该模型完全无视情节对读者的心理影响，不像传统的批评家那样特别注重情节的审美效果，热衷于考察单独情节的特殊性，即某个故事的特定情节是否新颖、生动、曲折感人、富于戏剧性、能引起读者的悬念或好奇心。区别于传统的批评家，该模型也不研究具体文本中矛盾冲突的特点，无视情节演变和性格塑造之间的相互作用。

形式主义—结构主义的情节研究一般追溯到俄国学者普罗普的《民间故事

---

[1] A·J·格雷马斯：《叙述语法的组成部分》，王国卿译，载张寅德编选《叙述学研究》，北京：中国社会科学出版社，1989年，第96页。

形态学》（首版于1928年）。其英译本于30年之后问世，对列维-施特劳斯、布雷蒙（C. Bremond）、格雷马斯等人在60年代的学术建树发生不可估量的影响。普罗普在该书序言中明确指出，"形态学这个词意味着对形式的研究"，基本方法是"简化，以最小的篇幅涵盖最大限度的内容"。[1]从叙事学角度看，普罗普最重要的理论贡献是开掘"情节下面的情节"，从叙述功能角度发现作品的深层结构模式。他比较了下面几个例子：

1、沙皇赏赐给主人公一只苍鹰，苍鹰负载主人公至另一国度。
2、老人送给苏申柯一匹骏马，骏马负载苏申柯到另一国度。
3、巫师给了伊凡一只小船，小船载运伊凡到另一国度。
4、公主给了伊凡一个指环，从指环中跳出来的年轻人背负伊凡至另一国度。

普罗普指出，上述四个故事中有可变与不变的两种因素，其中角色的姓名、身份、属性发生了变化，他们的行动模式及其功能却未发生变化。也就是说，就表面形态而言，每个故事都有不同的情节，但就深层结构而论，这些故事又有着共同的情节。所以，角色的功能是构成故事的基本要素，研究叙事性作品不能停留在故事表面，而应考察角色的行为对故事发生的意义和作用，找出隐藏在所有情节下面的最终情节。普罗普的发现表明，叙事文学可分为具体内容的层面和抽象结构的层面；在研究过程中，抽象结构的层面能从文本中分离出来；研究者应瞩目于角色的功能，因为叙事功能之间的关系构成了结构的类型；而结构的类型其实就是某类故事的共同情节或深层情节。

普罗普之后的形式主义—结构主义者如什克洛夫斯基、艾亨鲍姆、卡勒（J. Culler）、布雷蒙、列维-施特劳斯、格雷马斯、托多洛夫、罗兰·巴特等人也对叙事学的情节观做出各自的贡献。卡勒和布雷蒙都主张在一个"序列"中研究人物和事件的功能。卡勒认为，功能是人物和事件在整个故事中发挥的作用，每种功能都被其后一连串的功能所限定，因而只有确知了后面将要发生的事，即只有着眼于一种"序列"的整体眼界，才能确定前面事件的功能[2]。布雷蒙对普罗普的功能观提出异议，指出他列举的功能缺乏对故事下一步向何

---

1　V. I. Propp. *Morphology of the Folktale*. Leningrad, 1928, p.3.
2　J. Culler. *Structurlist Poetics*. London: Rortledge, 1975. pp.208—210.

处发展之可能性的关注，而任何功能都存在于一个更大单位的"序列"之中；叙事性作品无论篇幅多长，内容多复杂，都是由错综交织的"序列"构成的；一个基本序列由三种互有逻辑关联的功能组成，它们体现出一个变化过程的三个必经阶段：可能性的出现——可能性的实现过程——实现后的结果。[1]图示如下：

  a. 可能性的出现：
    某人要达到某个目的。
  b. 可能性的实现过程：
    某人采取了行动，
    或未采取行动。
  c. 可能性实现后的结果：
    某人的行动成功了，
    或行动失败了。

若将特定的人物、行为和事件置于这个序列，就能构成一个故事。例如：

（1）a. 犹滴欲拯救濒临绝境的犹太同胞；
   b. 她只身进入敌营，与敌首荷罗孚尼周旋；
   c. 她杀死荷罗孚尼，拯救了本族同胞。

（2）a. 哈曼欲除灭犹太种族；
   b. 他定下动手的日子，并做好相关准备；
   c. 他的阴谋破灭，最后被吊死在刑架上。

在具体文本中，一个微小事件就是一个基本序列，基本序列相互组合能构成复合序列。无论基本序列还是复合序列，头一个序列的结果兼为后一个序列的开端，如此前后连缀，共同构成一个完整的故事。

  法国叙事学家格雷马斯对普罗普的成果也有重大发展，他以语言学的研究结论为模式，力求首先找出故事内部最基本的二元对立关系，再推演出整个叙事的深层结构。在他看来，就像语言中句子的基本语法永远不变一样，叙事性

---

[1] 克格德·布雷蒙：《叙述可能之逻辑》，载张寅德编选《叙述学研究》，北京：中国社会科学出版社，1989年，第153—175页。

作品的故事内容虽然变化多端，其深层结构模式却恒常不变。受列维-施特劳斯论述神话结构时的"双重对立"理论[1]影响，他认为"二元对立"是导致意义生成的基本结构，也是叙事性作品最根本的内在结构。他依据人物在叙事性作品中的基本功能提出三组六种"行动元"，即"主体—客体"、"发送者—接受者"、"帮助者—反对者"，并提出一种普遍适用的结构关系：主体追求客体，发送者将某物（有时兼为客体）施予接受者（有时兼为主体），在此过程中主体和客体都得到帮助者的协助，或遭到反对者的阻挠（参阅本书第三章第三节）。可见格雷马斯探讨的乃是故事深层结构中的逻辑关系，堪称深层结构中的"最终的情节"。

### 三、情节理论与圣经叙事研究

从古希腊时代开始，历代研究者就为情节理论做出自己的贡献。借用结构主义的概念，他们从故事与话语——或表层结构与深层结构——的不同层面对情节做出多角度的界定，使其性质和特征日益清晰地为世人所认知。

从故事层面或表层结构观察，如果说人物是叙事性作品的灵魂，情节就是它的身体。情节由精心排列的事件系统建构而成，其中的事件由作者按照特定目的井然有序地编织起来。现实生活中有无穷无尽的各种事件，它们往往互不联贯地偶然发生，而叙事文本中的情节则被组合成一条彼此关联的事件之流。叙事文本中的事件得自作者对大量素材的精心筛选，在筛选过程中，所有逻辑上无助于情节发展的偶然事件都会被排除。情节用于安排事件，使事件能唤起读者的阅读兴趣和情感参与，同时也使事件本身获得意义。在缺乏参照物或特定语境的情况下，孤立的偶然事件无"意义"可言，但它一经汇入某个故事系统，便被赋予一定的地位和重要性。孤立事件像是用来建筑大厦的砖石，一旦成为大厦的一部分，便由于与整体的有机联系而得到本来并不具备的意义和重要性。情节就是这座完整的大厦，其中不存在多余之物或无意义的砖石；倘若

---

1 列维-施特劳斯在《结构人类学》中把构成神话的基本因素称为神话素 (mytheme)，认为神话素在所有神话的深层结构中均呈现双重对立形式，即A: B=C: D，意谓A与B的对立相当于C与D的对立。如在《俄狄浦斯王》中，A代表"过分重视血缘关系"，B代表"过分轻视血缘关系"，C代表"否定人由大地所生"，D代表"肯定人由大地所生"，它们背后皆有生动的故事，A与B和C与D的对立呈对称状态。参见 Claude Levi-Strauss. *Structural Anthropology*. Garden City, New York: Doubleday Anchor Books, 1968, pp.51—58.

从中移走某块砖石，或许会造成大厦的整体坍塌，至少会妨碍其功能的全面发挥或审美效果的完美实现。

情节包括两种主要类型，一种以表现人物性格为主，另一种以描写事件演变过程为主，无论哪一种都离不开人物和事件，人物和事件是构成情节的首要条件。情节的叙事单位可分出不同种类或规模，最小的只是一个行为或一件小事。若是行为，则人物为其逻辑主体，若是事件，则人物为其逻辑客体。若干小型叙事单位连缀之后能形成较大的单位（一如戏剧中的"场"），较大的单位进一步连缀，又能形成更大的单位（一如"幕"）。某些叙事性作品只有一个较大的单位（一幕），而多数作品都包括若干个较大的单位（若干幕）。在一个叙事系统中，不同单位之间存在着各种联系或关系，从而构成情节的结构。各种单位之间的关系包括因果、平行、对照，按时间顺序叙述即正叙，以及倒叙、预叙、插叙、补叙等。

在传统作品中，完整的情节通常包括起、承、转、合（即开端、发展、高潮、结局）等发展阶段。一些适用于开端和结局的事件——比如出生和死亡、委派任务及完成任务后的庆祝等——从多姿多彩的素材库中筛选出来，成为某些故事自然而然的开头和结尾。在另一些故事中，首尾甚至有明确的引言和结束语。情节在起点和终点之间往往有一条（时而有两三条）发展线索，其演变遵循特定的模式，通常是逐渐向高潮发展，到达顶点后矛盾冲突化解，紧张状态顿时消失，随后进入结局。情节嬗变的内在动力是两种力量之间的冲突和碰撞，或发生于两个人物、两种势力之间，或发生于人物的理想信念与其内在自我之间，或发生于人物与外在的惯例和习俗之间，或发生于人物与某种超自然力量如上帝、"命运"之间。

独立成篇的叙事性作品相互衔接，能构成更大的叙事单位，这时单篇作品转变为一个更大单位的有机组成部分，通常能获得由该整体赋予的更为丰富的意义。而叙事整体的统一性，则是由单篇作品的连接方式及其相互间内容与观念的关联性所决定的。可见一些大型作品含有诸多层次的叙事单位，最小单位只是一个偶然事件，最大单位已是一组作品的汇编。除去最大的单位，每个叙事单位都是其更高级单位的构成部分，都从其更高级单位获得某种特定的意义，同时也为叙事整体带去某些自身的意义。

圣经是一部规模庞大的神学历史叙事，它的文本陆续形成于公元前11世纪至公元2世纪。综览之，《旧约》中的"申命派史书"（《创世记》、《出埃及记》、《利未记》、《民数记》、《申命记》、《约书亚记》、《士师记》、《撒母耳记》、《列王纪》）记叙了从上帝创世到"巴比伦之囚"的神学历史事件，"祭司派史书"（《历代志》、《以斯拉记》、《尼希米记》）叙述了从亚当到犹太人复兴故国时期的重大事件。这两部大型作品的局部内容相互重叠，其不同层次的叙事单位被嵌入一幅符合犹太正统神学的历史图景中。犹太教的神学观念使《旧约》各卷及其中各种层次的叙事单位具备了统一性，虽然它们是由来自不同时期、地点、社群的内容、思想和风格互异的多种原始文件陆续汇编而成的。《新约》叙事著作的代表作是四福音书和《使徒行传》，前者记叙公元1世纪最初30年基督教创始人耶稣的生平事迹，后者续写耶稣升天后初期教会的成长经历，它们与《旧约》相衔接，由犹太民族的弥赛亚观念连成一体。时至公元4世纪，一部始于上帝创世、止于未来新天新地降临的基督教圣经成为犹太—基督教历史画卷的元典，其中所有层面的事件都被这个整体赋予既定的含义。一如《荷马史诗》，这部典籍也是在文学创作规律的制约下陆续形成文字、编订成书，又汇纂成传世经典的，因而也完全能用文学理论——包括上述有关情节的理论——加以研究。本章随后几节便尝试运用传统的情节理论对其加以解读。

  20世纪20年代以后，俄国形式主义者和欧美结构主义叙事学者致力于透过故事层面或表层结构，从内在的形式、话语层面或深层结构解析文本，对情节作出新颖的解说。他们不再关注叙述者如何按照某一逻辑编织事件，而热心于研究所有叙事性作品的共同模式，从行为者的功能角度对角色加以分类，进而探讨各类角色之间的相互关系。若套用传统的文论术语，他们所说的情节似乎更接近于"结构"。这并不奇怪，因为他们中的许多人本来就是热衷于讨论结构的结构主义者。作为一门现代人文科学的分支理论，叙事学的情节观对深入理解叙事性作品的情节特征无疑大有裨益，对深入解析圣经叙事文本也极具启发意义。本书第三章第三节已运用列维-施特劳斯的"二元对立"原则和格雷马斯的"行动元"理论对圣经人物做过分析，兹举出另外一例，以格雷马斯的"行动元"理论分析福音书的角色关系或情节模式。

  福音书中的"主体行动元"是圣子耶稣。他降生于世，要按照天父的计划完成救赎世人的使命——这使命便是"客体行动元"。救赎世人的使命是由上帝天父赋予的，天父是"发送者"，耶稣是"接受者"。完成这一艰巨使命注定要遭遇许多磨难，其间耶稣身边出现过许多"帮助者"和"反对者"，帮助者包括耶稣的家人、亲属、施洗者约翰、一心追随他的门徒和百姓，以及犹太当权者中的少数正面人士如尼哥底母、亚利马太人约瑟等，他们或衷心接纳基督的福音，或积极主动地协助耶稣传福音。反对者则有希律王、撒旦、邪灵污鬼、法利赛人、撒都该人、文士、祭司长、长老们，以及加略人犹大和罗马总督彼拉多，他们为耶稣传道设置了重重障碍，对耶稣施以无所不用其极的百般迫害，最终把他钉死在十字架上。然而，这些角色的叙事功能亦有某些复杂性，最显著的表现是耶稣的反对者亦兼为他的帮助者。这是因为，耶稣传道时遭遇犹太当权者们的肆意阻挠，最终在十字架上悲惨地受难而死，按叙述者的论述，这其实都是上帝救世计划的预定内容。法利赛人、犹太祭司长之类既然本来就是上帝天父在世间的御用工具，他们还不兼为耶稣的帮助者么？

## 第二节
## 圣经情节剖析

如前所述，情节是由一系列事件按某种逻辑顺序编织成的，事件是情节的内部单位。那么，事件本身有哪些特点？它怎样由场景组合而成？情节通常包含哪些发展阶段？一系列事件是如何连缀或组合起来，进而构成情节的？如何理解事件的因果联系？怎样认识冲突在情节中的位置？本节联系圣经文本，尝试对这些问题做出回答。

### 一、事件和场景

事件有大、中、小之分，大事件指贯穿故事始终的基本事件，亦即叙事性作品的基本情节；中、小事件是基本情节的有机构成部分。例如福音书的基本事件是耶稣降生、成长、召选门徒、巡行传道、行施神迹、治病救人、与犹太当权者作斗争、受难、复活和升天的一生，它由许多不同层次的中小事件汇合而成。《路加福音》将耶稣的生平分成降生与童年（1：5—2：52）、受洗和受试探（3：1—4：13）、在加利利传道（4：14—9：50）、从加利利去耶路撒冷（9：51—19：27）、在耶路撒冷的经历（19：28—21：38）、受难（22：1—23：56）和复活（24：1—53）等阶段，每个阶段都是构成整体的一个局部事件，每个局部事件又都由更小的事件组成，如"耶稣降生"即由天使预言施洗者约翰出生、天使预言耶稣出生、马利亚会见以利沙伯、施洗者约翰出生、耶稣出生、天使向牧羊人报喜讯、马利亚和约瑟奉献婴儿耶稣、少年耶稣去耶路撒冷守逾越节等构成。对更小的事件再作分析，还能分出组成它们的细微场景。其实细微场景也是事件，是由简单语素组成的最小事件。

在一段时期中，研究者从福音书中分出"叙事性材料"和"论说性材料"，主张前者属于事件，后者不属于事件。对此，西莫尔·查特曼（Seymour Chatman）认为，不宜把事件理解得太狭窄，仅仅局限于带有实在意义的有形行为。他强调，一个判断句中只要有主体行为就能构成事件，主体行为可以是动作（如"约翰为人治病"），可以是言论（如"约翰说'我饿了'"），可以是心理活动（如"约翰想，他应该去"），也可以是感觉或知觉（如"约翰感到惶惑不安"）。但查特曼同时指出，并非所有判断句都能构成事件，比如"彼得没有亲戚朋友"只陈述了彼得的某种状态或关系，就不属于事件。[1]这一见解对理解福音书的叙事特征很有意义，因为福音书中到处都有耶稣的言论，若将这类"论说性材料"排除在外，有关耶稣的叙事势必变得大为单薄，比现存的文本逊色许多。

一部叙事性作品含有大大小小许多事件，它们的重要性及其在情节发展中的地位并不相同。罗兰·巴特分析各类事件的不同特征后提出"核心事件"（kernels）和"附属事件"（satellites）概念，认为前者是推动故事进展的必要环节，直接关系到情节演变的可能性和发展方向；后者通常与情节演变无关，只能使故事的意义趋于显豁和丰富化，或使人物的性格更加生动明晰。前者在故事中占有举足轻重的地位，假如被删掉，就会妨碍叙事的既定逻辑；后者只占次要位置，即使被删节，也无碍基本情节的演变，只能影响内容的多样性和审美的感染力。巴特指出，核心事件一经确认，附属事件的描写范围就被规定下来；附属事件不涉及选择情节主线问题，仅仅在核心事件规定的范围内

---

[1] Seymour Chatman. *Story and Discourse: Narrative Structure in Fiction and Film.* New York: Cornell University Press, 1978, pp.43—45.

发挥作用。[1]这两类事件的相互关系可归纳如下：它们是相辅相成的，若离开核心事件，故事的连贯性会遭到破坏；而短少了附属事件，故事的丰富意蕴和生动性就可能受到损失，因此二者缺一不可。但综合权衡它们在叙事文本中的功能，应当说，核心事件是更基本的情节单位，比附属事件重要得多。

西方圣经研究者尝试运用"核心事件"和"附属事件"概念诠释福音书的情节结构，其中弗兰克·马特拉（Frank Matera）的研究引起了学界瞩目。他认为《马太福音》中有六个核心事件，都是情节发展中的转折点。首先是耶稣降生（2：1），它引进上帝救赎世人的总规划，提出百姓应该如何回应弥赛亚降临的大课题。其次是耶稣开始传道（4：12—17），它标志着一个新时代到来，马太随后的叙述都集中于耶稣在加利利各城镇的讲道、教诲、差遣门徒和救治病人，以及以色列人对耶稣工作的反应。再次是施洗者约翰提出问题（11：2—6），它引出耶稣对自己弥赛亚身份的确认，嗣后面对那些拒绝他的犹太人，耶稣决定把工作重心转向自己的门徒，以及所有信奉他的人，即使是外邦人。第四是耶稣在该撒利亚腓立比的谈话（16：13—28），其间他明确宣告基督徒必须"背起他的十字架"，勇敢地追随弥赛亚，为了得到永生而不惜丧失生命。第五是耶稣洁净圣殿（21：1—17），此事激化了他与犹太当权者之间的矛盾，引出他的受难和复活。最后，马特拉主张，全书的结束语（28：18—20）是又一个核心事件，记载了耶稣要求门徒向万民传道的命令，构成了整卷福音书的高潮。表面看来它未携带任何附属事件，其实却能引导读者预测即将发生的使徒传教运动。[2]

不可否认，马特拉的分析具有指点迷津、令人豁然开朗之功效。然而他的某些看法还值得商榷。很重要的一点是，如何理解耶稣受难与复活在福音书中的地位？如果同意这是福音书刻意表现的中心事件，则马特拉的见解就不尽完善。古今学者几乎众口一辞地强调耶稣受难与复活的极端重要性，而马特拉只将其列为洁净圣殿的附属事件，显然有所不妥。耶稣受难的直接原因是他与犹太当权者的矛盾冲突白热化，考虑到这条线索的来龙去脉，法利赛人除灭耶稣的最初阴谋（12：14）似宜列为核心事件之一。

最小事件在圣经中几乎总有多种功能，既被用来建构情节，也被用以塑造

---

1　Mark A. Powell. *What is Narrative Criticism?* Minneapolis: Fortress Press, 1990, p.36.

2　Frank Matera. "The Plot of Matthew's Gospel", *Catholic Biblical Quarterly* 49 (1987): 233—253.

人物性格、表达叙述者的见解。由于叙述者很少专门刻划人物，刻划人物的功能便常在建构情节、表达见解的同时实现。大卫遭到富户拿八的恶言辱骂后欲带人去杀死他，拿八的妻子亚比该闻讯送去丰盛的礼物，并向大卫恳切道歉，求他饶恕拿八："……我主现在若不亲手报仇，流无辜人的血，到了亚卫照所应许你的话赐福与你，立你作以色列的王时，我主必不至心里不安，觉得良心有亏。"（撒上25：30，31）这段话便有一石三鸟之功效：其一，它含有情节要素，直接导致大卫改变了报复拿八的初衷；其二，它显示出发言人的个性特征，表明亚比该是个聪明机敏、能言善谏的女子；其三，它还流露出叙述者的价值观，认为只有宽宏大度、不报复人，才能于心无愧地得神赐福。

　　事件通常表现为由若干人物参与的场景，场景中的人物关系随情境的变化而变化，其变化往往意味着旧场景的终结和新场景的肇始。圣经叙事中固然有摩西率众出埃及、以色列人流徙旷野、约书亚挥师进迦南，以及耶稣向数千人讲道、保罗被成群歹徒围攻等大场景，但一般说来，读者看到的大多是角色明确且数量有限的小场景。在某个特定的时间段，积极活动的人物很少超过两个。所谓"积极活动"，是说他们都有实质性的言论和行动，其言行是推动情节发展的必要因素。某些场景中可能有众多人物存在，但其中大多数是"沉默寡言"者，只作为一种背景烘托主要人物，而不有效地参与所发生的事件。出埃及、过旷野、进迦南时的以色列众人，聆听耶稣讲道的百姓，以及围攻殴打保罗的暴民等大体上就是一种群体性的人物道具，主要作用是烘托气氛，以利于基本角色的塑造。这种处理使读者的注意力不至于分散，而始终聚集在场景的焦点上。

　　既然在单独场景中活跃的人物很少超过两个，圣经尤其《旧约》中的谈话大致上就是二人对话。有时参与谈话的一方不是个人而是群体，如指责罗得的所多玛众人（创19：4—9）、与基甸争吵的以法莲人（士8：1）、试探耶稣的法利赛人和撒都该人（太22：15—28）等，他们貌似人多嘴杂，其实拥有共同的意志和单一的声音，只算是一个群体性角色。在伊甸园神话中，人类始祖偷吃禁果后亚卫上帝与亚当、夏娃、蛇谈话的场景（创3：9—19）乍一看来是四个角色交谈，仔细分析可知，其实是亚卫与其他三个角色分别对话，他首先向亚当和夏娃提问，两人分别予以回答，随后又向蛇、夏娃和亚当依次发出诅咒。但偶尔也有例外，如雅各的女儿底拿被哈抹的儿子示剑玷辱后，雅各众子怒不可遏，哈抹、示剑遂与雅各及其众子谈判，试图平息事端达成和解。表面上看这时出现了双方对话，但细究之，可知哈抹与示剑的说法并不相同，哈抹希望与雅各家族彼此通婚友好相处，示剑则许诺只要能娶底拿为妻，"你们向我要什么，我必给你们"（创34：8—12）。所以连同尔后雅各众子的答复，此处描述了一个三边谈话的场景。一例典型的三边谈话出现在《撒母耳记下》第19章，谈话的三个人物分别是便雅悯人示每、国王大卫及其将领亚比筛，示每以往咒骂过大卫，这时向大卫求恕；亚比筛闻言不以为然，插话道："示每既咒骂亚卫的受膏者，不应当治死他吗？"大卫驳斥了亚比筛，又向示每表示："你必不死。"（撒下19：19—23）《马太福音》所载"耶稣在彼拉多面前受审"对人物言论的处理更趋复杂，在同一个场合彼拉多、耶稣、巡抚夫人的使者、犹太众人相继发言达13人次，甚称"众声喧哗"（太27：11—26），从中可见初期基督教文学在对话艺术方面对古犹太文学的显著发展。

## 二、场景组合模式

如果说单独场景是由简单语素构成的最小事件，那么，较为复杂的事件就是一系列单独场景组合的结果。在圣经叙事中，单独场景的组合有何特征或遵循了什么原则？研究表明，基本原则有两条：其一，按时间顺序（即情境发生的先后次序）编织事件，先出现的在前，后出现的在后；其二，按因果逻辑组合事件，原因性的在前，结果性的在后。但这只是基本原则，未必符合所有情况。就不合时间顺序的特例而言，本书将在第五章探讨叙述顺序的多样性；就不合因果逻辑的特例而论，从圣经中偶尔能看到"无因之果"现象，例如夏娃偷吃禁果是由于受了蛇的诱惑，而蛇为何诱惑夏娃？叙述者未做解释。也就是说，这条因果之链的开端属于"无因而果"：蛇无缘无故地诱惑夏娃，致使她偷吃禁果。因果逻辑的特例尚可举出"有因无果"（详后"冲突在情节中的位置"）和"一因多果"，比如亚弗一役亚卫的约柜被非利士人掳走（撒上4：11），此事造成两个直接后果，一是老祭司以利惊惧而死，撒母耳得以成为以色列的宗教领袖；二是约柜被掳掠后给非利士人带来一连串灾难，致使他们不得不将其送回犹大之地。时至大卫被撒母耳膏立称王以后，这两条线索又合并起来，其时约柜由大卫派人护送至新建的京都耶路撒冷城（撒下6：12）。

本书将在第五章讨论叙述的时间顺序，在本章本节的稍后部分讨论事件的因果逻辑。除了时间顺序和因果逻辑，圣经叙述者有时也依据平行或对照原则编排单独场景。伊弗拉特分析伊甸园神话的场景和角色关系（创3：1—19）时绘出如下示意图[1]（本书略有改编）：

① 　　　蛇和女人
② 　　　　　女人和男人
③ 上帝　　　　　和男人
④ 上帝　　和女人
⑤ 上帝和蛇
⑥ 上帝　　和女人
⑦ 上帝　　　　　和男人

这个事件由七个单独场景连缀而成，每个都显示为一种双边关系，起点是蛇诱惑女人，终点是上帝诅咒男人。从人物的对应轴观察，其中包括四个角色：上帝、女人、男人、蛇。上帝出现了五次，每次都处于主导位置，表明在这个事件中至关重要；女人出现了四次，在其余角色中最重要，因为始祖犯罪是从她而起的，据第一、第二场景，她兼为蛇的诱惑对象和男人的诱惑者；男人出现了三次，每次都处于被动位置；蛇出现了两次，虽然次数最少，却是全部事件的起因，示意它是罪之根源。再从七个场景彼此平行和对照的关系看，蛇两度出现，第一次把罪带进世界，第二次遭到严厉惩罚，证明它罪有应得；男人首次出现时犯下贪食之罪，末次遭到与食物有关的惩罚——"必汗流满面才得糊口"；女人起初诱惑了男人，最后遭到被男人"管辖"的命运。可见，各场景之间的内容和结构都有既相平行又形成对照之处，这是伊甸园神话富于审美魅力的原因之一。

由上述例证可知，运用图表展示某事件的主要场景和人物关系，是一种行之有效的情节结构分析法。下面用此法分解"雅各骗得以撒祝福"（创27：1—28：5）的叙事结构：

①以撒—以扫　　②利百加—雅各　　③以撒—雅各
④以撒—以扫　　⑤利百加—雅各　　⑥以撒—雅各

---

1　Shimon Bar-Efrat. *Narrative Art in the Bible*. p.98.

其中第一场景记叙以撒嘱咐以扫出门打猎，以便做出美食让父亲享用而求其祝福；第二场景记叙利百加唆使雅各假扮以扫；第三场景记叙以撒为假扮以扫的雅各祝福；第四场景记叙以撒告知以扫祝福已被雅各骗去；第五场景记叙利百加吩咐雅各逃亡，以躲避以扫报复；第六场景记叙以撒让雅各到巴旦亚兰的舅舅拉班家去避居。这六个场景的对应结构非常显著。全部事件共四个人物，每个场景中有两人相遇，他们虽然来自同一家庭，却分成两个对立的阵营；"以撒爱以扫，因为常吃他的野味；利百加却爱雅各"（创25∶28）这使父亲以撒和长子以扫为一方，母亲利百加和次子雅各为另一方。在第一和第四场景中，前一阵营的成员相遇，但相遇时的气氛截然相反（以撒嘱咐以扫外出打猎时气氛和谐，告诉以扫其福分已被雅各骗走时气氛紧张）；在第二和第五场景中，后一阵营的成员相遇，相遇时的情形也大不相同（利百加先是满怀希望地唆使雅各行骗，后来却惶恐不安地吩咐雅各逃亡）；只是在第三和第六场景中，两个对立阵营的部分成员才相遇，这两次相遇也形成对比：前一次即第三场景是整个事件的高潮，雅各战战兢兢地骗得以撒的祝福，事态紧张得令人窒息；后一次即第六场景是矛盾冲突的化解，以撒嘱咐雅各离家出走，使两兄弟见面后发生不测的危机得以排除。两个主要对手雅各和以扫始终没有相遇，这种处理体现了叙述者独具的匠心：只有避免尖锐剧烈的正面纠纷，才能把两兄弟的主导性格生动逼真地显示出来。

值得注意的是，这些场景不仅呈对称性，也以交相错落的关系排列：

①以撒—以扫
　　②利百加—雅各
　　　　③以撒—雅各
　　　　④以撒—以扫
　　⑤利百加—雅各
⑥以撒—雅各

第三和第四场景是事件的中心，以撒都遇到一个儿子并祝福他，不同的是他先违心地祝福了自己不愿祝福的次子，又无奈地诅咒了他希望祝福的长子。这幅中心图画被第二和第五场景所环绕，其间利百加都为她宠爱的雅各精心谋划。它们又为第一和第六场景即事件的开端和结局所环绕，其间以撒都把一个儿子送出家门，只是前一次送的是长子，意在为他祝福，后一次送的是次子，意在避免他与兄长发生冲突——其间的差别表现出情节从开端到结局的嬗变。在第一和第六场景中利百加都是配角，她先听到以撒对以扫的吩咐，这一细节为她在第二场景中成为主角作了铺垫；后来又让以撒奉劝雅各，该细节是她在第五场景中主角身份的合理延伸。经过这番"拆开揉碎"的文本细读，读者不难感受到，圣经叙事的迷人魅力不仅得自其生动的故事和深邃的思想，还来自精彩而娴熟的表现技巧。

在一些情况下，若干单独场景前后连贯便能构成完整事件，如上述"雅各骗得以撒祝福"。在另一些情况下，单独场景和完整事件之间还存在一级叙述单位，可称之为"幕"。这里的幕类似戏剧中的幕，有时被事件发生的地点限定，有时被发生的时间限定，也就是说，每幕故事都在一个相对稳定的地点和时间中演出，事件随着地点和时间的显著变化从一幕转换到另一幕。"亚伯拉罕遣仆为以撒觅妻"一事（创24：1—67）明显包括两幕，首尾附带序幕和尾声，它们的地点各不相同。序幕发生在亚伯拉罕家中，亚伯拉罕吩咐老仆人出远门为其独生子以撒觅妻（24：1—9）；第一幕发生于美索不达米亚的井边，老仆人与利百加及其兄长拉班相识（24：10—31）；第二幕发生于利百加之父的家中，拉班和彼土利答应将利百加远嫁给以撒（24：32—61）；尾声发生于南地的田间，以撒与远道而来的利百加见面（24：62—67）。

"以色列王亚哈与亚兰王便哈达的战争"也分成两幕，第一幕描述亚哈在撒玛利亚山地击败便哈达（王上20：1—25），第二幕叙写亚哈在亚弗附近的平原再次击败便哈达（20：26—34），两幕之间相隔一年。"剿灭篡位女王亚他利雅"之事可据时间、地点和主题的不同分成五幕：雅他利雅篡夺国位（王下11：1—3）、七年后祭司耶何阿大发动众人反叛女王（11：4—8）、反叛行动开始，众人拥立幼主约阿施为王（11：9—12）、亚他利雅被诛杀（11：13—16）、耶何耶大主持仪式使国王、民众与亚卫立约，同时使约阿施登基（11：17—21）。如同场景的组合常能体现出独到匠心一样，幕与幕的编排也往往凝聚着叙述者的精巧构思。以巴别塔故事为例，该文分成两幕，其间的情境相互对照。在第一幕（创11：1—4）人是主体，他们要建一座城和一座通天塔，那时他们的言语一致，住在一起，不愿分散而居。至第二幕（11：5—9）亚卫上帝成为主宰，他降于世间观看人造的城和塔，变乱人们的口音和言语，使之无法沟通,并使之分散到各地居住。这种结构有效地传达了所述事件的内容,借助人的狂妄举动和上帝的反击,强调了人与上帝的对立以及上帝的主导位置。

### 三、情节的起承转合

传统的叙事性作品常有完整的情节,包括起、承、转、合(或开端、发展、高潮、结局)等部分,有的还有序幕和尾声。典范的圣经故事也具备这种特征,比如大型戏剧体诗《约伯记》。《约伯记》共42章,可分为六部分:(1)序幕,简介约伯的公义和富有(1:1—5);(2)开端,叙述约伯的灾难和三友人的来访(1:6—2:13);(3)发展,记叙约伯与三友人的三轮论辩及以利户的插话(3:1—37:24);(4)高潮,记叙亚卫上帝与约伯的两轮对话(38:1—42:6);(5)结局,叙述亚卫上帝对三友人的批评及其对约伯的赏赐(42:7—15);(6)尾声,交待约伯的善终(42:16,17)。其中首尾的"序幕—开端"和"结局—尾声"用散文体,中间的"发展"和"高潮"用诗体,剧情起承转合的脉络非常清晰。

进一步分析,可知全剧在各阶段的发展变化也有条不紊,如"开端"可分为五场:(1)第一次天上密谋;(2)约伯遭遇的灾难及其态度;(3)第二次天上密谋;(4)约伯遭遇的灾难及其反应;(5)三友人来访。"发展"可分为四场:(1)约伯和三友人的第一轮论辩;(2)第二轮论辩;(3)第三轮论辩;(4)以利户的插话。"高潮"可分为两场:(1)亚卫与约伯的第一次对话;(2)第二次对话。"结局"亦可分为两场:(1)亚卫责备三友人;(2)亚卫加倍赐福约伯。这使《约伯记》成为一个范本,为读者理解情节各阶段的特点及其组合及转折的特征提供了直观材料。

在叙事性作品中"序幕"又称"楔子"、"引子",指某些多幕剧之前的小戏,用以介绍剧中主要人物的基本情况、剧情发生的背景,或预示全剧的主题。用于分析小说、故事、叙事诗时,泛指作品的矛盾冲突尚未展开之际,对矛盾产生原因和相关背景、条件及人物关系等的介绍和交待。它是情节的一部分,但不直接确定情节的性质。《约伯记》的序幕强调了约伯的虔诚和富裕,为随后的事变做出必不可少的铺垫。"开端"(即"起"或"缘起")是情节发展的起点,这时作品中的基本冲突显示出来,它预示了情节运行的大体趋向和途径,确定了人物性格及其命运的基调。约伯这时突然遭遇两次严酷的考验,失去所有财富且周身长满毒疮,但他"并不以口犯罪",只是在沉默中思考。继而到来的"发展"("承"或"承续")是叙事性作品的主体,这是矛盾冲突逐渐展开、逐步深化、不断推向高潮的过程,其间人物性格得到充分展示,作品的主题渐趋显豁。在《约伯记》中,这个阶段长达35章,占全书总章节(42章)的将近六分之五,约伯通过反复陈述内心的疑问和思考,将他的性格、气质和精神面貌愈益清晰地展示在读者面前。"高潮"(即"转"或"转折")是作品中矛盾冲突最紧张、最尖锐的阶段,也是决定主人公命运的关键时刻,通常是此前情节发展的必然结果。这时,随着矛盾冲突的解决或转化,主人公的性格得到最集中的表现,作品的主题思想也获得最充分的揭示。在发展阶段约伯与三友人的论辩陷入僵局,他不知义人究竟为何受苦,对上帝的本性也百思不得其解;进入高潮后亚卫上帝亲自出场,与约伯两度对话,以一连串深奥的问题质问他,使他在惶惑之余豁然开朗,意识到上帝的本性是人所无法把握的,因而追问义人受苦原因的企图是不可能实现的——此结论以一种特殊方式使作品的冲突得以化解。"结局"(亦称"合"或"终结")是矛盾冲突和人物性格发展的逻辑结果,能使主题思想得到充分展示。在《约伯记》的结局部分亚卫指责三友人而加倍奖励约伯,使"义人终有善报"的潜在主题得到确认。"尾声"往往与"序幕"遥相呼应,是故事情节基本结束后对主人公未来命运的补充交待,属于情节的余韵和回响,能进一步印证叙述者的见解和意念,《约伯记》的尾声即属此类。

  大致说来,圣经中独立成卷的纪传性著作都有明确的起、承、转、合线索,如《旧约》中的《路得记》、《以斯帖记》,《次经》中的《托比传》、《犹滴传》,《新约》中的四福音书等。自成首尾的《启示录》亦可归入此类。相对于它们,在一批历史性典籍中,情节的阶段性特征显得比较模糊,这类典籍包括《旧约》中的《创世记》、《出埃及记》、《约书亚记》、《士师记》、《撒母耳记》、《列王纪》、《历代志》,《次经》中的《马加比传上卷》、《马加比传下卷》,《新约》中的《使徒行传》等。然而尽管模糊,经过分辨还是能够辨识的。

  上述典籍无一例外地都由一串相对独立的中、小事件彼此衔接而成。其中的中、小事件皆有自身的发展线索，亦即起、承、转、合的演变过程，只是较之独立卷籍，其各阶段表现得不够充分罢了。当某件事初次进入读者视野时，开头常有相当于序幕的展示性内容，介绍故事发生的背景，引出主要人物，说明其名字、特征、生活状态，以及与其他人物的关系，例如对耶弗他的简介："基列人耶弗他是个大能的勇士，是妓女的儿子。耶弗他是基列所生的，基列的妻也生了几个儿子。"（士11：1，2）再如撒莱出场时的文字："亚伯兰的妻子撒莱不给他生儿女。撒莱有一个使女名叫夏甲，是埃及人。"（创16：1）值得注意的是，这些背景材料能兼为情节的开端，直接导入随后的矛盾冲突。耶弗他虽有能力却身世卑微（由妓女所生），所以被正妻的儿子们驱逐，不得不流落在外；撒莱因自己不能生育，乃将夏甲送给丈夫为妾，使之代替自己怀孕生子，随后两个女人便纠纷不断。就这样，事件开头提供的信息成为故事的真正起点。

　　在另一些情况下，主要人物的背景材料不见于开端处，而出现在情节发展的过程中，如对利百加的简介"容貌极其俊美，还是处女，未曾有人亲近过她"（创24：16）就出现于老仆人在井边初见那女孩之际，而非故事的开头；摩押王伊矶伦"极其肥胖"（士3：17）也是士师以笏行将刺杀他时的观感；"夏琐王耶宾与基尼人希百家和好"（士4：17），亦为叙述者述及耶宾的将军西西拉逃进希百之妻雅亿的帐棚避难之际，以插叙式语言交待的。这种介绍方式有其现实基础，因为在实际生活中，某人对另一人的了解往往是在与其直接接触时形成的。这种方式的功能之一是推动情节的进展，参与故事的有机演变过程。由于希百家与耶宾和好，西西拉才可能毫无戒备地逃进雅亿的帐棚，结果却被雅亿轻而易举地钉死。在雅各娶拉结为妻的例子（创29：1—30）中，读者对拉结的了解是逐步完成的——起初并不知道其名其人，只是在雅各搬开井口的石头帮助拉结饮羊时，才与雅各一同获悉拉结是他舅舅拉班的女儿；这时雅各"与拉结亲嘴，放声而哭"，因为他多日奔波之后终于找到自己母舅家的亲属（29：10—11）。至于雅各为何不爱利亚而爱拉结，读者后来才明白，原来"利亚的眼睛没有神气，拉结却生得美貌俊秀"（29：17）。可见简介性资料既能出现在故事开始时，也能出现在其他各种必要之处，但一般在情节的"发展"阶段。

　　中、小事件的本身从开端进入高潮，通常也要历经一段相对缓慢的发展时期,其间两种力量的冲突不断升级,趋向一个顶点。顶点就是高潮,一般处于故事的中后部。伴随着高潮到来,主要情节发生突转,内在矛盾瞬间化解,故事随即进入尾声。从"亚伯拉罕燔祭献子"之事(创22:1—19)能清楚地看到这一过程。该事的开端是亚伯拉罕接到上帝之命,让他到摩利亚去献出独生子以撒;发展部分包括父子二人及仆人第二、第三天的行程,以及亚伯拉罕献子前的各项准备;高潮是正当亚伯拉罕举刀欲刺之际,天使制止了他;尾声是亚伯拉罕用丛林中的公羊代替儿子献祭。单篇故事中情节线索起承转合的清晰脉络还见于"雅各与以扫和解"之事(创32:1—21;33:1—17)。雅各骗得父亲对以扫的祝福后自知理屈,仓皇逃亡于遥远的舅父拉班家,一避就是二十年。二十年后雅各即将重进家门,因不知深受伤害的兄长是否原谅他,就摆出负荆请罪的架式,让仆人送去贵重的礼物。故事由此开始,继而进入发展阶段:详述送礼的经过,以及他如何携带妻子、使女和孩子们渐渐走近兄长,他向兄长接连七次伏地叩拜。此后高潮到来:"以扫跑过来迎接他,将他抱住,又搂着他的颈项与他亲嘴,两个人就哭了。"(33:4)最后是尾声,两兄弟互道宽慰之言。

亚里士多德在《诗学》中提出,"突转"、"发现"和"苦难"是"复杂行动"赖以构成的必备要素,他说:"'突转'指行动按照我们所说的原则转向相反的方面,'发现'与'突转'同时出现时,能引起怜悯或恐惧之情……它的第三个成分是苦难,苦难是毁灭或痛苦的行动,例如死亡、剧烈的痛苦和类似的事件。"他还说:"一切'发现'中最好的,是从情节本身产生的,通过合乎可然律的事件而引起观众惊奇的'发现'。"[1]圣经的叙事性作品能达到较高的艺术水准,不仅由于它们符合情节设置的原则,还得益于成功地表现了"突转"、"发现"和"苦难"。"燔祭献子"和"兄弟和解"都从自然而然的情节演变中导出"突转"并"引起观众惊奇的'发现'",前者的突转出现于天使呼叫亚伯拉罕之际,它使以撒得免罹难,使读者惊奇地发现世人的一举一动都在上帝的注视之中,而上帝绝不会让虔诚的信徒轻易受损;后者的突转出现于以扫与雅各拥抱亲吻之时,它使情节逆转,读者绷紧的神经骤然放松,也使人们发现,真挚的亲情能令多年的积怨冰消雪融。这两篇叙事也都以可能发生的苦难而牵动人心,在前者,苦难是以撒被献为燔祭的不幸命运;在

---

[1] 亚里士多德:《诗学》,第30—36、55页。

后者，则是以扫报复而导致的兄弟相残。

至于中、小事件的结局，圣经叙述者常以明确的方式向人示意。若故事开头处提到某人外出，结尾处会说那人已经返回，给人以事件终结的暗示，如撒母耳膏立大卫之后回到拉玛（撒上15：34），扫罗寻访隐多珥女巫之后连夜回城（撒下20：22）。有时这种结尾的模式略微不同，不是某人主动返回，而被别人送回，如亚伯兰与妻子撒莱初次去埃及逃荒时，一番周折之后被法老送回迦南（创12：20）；以色列百姓在示剑与亚卫立约后，被约书亚送回各自的地业（书24：28）。也有另一种情况，某人先被他人送走，又自己主动离开，如叶忒罗为女婿摩西出谋划策之后，"摩西让他的岳父去，他就往本地去了"（出18：27）。再一种情况是两个（或一群）当事人彼此分手，如在"巴兰预言"一事结尾，"巴兰起来回他本地去，巴勒也回去了"（民24：25）；大卫在西弗放过扫罗之后转身离去，扫罗也"回他的本处去了"（撒上26：25）。保罗传道的一些片断亦以当事人的分手告别作结，如他行至以弗所时"打发提摩太、以拉都二人往马其顿去，自己暂时等在亚西亚"（徒19：22）。此外，圣经中还有一类常见的结束语，宣告国中太平若干年（士3：30；5：31等），或某人已经逝世，如基甸、耶弗他之死（士8：32；12：7），以及所罗门、耶罗波安之死（王上12：43；14：20）等。

## 四、事件的连缀方式

上述考察表明，在独立成卷的圣经纪传性著作（《约伯记》、《路得记》、《以斯帖记》、《托比传》、《犹滴传》、四福音书等）中，故事皆含开端、发展、高潮、结局等嬗变阶段，在一些历史性典籍（《创世记》、《撒母耳记》、《列王纪》、《使徒行传》等）中，中、小事件本身往往也有起承转合的演变线索。下面转向另一个议题：事件的各种叙事单位之间是怎样连缀或结合起来，从而构成一个浑然一体的叙事文本的？方式似乎多种多样，但主要是两类：外部连缀和内部连缀，其中以后者为主。

外部连缀经常借助时间短语实现，如《旧约》中的"当人在世上多起来，又生女儿的时候"（创6：1）、"这事以后"（创15：1）、"当那时候"（创21：22）、"亚卫的仆人摩西死了以后"（书1：1）等，以及福音书中的

"希律死了以后"（太2：19）、"后来"（可12：13）、"时候到了"（路22：14）、"这些事以后"（约19：38）等。这类短语都出现在某事开头，表明它与前面的事件有关，是在该事过后的某个时期发生的。以"亚伯拉罕燔祭献子"为例，其卷首语是"这些事以后"（创22：1），"这些事"指第21章所述以撒出生、夏甲母子被驱逐、亚伯拉罕与亚比米勒立约等。偶尔，时间短语也能代之以地点短语，如"到了迦百农"（太17：24）、"耶稣站在革尼撒勒湖边"（路5：1）等。外部连缀还有另一种类型：前一事的结局兼为后一事的开端，即衔接两件事的话语带有连缀功能。"亚伯兰带着妻子和罗得从埃及去南地"之语（创13：1）将"亚伯兰去埃及逃荒"和"亚伯兰与罗得分手"两件事连为一体。有关"亚卫厌弃扫罗"的叙述（撒上15：35）兼为"扫罗违命"的结尾和"撒母耳膏立大卫"的先声。

近代圣经历史考据学的成果表明，摩西五经、历史书、福音书的最初形态其实是一些篇幅长短不一的片断传说，大致相当于目前尚能从中看到的"小事件"，它们后来被编订整理，连缀成较大的事件，此处讨论的就是进行连缀的某些方式。经连缀而成的较大事件往往缺乏前后贯通的整体构思，具体细节也难免彼此重复或矛盾。以撒携妻利百加去基拉耳逃荒，向非利士王亚比米勒谎称利百加为妹妹（创26：6—11），显系此前亚伯兰携妻撒莱去埃及逃荒，向法老谎称撒莱为妹妹之事（创12：10—20）的翻版，属于改头换面后的重复。日后的编订者意识到了这一点，特意指出不可把两件事混而为一："在亚伯拉罕的日子，那地有一次饥荒；这时又有饥荒，以撒就往基拉耳去……"（26：1）但在另一处，编订者却未及消除明显的矛盾，先记"大卫到了扫罗那里，就侍立在扫罗面前"，扫罗派人去见大卫的父亲耶西，求他同意大卫做自己的侍卫（撒上16：21，22）；后面又称扫罗不认识大卫，当大卫杀死非利士猛将歌利亚后，竟问他："少年人哪，你是谁的儿子？"（17：58）

较之外部连缀，更常用也更重要的是内部连缀，包括借助同一主人公连缀、通过某些关键词连缀、以类似的母题连缀、借用相仿的叙述框架连缀等。主人公能串连情节的功能在许多传记中都显而易见，这类作品的不同段落之所以能建立内在联系，首先是因为它们共有一个纵贯始终的人物。每个段落都在直接间接地描写这个人物，其性格特征在所有段落中都或隐或显地展示出来。《旧约》中历史人物的传记，如亚伯拉罕、雅各、约瑟、摩西、约书亚、基甸、耶弗他、参孙、撒母耳、扫罗、大卫、所罗门、以利亚、以利沙等的传记，皆具有这种性质：环绕着中心人物的一组故事按编年体排列起来，每个片断都揭示其某方面的性情，或描述其某阶段的经历，主人公因而成为实现内部连缀的线索。这方面最典范之例首推福音书中的耶稣，正是他把书中从巨到细的所有事件都连结起来，使之成为一个有机互动的整体。《使徒行传》第13至28章的保罗传记也有类似特点。

在人物传记中，情节线索通常呈直线式发展，越临近末尾，越远离最初的起点。但也有例外，如弗克曼（J. P. Fokkelman）所言，雅各的主要经历便显示出环形特征：他早年与以扫相争的故事发生在迦南，后来为拉班牧羊之事发生在哈兰，再后与以扫和解时又回到迦南。前期的分界点是伯特利，在此雅各于夜间梦见上帝的天梯，得到亚卫赐福（创28：11—13）；后期的分界点是毗努伊勒，在此雅各于日出之际被天使更名"以色列"，亦得到亚卫赐福（创32：27—31）。[1]如图所示：

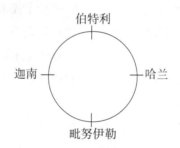

这种分析有一定道理，也有不严谨之处，因为其一，它未体现雅各晚年又迁居埃及的事实；其二，它是按地点追踪人物行迹的，这种方法值得质疑，因为若皆按地点追踪，不少人物的行迹将无踪可追，如所罗门从出生到死亡一直都在耶路撒冷城，其人生轨迹只能显示为一个"点"。

内部连缀的另一方式是借助于关键词。有时某些重要术语如"赐福"、"立约"、"向前走"、"苦恼"、"公义"、"信"、"火"、"水"等在前后相连的段落中一再出现，从而构成一种观念或意义的线索，暗示这些段落可能存在某种实质性的关联。举个例子："火"是以利亚传记中的关键词之一，相继出现十五次之多。以利亚在迦密山与巴力的先知较量真伪时，亚卫应

---

[1] J. P. Fokkelman. *Narrative Art in Genesis*. Jerusalem: Assen Press, 1975, p.280f.

允其求告，从天上"降下火来，烧尽燔祭、木柴、石头、尘土，又烧干沟里的水"（王上18：38）；他在何烈山避居时，烈风大作，崩山碎石，"地震后有火……火后有微小的声音"（19：12），他从中领受了亚卫的旨意；为了警告妄拜假神的以色列王亚哈谢，他两次使"神的火从天上降下来"，烧灭亚哈谢派遣的五十夫长连同五十个随从（王下1：10，12）；他辞世的情形也颇为奇特——正在与以利沙并肩而行，"忽有火车火马将二人隔开，以利亚就乘旋风升天去了"（2：11）。这些火的意象不仅为以利亚的传记赋予一种内在凝聚力，也展示出一个威严可怕、令人敬畏的上帝形象，并塑造出一种刚毅果敢、势如烈火的先知性格。另据研究，以利亚系列传说中还频频使用了一组与水相关的语词，包括"水"（11次）、"河"（7次）、"雨露"（8次）、"喝"（7次）等，之所以如此，除了对"火"的反衬意义外，主要是因为以利亚故事发生于连年旱灾的背景下，盼水求雨已成为叙述者笔下一种普遍的社会心理。与语词相关的连缀媒介是语句，有时叙述者也用"回首往事"的语言把现实和历史编结起来。《士师记》第9章50至54节详载了亚比米勒在提备斯的城楼下被一个妇人抛掷磨石砸死之事，至《撒母耳记下》第11章21节，约押再次言及此事："从前打死耶路比设之子亚比米勒的是谁呢？岂不是一个妇人从城上抛下一块磨石来，打在他身上，他就死在提备斯吗？"这句话对于前后两桩历史事件显然具有缝合作用。

如果说主人公活动或关键词连缀皆有明确的外在标志，那么内部连缀的第三种形式便内在于情节，表现为前后相连的一组叙事体现出共同的母题，它们彼此印证，使整个故事的基本主题更趋显豁。布兰金斯普（J. Blenkinsopp）发现，《撒母耳记下》的主干部分（第11至18章）记叙了三个母题相同的事件，它们表述的都是"性的放纵必然导致凶杀"。[1]第一件事是大卫霸占赫人乌利亚的妻子拔示巴，致使她怀孕，为了掩盖丑行他先施移花接木之计，欲使乌利亚回家与妻同寝而自然遮蔽其罪过，不料阴谋破灭；继而大卫又让乌利亚给约押送去将给他带来灾祸的信，以致再次打仗时他被派到阵地前沿，惨遭敌人虐杀。第二件事是大卫的儿子暗嫩对同父异母妹妹他玛生出淫邪之心，巧设圈套将其玷辱；他玛的同胞兄长押沙龙因此对暗嫩怀恨在心，嗣后便伺机报复，

---

[1] J. Blenkinsopp. "Theme and Motif in the Succession History and the Jahwist Corpus", *Supplements to Vetus Testamentum* 15 (1966): 68—74.

终于假设宴席将暗嫩除掉。第三件事是押沙龙举兵反叛父王一度得势之际，竟在王宫的平台上支搭帐棚，当着众人的面与其父王的妃嫔亲近。依布兰金斯普之见，此事成为押沙龙由胜而败的分界线，随后他便节节失利，直到被约押用三杆短枪刺死在橡树上。除了这三件事，布兰金斯普认为，不久后亚多尼雅的命运亦属同一类型。亚多尼雅是所罗门的同父异母兄长，所罗门继位、大卫寿终后他请求新王将亡父晚年的侍妾亚比煞赐给他为妻。所罗门视此请求为觊觎王位，乃下令将他处死。表面看来这几个故事的人物、时间、地点和情境各不相同，但若探入其深层结构，就会发现异中之同，那就是淫乱之罪必然导致杀身之祸——或殃及无辜者（乌利亚），或使自身死于非命（暗嫩、押沙龙、亚多尼雅）。这便是它们的共同母题，也是《撒母耳记下》的主要章节之所以能具备统一性的内在原因。进一步分析，大卫的奸淫和杀人之罪虽未造成自身覆灭，却报应在三个儿子身上，应验了"有其父必有其子"的古谚，也证明"一报还一报"的法则具有普遍适用性。

最后，一系列中、小事件有时也通过类似的叙事结构实现内在连缀，典型一例见于《士师记》。该书的历史观念明示于第2章11—20节：

> 以色列人行亚卫眼中看为恶的事，去侍奉巴力……亚卫的怒气向以色列人发作，就把他们交在抢夺他们的人手中……他们便极其困苦……亚卫为他们兴起士师，就与那士师同在。士师在世的一切日子，亚卫拯救他们脱离仇敌的手。他们因受欺压扰害，就唉声叹气，所以亚卫后悔了。及至士师死后，他们又去行恶……于是亚卫的怒气又向以色列人发作。

这种观念渗透全书，不仅使士师们的故事获得强大的内聚力和很高的统一性，而且为之赋予一个大同小异的叙事框架，即：以色列人犯罪触怒上帝，被交到某异族统治者手中；以色列人在苦难中呼救上帝拯救他们；上帝兴起某士师施行拯救，那士师战胜异族统治者，使国中太平若干年；以色列人一旦过上好日子，就再度背离上帝，触动其怒气，于是又开始新一轮循环。几乎所有士师的故事都是在此框架中讲述的，反过来，该框架便成为《士师记》的形式标志和结构模型。

从《士师记》扩展到整个"申命派史书"，能看到又一个多次出现的叙事构架。这部史书的基础文件"原本《申命记》"开头处有一段前言:"你们存活于世的日子,在亚卫你们列祖的神所赐你们为业的地上,要谨守遵行的律例、典章乃是这些……"(申12:1)末尾有一段类似的结束语:"亚卫你的神今日吩咐你这些律例、典章,所以你要尽心、尽性、谨守遵行……"(申26:16—19)两段话的中心意思都是劝人严守亚卫的律例和典章。这是"原本《申命记》"的主旋律,也是申命派史书的基本教训。该派作者正是以"遵章则兴、违章则亡"的观念为总纲,编织各种材料而写成其全部作品的。且看全书的总体布局:

——在摩西时代,先有摩西的导论(申1—4章),宣称违章者必"速速灭尽",惟有遵章者能"在亚卫你神所赐的土地上得以长久"(申4:26,40);最后又有摩西的遗言(申31—33章),重述"要吩咐你们的子孙谨守遵行这律法上的话,因为这……乃是你们的生命"(申32:46,47)。

——在约书亚时代,先有亚卫对约书亚的劝勉:"总要昼夜思想,谨守遵行这书上所写的一切话。"(书1:8)继之,在占领迦南之后又有约书亚的遗言:"你们若违背亚卫你们神所吩咐你们所守的约……亚卫的怒气必向你们发作,使你们……速速灭亡"(书23:16)

——在士师时代,先有编著者的引论:以色列人背逆亚卫,招致他的愤怒,他乃让异族压迫者来制裁百姓;百姓在困苦中认罪悔改,向亚卫呼求,他便兴起士师救援百姓,击败压迫者;尔后百姓再度背约,亚卫再次怒气发作(士2:6—3:6)。继之,在士师时代的终点又有撒母耳的劝告:"我……只要你们敬畏亚卫,诚诚实实地尽心侍奉他……你们若仍作恶,你们和你们的王必一同灭亡。"(撒上12:24,25)

——在联合王国时代,先有王国奠基者撒母耳的劝告(见上述引文),随后有先知拿单关于大卫王朝必定坚立的预言和大卫的祈祷与感恩(撒下7:1—29);继之有所罗门在圣殿落成仪式上的祈祷与祝福(王上8:14—61),最后是先知亚希雅对王国分裂的预告:"亚卫以色列的神如此说:我必将国从所罗门手里夺回……因为他离弃我……没有遵从我的道,行我眼中看为正的事,守我的律例典章。"(王上11:31—33)

——在分国时代,编订者于北国沦亡后总结历史教训说:"以色列人暗中行不正的事,违背亚卫他们的神……所以亚卫向以色列人大大发怒,从自己面前赶出他们，只剩下犹大一个支派。"（王下17：9，18）尔后又借先知之口预言南国的灭亡："因犹大王玛拿西行这些可憎的事……所以亚卫以色列的神如此说：我必降祸于耶路撒冷和犹大……必弃掉所剩的子民，把他们交在仇敌手中。"（王下21：11—14）

这些议论构成一个神学史观的结构框架。叙述者将各种历史资料精心置于框架之中，极力说明以色列人如何因守约而曾得福，又因违背诫命而屡遭惩罚，直至国破家亡，沦为异族的阶下囚。然而，申命派史书只是一个更大的叙事整体——《旧约》和《次经》记载的以色列古代史——的一部分，这部古代史起于上帝创世（《创世记》），迄于希腊、罗马称霸时期（《马加比传上、下卷》）。从基督教的视野观察，以色列古代史又只是全部救赎史的一个阶段，其后上帝天父派遣其独生子耶稣基督降临于世，以十字架上的献身实现对普世罪人的根本拯救。这部宏大的救赎史以一种独特的神学世界观为灵魂，把历史进程理解为神人关系的永恒互动。

## 五、事件的因果联系

在叙事文学中，事件通常是按照因果逻辑编织起来的，把貌似偶然发生的事件用因果关系加以解释和重组，就构成情节。福斯特称"国王死了，不久王后也死了"不是情节，而是对两件事的孤立陈述，但"国王死了，不久王后也因伤心而死"就成为情节，因为二者之间确立了因果联系。[1]查特曼深化了福斯特的见解，提出叙述文学中的因果联系是一种强有力的思维模式，使读者总能在其支配下理解故事，即使未被告知前因后果，也能自行推导出来。[2]在上述例子中，读者即使不知道王后是"因伤心"而死，也能断定她的死与国王之死有关，因为事实上叙事作品总是遵循因果逻辑构思的，大体说来，先发生之事是后来事件的原因，后发生之事是先前事件的结果。

因果联系普遍存在于圣经叙事之中。比如《撒母耳记下》收入一组有关大卫及其家室成员的叙述，每篇都有互不相同的人物和事件。但若将它们串连起来，就能发现一个按照因果关系连贯成的情节之流。事情肇端于大卫和拔示巴

---

1　E. M. Forster. *Aspects of the Novel*. p.75.
2　Seymour Chatman. *Story and Discourse: Narrative Structure in Fiction and Film*. pp.45—46.

的奸淫之罪，为了掩盖罪行，大卫以借刀杀人之计害死拔示巴的丈夫乌利亚。攻打亚扪城镇拉巴的战争成为乌利亚殉难的背景，既解释了乌利亚多日离家，使大卫和拔示巴行淫有机可乘的原因，也述说了乌利亚死时的战况。大卫的罪行导致先知拿单对他的指责，并引发种种令人沮丧的后果：他与拔示巴淫乱所生之子数日夭亡；其子暗嫩上行下效，玷辱了同父异母妹妹他玛；他玛的胞兄押沙龙伺机报复，假设宴席除掉暗嫩；此后押沙龙被迫逃往基述；再后，紧张的父子关系致使押沙龙起兵反叛父王，由于多年谋划，他起初兵强马壮，长驱直入，大卫则如惊弓之鸟，落荒而逃。大卫终究老谋深算，不久便派军师户筛打入叛军，将其引入歧途，继而便指挥三路大军平定叛乱。约押出于险恶用心违命杀死押沙龙，致使大卫收复了江山社稷，却痛失爱子兼逆子押沙龙。由于诸事之间有着紧密的因果关系，这段故事写得荡气回肠，令人捧不忍释。

因果联系理论对于从文学角度阅读福音书颇为重要。18世纪下半叶以后，在将近二百年间历史考据法在圣经研究领域一直占主导地位。学者们热心探讨经卷的成书经过和资料来源，认定四卷福音书皆由互不相属的"传说片断"或零散资料汇编而成，各片断之间很少存在逻辑上的因果联系。历史考据法对再现福音书的成书过程无疑发挥了积极的历史功能，但它却不大关注一个事实：福音书的最后编撰者——传为马太、马可、路加和约翰——其实是按照严密的逻辑关系或因果联系重组其搜集到的各种素材，进而建构全书情节的。惟其如此，传世的福音书才能以首尾完整、文气贯通的传记形式（而非各类资料的无序罗列）呈现在读者面前。叙事学者相信，对福音书完全能像对其他作品那样，从因果关系角度进行情节线索的具体分析，这种分析对理解其文学特质大有裨益。

且以《马太福音》为例。不可否认，该书中某些事件的位置带有不确定性，能从一处移置于另一处，尤其那些耶稣治病救人、平定海浪、行于水面一类独自成篇的超自然行迹。但必须看到，该卷书有一个总体框架，构成框架的各个基本部位是不能互换的。耶稣一生交织着多种矛盾冲突，其中主线是他与犹太当权者的斗争，这场斗争以他付出生命代价为终局。细究之，他被钉上十字架的结局是不可避免地一步步发生的。大卫·鲍尔（David R. Bauer）把《马太福音》分成三大块，认为开头是序幕（1：1—4：16），扼要介绍耶稣的降生、童年、受洗和受试探；继之是主体（4：17—16：20），详写耶稣传道；最后是高潮（16：21—28：20），记叙耶稣的受难与复活。这三部分均以确认耶稣是神的儿子或基督为顶点（3：17； 16：16；27：54），其中第二部分就整体而言是第三部分的因由，第三部分则是第二部分的结果。[1]比如第三部分提到，犹太人是"因为嫉妒"才捉拿耶稣，把他押解给罗马巡抚彼拉多的（27：18）；而犹太人为何嫉妒？第二部分一再给出原因：耶稣拥有上帝赋予的卓越才干，能用雄辩的训言征服人心，用奇妙的方式逐魔赶鬼、治愈病人（7：28，29；8：27；9：8，33；13： 54等），这些均为法利赛人所不具备。

耶稣与犹太当权者的深层冲突植根于对待宗教传统的不同态度。犹太当权者为了维护其各种既得利益，势必不遗余力地持守传统；耶稣作为年轻的宗教改革家，则主张破除传统规范中不合时宜的部分。旧日的传统透过摩西律法集中体现出来，耶稣和犹太当权者的冲突亦时常通过他们对待律法条文的不同态度展示出来。耶稣的门徒安息日从麦地经过时因饥饿而掐麦穗吃，法利赛人批评他们违背了"安息日不可做事"的规定，耶稣反唇相讥："在安息日做善事是可以的，"并当场为一个患者治疗疾病。这件事直接导致"法利赛人出去，商议怎样可以除灭耶稣"（12：1—14）。此后双方的矛盾日趋激化，法利赛人、撒都该人、文士、祭司长和民间的长老一次次试探耶稣，企图抓住迫害他的把柄；耶稣则一次次机智应对，不但未留下任何把柄，反而七次诅咒法利赛人必遭祸患，说他们是"毒蛇之种"，绝难"逃脱地狱的刑罚"（23：33）。这些言行使犹太当权者终于意识到耶稣和犹太教不共戴天，并做出决断，"要用诡计拿住耶稣，杀他"（26：4）。当年权势最重的大祭司该亚法甚至找到冠冕堂皇的借口，声称除掉耶稣是为了全民族的共同利益："一个人替百姓死是有益的。"（约18：14）

以什么口实处死耶稣呢？叙述者也多次做出铺垫。耶稣拥有上帝赋予的权能，行施了许多神迹奇事，众人为之惊诧不已，法利赛人却不以为然，说他是"靠着鬼王赶鬼"（9：34；12：24）。耶稣宣布自己是"安息日的主"（12：8），此事进一步加剧法利赛人对他的仇恨。耶稣以弥赛亚君王的身份进入耶路撒冷，前行后随的众人高呼"奉主名来的是应当称颂的"（21：9）；进城后他满怀义愤地洁净圣殿，赶出在殿里做买卖的人，这些行动都使

---

[1] David R. Bauer. *The Structure of Matthew's Gospel: A Study in Literary Design.* Sheffield: Almond Press, 1988, pp.73—108.

犹太当权者恼怒不堪，当面责问道："你仗着什么权柄做这些事？"（21：23）耶稣在犹太公会受审时坦言自己是神的儿子基督，此语更使大祭司怒不可遏——他"撕开衣服"，宣称耶稣"说了僭妄的话"，并煽动众人呼喊耶稣"该死"，对他口吐唾沫，拳脚相加（26：63—68）。这条因果链上的最后一环是犹太首领借罗马巡抚彼拉多之手，以"犹太人之王"（含"蛊惑众人反叛政府的头目"之意）的罪名将耶稣钉上十字架。在事件演变的全过程中，对立面双方的互动关系一目了然。

　　福音书叙事的一个突出特色是人物生平与上帝的救赎计划交相叠印，并行发展，表层事件是耶稣从出生到受难、复活的一生，深层结构是上帝既定规划的逐步实施。就深层结构而言，情节线索的因果联系也不难分辨。《马太福音》第1章21节明示，耶稣降生是"要将自己的百姓从罪恶里救出来"，此语为随后情节的发展提供了总因由。为实现这一根本目的，耶稣召选门徒、聚众布道、行施神迹、医治病人，在巴勒斯坦北方的加利利地区赢得盛誉。但他没有就此满足，因为他深知，要实现神圣使命，必须舍弃自己的生命："人子来，不是要受人的服侍，乃是要服侍人，并且要舍命，作多人的赎价。"（20：28）他明确意识到，必须离开自己在精神领域的半壁江山——加利利，到斗争最严酷的耶路撒冷去，在那里为履行其降世的使命而献身。他带领门徒们向南方行进，门徒们误以为即将跨入天国之境，竟于想入非非中为谁能在天国坐上更荣耀的位子而争执不休。耶稣把十二门徒带到一边，以极其冷峻的言词告诉他们：

> 看哪，我们上耶路撒冷去，人子要被交给祭司长和文士，他们要定他死罪，又交给外邦人，将他戏弄、鞭打、钉在十字架上，第三日他要复活。（太20：18，19）

后来的情节果然每一步都循此方向发展，直到全书末尾。在最后的献身即将发生之际，读者终于明白了，耶稣的血将"为多人流出来，使罪得赦"（26：28），上帝要用其独生子的血与天下众生订立新的契约。也正是在这里，读者深刻领悟了福音书的著述目的：传报上帝救赎世人的好消息，不仅凭借耶稣召选门徒、巡游讲道、行施奇迹、医治病人的工作，更以他奉献无辜之血实现对普世罪人的神圣宽恕和伟大原宥。

## 六、冲突在情节中的位置

在叙事性作品中，真正的故事情节都开始于角色面临波折或遭遇不幸之际，因为情节离不开行为之间的冲突，人物的幸运或不幸皆系于其行为与外界的矛盾冲突及其后果中。黑格尔认为，情节应"表现为动作、反动作和矛盾解决的一种本身的完整的运动"，[1] 所以情节不仅体现为合乎因果逻辑的一系列事件，还体现为叙述者展示人物行为之间的矛盾冲突，进而揭示人物命运变化的过程。劳伦斯·柏林（Laurence Perrine）把冲突广义地界定为"不同行为、思想、愿望、意志的碰撞"，[2] 这种冲突能在各个领域发生，最常见的是在人与人之间。由于上帝作为特殊的人物形象贯穿于圣经始终，冲突自然也经常出现在人与上帝之间。此外，冲突还广泛爆发于人与其存在的背景或环境之间，包括人与自然、人与社会、人与不可知的"命运"之间。有时，冲突还发生在人的精神信念与其本能的"自我"之间。

在圣经这部百科全书式的宏大叙事中，各种冲突应有尽有。举目可见的冲突发生于各色人等之中，比如家庭成员中：该隐、亚伯兄弟相争，该隐竟杀死无辜的弟弟；撒拉无法容忍其使女夏甲，迫使丈夫把她逐出家门；约瑟的哥哥们痛恨约瑟，把他卖给过路的商人；约拿单反对父亲扫罗迫害大卫，不遗余力地保护大卫。再如社会各阶层之间：亚比米勒以血腥手段篡夺权力，最后在众怒中死于非命（士9：5，54）；亚哈王为霸占拿伯的葡萄园，放任其妻耶洗别设计将拿伯打死（王上21：14）。又如敌对的民族之间：士师时代以色列部落遭到迦南、摩押、亚扪、非利士等异族的入侵；分国时代以色列南北两国相继沦亡于亚述和巴比伦。圣经中的矛盾冲突往往带有宗教色彩，表现为人对上帝的悖逆和上帝对人的惩罚，比如以色列人于摩西登上西奈山时制造并崇拜金牛犊，上帝怒令摩西严惩叛教者（出32：1—28）。冲突有时也发生在伦理道德范畴内，表现为恶人以凶杀、奸淫、偷窃、作假证等行为伤害无辜者，比如两个长老企图奸淫美丽贞洁的苏撒拿，遭到拒绝后竟捏造谎言诬陷她，必欲置其死地而后快（《苏撒拿传》）。冲突偶尔也发生在人与自然的关系领域，表现

---

1  黑格尔：《美学》，第一卷，朱光潜译，北京：商务印书馆，1996年，第278页。
2  Laurence Perrine. *Story and Structure*. New York: Harcourt Press, 1974, p.44.

为自然灾害使人陷入生存困境，例如倾盆大雨连降四十天，滔滔洪水使一切生灵都葬身水底，惟独挪亚及其家人和飞禽走兽各一对躲进方舟才得活命——这次"洪水灭世"固然是上帝惩罚人类的手段，其外部形态却体现为人与自然界的严重冲突。

圣经中给人留下深刻印象的正面角色都是在排除矛盾、化解冲突的过程中树立起来的。摩西生平最光辉的一页是带领以色列人出埃及，此间他遇到多种困难和障碍，皆以卓越的智慧和顽强的意志予以克服。当法老拒不答应以色列人出境之际，他遵循亚卫的指示连降十大天灾，迫使顽梗狡诈的法老俯首听命；当出境后的同胞遭遇红海阻拦时，他挥师奇渡大海，并甩掉身后追兵；当百姓中有人因饥饿而怀念"埃及的肉锅"时，他按亚卫的吩咐，让众人吃到美味的鹌鹑和吗哪；当以色列民族的内政管理遇到困厄和麻烦时，他接受岳父叶忒罗的建议，任命一批有才之士作千夫长、百夫长、五十夫长和十夫长，授权他们审理各种中小案件，培育了未来新兴体制的最初萌芽。

圣经叙述者不但擅长表现矛盾冲突的多样性和复杂性，而且注重揭示其尖锐性和持久性，在波澜起伏的情节运动中塑造人物。仍以出埃及时的摩西为例，作者对他的劲敌法老没有简单化，而是浓墨重彩地强调了他的狡猾与顽固，摩西"以杖变蛇"与他较量，他也用相同的法术回敬摩西；摩西接连降下天灾，他每次都一度让步而随即故态复萌，拒绝降伏；最后摩西降灾击杀埃及所有的长子和头生牲畜，致使法老被迫让步，但以色列人刚离境，他又率领骑兵和战车紧紧追赶。然而道高一尺魔高一丈，每次法老顽抗后，摩西都施以更有力的打击，直至将他彻底制伏。在此曲折过程中，作品以法老的愚顽狂傲表现出矛盾冲突的尖锐持久，借以反衬摩西的刚毅顽强。此外，约书亚、大卫、以利亚、以利沙、以斯帖、末底改、但以理、犹滴、马加比兄弟等犹太文化史上的重要人物都曾面临严峻矛盾，也都在排解冲突的关键时刻显示出英雄本色。

上述人物所面对的主要是尖锐对立的民族矛盾和你死我活的生死冲突。圣经叙述者表现这类冲突无疑游刃有余，同时，他们揭示另一类冲突——发生在思想领域里的认识分歧——也堪称得心应手。《约拿书》即这方面的一个范本，它展示了犹太人面对外部世界时两条路线——狭隘民族主义和世界主义——的冲突。书中的小先知约拿是狭隘的民族主义者，在国际事务中只考虑本族利益，对犯过罪行的邻族固执地怀着极深敌意，只愿看到他们受惩罚而不能想象他们得宽恕。书中的亚卫上帝则是彻底的世界主义者，亦即普爱众生的仁慈天父，不仅爱自己的子民以色列人，也爱以色列的敌人。故事一开始，他就让约拿去以色列的敌国亚述传道，以拯救尼尼微城的十二万百姓；当约拿因痛恨亚述人而拒不从命时，他兴起海浪，以匡正其谬误之见；后因约拿满腹牢骚，口吐怨言，他又以"蓖麻枯死尚且令人惋惜"作比，唤醒约拿同情、怜悯、体恤敌国之民的良知。叙述者善意地讽刺了约拿的愚顽和浅薄，暗示他最终被亚卫上帝所折服。

由于冲突的性质各不相同，解决冲突的方法也相应各显特色。约拿与亚卫上帝的冲突发生在民族内部和意识形态领域，采取了温和的说服教育方式。雅各与以扫、约瑟与其哥哥们的冲突发生在家庭内部，最终皆以相互谅解、彼此宽容的态度化解。然而至少在《旧约》和《次经》中，消解冲突的常见方式是你死我活的斗争。亚干违命私藏战利品，致使以色列人攻打艾城失利，约书亚查清真相后将他处死；摩押王伊矶伦强占以色列的土地，士师以笏佯装献礼，用暗藏的利剑把他刺死；耶洗别恶意陷害拿伯，最终应验了先知预言，被人掷出窗外活活摔死；哈曼企图除灭犹太种族，以斯帖和末底改与其搏斗，使他被吊死在刑架上；荷洛孚尼围困伯夙利亚山城，犹滴只身进入敌营，将其灌醉后取其首级。在歹徒、敌寇和邪恶势力方面，冲突的消解经常伴以死亡，叙述者以此引导读者相信恶人之死是罪有应得；在善良者和正义势力方面，冲突的消解时而也以流血牺牲为代价，此刻叙述者乃将死亡描述成令人崇敬的英雄业绩或殉道壮举。参孙以其力大无穷令非利士人闻风丧胆，最后用力推倒支撑神庙的巨柱，与在场的三千敌人同归于尽；扫罗在基利波山与非利士人交战时身受重伤，为免遭凌辱拔出刀剑伏在上面自刺而死；以利亚撒是年高德劭的犹太经师，宁可走上刑场也拒食猪肉而有辱信仰（马下6：18—31）；司提反为传扬基督的福音触怒犹太人，被他们用石头活活砸死，临死前还为砸掷他的罪人祷告（徒7：60）。总之，在圣经中，当事人的死亡是消解冲突的最高形式，叙述者藉其给读者的心灵造成强大震撼，使他们在或恐惧或敬畏的体验中经受到灵魂的净化和升华。

在探讨冲突化解方式的多样性时，应注意到一种"有头无尾"或"有因无果"现象，即作品中只有冲突的表现而没有最终结果。《约拿书》展示了心胸狭窄的约拿与仁慈宽厚的亚卫上帝之间的冲突,最后亚卫使一棵蓖麻一夜生死,藉此唤醒约拿的怜悯之心,进而开导他:尼尼微城有无辜百姓十二万之众,还有许多牲畜,难道不更该怜恤吗?故事至此戛然而止,约拿对亚卫教诲的反应不得而知。"浪子回头"(路15:11—32)也有类似的处理,老父亲因小儿子回家而欢天喜地,宰牛犊庆祝,大儿子见状后非常不满,以为父亲厚待了挥霍放荡的弟弟而亏待了自己。故事结束时父亲对大儿子说:"儿啊,你和我经常在一起,我所有的一切都是你的。而你这个兄弟是死而复活,失而又得的,我们理当欢喜快乐。"对这番肺腑之言长子能否接受?读者亦有待作出揣测。彼得逊(N. R. Peterson)认为,作者在此故意留出空白,以便引导读者联系切身经验对结局进行推测。[1]彼得逊运用接受反应理论分析这类结尾,既强调了读者对建构文本意义的参与作用,也注意到文本意义对读者发生的审美效能。

初期基督教文学的两个核心人物——福音书中的耶稣和《使徒行传》中的保罗都是在尖锐剧烈、复杂多样的矛盾冲突中度过其一生的。耶稣自婴儿时代就遭到希律王迫害,为躲避灾难被养父约瑟带往埃及。成年后他又遭遇魔鬼撒旦的试探,只是在抵御试探之后才开始其传道生涯。在传道过程中他制伏邪灵污鬼,使无数病人痊愈;平息风浪,行于水面,成为大自然的主人。他传道的障碍首先来自同胞和乡亲,众人认出他原是本地木匠约瑟的儿子,便带着疑惑的目光离他而去。他最严重的对立面是犹太教当权者,包括大祭司、众长老、文士、法利赛人、撒都该人等,他们为了维护自己在经济、政治、宗教上的既得利益,绝不允许任何思想家和改革者哪怕仅仅在宗教领域进行少许的革新探索;随着耶稣传道的影响日益扩大,他们与耶稣的冲突日趋尖锐。他们试探他,向他挑战,攻击责难他,企图"就着耶稣的话陷害他"(太22:15);继而阴谋除掉他,并最终施展极其卑鄙的手段,胁迫罗马巡抚彼拉多允许把他钉上十字架。耶稣与其门徒的矛盾冲突也显得引人瞩目。他和门徒虽属同一个阵营,精神境界却相去甚远,似有天壤之别。此外,福音书还出色地表现了耶稣的内心冲突及其与上帝天父的矛盾:他被捕前夕俯伏在客西马尼园,恳求天父使他免遭巨大痛苦,内心深处的灵魂挣扎一度达于高潮。他曾祈求上帝将他的"苦杯"移去,因为接受苦杯就意味着承受无情的审判,甚至遭到离弃;但

---

[1] Norman R. Peterson. "When Is the End Not the End? Literary Reflections on the Ending of Mark's Narrative", *Interpretation* 34 (1980): 151—166.

在历经极度痛苦的心灵冲突之后，他终于选择了服从，让自己顺服于天父的旨意："然而，不要照我的意思，只要照你的意思。"（太26：39）可见，正是尖锐复杂的矛盾冲突造就了耶稣这个具有多重审美蕴涵的不朽人物。

保罗一生也是在各种冲突的焦点上度过的。他早年名扫罗，是狂热的犹太教徒，致力于迫害基督徒；在前往大马士革搜捕基督徒的路上，他得到耶稣拣选，成为向外邦传教的最大使徒，此后更名保罗，人生之路上遇到的矛盾冲突也为之一变。且看他的自述：

> 我……多受劳苦，多下监牢，受鞭打是过重的，冒死是屡次有的。被犹太人鞭打五次，每次四十，减去一下；被棍打了三次，被石头打了一次，遇着船坏三次，一昼一夜在深海里。又屡次行远路，遭江河的危险、盗贼的危险、同族的危险、外邦人的危险、城里的危险、旷野的危险、海中的危险、假兄弟的危险。受劳碌、受困苦。多次不得睡，又饥又渴；多次不得食，受寒冷，赤身露体。除了这外面的事，还有为众教会挂心的事，天天压在我身上。（林后11：23—28）

从《新约》可知，保罗遭遇的磨难来自诸多方面，首先是犹太人或同族人，他们在其传道行程的几乎所有地方围追堵截，寻衅滋事，多次企图将他置于死地；其次是阻碍传教活动的各种外邦势力，包括靠销售亚底米女神庙模型发财的以弗所银匠底米丢（徒19：24—32）、雅典的伊壁鸠鲁和斯多亚两门学士（徒17：18）、一再囚禁保罗的罗马地方官员，以及种种流氓、无赖、歹徒、盗贼等；再次是教会内部的"假兄弟"和持有某些偏见的普通信徒，他们有意无意地奉行错误教义，竟至攻击保罗是"假使徒"；再次是险恶的自然环境和恶劣的工作境况，它们使保罗缺乏最起码的人身保障及生存和工作条件；最后是教会建设与发展的繁重事务，它们如同磨石般天天压在保罗心头。保罗的奇迹则在于，他顶住了各种冲突造成的巨大压力，以顽强的毅力行遍地中海东北岸各地，在基督教初兴年代为传播福音尤其创建其神学教义做出无人替代的卓越贡献。

# 第五章
# 时　间

　　在叙事学研究中时间问题值得引起充分重视。热奈特发现，普鲁斯特的主人公一直在潜心探寻并"膜拜"、"外在时间"和"纯状态时间"，希望既"在时间之外"又"在时间之中"。这个自相矛盾的目的是借助对时间的"内插、扭曲和浓缩"实现的。其《追忆逝水年华》是一部"失去并找回时间"的小说，也是一部"驾驭、征服、控制、暗中破坏——或更确切地说——曲解时间"的小说，提起它，正如其作者提起梦一样，必须谈论"它与时间所做的绝妙游戏"。[1]《追忆逝水年华》虽然是现代意识流小说，热奈特对其时间形态的研究成果却具有普遍适用性，一如托尔米（D. F. Tolmie）所言："对叙述文本进行时间关系的分析，是叙述学研究成效最高的方面之一。热拉尔·热奈特为我们提供了一种既便捷又高效的操作程序，使我们能借助多种方式分析和描述叙述文本中的时间关系。"[2]热奈特研究《追忆逝水年华》的名著《叙事话语》共分五部分，其中前三部分——顺序（order）、时距（duration）、频率（frequency）——探讨的都是时间关系。

　　一般来说，时间、空间和社会环境共同构成叙事性作品中环绕着人物活动的故事背景。就时间而言，读者走进圣经叙事的世界时，会遇到时间点和时间段、编年性时间和类型性时间、循环时间和线性时间、凡俗时间和不朽时间等概念。简言之，时间点是时间流程中的某个特定时刻，指代的范围可以宽至一

---

[1]　热拉尔·热奈特：《叙事话语·新叙事话语》，第106页。原著对"与时间做游戏"一语专门注释道："做游戏并非玩游戏，不仅与它玩，还把它变成游戏，一个'令人生畏'即危险的游戏。"

[2]　D. F. Tolmie. *Narratology and Biblical Narratives: A Practical Guide.* San Francisco: International Scholars Publications, 1999, p.87.

个时期，如"当以色列中没有王的时候"（士19：1）、"居里纽作叙利亚巡抚的时候"（路2：1），也可以窄至一个时辰，如"天将晚，众女子出来打水的时候"（创24：11）、"三更之初，才换更的时候"（士7：19）、"黎明的时候"（撒上9：26）。将两个时间点用"从……到……"一类语词连接起来，便可指代一个时间段，如"天快亮的时候，妇人回到她主人住宿的房门前，就扑倒在地，直到天亮"（士19：26）、"他们……从早晨到午间求告巴力的名"（王上18：26）。但时间段更常以含有一定时间幅度的语词表示，如洪水在地上泛滥了"四十天"（创7：17）、雅各为娶拉结服侍拉班"七年"（创29：20）、以色列人在埃及居住了"四百三十年"（出12：40）、耶路撒冷圣殿是"四十六年"才造成的（约2：20），等等。

编年性时间多见于具有史籍特征的叙事文本中，强调的是某时间点在一条时间链上的具体位置，如"以色列人出埃及地后四百八十年，所罗门作以色列王第四年西弗月，就是二月，开工建造亚卫的殿"（王上5：1）。这类时间经常出现在《列王纪》中，该书作者述及南国大事时，每每申明该事发生于北国某王在位第几年，反之亦然，藉此将南北两国的历史编为一体。类型性时间强调的是某件事发生时的时间种类，而非该事发生的时刻，如称犹太官员尼哥底母"夜里"去见耶稣（约3：2），意在指出他欲避开白天的喧嚣而在无人觉察的夜间行动；耶稣多次于"安息日"医治病人，示意他要在一个律法书规定不可做工的敏感时刻继续工作。[1]

如果说时间点、时间段、编年性时间和类型性时间普遍存在于古今各民族的文学中，则"循环时间"与"线性时间"、"凡俗时间"与"不朽时间"便是极富文化哲学内涵的概念，多用以阐释某些专门的时间理论。有论者主张，相对于一批古希腊文化遗产流露的循环论时间观，希伯来—基督教的时间观是线性的，时间永远处于从过去向未来直线运动的流程中，其间不发生规律性的循环运动；就希伯来—基督教的时间观本身而言，在时间之流的一个漫长阶段——自上帝创世造人至现存世代终结——又交织叠印着两种性质的时间：凡俗时间和不朽时间。本章第三节论述福音书的时间特征时，将会对此概念进行讨论。

---

[1] M. A. Powell. *What Is Narrative Criticism?* Minneapolis: Fortress Press, 1990, p.73.

# 第一节
# 时间顺序

## 一、故事时间和文本时间

托多罗夫（T. Todorov）在《文学作品分析》中述及两个相互关联的时间概念，一个是被描写世界的时间，另一个是描写这个世界的语言的时间。[1] 麦茨（Christian Metz）对这两个时间概念做出具体解释："叙事是一个双重的时间序列，分别是被讲述之事的时间和叙事的时间（所指的时间与能指的时间）。这种双重性不仅使在叙事文中极为平常的所有时间畸变成为可能（如主人公三年的生活在小说中用两句话或者在电影中'反复'蒙太奇的几个镜头就可以概括），更为根本的是，它使我们将叙事的功能之一视为将一种时间构建为另一种时间。"[2] 托多罗夫和麦茨提到的两种时间概念分别是故事时间和文本时间。故事时间又称被描写世界的时间、被叙述的时间、所指的时间、内在的时间等，指叙事性作品中一系列事件按其发生、发展、变化的先后顺序排列而成的时间。文本时间又名讲故事的时间、叙述时间、能指的时间、外在的时间等，指在叙述文本中呈现的时间状态，这种状态与故事中事件实际上发生的先后顺序可以不同，与事件实际上的长短距离也可以不同。

叙述与时间密不可分。二者有一种相辅相成的关系：叙述在时间中展开，时间在叙述中经过。叙述需要文本时间，以便在读者面前将自身分解成若干个发展阶段，因为用语言写成的文学作品不能被读者一次性地全部理解，而需要在时间延续的过程中逐渐阅读、感悟和消化。叙述还需要故事时间，因为故事中的人物和事件必须在时间中才能存在。这种叙述与时间的双重联系对于理解叙述的特征、它的效用和局限性都有重要意义。

论及文本时间，有必要首先注意到一个事实：叙述是持续不断地展示在读者面前的，以至读者在读完故事之前不可能完全理解第一个字的全部含义。就此而言，作为时间艺术的文学类似于音乐而区别于绘画、摄影、雕塑等空间艺

---

[1] 兹维坦·托多罗夫：《文学作品分析》，黄晓敏译，载张寅德编选《叙事学研究》，北京：中国社会科学出版社，1989年，第61页。

[2] Christian Metz. *Film Language: A Semiotics of Cinema*. New York: Pantheon Books, 1974, p.18.

术，因为空间艺术的整体面貌在一瞬间就能被人尽收眼底。但文学又区别于能够同时演奏多种音调的音乐，在一个特定时刻它只能表现一件事，而非若干件不同的事。这成为叙述的重要局限之一，历代作家都试图以某些手法弥补它造成的缺憾（后文将述及圣经叙述者在这方面做出的努力）。然而凡事有弊即有利，叙述的"持续不断"性质又使之具备空间艺术所不具备的优势，使叙述者有可能利用读者对某些故事环节的暂时忽略，去强化另一些环节的趣味性和紧张性，达到波澜起伏、引人入胜的效果。叙述者还能利用叙述行为对外部时间的依赖，人为地构建各种叙事单位，诸如语词、词组、句子、段落等，使它们的长度和构造有所变化，以避免雷同、单调、含浑、拖沓等叙述弊病的出现。而精选语词、推敲句子、锤炼段落、斟酌篇幅，在此基础上营造最佳的叙述韵律，其实是叙述时间之调节功能的体现。

　　文本时间与具有物理性质的客观时间相去甚远。客观时间持续不断地静静流淌，匀速延展，从不中断、贻误或加速度；它以直线形式运动，过去、现在和未来都呈现出规则的特征，而且不可逆转。这种客观时间提供了测量一成不变的机械速度的方式和标准。而文本时间则是主观性的，可以依据情节发展的需要自由延伸或压缩；由于叙事中存在间隔、延误和跳跃，它从不按部就班地连续发展；它也不小心翼翼地对过去、现在和未来加以区分，而能随时转向过去或未来，唤起读者对往事的回忆，或是对未来的憧憬。总之文本时间是不均衡不规则的，其方向和速度处于经常性的变化之中。对于作者来说，它就像陶匠手中的泥巴，可用以随心所欲地捏制陶器。但是，作者对时间的处理绝非任意为之，什么写，什么不写，什么快节奏地写，什么慢节奏地写，什么按编年体顺序写，什么以倒叙或预叙手法写，往往都有精心构思。所以连同其他叙述手段，恰当的时间处理对于调节情节的运行、制造悬念、安排高潮、强化审美效果、塑造人物形象、表现作品内涵以及作者的价值观都有不容忽视的意义，值得特别关注，细致分析。

　　辨析文本时间与故事时间的差异性，直接意义在于观察和研究"时间倒错"现象。热奈特将"时间倒错"解释成"故事时序和叙事时序之间的各种不协调形式"，认为这种倒错"暗中要求存在某种零度即叙述与故事的时间完全重合的状态"。但他同时认为，此种参照状态的假设性多于真实性。他对民间故事和西方文学的传统加以比较，提出"民间故事似乎习惯于（至少大体上）

遵循年代顺序，相反，我们（西方）的文学传统却以明显的时间倒错效果为开端"。[1]在论述其观点时，他举出《伊利亚特》卷首的几行诗为例：

> 女神，歌唱佩莱之子阿基琉斯的愤怒吧。可憎的愤怒，给阿凯亚人带来无数的痛苦，把多少英雄的高傲灵魂扔给阿戴斯当食物，又把这些英雄本人变成野狗和一切飞禽的猎物——为的是实现宙斯的意图。一场争吵首先在人民的保护者、阿特柔斯之子与神圣的阿基琉斯之间挑起不和，你从争吵发生之日开始吧。哪一位神使他们争吵不休，大动干戈？是勒托和宙斯之子。是他对国王大发雷霆，调动全军促成瘟疫蔓延，人民奄奄一息；这是因为阿特柔斯之子侮辱了他们的祭司克律塞斯。

热奈特分析道，在这段诗中，第一个叙述对象是"阿基琉斯的愤怒"，第二个是"阿凯亚人的不幸"，第三个是"阿基琉斯与阿特柔斯之子（阿伽门农）的争吵"，第四个是"瘟疫"，第五个是"克律塞斯受侮辱"。若以A、B、C、D、E指代它们在叙述中出现的顺序，而以1、2、3、4、5表示它们在故事中发生的时间先后，就会得出一个可以概括二者接续关系的公式：A4—B5—C3—D2—E1。这个公式近似于 "反向规则运动"，即首先叙述之事最后发生，而最后提到之事首先发生。热奈特认为，从中间叙述，继之以解释性的回顾，后来成为史诗体裁形式上的手法之———西方历代小说家无不忠实于其远祖，直至19世纪的现实主义。[2]

用热奈特的见解观察圣经，可以形成一个印象：其中的叙事性作品兼具民间故事和西方文学传统的二重特征，即大体上能保证文本时间与故事时间的一致性，但局部也存在"时间倒错"现象。

## 二、圣经叙事的"顺时"性质

这里用"顺时"表示文本时间与故事时间的发展顺序相一致，用"错时"表示二者的顺序不一致。总的来说，在圣经叙事中"顺时"是常见的普遍情

---

1 热拉尔·热奈特：《叙事话语·新叙事话语》，第14页。
2 热拉尔·热奈特：《叙事话语·新叙事话语》，第14、15页。

况,"错时"则是不常见的特例。

就福音书而言,叙述者讲故事的顺序与故事本身的发展顺序大体统一,它使读者得以自前至后一步步地了解耶稣的一生。福音书中的耶稣生平整体而论是按顺叙方式写成的,从出生、童年、成年,渐次写到死亡、复活和升天。除少数标出历史年号或主人公年龄的术语外,在此过程中,事件发生的顺序主要依据材料编排的次序来确定:先出现的被视为早期事件,后出现的被视为晚期事件。例如"耶稣洁净圣殿"在同观福音书中很晚才出现,自然被视为发生于主人公的晚期活动,而在《约翰福音》中它很早就出现了,于是被理解成耶稣的早期工作之一。同样,从所列的事件判断,"在《约翰福音》中,耶稣传道的基本经历是三年,而不是同观福音书所暗示的一年;成年后的耶稣四次进入耶路撒冷,而不是一次"。[1]《使徒行传》的叙述也有"顺时"性质,它记载的教会发展史可分成六个阶段,各阶段在时间上前后相承,在范围上日益扩大。全书描述了教会从耶路撒冷一步步扩展到罗马帝国心脏罗马城的经过,文本时间的延伸和历史事件的发展彼此统一。

再看《旧约》的史传文学。毫无疑问,史传文学是由前向后记叙的,文本时间与故事的顺序基本一致。从亚当、挪亚、亚伯拉罕、摩西、约书亚、大卫、所罗门、以利亚到以斯拉的脉络既是历史人物活动的线索,也是作家记人叙事的线索。非但如此,进入文本的细部后还能发现,即使处理比较复杂的情节,圣经作者也能竭力按先后顺序编排事件。实际生活中常有两件或几件事同时存在平行发展的现象,这些事对故事具有同等重要性,缺一不可,而作者却无法同时叙述它们。遇到此类情况该如何处理?先写完一件事,再回过头来写其他事吗?能否像电影蒙太奇手法那样,先写一件事的某个阶段,再写与其平行发展之事的相应阶段,并如此多次交替,使整个情节始终保持由先而后的演变顺序?事实证明,古犹太作者完全能够运用这种类似蒙太奇的手法驾驭复杂情节。

以"亚多尼雅谋窃王位失败"一事为例。此事同时发生在隐罗结和附近的耶路撒冷王宫两地,先记亚多尼雅在隐罗结谋窃王位(王上1:9、10),继述所罗门在耶路撒冷王宫被膏立为王(1:11—40),又记亚多尼雅在隐罗结

---

[1] J. B. Gabel, et al. *The Bible as Literature: An Introduction.* New York: Oxford University Press, 1986, p.198.

听闻所罗门称王而惊惶失措（1：41—50），最后写亚多尼雅去王宫拜见所罗门（1：51—53）。作者不但能交替叙述同时发生于两地之事，还能使两条线索之间的切换恰到好处。在第一个转折点，读者看到了先知拿单，他由于具备预见能力而获悉亚多尼雅的阴谋，又因维护大卫王而决意保护由他亲立的所罗门，故能于此时站出来向所罗门的母亲拔示巴进言。第二个转折点是由亚多尼雅听到所罗门称王时震天动地的奏乐欢呼声连缀的，也显得顺理成章。在第三个转折点，报信人向所罗门秉告亚多尼雅的信息，亦过渡得自然而然。统观这三次转折，前一条线索的末尾和后一条线索的开头都述及共同话题，涉及当事者共同关注的人物、行为和事件，这是转折能够成功实现的基础。而新信息的出现（拿单向拔示巴传达新信息、亚多尼雅在欢呼声中感受到新信息、报信人向所罗门传递新信息）则使转折的可能化为现实。

"平定押沙龙之乱"中也有两条线索交替出现，一条写叛军的活动，另一条记大卫的反应，其中以后者为主；它们于押沙龙死后合而为一。叙述者先述叛乱（撒下15：7—12），接着让一个信使引出大卫的反应，那人禀报大卫道："以色列人的心都归向押沙龙了。"（15：13）大卫闻讯匆忙逃难，直到遭遇示每辱骂后才疲惫不堪地停下来休息（15：14—16：14）。此后作者的笔触转向由叛军控制的耶路撒冷，着重描写户筛如何诈归押沙龙而智破亚希多弗之策（16：15—17：17）。继而又出现大卫的线索（17：18—23），但亚希多弗自缢身亡后，情节再次转向押沙龙（17：24—26）。不久大卫的官军与押沙龙的叛军都到基列安营，叙事的重心又转回大卫（17：27—18：5）。接着两军开始决战，双方撕杀在一起，两条线索合为一支（18：6以下）。而此前大卫的线索又分出两股，一股描写大卫坐镇玛哈念城楼指挥作战，另一股叙述官军奉命与叛军交战，以后一股为主。押沙龙被杀后叙事重心转向大卫，细致地刻划他如何焦急不安地等待押沙龙的消息。不久亚希玛斯和古示人向大卫相继报信，在两股线索之间起到穿针引线的作用；时至约押返回，两股线索完全合一（19：1—8）。在上述战争叙述中，为了表明两条线索所述之事同时发生，作者两度特意说明，一次在大卫派遣户筛潜回耶路撒冷之际："于是大卫的朋友户筛进了城；押沙龙也进了耶路撒冷。"（15：37）另一次在大卫与叛军决战前夕："大卫到了玛哈念，押沙龙和跟随他的以色列人都过了约旦河。"（17：24）诸如此类的纵向交替和横向缝合绘出一个辽阔的战争场面，如同宽银幕电影般按时间发生的先后顺序呈现在读者面前。

事件的相关线索循序渐进地同步发展——这种叙述策略亦见于史传文学的其他章节，如"大卫战胜歌利亚"。该故事的第一场发生于以拉谷，非利士与以色列两军对峙，歌利亚狂妄骂阵，以色列人惊惶万状（撒上17：1—11）。随后出现一段补叙，介绍耶西及其儿子们的情况，为大卫的出场做铺垫（17：12—15）。继而是一句高度浓缩的概述："那非利士人早晚都出来站着，如此四十日。"（17：16）此语一次性地述说多次发生的相同事件，示意第一场的严峻局面已持续了四十天。此后是第二场，地点在耶西家，事件是耶西派大卫到扫罗营中给哥哥们送饭（17：17—19）。为表明此事与以拉谷的两军对峙同时发生，叙述者特意交待道："扫罗与大卫的二个哥哥和以色列众人，在以拉谷与非利士人打仗。"（17：19）接着是第三场，地点是以色列营地，主要事件是大卫向扫罗请战（17：20—40）。第四场的地点又回到第一场，即两军对峙之处，只是内容与前场截然相反，已变成大卫击杀歌利亚（17：41—51）。最后还有一个尾声，称以色列人追击非利士残敌直到其大本营迦特和以革伦（17：52—54）。在此过程之中，伴随着时间的循序流淌，读者的目光追随叙述者的镜头几度切换，将大卫击杀歌利亚的始末有条不紊地尽收眼底。

从具体事件扩展到记载分国时期历史的《列王纪》，不难看出，其作者也在极力遵循一种编年体顺序。《列王纪》的突出特点是交替记录同时发生于犹大和以色列两国的事件，主要方式是述及某国的某王登基时，注明那年是另一国某王在位的第几年，如称"以色列王耶罗波安二十年，亚撒登基作犹大王"（王上15：9）、"犹大王亚撒第二年，耶罗波安的儿子拿答作以色列王共二年"（15：25）。另一种方式是提到某国的重大事件时，标出当时是另一国某王在位的第几年，如称"在犹大王亚撒第三年巴沙杀了他（以色列王拿答），篡了他的位"（15：28）；"心利进去杀了他（以色列王以拉），篡了他的位，这是犹大王亚撒二十七年的事"（16：10）。可见古犹太史家追求尽可能依循年代顺序编排平行事件，将发生于异地的事件整合到同一个历史标尺之下。对于圣经叙述者如何表现异地的事件同时发生，即在一种单一向度上实现同步叙述，塔尔蒙（S. Talmon）曾著专文予以论述。[1]伊弗拉特对此也有简明

---

[1] S. Talmon. "The Presentation of Synchroneity and Simultaneity in Biblical Narrative". *Scripta Hierosolymitana* 27 (Jerusalem, 1978): 9—26.

的概括：一、对时间的叙述从不逆转，叙事中若有两支线索平行发展，它们在读者面前一次只能出现一支；二、从一条线索向另一条线索的转折常能作到流畅自然；三、两条线索由情报员、信使等角色连接起来，他们把消息从一地传到另一地，其活动乃是情节的有机构成部分；四、在特定背景下，情节的两条线索中有事件同时发生。[1]

圣经作者对两条线索进行同步叙述时既然能实现时间的单向延伸而不逆转，就会导致一个问题：如何使读者形成两条线索齐头并进的同步感？伊弗拉特对此做出富有说服力的分析。他认为，秘密在于圣经作者成功地使用了一种叙述技巧——反射（reflection）。当作者描写一条线索时，也同时兼顾了另一条；一条线索在自身发展之际，也"反射"着另一条的动向；两条线索纠结缠绕，其实是一个统一事件的两个有机组成部分。这种情况能使读者随同故事中的人物，既关注眼前事态的发展，又对相关线索中的事件经常做出合理"反射"，从而形成两条线索同时进展的同步感。用伊弗拉特的话说，即"当我们被一条线索的发展吸引时，另一条线索中的人物形象和事件常被唤起，它们常被叙述中的人物而非叙述者所述及。故事中人物的思想感情不断被平行线索中所发生之事占据，作为读者的我们，连同那些人物都意识到另一条线索，以及与其相关之事的存在"。[2]

例如在"平定押沙龙叛乱"的叙事中，从叛乱开始到大卫获悉儿子的死讯，"押沙龙"一名在大卫的线索中先后出现了十三次（其中还不含大卫哀哭时对该名的频频呼唤），此外，显然指代押沙龙的"我儿"、"那年轻人"等也多次出现。大卫在逃难途中遭到示每的咒骂，其武官亚比筛忿忿不平，欲惩罚示每，这时大卫将示每与押沙龙相提并论，聊以自慰："我亲生的儿子尚且寻索我的性命，何况这便雅悯人呢？由他咒骂吧！……或者亚卫见我遇难，为我今日被这人咒骂，就施恩与我。"（撒下16：11，12）这个细节表明，大卫的内心一直被押沙龙所占据，押沙龙固然远在天边，却也像对他出言不逊的示每一样近在眼前。另一方面，一如押沙龙"出席"于大卫的线索中那样，大卫也经常出入于押沙龙的线索——据统计"大卫"之名在其中出现了四次，"你父"、"他父"一类替换语出现了七次。更有说服力的是，押沙龙线索中的所

---

1 Shimon Bar-Efrat. *Narrative Art in the Bible*. p.173.
2 Ibid.

有内容都与大卫——或颠覆大卫王朝的努力——直接相关。在这种背景下,故事人物相互"反射"或彼此影响的描写必定多处可见,比如平定叛军的最后战役打响前后,大卫虽身在玛哈念运筹帷幄,内心却时时挂念押沙龙,特意吩咐出征的将领"要为我的缘故宽待那少年人押沙龙"(18:5)。他固然缺席于战场,却出席于交战者的意识中,影响着他们的言行和举动:有人看到押沙龙被悬挂在橡树上却不敢伤害他,原因是想起了大卫的吩咐"你们要谨慎,不可害那少年人押沙龙"(18:12)。

由于双方人物都潜在地出席于平行发展的另一条线索中,"同步发生"就以一种心理体验的方式进入读者的审美过程中。假如离开这种人物关系的深层纠葛,作者仅仅在一处描述甲线索,在另一处又描述乙线索,读者由于孤立地进入局部线索,就无法以同等的心理强度感受到两条线索同步发生。因此,"反射"技巧赋予"同步感"以远远超出仅为时间一致的性质和意义。经过"反射"处理后的平行线索并不各自孤立地存在,亦不分头自发地发展,而是彼此缠绕在一起,相生互动,既为对方所制约,又向对方施加影响,比如大卫从耶路撒冷出逃既是押沙龙叛乱的结果,又是押沙龙制定新战略规划的前提。这种相互依存、彼此影响的状态因"反射"手法的运用而得以强化,它表明,两条线索的同步进展不仅是形式上的共存问题,也意味着二者的实质性融合。

### 三、圣经叙事的"错时"现象

保罗·利科(Paul Ricoeur)说过:"故事中事件的时间特点与叙事中的相应的特点并不协调,在时序方面,这些不协调可以笼统地称作时间倒错。"[1]圣经叙事文学尽管从总体上具备"顺时"性质,在某些特定场合亦不乏"时间倒错"或"错时"现象,即文本时间与故事时间的偏离或矛盾现象。以叙述者正在讲述的"此时"为参照系,从一条时间轴上能分出两种主要的错时关系,或文本时间与故事时间的差异,通常称为倒叙和预叙。"倒叙"指在"此时"讲述先前已经发生过的事,或在事件发生之后回顾那件往事;"预叙"则相反,是在"此时"讲述尚未发生之事,或对未来的某件事进行预先叙

---

[1] 保罗·利科:《虚构叙事中时间的塑形:时间与叙事》第2卷,王文融译,北京:生活·读书·新知三联书店,2003年,第145页。

述。先看一段《马太福音》中的倒叙：

> 起先希律为他兄弟腓力的妻子希罗底的缘故，把约翰拿住锁在监里。因为约翰曾对他说："你娶这妇人是不合理的。"希律就想要杀他，只是怕百姓，因为他们以约翰为先知。到了希律的生日，希罗底的女儿在众人面前跳舞，使希律欢喜。希律就起誓，应许随她所求地给她。女儿被母亲所使，就说："请把施洗约翰的头放在盘子里，拿来给我。"王便忧愁，但因他所起的誓，又因同席的人，就吩咐给她。于是打发人去，在监里斩了约翰，把头放在盘子里，拿了来给那女子，女子拿去给她母亲。（太14：3—11）

之所以称之为倒叙，是因为叙述者"此时"正在讲述希律王以往听到耶稣的名声而以为耶稣就是从死里复活的约翰之事。其实约翰早已被杀，只是叙述者尚未言及，现在既然提到约翰之死，就应该交待其死因，于是插入约翰在希律王生日时被斩首的往事。

在深入探讨"错时"之前，有几个相关概念需要界定，首先是"第一叙述层"和"第二叙述层"。当"错时"即倒叙或预叙出现时，相对于错时而言的叙述层次，也就是倒叙或预叙的上下文，属于"第一叙述层"；而存在于第一叙述层之中的倒叙或预叙文字则构成"第二叙述层"。在上述"约翰之死"的纪事中，希律王因听到耶稣的名声而以为他就是从死里复活的约翰之事是第一叙述层，对约翰死亡原因和过程的追述则是第二叙述层。有必要指出，第一叙述层和第二叙述层之分只为研究错时提供一种思路，并不示意哪个层次更重要。由于实际叙事文本的情况千差万别，第一叙述层和第二叙述层都有可能成为叙事的主体。如前所述，圣经的叙事性作品以"顺时"为主，这决定了第一叙述层通常担当着主要的叙事任务。但在某些情况下，第二叙述层也能占居主导位置，这时第一叙述层相应成为它的附属性背景材料，如上述"约翰之死"就出现在第二叙述层，是叙事的重心，而位于它前面的第一叙述层不过是引出它的一个话端。

与"错时"相关的另一对概念是"跨度"和"幅度"。热奈特说："时间倒错可以在过去或未来与'现在'的时刻，即故事（其中叙事中断为之让位）

的时刻之间隔开一段距离，我们把这段间隔称为时间倒错的跨度。时间倒错本身也可以涵盖一段或长或短的故事时距，我们将称之为它的幅度。"[1] 仍以上述"约翰之死"为例，如果假设第二叙述层述及的约翰之死是在第一叙述层所载希律王由耶稣想起约翰之事以前两年发生的，则这段叙事文本中错时的跨度为两年；如果假设第二叙述层所述之事——从约翰指责希律王到他被锁在监里，直到他最后被砍头——涵盖的时间是半年，则错时的幅度为半年。

依据错时的幅度是处于第一叙述层之内还是该叙述层之外，可以分出"内在的错时"和"外在的错时"。路加对西面老人和女先知亚拿的插叙属于内在的错时，因为它们都出现在描写约翰和马利亚奉献婴儿耶稣的第一叙述层（路2：22—39）之内：

> 在耶路撒冷有一个人名叫西面。这人又公义又虔诚，素常盼望以色列的安慰者来到，又有圣灵在他身上。他得了圣灵的启示，知道自己未死之前，必看见主所立的基督。（2：25、26）

> 又有女先知名叫亚拿，是亚设支派法内力的女儿，年纪已经老迈，从作童女出嫁的时候，同丈夫住了七年，就寡居了。现在已经八十四岁，并不离开圣殿，禁食祈求，昼夜侍奉神。（2：36、37）

这两段话为读者了解西面和亚拿其人提供了必要的知识，属于"内在的错时"。细究之，这两段话又是"内在的倒叙"，因为它们是叙述者言及婴儿耶稣被奉献之际对旧事的补充交待。既然有内在的倒叙，就会有"内在的预叙"，指发生在第一叙述层内部的预叙，比如在《马太福音》的主干故事中，第一叙述层是始于耶稣降生、迄于他死后复活的一系列事件，其间耶稣曾于前往耶路撒冷的路上向门徒预告他的受难和复活：

> 看哪，我们上耶路撒冷去，人子要被交给祭司长和文士，他们要定他死罪，又交给外邦人，将他戏弄、鞭打、钉在十字架上，第三日他要复活。（太20：17—19）

这些情节均被后来的故事所印证。一般说来，预叙不但要提前讲述将会发生的事件，而且要求事件尚未实际发生就对其进行充分的叙述，就此意义而言，它似乎

---

[1] 热拉尔·热奈特：《叙事话语·新叙事话语》，第24页。

未见于包括福音书在内的圣经叙事性作品中。但圣经学者仍在引申义上使用该术语，用以指称叙述者本身或通过作品人物发布对未来事件乃至末世的警告。

若错时的幅度处于第一叙述层之外，读者便能看到"外在的错时"，包括"外在的倒叙"和"外在的预叙"。马太称耶稣在加利利传道是古代先知以赛亚预言的应验（太4：14—16），立足于现实回首古代事件，属于外在的倒叙。《路加福音》第3章的耶稣家谱从耶稣开始传道之处切入，向前追叙其身世："依人看来，他是约瑟的儿子，约瑟是希里的儿子……塞特是亚当的儿子，亚当是神的儿子。"（路3：23—38）这段谱系完全按"由子及父"的顺序向前追溯，经过五十六代之后上溯到人类的创造者，把人性的耶稣与上帝创世联系起来。作为第二叙述层，这段谱系述及发生于第一叙述层（即耶稣传道生涯）之前的漫长历史，应是外在的倒叙。但与通常的外在倒叙不同，这段谱系与耶稣传道之初的活动没有间隔，即第二叙述层的时间终点与第一叙述层相互粘连；而在通常情况下，两个叙述层之间应有一段间隔。相对于倒叙，福音书中也一再出现耶稣对未来事件的预告，但每次所涉"未来"程度可能有所不同，有时是近期的未来，这时读者看到内在的预叙；有时是远期的未来，这时便出现外在的预叙，如耶稣对门徒讲过的一段话："你们这跟从我的人，到复兴的时候，人子坐在他荣耀的宝座上，你们也要坐在十二个宝座上，审判以色列十二个支派。"（太19：28）此语涉及的时间已明显超出第一叙述层覆盖的耶稣生平。在另一处，耶稣的预告似乎更遥远：

> 当人子在他的荣耀里，同着众天使降临的时候，要坐在他荣耀的宝座上。万民都要聚集在他面前。他要把他们分别出来，好像牧羊的分别绵羊、山羊一般；把绵羊安置在右边，山羊在左边。（太25：31—33）

这幅图景绘出基督再临时的景观。若将外在的倒叙和外在的预叙连贯起来，读者能够看到一幅从上帝创世到基督再临的全景图。就倒叙而言，叙述者数度回眸古代，直至创世之初，如耶稣驳斥法利赛人之言："那起初造人的，是造男造女。"（太19：4；参见19：8；24：21；25：34 等）。就预叙而论，叙述者又一再展望未来，直至"世界的末了"，如《马太福音》所载耶稣对门徒的最后嘱托："凡我所吩咐你们的，都教训他们（万民）遵守，我就常与你们同在，直到世界的末了。"（太28：20；参见13：49；24：3）可见福音书叙述者的意念中有一条从创世到末世的历史长河，它是耶稣生平的广阔背景，耶稣以肉身降世的一生只与这条长河中的一个特定阶段相联系。

　　福音书叙事中还有"混合时间差"（mixed anachronies）现象，指外部的倒叙延伸到了故事内部，或内部的预叙与外部的未来事件相关联。前一种情况一再见于《约翰福音》中，该书中的耶稣被解释成太古即与上帝同体的道，其生命从那时就已开始；"道成肉身"只是其生命在历史新阶段的另一种形式。缘于此，耶稣声称自己生在犹太人的祖先亚伯拉罕之前："还没有亚伯拉罕就有了我。"（约8：58）至于内部的预叙涉及外部未来事件的情况，福音书中也多次出现，常用以表明耶稣与其门徒们的事业前后联系、一脉相承，耶稣生前的某些惯例必定延续到他复活升天之后，如他训诲门徒之语："无论在哪里，只要有两三个人奉我的名聚会，就会有我在他们中间。"（太18：20）

## 四、"错时"的叙述功能

　　圣经叙事缘何多处以"错时"之法记事述人？换言之，"错时"能达到何种叙述效果，或具备哪些叙述功能？下面从四个方面略做探讨。

　　首先，"错时"具有说明功能，能补充说明第一叙述层未尽之事，扩充其信息量，增加其内容含量。从福音书流露的线索看，施洗者约翰是个极富传奇色彩的人物，早在耶稣之前就开始传道，创建了一个影响广泛的教派，不仅为蜂拥而至的众人施洗，甚至为耶稣施洗。他深得民心，且得到加利利分封王希律的敬重，以至后来耶稣的名声日盛之际，希律竟以为他就是复活了的约翰。如此一个非凡人物是怎样死去的？马太插入"约翰之死"的倒叙，使约翰形象较前丰满了许多。再以福音书中有关耶稣的外在倒叙和外在预叙为例，它们把耶稣的血统追溯至上帝创造的人类始祖，甚至太初就与上帝同体的"道"；对耶稣在末世的使命也做出具体描述，使读者得以直接感受基督再临的景观——这些文字显然大大扩充了福音书的内涵。《旧约》中的"错时"亦有说明功能，如在士师以笏的故事中，以笏刺杀摩押王伊矶伦后机智地返回家园，离开现场前将伊矶伦的楼门反锁上。摩押王的仆人误以为国王正在大便，只得静心等待；等烦了，仍不见开门，就拿钥匙打开，不料发现主人已死，倒在地上。谈到此处，叙述者笔锋一转，倒叙这时已经发生了的事："他们耽延的时候以笏就逃跑了，经过凿石之地逃到西伊拉……以色列人随着他下了山地，把守住约旦河渡口，击杀了摩押人约有一万。"（士3：26—29）这例"错时"补述了仆人们等待伊矶伦开门时士师以笏的行动，突出了他的智慧和勇敢。

其次，"错时"具有解释功能，能以精心选择的素材对第一叙述层中的人物和事件进行对比性解说。《列王纪上》第1章开头述及大卫晚年其子亚多尼雅谋窃王位，自称"我必作王"，并于暗中积极准备之事。写到此处，叙述者插进一句倒叙："他父亲素来没有使他忧闷，说'你是做什么呢？'他甚俊美，生在押沙龙之后。"（1：6），这句倒叙的精妙之处在于以押沙龙为比较对象，对亚多尼雅的生平、性情、欲望和命运做出潜在的解释。押沙龙在娇生惯养中长大，任何行为都不受约束；亚多尼雅也自幼说一不二，为所欲为，因其父"素来没有使他忧闷"，不对他批评管束。押沙龙是著名美男子，"以色列全地之中无人像他那样俊美，得人的称赞，从脚底到头顶都毫无瑕疵"（撒下14：25）；亚多尼雅也同样"甚俊美"。押沙龙私自培植叛党，"为自己预备马车，又派五十人在他前头奔走"（撒下15：1）；亚多尼雅亦暗藏野心，"为自己预备车辆、马兵，又派五十人在他前头奔走"（王上1：5）。所有这些对称描写都指向最终的结局：押沙龙反叛付出了生命的代价，亚多尼雅将会如何？叙述者以此处的倒叙向人示意，他谋篡王位也注定死于非命。在另一种情况下，叙述者只用第二叙述层中的材料对第一叙述层的相关内容进行直接解释，而无需比较。所罗门在原属迦南之地基色建城，那地方是如何转归以色列人所有的？叙述者插叙道："先前埃及王法老上来攻取基色；用火焚烧，杀了城内居住的迦南人，将城赐给他女儿所罗门的妻作妆奁。"（王上9：16）随后叙述者述及所罗门的敌人哈达和利逊时，也插进倒叙，对他们成为以色列之敌的原因——曾遭到大卫的杀戮——予以解释（王上11：15—25）。

第三，"错时"具有揭示性格的功能，这时某个角色往往回首往事或述说未来，言语之中透露出其自身的个性特征。以色列众人进入西奈旷野后缺食少水，纷纷向摩西和亚伦发怨言："巴不得我们早死在埃及地亚卫的手下，那时我们坐在肉锅旁边，吃得饱足；你们将我们领出来，到这旷野，是要叫这全会众都饿死啊！"（出16：3）从这段话中人们看到一群意志薄弱者，他们毫不珍惜摆脱为奴之境后的自由，而一遇挫折就怀念"埃及的肉锅"，恨不得还像往昔那样在饱足中做奴隶。圣经中最常见的预叙出现于先知或上帝之口，它们一方面对某件事的前景做出论断，另一方面也对发言人即先知或上帝的性情予以展示。大卫谋害乌利亚、与拔示巴淫乱生子后，先知拿单怒不可遏地斥责他，预告他的孩子必死无疑（撒下12：1—14），言谈话语之中树起一个刚直不阿的先知形象。在犹太文化传统中，先知是上帝的代言人，先知的预言被视为上帝藉先知之口发出的预言，由此，先知形象的背后其实站立着上帝形象。以色列王亚哈和王后耶洗别以卑鄙手段害死拿伯、霸占其葡萄园后，先知以利亚奉命向亚哈说预言："亚卫说：'我必使灾祸临到你，将你除尽……狗在耶斯列的外郭，必吃耶洗别的肉；凡属亚哈的人，死在城中的必被狗吃，死在田野的必被空中的鸟吃。'"（王上21：21—24）读者从这严厉的判决词中看到了上帝——一个疾恶如仇、公正严明的审判官形象。

第四，"错时"还有修辞功能，能协同运用某些技巧使文章达到良好的表意效果。有时，叙述者可能故意让第二叙述层与第一叙述层形成鲜明对照，比如在士师耶弗他的故事中，第二叙述层的倒叙称耶弗他由妓女所生，被正妻的儿子们逐出家门，不得已流落在外，和"匪徒……一同出入"（士11：1—3）；但此后不久，第一叙述层又说当家乡遭遇亚扪人攻击之际，长老们请耶弗他出山，拥立他为百姓的领袖和元帅。起初因身世卑微被赶出家门，继而又因能力出众被推举为元首，两相对照，耶弗他的"草莽英雄"特征给人留下深刻印象。有时，叙述者也谋求两个叙述层在对比中达到讽刺效果，比如押沙龙被刺死后，第一叙述层称众人把他的遗体"丢在林中一个大坑里，上面堆起一大堆石头"（撒下18：17）；第二叙述层紧随其后，提到一根"石柱"："押沙龙活着的时候在王谷立了一根石柱……以自己的名字称那石柱叫押沙龙柱，直到今日。"（18：18）在押沙龙自立的石柱面前，堆在他遗体上的石头似乎无言地嘲弄着这位英俊王子的狂傲个性、权力欲望、自怜之举和可悲归宿。在更多情况下，叙述者会追求借助预叙之事的实现，达到一种前呼后应或遥相呼应的艺术效果。亚卫上帝预告"以利家的罪孽，虽献祭奉礼物，永不能赎去"（撒上3：14），以利闻言虽沉痛，依旧心悦诚服地接受宣判："这是出于亚卫，愿他凭自己的意旨而行。"（3：18）不久以利的两个儿子就死于战场，他本人也惊惧而亡。先知以利亚宣告亚卫对亚哈和耶洗别的预言后，亚哈立即做出谦卑承受的反应："撕裂衣服，禁食，身穿麻布，睡卧也穿着麻布，并且缓缓而行。"（王上21：27）但亚卫最终仍按预言对亚哈和耶洗别实施了惩罚。一个预言和呼应彼此印证的宏大例证见于《使徒行传》，该书开头是耶稣升天之前对门徒们的预告："圣灵降临在你们身上，你们就必得着能力；并要在耶路撒冷、犹太全地和撒玛利亚，直到地极，作我的见证。"（徒1：8）此言如同一条纲领，被尔后全书的内容所印证——该书的全部章节就是门徒们如何在五旬节领受圣灵，获得能讲各国语言的能力，继而在耶路撒冷建立教会，又在巴勒斯坦各地、叙利亚、北非、小亚细亚、地中海东北部岛屿以及希腊、罗马世界传道。

## 第二节
## 节奏和频率

### 一、叙述节奏

在叙事文本中，事件延续的假设时间量与叙述者用以叙述事件的时间量可能大不相同，二者的关系构成叙述速度，一如热奈特所言："所谓速度是指时间尺度与空间尺度的关系（每秒多少米、每米多少秒）：叙事的速度将由以秒、分、时、日、月、年计量的故事时距和以行、页计量的文本长度之间的关系来确定。"那么，有没有一种既不加快也不减慢的"等速叙事"，即在其间故事时距与叙事长度能保持恒定关系呢？热奈特认为，这种"假设的参照零度"事实上并不存在，或者只能"作为实验存在"，因为"无论在美学构思的哪一级，存在不允许任何速度变化的叙事都是难以想象的……叙事可以没有时间倒错，却不能没有非等时，或毋宁说没有节奏效果"。[1] 既然任何叙事都必然存在不同的速度，研究叙述节奏问题就有了重要依据。

由于叙事性作品中的时间标识通常都缺乏精确性，对叙述节奏的研究便只能在宏观层面上进行。研究的起点是假设一种"均衡速度"，即叙述者讲故事的速度等同于时间在故事中运行的速度；再以此为参照系，分出两种基本的变式——加速和减速，"加速是用较短的文本篇幅描述一段较长时间的故事——同已为这一文本确定的'基准'比较而言；减速则相反，即用较长的文本

---
[1] 热拉尔·热奈特：《叙事话语·新叙事话语》，第54页。

篇幅描述较短时间的故事"。[1]叙事学者用"省略"和"停顿"分别表示最大和最小的叙述速度：省略出现时，相对于具有一定时间跨度的故事，本文篇幅是零，故事却可以具备任意的时长；反之停顿出现时，叙述话语可以有任意长度，而故事的时长却能等同于或接近于零。就纯粹的理论分析而言，在最大速度和最小速度之间存在着无数变量，但在叙事学研究的实际操作中，通常只分成五类，其中热奈特首倡停顿、场景、概要和省略，米克·巴尔在停顿和场景之间又增入延缓。按照叙述速度从快到慢的顺序，可列出如下图表：[2]

省略：文本时间＜∞故事时间
概要：文本时间＜故事时间
场景：文本时间≌故事时间
延缓：文本时间＞故事时间
停顿：文本时间∞＞故事时间

（其中＜∞意谓"无限小于"，＜意谓"小于"，≌意谓"约等于"，＞意谓"大于"，∞＞意谓"无限大于"。）

下面分别探讨这五种不同的叙述节奏。

1. 省略（ellipsis）

省略指文本时间停止而故事时间继续延续的情况。换言之，即在情节发展中整段时间不做任何叙述就跳过去，这种跳跃有时示以某种时间概念，有时并不显示任何时间标志，读者只能从内容变化中感受时间的流动。

福音书中常有省略现象，多见于若干段情节之间。《马可福音》第5章35节至第6章13节连续记载了三件事：耶稣使睚鲁的女儿复活、耶稣被拿撒勒人厌弃、耶稣差遣十二门徒外出传道，它们互不连贯，不存在逻辑上的因果关系，彼此之间显然有两次省略，其间耶稣仍在工作，情节仍在进展，但或许由于所发生之事不甚重要，叙述者对它们闭口未谈。[3]统观四部福音书，最明显

---

[1] 里蒙-凯南：《叙事虚构作品》，姚锦清等译，北京：生活·读书·新知三联书店，1989年，第95页。

[2] 参阅热拉尔·热奈特：《叙事话语·新叙事话语》，第60页；米克·巴尔：《叙述学：叙事理论导论》（第二版），谭君强译，北京：中国社会科学出版社，2003年，第120页。

[3] 按照"资料来源批评"，福音书文本形成前的早期形态是许多自成一体的"传说片断"，故《马可福音》此处的三件事应是各自孤立存在的，其间无所谓"时间省略"。但叙事学者将文本的最后形式视为一个封闭的整体，主张其中的所有事件都有内在关联，故此这三件互不相属的事件之间就有了时间的省略。

的省略有两处,一是从耶稣童年(随父母自埃及回到拿撒勒)到他十二岁(去耶路撒冷守逾越节)之间,二是从十二岁到大约三十岁之间。若析言《马可福音》和《约翰福音》,还能进而发现,就连耶稣降生及其童年的叙事也被省略掉了。这两部福音书的重心是耶稣传道尤其最后的受难和复活,较之这个重心,他童年和青年时期的分量显然轻得多,似乎不值一提。

反观摩西带领以色列人出埃及的叙事,读者能从中发现四处重要的省略,第一处在出埃及前夕,中间两处在摩西生平中,后一处在以色列人徙居旷野的路上。先看第一处。据《出埃及记》第12章40节载,以色列人在埃及居住了430年。这430年的核心部分在历史叙述中被直接"跳"了过去,或完全省略了,叙述者先称雅各家族旅居埃及后"生养众多,并且繁茂,极其强盛,满了那地"(1:7),随后笔峰一转,就说"有不认识约瑟的新王起来,治理埃及"(1:8),虐待以色列人,使之怨声载道。这两件事之间其实涵盖了数百年历史,而叙述者只字未言。再看第二、第三处。圣经的零星记载表明,摩西一生共120岁,分为三个阶段,前40年在埃及宫廷里成长,中间40年在米甸旷野放牧,后40年带领以色列人出埃及(徒7:23,30,36,42)。《出埃及记》对摩西童年的记载止笔于他被法老的女儿收为养子(出2:10),接着一句"后来摩西长大"(2:11),就转向他打死埃及监工的场面。其实他打死监工发生于早年的终点,也就是说40年的绝大部分时间被省略了。打死监工后他逃亡于米甸旷野,在那里以牧羊为生(2:15-23),随后叙述者说:"过了多年,埃及王死了,以色列人因做苦工,就叹息哀求……"(2:24)"多年"是多少年?——40年,即摩西中期的40年,它也被暗中省略。再看第四处,众所周知,以色列人自出埃及至抵达约旦河东岸即迦南边境共40年,此乃摩西晚期的40年。其实五经仅仅正面描写了这场大迁徙的前两年,此间以色列人出埃及后途经红海、玛拉、以琳、西奈山等地,抵达加低斯巴尼亚。其后,他们"从那里起行,安营在撒烈谷(亦译撒烈溪)"(民21:12)。若不加提示,读者很难看得出来,这句话中竟省略了38年的行程。何以见得?请看《申命记》第2章14节:"自从离开加低斯巴尼亚,到过了撒烈溪的时候,共有三十八年。"

这四处省略皆无可置疑。相应的问题是,作者为何在这些地方省略?因为,除了叙述速度张弛有致的内在规律要求文本中必须常有省略之外,这几处内容要么平庸无奇，要么伴随着不光彩的历史。第一处，以色列旅居埃及的430年基本上是在舒舒服服地做奴隶，说不定还追随异族神祇。亚卫后来在经火而不燃的荆棘中呼唤摩西时，摩西似乎并不认识他，且以色列百姓也不知道他。摩西问亚卫：百姓"若问我：'他叫什么名字？'我对他们说什么呢？"亚卫回答："我是自有永有的。"（出3：13，14）第二处，婴儿摩西被法老的女儿认作养子后，在埃及宫廷里长大，这段故事如果铺张开来，能写什么呢？难道写以色列民族日后最伟大的领袖原来是吮吸着埃及文化的乳汁长大的吗？这岂不离经叛道！第三处，摩西在米甸旷野牧羊时与部落酋长叶忒罗的女儿西坡拉结为连理，生子革舜，老婆孩子热炕头地过日子，而将正在埃及受苦受难的同胞全然忘在脑后——这种平庸的家庭生活有什么好讲呢？第四处，即以色列人在旷野度过的38年，更与他们的莫大耻辱相联系。行至加低斯巴尼亚，摩西按亚卫的吩咐派12个探子窥视迦南，不料除了迦勒和约书亚，其余探子返回后都说那里的居民身材高大，城池坚不可摧，以色列人无法征服；由于他们的蛊惑，百姓怨声载道灰心丧气。亚卫因此而大发怒气，咒诅以色列人必定死在旷野，只有新生的一代才能进入应许之地。故对此令人沮丧的往事作省略处理，显然属于明智之举。

热奈特把省略分成"明确省略"、"暗含省略"和"假设省略"，[1]认为"明确省略"与确定或不确定的时间语词相联系。路加说耶稣开始传道时"年纪有三十岁"（路3：23），与他此前提到的耶稣于12岁时去耶路撒冷守逾越节（2：42）相比，读者很容易算出叙述者省略了大约18年，此即用确定语词表达的明确省略。而"过了多年埃及王死了"，其中的"多年"则是不确定语词，因为它使人不易辨明究竟间隔了多少年。"暗含省略"是"文本中没有声明其存在、读者只能通过某个年代空白或叙述中断推论出来的省略"，上述《出埃及记》开头"有不认识约瑟的新王起来……"应属此类，它暗示此前已有漫长的年代悄然过去。至于"假设省略"，用热奈特的话说，是"它的时间无法确定，有时甚至无处安置，事后才被倒叙透露出来"——《民数记》第21章12节所述以色列人"从那里起行，安营在撒烈谷"当为一例，因为若非从后来的倒叙中得知此处跨越了38年，读者很难意识到这个句子里有省略。

---

[1] 热拉尔·热奈特：《叙事话语·新叙事话语》，第68—70页。

最易于为人把握的显然是"明确省略",因为它带有清楚的时间短语,能使人一望便知。它时常出现在具体的概要或场景内部,如摩西之母生下男婴后"见他俊美,就藏了他三个月"(出2:2);又如约瑟和马利亚回耶路撒冷寻找孩童耶稣时,"过了三天"才在圣殿里遇见他(路2:46)。此外,它更常见于概要与概要、概要与场景,或场景与场景之间的连接处,表明前后两部分之间存在某一长度的间隔。从暗嫩玷辱他玛到押沙龙计复妹仇,时间过了"二年"(撒下13:23);从押沙龙杀死暗嫩后逃往基述到他返回耶路撒冷,时间过了"三年"(13:38);从押沙龙回到耶路撒冷到大卫王与他和解,时间又过了"二年"(14:28)。这些被省略的时间都出现在两个段落的交接处,它们虽然被一笔带过,却隐含了丰富的内容。暗嫩在玷辱他玛之后的两年间对自己的罪行逐渐淡忘,以致毫无防范地接受了押沙龙的宴请;同一时期押沙龙则将复仇的激情化为报复的行动,并巧设圈套一举成功。从押沙龙逃亡到大卫与其和解的前后五年中,大卫逐渐抚平了因暗嫩夭亡而造成的精神创伤,同时对押沙龙日趋思念;押沙龙则在家庭悲剧中灵魂畸变,妄自尊大之心不断膨胀,最终走向兴兵叛乱。可见,故事的潜在情节即使在那些省略之处也随时发展演变着,只不过圣经作者未将它们表现出来罢了。面对丰富多彩的实际生活,作者必须进行细致的筛选工作,排除各种无意义或平淡无奇的材料,只把那些最能体现其价值观念和审美趣味的素材保留下来,写进文本中。圣经的叙事性作品无疑都经历过精心筛选和加工锤炼,以至后人很难从中看到普通人的日常生活;而另一方面,这种英雄主义的题材特征又赋予它们一种强烈、集中、鲜明、纪念碑式的壮丽风格。

2. 概要(summary)

所谓概要,就是"在文本中把一段特定的故事时期'浓缩'或'压缩'为表现其主要特征的较短的句子,以此加快速度"。[1]由于概要以简练的文字讲述较长时期的事件,它出现时文本时间明显短于故事时间。叙事性作品通常都离不开概要,因为所讲述的故事一般都覆盖很长时间,不可能完全用场景来表现。

当然,不同的概要可以有不同的浓缩程度,从而形成多种多样的叙述密度(即单位篇幅内可容纳故事时间的长度)。试看如下几例:其一,"拉班带领他的众兄弟去追赶(雅各),追了七日,在基列山追上了"(创31:22)——

---

[1] 里蒙-凯南:《叙事虚构作品》,第98页。

一句话概括了发生在几天中的事;其二,"利亚怀孕生子"(创29:32)——一句话概括了发生在几个月的事;其三,"雅各就为拉结服侍(拉班)了七年"(创29:20)——一句话概括了发生在几年中的事。

再看福音书中的例子:其一,路加述及耶稣的童年时,仅以一句话"孩子渐渐长大,强健起来"(路2:40),就概括了他从婴儿到12岁时的历史;其二,约翰仅以一句话"道成了肉身"(约1:14),就把马太和路加笔下生动活泼的耶稣降生故事全盘替换(约翰显然觉得,让圣子由一个世间妇女孕育会使至高的神学奥秘显得过于平庸);其三,马太和路加皆记载了耶稣的家谱(太1:1-17;路3:23-38),它们均以寥寥数百言就勾勒出从创世(马太从亚伯拉罕)到耶稣降生的历史长河。这些例子表明,不同的概要在叙述密度方面可以有极大的差异,当文本时间与故事时间相对接近时,密度就增大;当二者相对远离时,密度就缩小。

圣经中的概要通常篇幅简短。但读者偶尔也能看到鸿篇巨制,这时文本中肯定负载了巨大的信息量,例如,除少量对话外《约书亚记》第10章28节至21章45节几乎完全是概要,详尽叙述了以色列人攻占迦南的战绩,以及约书亚为各支派分配土地的情况。这种文字近乎数据性史料,缺乏文学色彩,一般读者难免感到枯燥乏味。

3. 场景(scene)

场景犹如剧本中的一个场面,表现在场角色的一系列行为或活动,也表现他们的对话或谈话。相对独立的场景之间有时用概要串连,有时也用时间或方位状语衔接。穿插某些"舞台提示语"的人物对话被视为最典范的场景,通常认为当这种情形出现时,文本的时间长度和故事的时间长度均等。在场景中由于叙述速度比省略和概要大为减缓,文本时间和故事时间的比差趋于平衡,所述事件便以其具体而翔实的内容引起读者的更多关注。

场景不能勾画情节演变的线索,却能使人得出直观印象:事件正眼前发生,读者就在阅读的当时耳闻目睹了角色的言行举止,并随之产生情感的反应。由于场景能以清楚具体的方式述说事件,为"概要"的粗略勾勒所难以奏效,它往往被用来描写重要环节、中心活动、紧急事件或矛盾冲突的高潮。之所以在场景中文本的时间长度和故事的时间长度被视为均等,是因为场景以对话为基本形式,而对话出现时,文本时间与故事时间的长度大致均衡。也就是说，叙述者讲述某段话所需的时间与故事人物说那段话的时间大体一致，虽然不可能完全一致。

无论在《新约》还是《旧约》中，场景描写都占很大比重。从传道、受难到复活、升天，耶稣生平的主体部分多用各种场景连缀而成，有耶稣向门徒的讲道、对文士和法利赛人的驳斥、与伤残病弱者的谈话，也有他的一系列行为和活动，如行施神迹、治病救人、奔波行路等。基督教自诞生之日起就以咄咄逼人的态势向四海传教，传教须臾离不开演说和谈话，从某种意义上说，福音书和《使徒行传》就是耶稣及其使徒们的演说集和谈话录（其中唯《马可福音》中的谈话稍欠缺）。在《旧约》的不少章节，谈话也构成叙事的主体，实际支配了叙述活动，如人类始祖被逐出伊甸园，撒母耳膏立扫罗（撒上9：1—12：16），大卫得闻押沙龙死讯（撒下18：19—30）的纪事等。

《新约》中常有耶稣及其使徒讲道的鸿篇巨制，如耶稣被捕前对门徒的吩咐（约13：31—16：33）、司提反在犹太公会的申诉（徒7：2—60）、保罗在圣殿中的辩护（徒22：1—21）等，分别达到99节、59节、21节。较之《新约》，《旧约》中的言论一般不长，人物惯以简明的语句各抒己见或陈情述事，相互对话通常不超过两三轮。但偶尔也能看到篇幅较长者，如亚述将领拉伯沙基警告犹大国王希西家之言长达15节（王下18：19—25，28—35）；亦能看到多次对话者，如一个提哥亚的"聪明妇人"受约押之托前往说服大卫，让他允许押沙龙从基述返回耶路撒冷——

> 提哥亚妇人到王面前，伏地叩拜，说："王啊，求你拯救！"
> 王问她说："你有什么事呢？"
> 妇人回答说："婢女实在是寡妇，我丈夫死了。我有两个儿子，一日在田间争斗，没有人劝解，这个就打死那个。现在全家的人都起来攻击婢女，说：'你将那打死兄弟的交出来，我们好治死他，偿他打死兄弟的命，灭绝那承受家业的。'这样，他们要将我剩下的炭火灭尽，不与我丈夫留名留后在世上。"
> 王对妇人说："你回家去吧，我必为你下令。"
> 提哥亚妇人又对王说："我主我王，愿这罪归我和我父家，与王和王的位无干。"

王说:"凡难为你的,你就带他到我这里来,他必不再搅扰你。"

妇人说:"愿王纪念亚卫你的神,不许报血仇的人施行灭绝,恐怕他们灭绝我的儿子。"

王说:"我指着永生的亚卫起誓,你的儿子连一根头发也不至落在地上。"

妇人说:"求我主我王容婢女再说一句话。"

王说:"你说吧!"

妇人说:"王为何也起意要害神的民呢?王不使那逃亡的人回来,王的这话,就是自证己错了!我们都是必死的,如同水泼在地上,不能收回。神并不夺取人的性命,乃设法使逃亡的人不至成为赶出回不来的……"

王对妇人说:"我要问你一句话,你一点不要瞒我。"

妇人说:"愿我主我王说。"

王说:"你这些话莫非是约押的主意吗?"

妇人说:"我敢在我主我王面前起誓,王的话正对,不偏左右,是王的仆人约押吩咐我的,这些话是他教导我的。王的仆人约押如此行,为要挽回这事,我主的智慧却如神使者的智慧,能知世上一切事。"(撒下14:4—20)

这是《旧约》中对话回合最多的一段,提哥亚妇人发言八次,大卫发言七次。从这个场景中能看到对话的二重功能:首先,它是故事运行中的一个阶段,担负着推动情节发展的使命。这次对话之前大卫对押沙龙耿耿于怀,不允许他返回京都;经过一番谈话,他接受了提哥亚妇人的劝谏而同意押沙龙返回。其次,对话是塑造人物形象的重要方式。提哥亚妇人先称自己的儿子面临险境,使大卫承诺必定保护其子;接着转向押沙龙,使大卫意识到"神并不夺取人的性命,乃设法使逃亡的人不至成为赶出回不来的"——以欲擒故纵的论说技巧将大卫说服。这段对话彰显出妇人的聪慧睿智和能言善辩,也表明大卫是个能听劝谏、富于正义感、知错便改的君主。

在正常情况下,出现对话时讲故事的速度和故事本身的速度基本持平,但在圣经中二者的关系有时也略显不同。圣经中的谈话往往并非对真实谈话的精确模仿，而是经历了高度集中化的加工提炼，以至于所有细节都是精挑细选的成果，被用于某种清楚明确的主观目的。易言之，圣经人物的口中绝不存在信口开河、空洞无物的东拉西扯。由于受到过种种"挤压"，一些对话中本应具备的必要细节已丢失不见，例如押沙龙为笼络民心在城门道旁与行人的对话——

> 凡有争讼要去求王判断的，押沙龙就叫他过来，问他说："你是哪一城的人？"
> 回答说："仆人是以色列某支派的人。"
> 押沙龙对他说："你的事有情有理，无奈王没有委人听你申诉。"（撒下15：2—3）

这段对话显然只是一个纲要，其中丰富的细节已经被删除，包括：（1）申诉者的身份，他到底是何支派人（在实际对话中他不可能自称为"某"支派人）；（2）申诉者的事由，即他有何具体的冤屈；（3）申诉失败的经历，即他已经去官府告状，却无人理睬的过程。只有在此前提之下，押沙龙答复"你的事有情有理，无奈王没有委人听你申诉"才顺理成章。那么叙述者为何竟做出似乎"伤筋动骨"的删节？原因在于所删内容与其表现押沙龙如何笼络民心的主题关系不大。

另一种与此类似的删节显示得更清楚，即人物语言中夹插着"如此如此"，例如约押对提哥亚女人说，你"进去见王，对王如此如此说"（撒下14：3）；户筛对祭司撒督和亚比亚他说："亚希多弗为押沙龙和以色列的长老所定的计谋是如此如此；我所定的是如此如此。"（17：15）再如有人对大卫王说："亚希多弗如此如此定计害你，你们务要起来，快快过河。"（17：21）上述首例"如此如此"等同于提哥亚妇人随后对大卫王所言之语，使用它能避免重复；后三例则代替了离题较远或无关紧要的琐碎内容，使文本中的对话更加集中凝练。显然，这些浓缩处理能造成叙述速度与故事本身速度的差异性，使文本时间略短于故事时间。

在省略、概要、场景、延缓、停顿这五种叙述方式中，场景和概要最常用，地位也最重要。热奈特论及二者的关系时说：

> 概要的简短几乎处处使它在数量上明显小于描写和戏剧性章节

（按：即场景），因而甚至在古典的叙述语言材料的总和中概要很可能只占很小的位置……直到19世纪末年，概要显然是两个场景之间最通常的过渡，是二者互相映衬的"背景"，因而是小说叙事的最佳结缔组织，小说叙事的基本节奏通过概要和场景的交替来确定。[1]

可见叙事性作品的基本形态乃是概要和场景交替出现。概要的文本篇幅短，但覆盖的故事时间长，叙述密度小；场景的文本篇幅长，而覆盖的故事时间短，叙述密度大，二者交替出现，能造成张弛有度、疏密相间的叙述节奏。那么这种内在的节奏有何作用或意义呢？米克·巴尔指出："概略与场景之间的平稳交替是要达到这样一种目的：既不使读者由于速度过快而过度疲劳，又不使他们由于速度过慢而厌烦。"[2]此语从读者接受角度指出节奏的叙述功能。

若改换一个角度，从概要与场景的替换中还能发现叙述者关注的重心、所叙之事的焦点及其主题所在。试看《撒母耳记下》对"大卫—拔示巴—乌利亚"故事的处理：这个段落共27节，以5节概述大卫与拔示巴奸淫而使其怀孕之事，又以8节描写大卫欲使乌利亚回家与妻同寝的场面，继以4节概述乌利亚战死的经过，复以8节描写约押让使者报信，以及使者向大卫报告乌利亚死讯的场面，最后以两节概述大卫娶拔示巴为妻、与其生下淫乱之子的结局。这个简要的勾勒说明，若权衡大卫与拔示巴犯下的奸淫之罪和大卫谋害乌利亚的杀人之罪，后者的严重程度远甚于前者。叙述者仅以最简洁的笔墨概述大卫的淫乱导致拔示巴怀孕，就细致描写大卫与乌利亚的交往，从他极力掩盖其奸淫的后果，到一步步引出乌利亚被杀害。全文只在开头处1次提到"拔示巴"之名，末后又述及她时改称"乌利亚的妻"，但却22次直呼"乌利亚"的名字。随后先知拿单当面斥责大卫道："你借亚扪人的刀杀害赫人乌利亚，又娶了他的妻为妻……所以刀剑必永不离开你的家。"（撒下12：9，10）——亦可印证叙述者对其罪行性质的认识。

用"迅捷概要"和"舒缓场景"交相替换之笔法进行分析，可以看出，暗嫩玷辱他玛的行动写得简略，他事先的图谋写得详尽；押沙龙杀死暗嫩的复仇行动写得简略，他对复仇的谋划写得详尽；押沙龙结众谋位的行动写得简

---

[1] 热拉尔·热奈特：《叙事话语·新叙事话语》，第61页。
[2] 米克·巴尔：《叙述学：叙事理论导论》（第二版），第123页。

略,此前大卫从哀悼暗嫩到思念逃亡的押沙龙、再到谅解了押沙龙的心理变化过程写得详尽。最后,官军与叛军的决战写得简略,战前大卫的表现、关键时刻押沙龙的惨死、噩耗传至大卫的经过写得详尽;而大卫对噩耗的反应写得更详尽,这时时间似乎凝固静止了,读者只能感到一个慈父晚年丧子时的不尽悲哀。这番考察表明,圣经叙述者关注事前的准备和事后的反应,认为它们比事件本身更重要;无论事前的准备或事后的反应都围绕着人的心灵展开,因为惟有人的心理、道德和精神体验才最值得关注。

4. 延缓（strech）

延缓指文本时间长于故事时间的情况,其叙述速度与概要恰成对照。在实际作品中这种速度很少出现,但它在理论上的可能性应当引起充分重视。有时它像电影中的"慢镜头",以明显低于正常速度的慢速度分解某些重要场景或行为,使读者留下更为强烈的印象;在另一种情况下,它在极短的故事时间内对大量事件加以陈述,以显示人们在某些特定时刻可能遇到的情形,比如有人突然看到一个过去与其关系密切、交往频繁但又多年失去联络的人,瞬间想起许多往事,这些事在文本中逐一罗列,以至于陈述它们的时间远远超过它们在当事人脑海中闪过的那个"瞬间"。在现代心理小说尤其意识流小说中,叙述者可能用几页篇幅揭示某人物的瞬间感受,比如普鲁斯特在《追忆逝水年华》中对主人公马塞尔与其对象阿尔贝蒂娜第一次亲吻时的心理描写。

通常认为这种叙述模式未见于圣经,因为圣经的叙述者不事铺张,其笔下的情节往往比现代小说进展得迅速。但在个别特例中,也有类似延缓的现象发生,比如在"亚伯拉罕燔祭献子"的高潮时刻,一切都准备就绪,以撒已被捆绑起来,放在祭坛的柴堆上,"亚伯拉罕就伸手拿刀,要杀他的儿子"。就在这惊心动魄的瞬间——

> 亚卫的使者从天上呼叫他,说:"亚伯拉罕!亚伯拉罕!"
> 他说:"我在这里。"
> 天使说:"你不可在这童子身上下手,一点不可害他。现在我知道你是敬畏神的了,因为你没有将你的儿子,就是你独生子的儿子,留下不给我。"（创22:11—12）

刹那之间就出现这些对话,似乎能视为一例延缓。

5. 停顿（pause）

停顿指故事时间中止而文本时间继续延宕的情况，这时叙述者暂时离开情节的发展的现场，向读者解释、说明或描述某一相关事物，而后再回到原处，继续讲述中断的故事。区别于某个作品人物的发言，叙述者的每次插话都能使故事时间停顿下来。更准确地说，不是使时间停顿，而是讲述一种超越于时间的题外话，这时叙述者高居于时间之上，或者从远离事件之流的地方注视和评说故事世界中那些他认为有必要特意说明之处。

停顿可分为两种类型，一种是"解释或说明性停顿"，即叙述者暂停讲故事，而对某件事进行阐释、说明、作评价或下结论，典范一例见于《马可福音》第7章3—4节，叙述者谈到法利赛人和文士发现耶稣的门徒用"俗手"即"没有洗的手"吃饭时，停下正在讲的故事，特意解释道：

> 原来法利赛人和犹太人都拘守古人的遗传，若不仔细洗手就不吃饭；从市上来，若不洗浴也不吃饭；还有好些别的规矩，他们历代拘守，就是洗杯、罐、铜器等物。

叙述者显然觉得，述及"俗手"时必须讲清楚法利赛人的规矩，否则读者就无法理解随后的故事；而当叙述者游离主线对此规矩进行解释时，讲故事的时间之流不免会暂时中止下来。《士师记》第17章6节述及当时宗教生活中的混乱现象时称"那时以色列中没有王，各人任意而行"，系一处"评价性"停顿。《马加比传下卷》第2章19至32节录有一段改编者的长篇序言，述及该书的主要内容、体裁来源、改编意图等，当属一类"说明性"停顿。此外，该书改编者还在行文中不时加进插入语，对所选内容进行收尾或过渡，如"这就是圣殿府库如何受保护免遭海里奥道拉破坏的故事"（3：40）、"关于犹太人受折磨被迫吃祭牲的肠子，就说这么多吧"（7：42）、"安条克·伊皮法纽的时代已经结束了，现在让我们来讲讲这个不敬神者的儿子安条克·优帕特……"（10：9，10）等，从叙事学角度看，它们皆属说明性（或"提示性"）停顿。

此外还有一种"描写性"停顿，表现为叙述者暂停讲故事而对特定对象做出描述，如称耶稣登山变容时"脸面明亮如日头，衣裳洁白如光"（太17：2）；又如对犹滴的描写："犹滴是一个非常美丽的女人……从来没有人说过犹滴一句坏话。"（8：7）这两例描写了人物。下面一例则描写了场面："亚哈随鲁王大宴群臣时，御园的院子里"有白色、绿色、蓝色的帐子，用细麻绳、紫色绳从银环内系在白玉石柱上，有金银的床榻摆在红、白、黄、黑玉石铺的地上。用金器皿赐酒，器皿各有不同。御酒甚多，足显王的厚意。"（斯1：6，7）当"描写性"停顿出现时，读者依然在故事世界之中，正按照叙述者的描述观赏其笔下的人物、场面或景色，只是这时叙述时间暂时中止，因为正在从事描述的叙述者不可能同时讲故事。与此有所不同的是，当"解释或说明性停顿"出现时，读者有可能按叙述者的引导暂时离开故事世界，而关注某种外在之物，比如上述犹太人饭前洗手的古俗、士师时代以色列历史的特征、《马加比传下卷》的著书情况等。

## 二、叙述频率

1972年热奈特出版《叙事话语》之前，小说理论家很少研究叙述频率，即叙事与故事之间的重复关系，然而它却是叙述之时间性的重要课题之一，在普通语言中早就以语体范畴形式为语言学家们所熟悉。叙述频率所关注的其实是叙述中的重复问题，重复现象遍及日常生活的各个方面，比如日出日落、饮食起居……每天都在周而复始地循环，人们对眼前的一切早已熟视无睹。然而，自然、社会和日常生活现象的重复又不是严格意义的重复，因为从来不存在两片完全相同的树叶，至少在时间线索上，新的一天就区别于过往的一天。可见通常提到的重复其实已经历了抽象的过程，排除了各个对象的独特性而保留下它们的共同性。换言之，重复就是"显示出相似性的不同事件，或事件的交替陈述；正是这相似性成为我们注意的主要焦点，也是考察频率的出发点"。[1]

热奈特提出："（故事的）被叙述事件和（叙事的）陈述的'重复'能力之间有个关系体系，我们可以先验地把它归纳为四种潜在的类型，它们由双方各自提供的两种可能性产生：重复或非重复事件，重复或非重复陈述。概略地说，无论何种叙事都可以一次讲述发生过一次的事，n次讲述发生过n次的事，n次讲述发生过一次的事，一次讲述发生过n次的事。"[2]这四种类型皆见于圣

---

[1] 谭君强：《叙事理论与审美文化》，北京：中国社会科学出版社，2002年，第189页。
[2] 热拉尔·热奈特：《叙事话语·新叙事话语》，第74页。

经的叙事文本中。

1. 一次讲述发生过一次的事

即"单一叙述"。这是最基本也最常见的叙述形式，表现为叙述的特殊性与被叙述事件的特殊性相对应。由于极为常见，它通常被理解成自然而然的正常叙述。圣经中的绝大部分事件均属此类，如人类始祖被逐出伊甸园、该隐杀弟、上帝制止建造巴别塔、摩西率众出埃及、以色列人在迦南建立联合王国、王国分裂、北国被亚述人摧毁、南国被巴比伦人征服等。《新约》亦同，如耶稣降生于伯利恒、接受施洗者约翰洗礼、经受撒旦试探、最后被钉上十字架等。

2. n次讲述发生过n次的事

即"多事多述"，指一再讲述某些大同小异之事。例如马太先说耶稣以五饼二鱼使五千人吃饱（太14：13—21），又说他以七个饼和几条鱼使四千人吃饱（15：32—39）；在另一处，先写文士和法利赛人请耶稣显神迹遭到责备（12：38—45）；又写法利赛人和撒都该人求耶稣显神迹遭到斥责（16：1—4）——读者明白，这两组故事中先后发生之事看上去相似，其实并非同一回事。这种叙述方式在《旧约》中屡见不鲜，常能收到良好的修辞效果。比如"树王的寓言"：

> 有一时树木要膏立一树为王，管理他们，就去对橄榄树说："请你作我们的王。"橄榄树回答："我岂肯止住供奉神和尊重人的油，飘摇在众树之上呢？"
>
> 树木对无花果树说："请你来作我们的王。"无花果树回答说："我岂肯止住所结甜美的果子，飘摇在众树之上呢？"
>
> 树木对葡萄树说："请你作我们的王。"葡萄树回答说："我岂肯止住使神和人喜乐的新酒，飘摇在众树之上呢？"
>
> 众树对荆棘说："请你来作我们的王。"荆棘回答说："你们若诚诚实实地膏我为王，就要投在我的荫下，不然愿火从荆棘里出来，烧灭黎巴嫩的香柏树。"（士9：8—15）

四次讲了四件事，每次都是众树请一树称王，被邀之树做出某种回答——外表似乎一致；但细细阅读可知，除了发出邀请的主体"众树"和邀请的内容"请对方称王"相似外,每次邀请的对象及其答复皆不一致,其中前三次对象拒绝了邀请,后一次有条件地接受了邀请。叙述者先以三件构思相仿之事作铺垫,接着笔锋一转,引出截然相反的另一事,使人悟出其叙述的意图。就"树王的寓言"而言,林中众树先后邀请橄榄树、无花果树和葡萄树称王,它们都因忙于造福他人而婉言拒绝;最后又邀请荆棘,哪知一无是处的荆棘竟欣然应允!其寓意在于,只因善良人都忙于自己的事务,邪恶者才有了争权僭位之机。

"大利拉探听参孙秘密"的构思与"树王的寓言"如出一辙:前三次参孙皆以某种戏言捉弄大利拉,第四次情节陡转,参孙泄露了秘密,以致束手就擒(士16:6—20)。类似的写法还有"亚卫呼唤撒母耳":撒母耳前三次听到呼唤时均以为是以利的声音,第四次才弄清真相,聆听神谕(撒上3:4—14);"以利亚降天火惩罚亚哈谢":以利亚前两次降天火都烧灭亚哈谢的五十夫长及其50个随从,第三次留下五十夫长和随从,但处死了亚哈谢(王下1:9—17);"以利沙与以利亚同行":以利沙追随以利亚第一次抵达伯特利、第二次抵达耶利哥、第三次抵达约旦河,此后追随他从干地上走过约旦河(王下2:8);"约伯的灾难":撒旦为考验约伯接连降下各种灾难,第一次示巴人掳去牲畜、刀杀仆人,第二次天火烧灭群羊和仆人,第三次迦勒底人掳去骆驼、刀杀仆人,第四次狂风刮塌房屋、砸死约伯的儿女,第五次使约伯从脚掌到头顶长满毒疮(伯1:13—19;2:7)。上述各例的共同特点是,一组事件的前几次句式和结构要素相同,但内容略有差异,最后一次句式、结构和内容发生显著变化,但与前几次仍有内在关联。圣经开篇的创世造人神话也大致合乎这个模式:从第一天到第六天,每天依次出现"上帝说"——所说的内容——内容的实现,最后即第七天结构转换,上帝既已造成天地万物和人类,就"歇了他的一切工,安息了"。

3. n次讲述发生过一次的事

即"一事多述"。由于某些事件具有非同寻常的意义,叙述者可能三番五次地反复讲述,比如对亚卫在西奈山与以色列人立约之事,摩西临终前祝福以色列人道:"亚卫从西奈山而来……从他右手为百姓传出烈火的律法。"(申33:2)女士师底波拉在战歌中说:"山见亚卫的面就震动;西奈山见亚卫以色列神的面,也是如此。"(士5:5)从波斯回乡的利未人颂神道:"你也降临在西奈山,从天上与他们说话,赐给他们正直的典章、真实的律法、美好的条例与诫命。"（尼9：13）司提反向犹太众人申诉道："这人（摩西）曾在旷野的会中和西奈山上与那对他说话的天使同在。"（徒7：38）在《新约》中，马可多次记载耶稣对其受难和复活的预言："人子必定受许多苦，被长老、祭司长和文士弃绝，并且被杀，过三天复活。"（可8：31；参见9：31；10：34）。一个更生动的例子见于《使徒行传》，该书三次谈到保罗赴大马士革途中奇遇耶稣之事，第一次由叙述者从旁讲述（9：3—9），后两次由保罗本人自述（22：4—16；26：9—18）。读者尽管三次阅读该事，却不会误以为保罗曾三次经历那件事。

4. 一次讲述发生过n次的事

即"概括叙述"。以利加拿"每年"去示罗的圣所祭拜亚卫（撒上1：3，7），待选入宫的女子要事先"洁净身体十二个月；六个月用没药油，六个月用香料和洁身之物"（斯2：12）；三友人悲伤地奉陪约伯"七天七夜"（伯2：13）；马利亚和以利沙伯一同居住了"三个月"（路1：56）；耶稣在旷野"四十天"受撒旦的试探（可1：13）；耶稣升天之前"四十天之久"向门徒显现（徒1：3）……这些句子中的时间概念都有一个持续时期，示意当事人的行为在该时期内是多次发生的，或按规则发生的。有时，表示持续时间的语词可能不甚明确，如西面老人"素常"盼望以色列的安慰者来到（路2：25），暗示他经常不断地怀有那种盼望；耶稣"若不用比喻，就不对门徒说什么"（太13：34），暗示他只要讲道就使用比喻；耶稣被捕前夕"照常"到橄榄山去（路22：39），暗示他去橄榄山是经常性行为。遇到这种情况，应当特别留意话语中潜在的时间内涵。

在叙事学者看来，某件事在故事中出现的频率具有不容忽略的意义，因为它能从微观角度调节读者对事件的整体感受。大体说来，重复意味着强调，表明叙述者要求读者一而再、再而三地体验某件事的重要性。耶稣一再预言其受难和复活，《使徒行传》一再描述保罗皈依，目的皆在于告诉故事中的其他角色，也告诉读者，这些事件非同寻常，其蕴涵值得深刻领悟。由此可见，叙述者能借助调整叙述频率向读者发送必要的信息，提供应当如何感受文本价值的指导。

## 第三节
## 福音书的时间形态

《新约》卷首的四部福音书是整个基督教文化的基石，成功地塑造了神人二性的耶稣形象。耶稣形象的成功塑造得力于多种因素，包括得心应手的叙事艺术，其中又包含处理时间的特定方式。上述两节已多处论及福音书的时间形式，本节拟对其间的言犹未尽之处再作探讨。

### 一、福音书的时间语境

福音书的中心事件是耶稣生平——从他降生于世，到他离世升天。通常认为，耶稣降生于基督纪元的开端，三十岁左右开始传道（路3：23），数年后受难而死，不久便复活升天。关于他受难的年代，勒南（E. Renan）说："按照我们采用的计算方法，耶稣死于公元33年。无论如何，这件事不会早于29年，因为约翰和耶稣28年才开始传道；也不会晚于35年，因为在36年，或许那年的逾越节之前，彼拉多和该亚法都失去其职务。"[1] 可见耶稣的一生位于纪元肇端时的三十多年。就人类历史而言，这是一个转瞬即逝的平凡时期，但在基督教的时间坐标中，却是一个无与伦比的重要年代，因为此间上帝为世人派遣了救主基督，他在世间履行天父的使命，而后又回到天上。这是亘古未有的重大事件，标志着上帝救赎世人的新纪元。

为了阐明这个新纪元之"新"，有必要辨析它的时间语境。它是基督教时间链上的一环，从过去发展而来，向未来延伸而去。整体观之，基督教的时间链是线性的，一如帕塔罗（G. Pattaro）所说，这条时间链是"由先后承续的瞬间构成的，因而直线是连续性的最佳图像。基督教的时间应当称为线性时间。"[2] "线性时间"的含义是，时间处于从过去经现在向未来不断延续的流程中，其间不存在周而复始的循环。在这条时间链上，有两件具有划时代意义的大事——上帝创世和基督再临，它们把古往今来的时间分成三大段：创世以前、从创世到基督再临、基督再临以后。关于创世以前和基督再临以后的

---

[1] 欧内斯特·勒南：《耶稣的一生》，梁工译，北京：商务印书馆，1999年，第291页。
[2] 帕塔罗：《基督教的时间观》，载《文化与时间》，郑乐平等译，杭州：浙江人民出版社，1989年，第230页。

时间状态，乃至这两个阶段是否存在时间，学术界曾有种种论断，此处不予评说。[1]本文瞩目的是"中间阶段"，即始于创世终于基督再临的时期，它是福音书所涉时间的直接语境。换言之，耶稣在世的生平事迹就发生于这个中间阶段的某一时期，一如旦维亚（Dan Via）所言，福音书中的事件发生于"起初"和"末时"之间的"中间时期"。[2]

推而广之，作为基督教时间理念的直接渊源，古犹太民族的时间观念也是线性的。《旧约》的律法书、历史书和先知书大体按照编年史顺序叙述了从创世到复国的历史，同时，《以赛亚书》、《但以理书》极目远眺，预见了"人子"（Son of Man，指弥赛亚或救主）协同上帝进行最后审判，新天新地从天而降的末世景观（赛6：17—25；但7：9—14）。这是一条线性延伸的时间之流，古犹太民族所有杰出人物都被置于其中某一点上。《路得记》的叙事文体与历史书迥异，它却被安插在历史书《士师记》和《撒母耳记》之间——何以如此？原来其编纂者认定，路得的故事发生于士师们和撒母耳之间。同样，《约珥书》中虽没有足资辨认其所述事件背景的历史线索，但也被编排于一个适当的时间位置。如果说《旧约》文本中曾有不合于线性观念的时间论述，应是如下一段话：

> 日头出来，日头落下，急归所出之地。风往南刮，又向北转，不住地旋转，而且返回转行原道。江河都往海里流，海却不满；江河从何处流，仍归还何处……已有的事，后必再有；已行的事，后必再行。日光之下，并无新事。岂有一件事人能指着说这是新的？哪知，在我们以前的世代，早已有了。（传1：5—10）

---

1　例如，论及创世以前的时间状态时，奥古斯丁确认时间系上帝所造："你既然是一切时间的创造者，在你未造时间之前，怎能有无量数的时间过去？能有不经你建立的时间吗？既不存在，何谓过去？……这时间是你创造的，在你创造时间之前，没有分秒时间能过去。"（《忏悔录》，周士良译，北京：商务印书馆，1989年，第241页。）他断定创世之前上帝的存在没有时间性。但克里西指出："任何认为神的存在没有时间性的主张，都是不合圣经真理的……然而，《新约》有关预尝结局的教义，超越了现世与来世，即'这时'与'那时'的简单对立。无论哲学讨论的结果为何，圣经都直截了当地断定神不会像我们那样受时间限制，他是'永世的君王'。"（克里西：《时间》，载《圣经新辞典·下册》，中国神学研究院译，香港：天道书楼，1997年，第712页。）

2　Dan Via. *The Ethics of Mark's Gospel in the Middle of Time.* Philadelphia: Fortress Press, 1985, p.11.

语中流露出浓重的虚无悲观情绪，对时间的见解属于典型的循环论。但必出，这只是偶见于《旧约》的旁门左道之说，历来为正统解经家所指责。《传道书》形成于希腊化时代开始一百多年后，多方面受到希腊哲学的浸润，其一便是循环论的时间观。古希腊的时间观有其因人而异的复杂性，不能简单界定为与直线论相对的循环论，然而，循环论在古希腊时间哲学中确实占有重要位置。其最初依据是四季更替现象，继而又有对灵魂不死的信仰，在此基础上，毕达哥拉斯学派"把循环概念推向最终的逻辑结论，认为单个事件在时间中是重复的"。随后，抒情诗人品达、历史学家希罗多德、哲学家恩培多克勒和柏拉图等也都首肯此论，同意"死亡就其作为一轮不可逆转过程的终点而言，是基本的循环往复过程中的一个阶段。死亡跟随着生命，而生命又跟随着死亡，恰如一个活着的人，复醒复眠、复眠复醒；又如在自然界中，天体升起、落下，又升起、又落下"。[1]

如果说建立在婚媾和生殖基础上的多神体系是古希腊循环时间观的温床，那么可以认为，犹太—基督教线性时间观的理论源头就是一神论。这位一神是"自有永有"、"创始成终"的神，带有超越时间的特性，如同诗人所言："你的国是永远的国，你执掌的权柄存到万代。"（诗145：13）这位一神不曾经历异族神祇成长、成熟的阶段性，他在世界未造之前已经存在，一直住在永恒之中，即使历史终结也永远是神。换言之，他是"阿拉法"也是"俄梅戛"，是首先的也是末后的，是初也是终（启22：13）。奥古斯丁论述道："你是'千年如一日'，你的日子没有每天，只有今天，因为你的今天既不递嬗于明天，也不继承着昨天，你的今天即是永恒。"[2]神虽然超越时间，不受其限制，却是时间的创造者和支配者，而时间的显态形式就是历史的变迁和人事的更迭。所以犹太诗人向神这样倾诉："我终身的事在你手中。"（诗31：15）既然宇宙的主宰是一位创始成终的神，他的计划明确指向完美的终局，任何时候都不会重返其起点，由他创造和支配的时间带有一以贯之的线性特质，也就势在必然了。

欲明了福音书的时间语境，还应当对纪元前后风靡犹太文坛的末世论思潮有所了解。纪元前后的二三百年，犹太民族与希腊—罗马统治者的冲突达到白

---

[1] 劳埃德：《希腊思想中的时间观》，载《文化与时间》，第154、167页。
[2] 奥古斯丁：《忏悔录》，周士良译，北京：商务印书馆，1989年，第241页。

热化程度，犹太人陷于空前深重的苦难中，几近山穷水尽的绝境。这使其文化分子认定，历史的终点即"末世"即将来临。末世来临时会发生哪些事项？——对微观的人生来说，所有已死者都会复活，接受上帝的公正审判，领受应得的酬报或惩罚；对宏观的宇宙来说，则有善与恶的终极对抗、上帝事业的最后胜利、新天新地的降临和弥赛亚统治的开端。当时犹太文坛上涌现出数十部表达末世论观念的启示作品，代表作是《但以理书》和《启示录》。这批著作热衷于对历史进行分期，如《亚伯拉罕启示书》称罪恶时代将持续十二个时期[1]，《雅各的天梯》用"十二阶梯"把历史分成十二个阶段[2]；而最常见的还是"二分法"，把始于创世的历史分成两大段："现存的世代"（the Present Age）和"将临的世代"（the Age to Come），[3]认为现存的世代因撒旦及其仆役的猖獗而流行邪恶，将临的世代则充满天国的福祉。二者的分界线便是"末世"——那是现存世代的终点，也寓有将临世代的开端。

福音书的时间观念便脱胎于这一文化模式，前述"从创世到基督再临时期"实即启示文学中的"现存世代"，而"基督再临以后时期"则约当于"将临的世代"。启示文学的主题之一是对弥赛亚的盼望，这时的弥赛亚不再是古代先知预言的世间君王，而本来就是属天的"人子"，将于末世"驾着天云而来"（但7：13），协同上帝施行审判，并永远统治新天新地。耶稣传道时常以"人子"自谓，其门徒信奉他就是基督，亦即犹太人世代盼望的救主弥赛亚。可见除了角色转换——以耶稣替代犹太人盼望的弥赛亚——之外，仅就时间框架而言，福音书与犹太启示著作并无根本差异。

## 二、二元重叠的时间轨迹

福音书叙事中平行叠印着两种时间，一是凡俗时间（或自然时间、人类史时间），能用日历、钟表、日晷等测量；二是不朽时间（或超自然时间、救赎史时间），不能被现实或故事中的人物测量，但其特征可以被人感知。前一种时间把耶稣生平置于现世历史的特定阶段，把耶稣述说成一个生动具体的现实

---

1　J. H. Charlesworth. ed. *The Old Testament Pseudepigrapha.* New York: Doubleday Press, 1983, vol.1, pp.689—705.

2　J. H. Charlesworth. ed. *The Old Testament Pseudepigrapha.* vol.2, pp.407—411.

3　J. B. Gabel, *et al. The Bible as Literature: An Introduction.* p.133.

人物；后一种时间把耶稣的降生、成长、传道、受难、复活和升天置于上帝救赎世人的总规划中，把耶稣塑造成自觉履行天父旨意的上帝圣子。两条线索重叠为一，昭示读者人类历史其实是一部神人关系史，是上帝救赎普世众生的圣史，如今它已进入至高至圣的最后阶段，上帝派遣其独生子以肉身降世，自献己身而成就旷古未有的伟大拯救。

福音书的作者们借助种种有据可稽的历史人物、事件和地点，一再强化其凡俗时间的信实可靠性。《马太福音》称，"当希律王的时候，耶稣降生在犹太的伯利恒"（太2：1）；婴儿耶稣遭遇希律王迫害，被约瑟和马利亚带往埃及避难，直到希律死后才回来；由于听说"亚基老接着他父亲希律作了犹太王"（太2：22），他们不敢到犹太地方去，而去了加利利境内的拿撒勒城。《路加福音》说得更明确：奥古斯都作罗马皇帝、居里纽作叙利亚巡抚时，官方普查人口，约瑟携马利亚去伯利恒报名上册，马利亚在马棚里生下耶稣（路2：1—7）；施洗者约翰开始传道时，正值罗马皇帝"提庇留在位第十五年，本丢彼拉多作犹太巡抚，希律作加利利分封的王，他兄弟腓力作以土利亚和特拉可尼地方分封的王，吕撒聂作亚比利尼分封的王，亚那和该亚法作大祭司"（路3：1，2）。众所周知，语中所述奥古斯都是罗马帝国的开国皇帝，公元前27至公元14年在位。提庇留是罗马帝国的第二代皇帝，公元14年8月奥古斯都死后称帝，在位23年。迫害婴儿耶稣的希律又称大希律或希律大帝，是希律王朝的创建人、罗马时期的犹太傀儡王，公元前73至前4年在位。此外，语中提到的亚基老、居里纽、本丢彼拉多、腓力、吕撒聂、亚那、该亚法等也被史家认定为确凿无伪的历史人物。这群曾在一个特定时期活动于巴勒斯坦内外的人物为福音书的时间底色涂上浓重的信史意味。

然而，福音书作者的主观意图绝非摹绘一幅公元1世纪上半叶巴勒斯坦的历史画卷。他们瞩目的中心只是上帝救赎世人的历史，准确地说，是这部救赎史的新阶段。前文已述，从创世到基督再临是一部线性延伸的救赎史。这部圣史的延伸并非风平浪静无波无澜，弗莱（N. Frye）认为："在《创世记》之初，人类失去了生命之树和生命之水；到《启示录》结尾处又重新获得了它们。首尾之间是以色列的故事。"[1] 依其见解，这部圣史的开端是创世初期的

---

[1] 诺斯洛谱·弗莱：《伟大的代码——圣经与文学》，郝振益等译，北京：北京大学出版社，1998年，第220页。

伊甸园，末尾是将临世代的新天新地，中间是人类叛逆和上帝拯救不断交替的景观。弗莱进而指出，中间阶段呈波浪式运行状态，其间人类经历过六次重大的衰落和兴起：第一次是亚当从伊甸园坠落，继而亚伯拉罕兴起；第二次是以色列人在埃及受奴役，随后摩西和约书亚带领他们回到应许之地；第三次是非利士人侵略以色列，接着大卫和所罗门兴建王国；第四次是王国分裂，南北两国被亚述和巴比伦相继攻占，但半个世纪后囚居之民又回归故乡；第五次是安条克四世的残酷迫害，此事激起马加比家族奋起反抗，建立犹太王朝。第六次衰落缘于罗马军团攻占犹太国，随后的兴起有两说：犹太教认为，公元135年之后犹太民族进入大流散时代，在世界各处安家落户；"基督教的观点是，耶稣以他的启示——以色列的理想王国是一个精神王国——使全人类获得了决定性的解放"。[1]简言之，在救赎史的时间表上，救赎行动是分阶段进行的，每阶段的解救者——亚伯拉罕、摩西、约书亚、士师们、大卫、所罗门、马加比兄弟等——都是弥赛亚或最后救主的原型。在基督徒看来，这位"弥赛亚或最后救主"就是耶稣基督。区别于以往历次拯救都以摆脱外物的压迫和役使为目的，耶稣基督的拯救意在将人领进一个纯粹精神性的上帝之国。不同于往昔的立约都显示在自然物象或肉体上，如天上的彩虹、施于人体的割礼和摩西的法版等，耶稣基督之约是上帝天父舍弃其独生子而与人订立的，它镌刻在人们心间。这种性质决定了耶稣的使命必然开创拯救史上的新阶段，也是最高阶段。

至此，本文已讨论了福音书叙事在线性时间链上的特定位置，以及凡俗时间和不朽时间在其叙事中交相叠印的特质。接下来进入福音书的内在时空，观察这种叠印在耶稣生平中的映象。耶稣是作为一个血肉丰满的现实人物开始其世间生涯的，如同他的家人、乡邻和门徒，也经历过凡人必经的成长过程，此过程以年、月、日为计时单位：以利沙伯怀孕六个月时，马利亚听到天使加百列传报喜讯；此后马利亚与以利沙伯同住三个月；马利亚足月后生下耶稣，于婴儿满八天时为他行割礼；耶稣十二岁时跟父母去耶路撒冷守逾越节，三十岁左右开始传道（路1:26，56；2:6，8，41；3:23）。傍晚、夜间、清晨，耶稣日复一日地教训门徒、救治病人、驳斥法利赛人和撒都该人，他的时辰与普通人的凡俗时间似无二致。然而，这只是外部表征。究其内质，耶稣生平的分分秒秒都带有超自然的不朽性质，它透过一句关键话语集中表现出来，即耶稣

---

[1] 诺斯洛谱·弗莱：《伟大的代码——圣经与文学》，第222页。

传道之初的宣告:"日期满了,神的国近了!你们当悔改,信福音!"(可1:15)。

"日期满了,神的国近了"是典范的末世论术语,其中的时间观念只有在救赎史的向度上方可言说。它的字面含义是,上帝预定的日期就要来到,神的国度即将降临。《马太福音》用几乎相同的术语概括施洗者约翰的信息:"天国近了,你们应当悔改!"(太3:2)施洗者约翰用象征性语言解释"天国近了"的意义,声称弥赛亚即将来临,他"手里拿着簸箕,要扬净他的场,把麦子收在仓里,把糠用不灭之火烧尽"(太3:12),意思是弥赛亚将要审判所有人,把义人接进天国,使恶人遭受"不灭之火"的永罚——语中的弥赛亚清楚明白地指代耶稣。那么,什么是"神的国"或"天国"呢?简明地说,就是由上帝统治的世界。所以,"天国近了"指的便是"上帝统治世界的日子就在眼前"。耶稣在此时开始其世间工作,核心使命乃是"传天国的福音"(太4:23)。犹太启示文学认为,上帝将在末世突然介入历史,向子民施以救恩,但末世到来前对现世则置之不理,因为它已落在罪恶和魔鬼的权势中,堕落到无可救药的地步。福音书却说,上帝不仅于末世施审判,而且从现在就开始了神权统治,标志便是派遣耶稣在世间传道。所以,福音书与犹太启示文学的根本区别在于:"它认为末日国度来临的惟一原因,就是天国已经藉耶稣本人及其工作,先期降临在人类的历史中。"[1]可见,对于福音书中某些概念的时间内涵,只有从超自然的视域才能解读,诸如"那时,他们要看见人子有能力,有大荣耀,驾云降临,一有这些事,你们就当挺身昂首,因为你们得赎的日子近了"(路21:27,28),所言"那时"、"得赎的日子"皆为救赎史上的时间印记。

## 三、类型化时间

对待具体事件,福音书作者不像现代新闻记者或现实主义作家那样注重详实确凿的时间资料,而惯用含糊其辞的背景术语,如《马可福音》第2章的一系列事项分别由如下语词引导:"过了些日子"、"耶稣又出门到海边去"、

---

[1] 拉德:《神国/天国》,载《证主圣经百科全书》第2卷,香港:福音证主协会,1995年,第1457页。

"耶稣在利未家里坐席的时候"、"当下"、"安息日那天"（可2：1，13，15，18，23）。所述之事究竟发生于何年何月何日？不得而知。之所以缺乏现代时间观念的严谨性，除当年尚未形成科学严密的计时规范外，主要是因为传福音者的兴奋点不在时间的准确性，而在于事件所包含的神学意义。

由于负载神学观念重于指认精确的时间点或时间段，福音书中的时间概念常有某种类型化特征。弗莱指出，人们公认《旧约》和《新约》是相互印证的："我们怎么知道《新约》中的福音故事是正确的呢？因为它们印证了《旧约》的预言。但我们又怎么知道《旧约》中的预言是正确的呢？因为《新约》中的福音故事证实了它们……《新约》和《旧约》成了面对面的两面镜子，彼此映照着对方，却丝毫不反映外部世界。"[1]福音书的一些时间意念即植根于《旧约》之中。耶稣受洗后被圣灵引到旷野，接受魔鬼的试探，"禁食四十昼夜"（太4：2），"四十"之数乃是出埃及历史的回声——当年以色列人意志薄弱，对征服应许之地信心动摇，遭到流徙旷野四十年的惩罚。耶稣十二岁时去耶路撒冷守逾越节，传道时救活睚鲁十二岁的独生女儿，治愈一个患十二年血漏症的妇女，语中都言及"十二"之数；此数还屡见于其他章节，如耶稣召选十二个门徒，耶稣的门徒于五千人吃饱后把剩饭装满十二篮子，耶稣预言基督再临时门徒将"坐在十二个宝座上，审判以色列十二支派"（太19：28）等。此数的原型也来自《旧约》：雅各生养了十二个儿子，他们的后代衍生为以色列十二支派。福音书的另一处"时间互证"是："约拿三日三夜在大鱼肚腹中，人子也要这样三日三夜在地里头。"（太13：40）这句预言耶稣受难和复活之语又表述为"我能拆毁神的殿，三日内又建造起来"（太27：61），其含义由耶稣向门徒做过解释："人子将要被交在人手里，他们要杀害他，第三日他要复活。"（太27：22，23）

福音书时间的类型化意味还透过某些特定节期表现出来，其中出现频率最高的是安息日和逾越节。安息日是犹太人每周一次的圣日，被视为对上帝六日创世后第七天休息的纪念，这天必须停止一切工作，专事敬拜上帝并适当休息。耶稣一方面持守古代传统，常于安息日去会堂训勉人，另一方面又不拘泥于传统，认为门徒在安息日因饥饿而掐麦穗吃无可非议；他在安息日为人治病排忧也理所当然。他讲出名言"安息日是为人设立的，人不是为安息日设

---

[1] 弗莱：《伟大的代码——圣经与文学》，第111页。

立的",宣称"在安息日做善事是可以的"(太12:11,12),并质问法利赛人:"一只羊在安息日时掉进坑里,你们中间有谁不抓住它拉上来呢?"(可2:27)围绕着"安息日"这个特殊的时间符码,福音书展开耶稣与法利赛人的冲突,强化了故事的戏剧性,深化了耶稣形象的文化底蕴。

福音书的核心事件——耶稣在十字架上受难献身——发生于犹太教最重要的节日逾越节期间。逾越节的首要仪式是宰杀羔羊,将羊血涂在门框和门楣上,而后烤熟羊肉,由献祭者和全家同吃,以纪念上帝拯救子民出埃及时越过以色列人家门而击杀埃及长子之事。按初期教会的理解,耶稣便是逾越节的羔羊,他受难而死乃是一种自我献祭,是"缔结新约的举动"和"以流血拯救全人类的象征"。[1]耶稣受难之日普世罪人都获得拯救而免受刑罚,他们的得救皆以耶稣无辜受过为前提。故那天乃是历世以来最伟大的逾越节,因为耶稣甘愿献出己身,作为代人赎罪的祭物;而"他一次献祭,便叫那得以成圣的人永远完全"(希10:14)。

福音书很少记载具体时日,故事往往在一天的某个时辰展开,如傍晚、夜间或清晨。在犹太民俗中,新的一天始于日落之际而非日出之时,这使傍晚常有某种特殊意义;人们在这时开始重要行动,甚至进行新的冒险。"天晚日落的时候",迦百农人倾城来到耶稣面前,请他为人治病;耶稣应邀治好各种病人,为他们"赶出许多鬼"(可1:32—34)。一个晚上,耶稣带门徒乘船过海时遭遇风暴,门徒们惊惶失措,耶稣斥责风和海,使之即刻平静下来(可4:35—39)。另一个傍晚,"日头快要西平",耶稣以五饼二鱼使五千人吃饱还有剩余(路9:12—17)。有时,傍晚也被写成重大行动前的预备时间,如耶稣于黄昏进入耶路撒冷,到圣殿周围察看,为他次日洁净圣殿做准备(可11:11);洁净圣殿后,耶稣"每天晚上"都出城,思索即将到来的最后献身(可11:19);宰杀逾越节羔羊那天晚上,耶稣和十二门徒在耶路撒冷共进最后晚餐,预言自己不久就要为众人舍身流血(路22:19—20)。尤为重要的是,耶稣受难后于安息日前一天晚上被安放在新坟里,此事成为他第三日清晨复活的先导(可15:42)。可见,"傍晚"在福音书中是"开端式"而不是"结局性"的。[2]

---

[1] 欧内斯特·勒南:《耶稣的一生》,第269页。

[2] M. A. Powell. *What Is Narrative Criticism?* Minneapolis: Fortress Press, 1990, p.81.

至于傍晚过后的夜间，往往并非歇息的时刻，而是交织着混乱、危险和灾祸的时光。"夜里约有四更天"，耶稣见门徒"因风不顺，摇橹甚苦"，就在海面上朝他们行走，不料却被惊呼为"鬼怪"（可6：48）；最后的晚餐过后，耶稣预言门徒当夜"都要跌倒"，彼得在鸡叫前将三次不认主（太26：31，34），随后发生之事果如其言：他因犹大出卖被捉拿后门徒四散而逃，彼得也接连三次不认主（太26：50，56，75）。值得注意的是，"清晨"在福音书中也有某种开端性质。耶稣于清晨起身，去旷野里祷告（可1：35）；他在清晨以无花果树为喻，向门徒施教诲（太21：18）。另一方面，耶稣的敌人亦在清晨加紧其逆行："到了早晨，众祭司长和民间的长老商议要治死耶稣，就把他捆绑，解去交给巡抚彼拉多。"（太27：1，2）教会史上最重大的事件之一——耶稣复活——也是在清晨发生的："天快亮的时候"妇女们看到耶稣墓口的石头已被滚开，听到天使传来声音："耶稣……不在这里，照他所说的，他已经从死里复活了。"（太28：1—6）上述例证表明，傍晚、夜间、清晨在福音书中都带有类型化特色，所含的时间意蕴互有不同。但异中也有相同处，即福音书作者在主导方面依然强调其内在统一性：上帝是所有时间的支配者，他的国度可能在任何时候突然降临，"或晚上、或半夜、或鸡叫、或早晨"（可13：35）。

## 四、时间板块和叙述速度

由于叙事文学所叙之事无一例外地都有某种长度，需要一定数量的文字来表现，故事或人物传记便常能分出若干阶段，在读者面前一步步地相继展露。这种阶段性使作品形成大小不等的时间板块，就福音书而言，耶稣的生平即可分成五大块：（1）降生；（2）童年；（3）传道；（4）受难；（5）复活和升天。此外另有一段序幕，以家谱形式追溯耶稣人性血统的起源；以及一段尾声，用预言宣告耶稣在未来天国的王权。

本章第二节对叙述节奏的讨论表明，叙述者讲故事的速度可能疾缓悬殊，运用省略时速度极快，概要时较快，描写场景时中等，延缓时较慢，停顿时极慢。这种缓急相间有何意义呢？原来，叙述时间的急促舒缓与所述事件的详略轻重有着某种内在联系："一言以蔽之"，只能给人以浮光掠影的肤浅印象；

"一五一十细细道来",才能使人留下深刻记忆。易言之,叙事速度越慢,所述事件的重要性就越能得到充分强调。福音书作者便擅长依据情节发展的需要,灵活调整不同环节的叙述速度,将耶稣的事迹疏密相间、张弛有致地描述出来。

"快则浅,慢则深",这一叙述速度与内容深度的对应关系在福音书中表现得相当明显。耶稣的童年、少年和青年时代在大块省略中度过,速度很快而论述程度较浅。从开始传道至末次进入耶路撒冷之前,场景增多而速度放慢,读者对耶稣的传道生涯形成大量直观体验,但此期的时间概念大都模糊不清,人们只能约略估计他传道已经多久。末次进入耶路撒冷之后,时间进程因舒缓而明朗起来,读者不难逐一列举出以后七天(即著名的"受难周")耶稣每天在干什么。这时叙述者起初以"天"为叙述单位,后来又改为"时辰",使人能一幕幕地看到犹太祭司长的阴谋,最后的晚餐,客西马尼园的祈祷,犹大卖主,彼得三次不认主,耶稣在犹太公会受审,耶稣被彼拉多审讯,被罗马兵丁嘲讽、辱骂、戏弄、鞭打,直到最后被钉上十字架。被钉十字架后,时间几乎凝固静止下来,据《马可福音》载,"钉他在十字架上是巳初的时候……从午正到申初,遍地都黑暗了。申初的时候……耶稣大声喊叫,气就断了"(可15:25—37),这种以"巳初"、"午正"、"申初"表述的"时间大特写"将福音书的叙事推向最高潮,使人对"耶稣在十字架上的献身和救赎"达成深刻感悟。

在对福音书的叙述节奏做出综合评估后,还应说明,析言之,四部福音书的时间韵律并不一致,其中最快的是《马可福音》。该书在福音书中篇幅最短,未记耶稣的家谱和降生,而从施洗者约翰传道开始,略提一笔耶稣受洗和受试探,便进入主体——耶稣在加利利的工作。此后作者未使用"耶稣语录"[1]中的材料,而着重记述其事迹,这使耶稣不像在马太和路加笔下那样动辄长篇讲论,而时常处于紧张的行动中。全书笔法紧凑,行文快捷,场景转换迅速,"随即"、"立刻"、"立即"等字眼出现41次之多,以至被称为"行动的福音"。运用叙事学理论分析,《马可福音》之所以进展迅捷,是因为其

---

[1] "耶稣语录":圣经研究者推测可能存在过的耶稣言论汇编,书名得自希腊文"逻吉亚"(*Logia*)。形成于公元1世纪中期,是《马太福音》和《路加福音》所载耶稣讲演词的主要来源,但原始文稿迄未发现。

中常有省略和概要，而少见长篇演说场景。以下模糊时间概念在该书中屡见不鲜："过了些日子，耶稣又进了迦百农"、"耶稣又进了会堂"（2：1；3：1）等。——过了多少日子？"又进"之前有多长间隔？其间耶稣干了些什么？不得而知，皆被叙述者省略掉或一笔带过。相对而言，马太和路加则增入"登山训众"、"平原训众"、"法利赛人的七祸"（太5：1—7：27；路6：20—49；太23：17—36）等大段讲演辞，以及"好撒玛利亚人"、"浪子回头"、"财主和拉撒路"（路10：25—37；15：11—32；16：19—31）等寓言故事，此类场景出现时，由于故事时间和文本时间近乎一致，叙述速度便大为减缓。然而，节奏最缓慢的还是《约翰福音》。约翰笔下的耶稣如同一个深居讲坛的学者，总有点严肃，每每专注于深思熟虑之中，只在某些时候才积极行动，置身于人间事务的主流。他异常健谈，开口就是洋洋洒洒的诗体散文，诸如"敬子如敬父"、"真葡萄树"、"分离的祷告"（5：19—47；15：1—16：33；17：1—26）等，详尽地申明他是谁，为何来到世间，与天父及门徒的关系如何等，尽管门徒对他的言谈似乎不甚理解，他也滔滔不绝地讲下去。这使约翰著作成为叙述节奏最舒缓的福音书。

# 第六章
# 背 景

在叙事文学中，背景为人物行为和矛盾冲突提供了必不可少的场合或处境。戏剧观众很容易理解背景的重要性，因为从来不存在没有背景的演出。一些舞台上设有精心安排的装置和布景，另一些则很少置景，甚至只显示空荡荡的舞台，但无论何种情形，背景都是无庸置疑的客观存在。中国古典戏曲讲究"以唱置景、景随人迁"，即以演员的台词代替布景，这时观众虽然看不到实景，却能从唱词中想象出特定剧情的背景。《西厢记·长亭送别》中有一段脍炙人口的台词，崔莺莺唱道："碧云天，黄花地，西风紧，北雁南飞。晓来谁染霜林醉？总是离人泪。"用语言勾画出一个由碧云、黄花、西风、归雁、霜林构成的舞台空间，为绘画或道具式的霜林布景所难以替代。鉴于上述事实，大卫·罗斯（David Rhoads）对叙事文学和戏剧进行比较后说："背景对于故事的重要性不亚于舞台设置对于戏剧演出的重要性。"[1]

在论及背景与叙事文学中其他要素的关系时，坡威尔讲过一个颇为贴切的比喻，把故事中的基本成分对应于句子结构中的语法要素，称人物相当于名词，通常是行为的主体或接受者；情节相当于动词，用以表述人物的行为；人物的性格特征可比拟为形容词，用以描述行动中的人物；相对于它们，背景就是文学结构中的副词，用以表现行为发生的时间、地点和方式。[2]

背景又称为环境，是人物的生存空间，表现为环绕着人物活动的自然形态、社会状况和人类文化氛围。在西方文学史上，现实主义和自然主义作家特别注重对背景或环境的描写，在他们看来，人物性格的形成和环境的作用息息

---

[1] David Rhoads and Donald Michie. *Mark As Story: An Introduction to the Narrative of a Gospel.* Philadelphia: Fortress Press, 1982, p.63.

[2] Mark A. Powell. *What Is Narrative Criticism?* Minneapolis: Fortress Press, 1990, p.69.

相关，环境描写必须以尽可能精确的方式进行，作品中的环境应当类似于真实世界，唯此其中的人物和事件才能合情合理。丹纳指出，巴尔扎克十分注重揭示人物与环境相互依存的关系，他笔下的人物"把他的痕印留在外表生活上，留在住房、家具、用器上……为说明完整的人，便需要说明这一切痕印。反过来，必须把这一切痕印拼凑起来，才能形成一个完整的人。你所吃的菜肴，你所吸的空气，环绕在你周围的房屋，你所读的书籍，你曾经历过的即使是最不自觉的环境，共同做成了你现在这个人"。[1]自然主义作家左拉更具自觉的环境描写意识，他说：

> 人不能脱离他的环境，他必须有自己的衣服、住宅、城市、省份，方才臻于完成；因此，我们决不记载一个孤立的思维或心理现象而不在环境之中去找寻它的原因和动力……在这个广大的世界上，我们给自然安排了一个和人同样重要的地位。我们不同意说只有人存在，只有人重要，相反，我们认为人只是一个简单的结果，想观看真实而完整的人类戏剧，就得向所有一切存在的东西索取。

既然思维的原因和动力存在于环境之中，人只是自然或外在条件的结果，左拉便要求作家"在准确地研究环境、认清与人物内心状态息息相关的外部世界的情况上做功夫"。但左拉也主张描写环境要适可而止。他对福楼拜颇为推崇，称其环境描写能够"保持在一种合理的平衡中：它并不淹没人物，而几乎总是仅限于决定人物"。因此左拉提出作家应当效法福楼拜，"在他完成和说明人物的每一个地方去研究关于环境的不可缺少的描绘"。[2]

圣经叙事文学时刻离不开背景描写，但较之现实主义和自然主义作品，这方面的描写有其自身的鲜明特色。本章拟联系圣经文本探讨其特色，涉及空间背景的形成、特征和类型，社会背景与人物的关系，以及社会背景的分类等。

---

1 丹纳：《巴尔扎克论》，《文艺理论译丛》1957年第2期，第57页。
2 左拉：《论小说》，《古典文艺理论译丛》，第8册，第130—132页。

# 第一节
# 空间背景

艾布拉姆斯（M. H. Abrams）在《文学术语汇编》中将背景分成三种类型，分别与空间、时间和社会状况相关联。[1] 受其启发，本书亦关注三个议题：空间背景、时间背景和社会背景。由于时间问题已在第五章讨论过，本章着重考察圣经叙事文学中的空间背景和社会背景。

## 一、空间的形成

在童话、寓言和民间故事中，时间和空间常常处于模糊状态，缺乏具体而严谨的界定，叙述者仅以"有一次……"、"很久很久以前……"、"在一个漆黑的森林里……"、"在很远的地方……"之类含浑语词交待其时空背景。与此相较，圣经中的多数事件都发生在精心构筑的时空框架里。且不说族长时期、摩西时期、约书亚时期、士师时期、王国时期、分国时期、复国时期、希腊—罗马时期、耶稣时期和使徒时期的历史纪事各有既定的时空，即使《创世记》开头的神话文本也留下各种时空线索。亚当、夏娃活动于"东方的伊甸园"，该隐杀弟后被罚去"伊甸东边的挪得之地"居住，大洪水过后挪亚的方舟停在"亚拉腊山"上，众人在"示拿地的一片平原"建造巴别塔（创2：8；4：16；8：4；11：2）。

然而在圣经叙事中，空间尺度与时间尺度并不相同。如前所述，时间领域同时存在着文本时间和故事时间，二者的不同关系构成叙述中的顺时或错时现象，以及多种多样的叙述节奏和叙述频率。但空间领域只存在故事空间而无所谓文本空间，因为故事的内在空间无需借助外在空间就能实现。这一特征显然区别于绘画、摄影、雕塑、建筑和戏剧表演，因为绘画、摄影必须依赖外在的平面空间才能展示，雕塑、建筑和戏剧表演更须依赖立体空间才能表现。易言之，故事本身需要在特定的时间和空间中延续，但叙述者讲故事只需要时间而不需要空间。

---

1　M. H. Abrams. *A Glossary of Literary Terms*. 4th ed. New York: Holt, Rhinehart and Winston, 1981, p.175.

圣经叙事性作品为读者展示出一个极其广阔的地理空间,其中的多种事件经常与真实地名相联系。综览之,《旧约》和《次经》所载史事发生于以巴勒斯坦为中心的"肥沃新月形地带"(Fertile Crescent)——此语由美国东方学者詹姆斯·亨利·布雷斯特德首倡,用以指代中东文明的发祥地,特指从巴比伦南端溯底格里斯河、幼发拉底河而上,越过叙利亚草原,沿地中海东岸抵达巴勒斯坦南部的辽阔地区;更扩大一些,还包括埃及的尼罗河下游一带。因这一地带略呈新月形,故名。《新约》之事则发生于巴勒斯坦及其周围的北非、叙利亚、小亚细亚、希腊、罗马等地中海东岸、东南和东北岸地区。读者从圣经中常能看到城镇、殿堂、房舍、牧场、旷野、河流、小溪、水井、山丘、树林……的名称,它们在古代或许确有其地,其中一些已经被近现代考古发掘所证实,这类真实地名为圣经的叙事空间赋予浓重的信史意味。

叙事学者固然关注空间的历史性,与历史学家和考古学者的兴趣却迥然不同。他们无意于探讨那些地名的真实性或历史意义,而习惯于将其视为人物活动的场所和事件展开的环境,热衷于思考它们在叙事体系中的位置,及其对于实现文本意义所肩负的使命。在他们看来,无论真实地点还是虚构地点,无论大环境还是小处所,都是情节发展的有机组成部分,人物在其中存在着、行动着,从一处转向另一处,其性格留下外部环境的烙印,同时也对环境施加某些影响。

在多数情况下圣经叙述者把读者带到事件发生的地点,向他们直接陈述或显示那里的情况。但这并不排斥有时叙述者也会"兼及两地",在正面叙述某一空间之际,让一个信使或其他角色告知另一地的状况,以拓展其叙事领域。此类典范的戏剧技巧在圣经中多次出现,有力地强化了所述事件的戏剧意味。雅各返乡途中惧怕哥哥以扫报复,派人先行给他送去礼物,送礼者返回后传来以扫的消息:"我们到了你哥那里,他带着四百人正迎面而来。"(创32:6)约伯遭受第一轮灾难时四个信使相继上场,传来发生在四个地点的凶信(伯1:13—19)。平定押沙龙叛乱的决战打响后,大卫在玛哈念的城瓮里坐卧不安,听到亚希玛斯和古示人相继传来前方的消息(撒下18:28—32)。正是这些信息,使故事中的其他人物(包括读者)了解到"此刻"发生在异地的种种情景,从而大大扩张了叙事的空间。偶尔,叙述者对异地场景的讲述也会借助"异象"实现,如扫罗在前往大马士革途中遭巨光照射失明后,门徒亚拿尼亚在异象中听到耶稣的声音，得知位于直街的犹大家里有一个名叫扫罗的大数人，正在祷告，等待他前去救治（徒9：10，11）。这种"兼及两地"的描写能把两个恰成对照的场景贯通起来，借助当事人对特定事件的反应，从较深层面揭示出其独到的心理和个性。雅各听说以扫带着400人迎面而来，慌忙以种种措施应付可能出现的攻击，显示出他的恐惧感和负罪之心；约伯遇受一连串打击后并不"以口犯罪"，表明他实属虔诚的义人；大卫获悉押沙龙的噩耗后泣不成声，使读者看到一个因晚年丧子而哀恸不已的慈父；亚拿尼亚欣然接受耶稣的指引，去直街的犹大家为往日的仇敌扫罗按手，则表现出基督徒对神意言听计从的诚信德行。

在另一种情况下，"兼及两地"无须借助信使之言，而由叙述者的讲述直接实现。一个生动例子见于《约伯记》的开端和高潮，在开端部分，叙述者先写天界的密谋，又写地上的灾难，再写天界的密谋，复写地上的灾难；高潮到来时，先写亚卫从天界发出的质问，又写约伯在地上的答复，再写亚卫从天界的质问，复写约伯在地上的答复——如此一再转换于天界与人世之间，将天与地、神与人汇合成一个宏大的整体。《约伯记》空间场景之开阔丝毫不亚于最典范的古希腊戏剧。古希腊戏剧讲究人物、地点和情节的统一，故事往往发生在某个固定场合。在埃斯库罗斯的《被缚的普罗米修斯》中，这个场合是高加索山脉的一处悬崖，戏剧开始时，普罗米修斯被威力神和暴力神拖上高山，由火神赫淮斯托斯带上镣铐，束缚在悬崖峭壁上。随后的情节一直在这里延伸，由河神的女儿们组成的歌队为他洒下同情的泪水，他向她们揭露宙斯的罪行，说明自己遭受迫害的原因。河神俄刻阿诺斯上场后劝他向宙斯屈服，他严辞拒绝；继而不幸的女子伊俄上场，他讲出伊俄及其后代的命运；随后神的信使赫尔墨斯奉宙斯之命前来威胁他，让他讲出一个有关宙斯的秘密，他不但拒不理睬，还痛骂宙斯并无情嘲弄赫尔墨斯；最后宙斯从天上降下雷电，将普罗米修斯、歌队连同悬崖一并打入深渊。这个惊心动魄的神话故事固然始终发生在高加索的悬崖边，仍能给人以宏阔的空间感，因为剧中两个核心人物——前台的普罗米修斯和始终未露面的宙斯——皆为重要的神界角色，其事迹都蕴有巨大的空间含量。[1]普罗米修斯是提坦族的巨神之一，曾用泥土捏成人并赋予其生

---

1　参见谢·伊·拉齐克：《古希腊戏剧史》，俞久洪等译，天津：南开大学出版社，1989年，第32—33页。

命；宙斯推翻其父克洛诺斯后成为众神之王，遂图谋毁灭人类；这时普罗米修斯挺身而出保护人类，并盗取天火赐予人类；他的行动激怒宙斯，以致遭其迫害而被绑缚在悬崖上。普罗米修斯能从天上取火，宙斯更是掌管雷电的天界主神，他们的奇异功能和非凡事迹广泛涉及天上、地面和深渊亦即宇宙三界，这种内涵使观众在目睹眼前既定的实景之际，很容易"想见"一个浩瀚无比的宇宙空间。然而，"想见"终究有别于"直观"，《约伯记》则为读者正面描述了神人对话的宏伟场面，使人得以直面一个奇妙的艺术空间。

## 二、空间与旅行

世界文学史上有一类"旅行文学"，叙事框架是作品人物的游历行程，主人公处在接连不断的旅行或迁徙过程中，该过程既是情节发展内在的线索，也展示出事件依存的外部空间。荷马史诗《奥德赛》是这类作品的最古范例之一，主线是希腊英雄奥德赛在特洛伊战后返乡途中十年海上漂流的经历。但丁的《神曲》亦属旅行文学，借助主人公幻游地狱、炼狱和天堂的经过，绘出一幅瑰丽壮观的宇宙全景图。约翰·班扬的诗体寓意小说《天路历程》也以旅行文学的构架写成，主线是一个名为"基督徒"的人如何历尽艰险奔向天国，从"将亡城"启程奔向郇山，先后遭遇"失望"沼泽、死荫幽谷、"名利场"、"疑惑"城堡……等的阻碍，终于抵达"愉快山"，遥望天都，进入安静国。这类作品还能举出流浪汉小说《小癞子》和游历小说《格列佛游记》等，其中后者叙述了船长格列佛四次航海，相继游历小人国、大人国、飞岛国和慧骃国的奇异经历。中国古代也有旅行文学，名著首推《西游记》。

圣经叙事中多有旅行记载，这时的空间环境往往借助人物的运动轨迹而展开。处于运动中的人物能使读者明确感到空间的存在，如《撒母耳记下》述及大卫王在玛哈念的城瓮里等待战场上的消息时，先说"守望的人登上城门楼顶举目观看，见有一个人独自跑来"，又说"那人跑得渐渐近了"，再说"他的跑法好像撒督的儿子亚希玛斯的跑法一样"，最后说亚希玛斯来到大卫王面前，向他伏地叩拜（18：24—28），这一过程犹如一个电影镜头从远景、中景、近景到特写的连续转换，能使人对转换过程中的外部空间尽收眼底。这种写法在圣经中并不鲜见，又如《列王纪下》述及耶户称王时的一段文字：一个守望者站在耶斯列城楼上,三次向约兰王报告他观察到的情况,由于耶户正从对面驾车而来,守望者观察得越来越清楚,报告得也越来越具体(9:17—20)。其实,即使在那些似乎处于静态的场景中,也存在着叙述者目光的运动,比如伊甸园故事先写园子概貌,再来到"分别善恶树"跟前,继而回到树林之中,最后又述及园子外部。可以说,人物运动和叙述焦点的运动是圣经叙述者展示空间场景的两种基本手段。

由小及大,圣经叙述者不但擅长表现具体场景中的运动,也善于描写各式各样的旅行。两种材料——人物的活动和地名资料——在旅行故事中必不可少。在一段特定文本中这二者往往交相浑融,使读者看到某人离开某地踏上了旅途,随后行经某地或若干地点,最后又抵达某地。在许多情况下,旅行是由叙述者而非守望人或其他角色讲述的。正是从叙述者的讲述中,读者得知了亚伯拉罕的行程,看到他如何从迦勒底的吾珥迁到迦南,在迦南各地徙居,从迦南前往埃及,又从埃及回到迦南。读者还得知亚伯拉罕的老仆人如何从迦南去美索不达米亚为以撒觅妻利百加,又带着利百加回到迦南;雅各如何由于躲避以扫报复逃往美索不达米亚,20年后又返回迦南;雅各晚年如何携其众子去埃及的歌珊旅居;摩西如何由于打死埃及监工而逃往米甸,若干年后又按亚卫上帝的盼咐回到埃及;以色列人如何出埃及、过红海、穿越西奈旷野、行经以东和摩押之地,终抵"流着奶与蜜"的迦南。就这样,一个极其广阔的叙述空间在读者面前呈现出来。

如果说上述运动均发生于以色列人立国之前,那时他们尚处于居无定所的流离漂泊阶段,然而在色列人立国以后,人物主体也经常处在运动状态中,当事人不但奔波于国内各地,也时常前往异国他乡。据白云晓考证,仅扫罗秉政期间大卫就逃亡14次,相继去过拉玛、挪伯、迦特、亚杜兰洞、米斯巴山寨、哈列树林、基伊拉、西弗旷野、玛云旷野、隐基底旷野、巴兰高原、哈基拉山、洗革拉等地;此外,他称王前后还多次领兵赴各地征伐。[1]以利亚的一生四处周游,在基列预言天必干旱,在约旦河东的基立溪旁得到乌鸦供养,在西顿的撒勒法救助寡妇,在迦密山斗败巴力神的450个先知,在何烈山领受亚卫的命令(王上17:1—6,9,10;18:20;19:8)。一般说来,旅行只是当事人生平行为的记录,其间的地名仅仅是事件发生的方位标识,但在某些情况

---

[1] 白云晓编译:《圣经人名词典》,北京:中央编译出版社,2002年,第49—53页。

下，人物的运动历程也能成为情节的焦点和结构的主干，这便是追捕或追击故事的特征。扫罗追捕大卫的著名故事绵延8章（撒上19—26章），此间扫罗闻风而动，穷追不舍；大卫则落荒而逃，惶惶如丧家之犬。基甸追击西巴和撒慕拿（士8：4—21）、约押和亚比筛追击示巴（撒下20：10—22）的经历也构成叙述的主体。

《旧约》叙事卷籍中常有人物运动的明晰轨迹。《路得记》开篇时以利米勒一家居于犹大的伯利恒，从那里动身前往摩押寄居。叙述者先概述十年寄居的简况，继而正面描写拿俄米如何携路得从摩押回到家乡伯利恒。此间有一个人物迁徙的空间框架："伯利恒—摩押—伯利恒"（得1：1，2，6，19）。回乡后拿俄米和路得居于伯利恒城内，路得去乡下的田里拾麦穗，晚上把拾到的麦穗带回城里，夜间又去乡下的麦场上与波阿斯谈婚论嫁，事后再返回城里的家中。这段故事的空间环境是"城里—乡下麦田—城里—乡下麦场—城里"（1：19；2：3，18；3：6，15）。最后，波阿斯与路得的至近亲属谈判之事发生于城门处（4：1），按希伯来古俗，那里是长老们判断民事纠纷之地。《约拿书》中的空间线索也一目了然，起点应是犹大地区，约拿在那里接到前往尼尼微传道的指令，但他却背道而驰，在约帕登上开往他施的航船，航船遭遇风暴，他被投入大海，被一条大鱼吞入腹中，三天三夜后又被复吐于岸。此后他抵达尼尼微，最后在城东搭一凉棚，欲在棚下观看城中之事，空间线索是"（犹大—）约帕—海上—鱼腹—海岸—尼尼微城—城东"。

《新约》叙述者在借助人物运动展现空间背景方面也是行家里手。耶稣毕生都在奔波行动之中，其活动范围可粗略分为三个区域：（1）加利利，这是耶稣童年居住和早年传道的地方，其中拿撒勒是他的故乡，迦拿是他变水为酒之地，加利利海西北岸的提比哩亚、迦百农、哥拉汛、马加丹等地是他经常出入的区域。（2）撒玛利亚和外邦的境界，这是耶稣传道所及之地，他曾在叙加的雅各井旁与一个撒玛利亚妇女谈道，在推罗、西顿境内救活一个叙利腓尼基族妇女的女儿（可7：24—30）。（3）耶路撒冷，这是他传道的终点和受难、复活、升天之处，城里的圣殿是他经常布道之地，周围的伯大尼、伯法其、以马忤斯也留下他生前及复活后的足迹。

上述三个区域构成耶稣生平的总体空间，在此前提下，叙述者对情节进展中的具体空间也有精彩描述，且以《路加福音》卷首的"平安夜"（2：1—

20）为例：第一阶段，约瑟和马利亚从加利利的拿撒勒去犹太的伯利恒报名上册，显示出故事序幕的地理背景；第二阶段，两条线索平行发展，马利亚在伯利恒客店的马棚里生下婴儿耶稣，牧羊人在伯利恒郊外听到"大喜的信息"；第三阶段，两条线索合为一体，牧羊人从郊外前往客店的马棚，朝拜刚刚降生的圣婴。值得指出的是，叙述者不但描写了地面的水平空间，还塑造出一种天地一体的立体空间：天使从天而降，与天兵同唱赞美诗，继而离开牧羊人升天而去，他们的垂直行迹和约瑟、马利亚及牧羊人的平面行动交相重叠，共同构成一种三维空间。

《使徒行传》中的保罗生平几乎完全在旅行中度过。他早年还是犹太教徒时就从耶路撒冷前往大马士革搜捕基督徒。皈依基督后他三次长途跋涉旅行传道，第一次（约公元47至49年）与巴拿巴同行，从叙利亚的安提阿出发，途径居比路岛、亚大利、别加来到彼西底的安提阿，再沿罗马公路到以哥念、路司得和特庇，尔后原路返回，从亚大利乘船回到叙利亚的安提阿。第二次（约公元50至52年）与西拉从安提阿出发，途中吸收提摩太同行，经特罗亚渡过爱琴海前往欧洲，在腓立比、帖撒罗尼迦工作一段后抵达庇哩亚，继而又去希腊名城雅典和哥林多；再后来他和亚居拉、百居拉一道前往以弗所，把他们留在那里，自己返回安提阿。第三次（约公元53至57年）仍从安提阿出发，重访加拉太各教会后在以弗所居住三年之久，接着渡海去马其顿和希腊看望信徒，又去哥林多，在那里居住三个月，回程避开以弗所，取道米推利尼、基阿、撒摩、米利都、罗底、帕大喇等地，再乘船经由推罗和该撒利亚，回到耶路撒冷。保罗晚年被囚时要求去罗马上诉，得到允准，遂乘船从该撒利亚出发，经西顿到小亚细亚西南海岸的每拉和革尼土，换船后来到克里特岛，又漂泊14天，搁浅在米利大岛；尔后经叙利古、基利翁到达部丢利，登岸后沿亚比乌市、三馆抵达罗马。保罗的传记提供了一个生动范例，使读者得以形象地看到情节、人物、旅行和空间背景相互依存的关系：情节演变和人物塑造是同一过程中的两个侧面，这一过程的外部形态是主人公的旅行经历，该行程中的每一站都示以一个独特的地名，每个地名都是带有特定意蕴的空间符码；这些符码由人物的行程串连起来，构成一部纪事性作品的空间背景。

### 三、空间背景的特征

首先，圣经叙事作品的空间背景往往用极其简略的语句写成。作者对空间描写惜墨如金，几近无以复加的简要程度。从圣经中不仅绝难看到巴尔扎克或左拉作品中那种铺张繁缛的环境描写，而且很难发现哪怕只有几行的专门描述。其叙述者的确经常提到各种地名，包括城邦、乡镇、河流、山脉、原野、沙丘、林地和田园的名称，也包括城镇或乡村中某些处所的名称，但通常只是提到而已，而非作为陈述对象特意刻划。一般说来，地点仅仅是事件发生的场所或旅行的起点和终点，而不意味着某种自然风光和人文景致。读者很难追随雅各的脚步观赏从别是巴去哈兰的沿途景观，也不知耶路撒冷的街道布局、房屋样式有何特色。除了各种地名和"山上"、"湖边"、"殿里"一类方位术语，读者几乎看不到与情节无关的空间资料。假如圣经故事与现代小说更相似些，其中也许有"红海掀起了滔天巨浪，将埃及追兵的凄厉喊声淹没"、"犹大旷野上热风骤起，粗糙干燥的沙粒漫天飞扬，使传道行程中的门徒干渴难忍"一类词句，但这类绘声绘色的讲述绝难发现于圣经文本中，举凡空间对象的质地、音响、气味、温度……之类，通常都留给了读者的想象。或许稍有例外的是《以斯帖记》第1章6节对波斯王宫御花园的几句描写："有白色、绿色、蓝色的帐子，用细麻绳、紫色绳从银环内系在白玉石柱上，有金银的床榻摆在红、白、黄、黑玉石铺的石地上。"这句话对园中帐子、石柱、床榻和地面的原料及色泽做了一定勾画，但其目的不在于赞美波斯王宫的豪华，而是要引出一件奇事：一个寻常人家的犹太女孩以斯帖即将被册封为波斯帝国的王后。

这种简洁笔法导致圣经叙事文本中时常出现大幅度的"空间省略"。叙述者提到某个地名，它是当事人旅行的出发点；紧接着述及另一个地名，它已是旅行的目的地——从出发点到目的地之间的各种空间转换都被一笔勾销。比如亚伯兰按照亚卫的吩咐携带家眷和财产从哈兰"往迦南地去，他们就到了迦南地"（创12:5），似乎从哈兰到迦南只有一步之遥。又如亚伯拉罕的老仆人从迦南动身去美索不达米亚为以撒觅妻，"取了十匹骆驼，并带些他主人的各种财物，起身往美索不达米亚去，到了拿鹤的城"（24:10），好像前脚刚刚出发，后脚就抵达了目的地。再如摩西杀死埃及监工后"逃往米甸地居住"（出2:15），他怎样逃的、途中有何见闻一概不知，叙述者随后又开口时，他已经在米甸的井旁为祭司的女儿们饮羊。当然，在某些情况下叙述者也会提到旅行途中的地名，甚至一系列地名，但它们大都有其重要性，不便省略。雅各从别是巴前往哈兰的途中在路斯过夜，次日清晨为之更名"伯特利"，意谓"神的殿"（创28：10—19），该地之所以被述及，是因为雅各在那里过夜时梦中得见天梯，领受了亚卫的祝福。押沙龙叛乱前期大卫从耶路撒冷逃亡，经由基伦溪、橄榄山、巴户琳、约旦河等地到达玛哈念，这些地名记录了那场王族内乱的地理方位。

  一般说来，与全然抽象、无法直接感受的时间相比，空间是具体的，能够被人的感官所体验，这一特点导致空间往往比时间易于表现，只要叙述者略加勾画，其形状或场景就能呈现出来。然而圣经中的事实却是，空间方位只作为事件的背景和情节线索的依托而存在，它们不但被压缩到最少数量，而且几乎不显示外在表征。何以如此？原因之一在于叙事文学中空间与时间的紧张关系。文学是时间艺术，它的叙述活动必须在时间中进行。它固然能借助语词描绘空间图画，并达到相当逼真的程度，其描绘却须臾离不开时间：只要对地点或场景做出或多或少的具体描绘，叙述时间就会延续，被叙述时间就会停顿，叙述速度就会放慢（详前第五章第二节）。而打断故事时间，以放慢叙述速度为代价，将某些静止的描述或说明成分引进文本，与圣经叙事性作品之强劲有力的风格绝不相容。圣经叙述者致力于给人以紧迫的时间感，追求故事时间的急速流动，以至于会尽量避免叙述过程中的停顿，包括避免通常在停顿状态下进行的空间描写。空间基本上是静止不变的，在变化不定的情节中大致属于异质因素；展示情节的波澜起伏主要是时间的功能。既然追求迅捷的叙事风格，所有在停顿状态中才能实现的描述或说明就必须压缩到最小篇幅，这使读者不仅很少看到景物描写，也很少看到对于人物外貌、服饰、器具用品的刻划。

  这里有必要特别辨析所罗门圣殿和新耶路撒冷城的景观描绘。《列王纪上》第5至7章详细记载了所罗门圣殿的外形、内部结构和装饰，包括殿内圣物基路伯天使像、铜柱、铜海、铜座、铜盆的形状和尺寸，以及铲子、盘子、灯盏、蜡剪、镊子、调羹、火鼎……的情况；《启示录》第21至22章精心描述了新耶路撒冷城的景观，包括城墙、城门、城基的质料、色泽和形状，生命水之河和生命树的性质及其功能等，它们似乎是铺张繁详的空间描写。其实这两处皆属于"宗教圣所（圣地）说明文"，本义是从神学视角展示圣所或圣地的内部构成，而非表面地描画其自然外观。

圣经叙事空间的另一特征是，相关的背景常能形成彼此对照的审美效应。米克·巴尔注意到，不同场景能形成相互对照的关系，她说：

> 将场所加以分组是洞悉成分间关系的一种方式。内部与外部之间的对照通常相互关联，内部可以带有防护、外部则带有危险的意思。这些意思并非恒定不变地与这样的对立关系联系在一起。同样可能的是，内部表示严密的限制，外部表示自由，或者是我们所看到的这些意思的结合，或从其中一种到另一种的拓展。[1]

在阐释其论点时她举例道："城市与乡村的对立可具有不同的意义，有时作为藏污纳垢的罪恶之所对立于田园诗般的净土，或作为具有魔术般致富的可能对立于农夫的辛勤劳作，或作为权势之所对立于乡村里的人们的无权无势。这一对立本身也可能适得其反，比如，当城里的富人相当有限，而生活在贫民窟的大众比起那些至少还可以自给自足的农夫境况更糟的情况下，就是这样。"[2] 稍加观察即可发现，圣经中到处都有这类形态和寓意都相互对照的空间场景，其中最常见的是天与地的对照。

在《旧约》中，天是个拱形的巨大穹苍，覆盖在地面上，有门可以打开降雨，也能降下冰雹、硫磺与火等毁灭性力量。天上的星宿由神手所造，是神之荣耀的彰显；天本身是属灵的境界，亦即上帝的居所。耶稣对门徒说："在我父的家里有许多住处……我去是要为你们预备地方。"（约14：2）语中所言"我父的家里"即天上。耶稣复活后被天父接到天上；天使提醒其门徒，耶稣将来还会从天上再临。正因为天界是神的居所，两个义人——以诺和以利亚——才未经死亡便被接上天去；以色列人出埃及时，亚卫才在云柱和火柱中引领他们；耶稣受洗时，才有声音从天上传来："这是我的爱子，我所喜悦的。"（太3：17）五旬节时圣灵也才从天而降，使门徒都能说出异国的语言。按圣经的多处记载，"地"的含义与"天"恰成对照，乃是贪婪、邪恶、妄自尊大的人类家园。亚伯的血滴落在地上，见证着人类始祖第一代子孙的凶

---

[1] 米克·巴尔：《叙述学：叙事理论导论》（第二版），谭君强译，北京：中国社会科学出版社2003年版，第257页。

[2] 米克·巴尔：《叙述学：叙事理论导论》（第二版），第257—258页。

杀之罪（创4：10，11）。亚卫从天上降下硫磺与火，焚毁地上的罪恶之城所多玛与蛾摩拉（19：24）。耶稣也认定地与天恰成对照："我对你们说地上的事，你们尚且不信，若说天上的事，如何能信呢？"（约3：12，13）他教诲门徒："不要为自己积攒财宝在地上，地上有虫子咬，能锈坏，还有贼挖窟窿来偷；只要积攒财宝在天上，天上没有虫子咬，不能锈坏，也没有贼挖窟窿来偷。"（太6：19，20）概观之，"天与地"所反映的乃是"圣与俗"、"崇高与卑劣"的对立和冲突。

高天下面存在着地面和大海的对照，相对于人类居住的地面，大海往往是风狂浪猛、危及人类生存之地。地面上又有山地和平原之别，亚兰人在山地与以色列交战大败而归，便说亚卫"是山神，不是平原的神"，"我们在平原与他们打仗必定得胜"（王上20：25，28），殊料翌年在平原上较量，他们又一次兵败如山倒。地面上还有城镇、乡村、市场等人类活动之地与荒芜区域如旷野或沙漠的对立，较之前者，后者被描写成缺乏基本生存条件的不毛之地。除了这些涉及自然条件的对立，马尔本（E. S. Malbon）还注意到一种渗入了主体感受的空间对应，比如加利利和耶路撒冷的对照：在《新约》成书时代加利利是基督教诞生的摇篮，耶稣在那里召选门徒，传教布道，治病救人，如鱼在水，悠游自得；耶路撒冷则是充满敌意和仇恨之城，耶稣在那里遭遇无情的迫害，最后被钉上十字架。马尔本进而提出"熟悉空间"与"陌生空间"的对照，认为犹太人对自己的家园比对陌生的外邦之地更熟悉，基督徒对加利利比对冷酷的耶路撒冷更亲近，在耶路撒冷地区他们对外围的伯大尼、橄榄山和客西马尼园比对圣城和圣殿本身更亲切。[1]耶稣向门徒预言未来的大灾难时"在橄榄山上面对圣殿而坐"（可13：3），流露出的便是上述两类空间的对立。

空间整体中既然存在着种种相互对立的范畴，就必定引出有关"边界"的思考。弗雷尼（S. Freyne）和马尔本都注意到边界在一组对立范畴中的沟通、接连和过渡意义。[2]在《鲁滨逊漂流记》中，鲁滨逊生存的海岛在陆地与大海之间发挥了调节作用，表面上是一块封闭之地，其实却成为主人公的自由乐园。据《马太福音》记载，一天"耶稣从房子里出来，坐在海边，有许多人到

---

[1] E. S. Malbon. *Narrative Space and Mythic Meaning in Mark.* San Francisco: Harper & Row, 1986, pp.35—48.

[2] S. Fryene. *Galilee, Jesus, and the Gospels: Literary Approaches and Historical Investigations.* Philadelphia: Fortress Press, 1988, pp.33—68.

他那里聚集，他只得上船坐下，众人都站在岸上"（13：1，2）。岸上站满了人，海里又难以立足，耶稣乃上船教训众人；船作为陆地与海面的中介物，充当了沟通二者的过渡性空间。如果说船能调解陆地与大海的对立，高山就能缓解大地与天空的对立。较之地面的其他处所，高山更接近于上帝居住的天宇，故成为祷告的最佳场地，也是接受启示的理想场合。据载耶稣时常登山祷告，亦曾在山上改变形象，聆听天父之言（可6：46；9：2）。耶稣教诲众人，末世的征兆出现时，"应当逃到山上"，未及上山的要上房，"在房上的不要下来，也不要进去拿家里的东西"（13：14，15）——似乎山上或屋顶离天上更近，在那里能减轻受灾的程度。如何理解边界的过渡性质？米克·巴尔做过如下论述："两个对立场所的界线可以起到一种特殊的作用。就像在基督教神话中炼狱可以作为天堂与地狱的中介……一样，商店作为外部与内部之间，海作为社会与荒野之间，海滩作为陆地与大海之间，花园作为城市与乡村之间的过渡场所，所有这一切都能起到一种中介物的作用。"[1]可见相关的场景并非截然对立，二者的结合部位可能有一种中介物存在，在对立面之间发挥某种缓冲的功能。

最后，圣经的空间背景处理还能与人物塑造相生互动。现代学者对19世纪现实主义文学有"典型环境中的典型人物"之论，说的是环境与人物相互依存相互影响的互动关系。圣经的空间背景与其人物之间也有类似关系，虽然远远达不到现实主义文学的典型化程度。且以《出埃及记》为例：

> 以色列人出埃及的历史叙事是一部气势磅礴的民族史诗，树起四个生动鲜明的不朽形象——大智大勇的摩西、威严全能的上帝、顽梗狡诈的法老、卑微懦弱的以色列众人，他们的塑造都离不开空间背景的烘托和反衬。以奇渡红海为界，出埃及之事可分成两个阶段，第一阶段的主要角色是摩西、上帝和法老，矛盾冲突的高潮是摩西奉上帝之命以"十灾"击打法老。"十灾"指十大灾害，包括蛙灾、虱灾、蝇灾、畜疫之灾、疮灾、雹灾、蝗灾等，它们在叙事文本中其实是特意营造的空间背景，对凸显人物性格能发挥极其重要的作用。灾害接二连三地降临埃及，法老每次都稍被震摄而略有退缩，但灾情刚过就故态复萌，拒不允许以色列人离境；接着摩西由亚卫授意降下又一轮灾害，如此循环往复接连十次，最后才将法老制伏。正是在此过程之中，摩西、上帝和法

---

[1] 米克·巴尔：《叙述学：叙事理论导论》（第二版），第258页。

老的个性均得到充分展示。

从奇渡红海到抵达约旦河东岸，出埃及的叙事进入第二阶段，此时期外部环境对人物塑造也有不容忽视的重要性。面对缺食少水、毒蛇出没的恶劣条件，以色列人悲观丧气、怨声载道，甚至想走回头路，回埃及去再作奴隶。摩西则按上帝的吩咐击石出水，让百姓吃到由天而降的鹌鹑和吗哪，并造铜蛇挂于杖头，使被蛇咬伤者望之而得痊愈。以色列人漂流旷野的中心场景是西奈山立约，述及此事时作者特意刻划了亚卫降临的异常景观：

> 到了第三天早晨，山上有雷轰、闪电和密云，并且角声甚大，营中的百姓尽都发颤。摩西率领百姓出营迎接神，都站在山下。西奈全山冒烟，因为亚卫在火中降于山上，山的烟气上腾，如烧窑一般，遍山大大地震动。角声渐渐地高而又高，摩西就说话，神有声音答应他。（出19：16—19）

这是以空间背景烘托角色的一个范例。西奈全山冒烟，雷鸣电闪交作，角声入云，遍山震动，烟气上腾，如同烧窑一般，凡俗百姓无不瑟瑟颤抖，唯独摩西在角声中与神对话。这个场面能给人以强烈感受：亚卫神至高无上，摩西是他在世间的代言人，芸芸众生都是神藉摩西引领的对象。

福音书中多次出现借助异常景观刻划人物的著名片断，比如"耶稣平息风浪"（太8：23—26）——耶稣带门徒乘船行于海上，不料风浪骤起，门徒个个惊惶失措，耶稣却在船舱里安然入睡。他被门徒唤醒后从容起身，斥责风和浪，使之应声平静下来。这个片断通过耶稣和门徒面对风浪的不同表现，说明耶稣拥有超自然的权能，能拯救其门徒摆脱意外的艰险；门徒则缺乏信心，离不开主的保护和救助。又如"幔子撕裂"（可15：37）——耶稣在十字架上断气之际，"圣殿的幔子从上到下裂为两半"。通常认为这是一处隐喻，透过圣殿外景（一幅悬挂在圣所入口处的幕布）对耶稣之死的异常感应，喻示耶稣的献身破除了人与上帝之间的隔膜，使人得以直接进入圣所，与上帝重新和好。其实这是古代作家惯用的笔法，意在表现当事人的遇难是一桩异乎寻常之事。古罗马文学常有类似描写，如称皇帝该撒、克劳狄、尼禄、维斯帕先等死前都出现关闭之门突然敞开的预兆。罗马贵妇人卡普尼亚曾于其丈夫被刺前夜梦见房屋的山墙突然倒塌。《希伯来福音书》则说，耶稣死时圣殿的整个屋顶都坍塌下来。这些描写的共性在于，正面讲述一件发生在相关空间里的灾变，暗示当事人的身份非同寻常。

《使徒行传》中也有不少借助外部空间表现人物性格的著名章节，仅以"航船搁浅"（徒27：13—44）为例，该文叙述了保罗乘船前往罗马途中的艰险历程，许多场面写得扣人心弦，动人魂魄。研究者认为，这是西方古代海难纪实中最出色的篇章之一，可以和荷马史诗《奥德赛》中的海难叙述相媲美。[1] 据保罗自述，他传道时"屡次行远路，遭江河的危险，盗贼的危险，同族的危险，外邦人的危险，城里的危险，旷野的危险，海中的危险，假兄弟的危险。受劳碌，受困苦，多次不得睡，又饥又渴；多次不得食，受寒冷，赤身露体。"（林后11：26，27）这些来自外部环境——自然环境或社会环境——的磨难使保罗的行程异常艰险，也使他的人格日趋高尚。

### 四、类型化空间

圣经中的空间背景常有"类型化"特征，即其能依据某一尺度分类，同类背景表现出某些共同特色。试看以下各例：

1. 路

既然旅行或迁徙常见于圣经，与其紧密相关的空间背景"路"就会屡见不鲜。比如亚卫的使者在书珥旷野的路上遇见夏甲（创16：7）；拉结死后葬在以法他的路旁（35：19）；腓利在从耶路撒冷去迦萨的路上向埃提阿伯太监传福音（徒8：26）等。从举目可见的空间之路，希伯来智者引申出观念形态中的"人生之路"，劝人"保守公平人的路，护庇虔敬人的道"，指责恶人"舍弃正直的路，行走黑暗的道"，认定"淫妇的路偏向阴间"，亚卫"必指引你的路"（箴2：8，13，18；3：6）。古代先知以赛亚发出著名预言："有人声喊着说：'在旷野预备亚卫的路，在沙漠地修平我们神的道。'"（赛40：3）数百年后，传福音的马太认定以赛亚所预言者即是施洗者约翰，他在犹太旷野传道，要"预备主的道，修直他的路"，而"主"就是万民盼望的耶稣基督（太3：3）。《马可福音》中16次出现"路"，耶稣与其门徒在路上走遍加

---

[1] 黄汉平：《路加的叙述策略》，载梁工等编选《圣经与文学阐释》，北京：人民文学出版社，2003年，第317页。

利利,进入外邦人之地,最后抵达耶路撒冷城。

罗斯认为,马可笔下的"路"其实是"上帝之道"的隐喻,"在路上"不仅意味着在一种物质性的地上移动,还喻指朝着上帝制定的目标行进。[1]《使徒行传》第9章2节称基督徒为"信奉这道"的人,其实"道"即"路",指一条信仰之路。在这条路的终点,耶稣将以其受难宣告上帝的统治权;对于门徒来说,这次旅行则是一次感受和理解耶稣之路的精神苦旅。在福音书中,信仰之旅的题旨还透过"领路"和"跟随"的模式表现出来:约翰奉差遣在耶稣前面先行,耶稣又是门徒的领路人;耶稣在约翰后面来到,门徒又追随着耶稣。换一个角度,上述信仰之旅还显示为一种三度重复的人生程式:约翰由上帝派遣而来,是古代先知预言的开路者,他被犹太当权者抓拿,最后被斩首死于非命;耶稣亦由上帝派来,是古代先知预言的弥赛亚,他也被犹太当权者抓拿,最后被钉死在十字架上;门徒则紧跟耶稣的脚步,由他派遣向各族传福音,他们将被当权者捉拿,背起各自的十字架,但亦终将得到永恒的生命。叙述者以此示意,由施洗者约翰预备、耶稣行走的上帝之路必将为后来的门徒所追随。

2. 河

巴勒斯坦干旱缺水,河流也不多见,这使"河"成为圣经叙述者心驰神往的空间意象。在他们笔下的至乐之地伊甸园中四条大河穿园而过,滋润着肥田沃土,第一条叫"比逊",词根意谓"涌出";第二条叫"基逊",意思是"飞溅";第三条叫"希底结",据考即底格里斯河;第四条叫伯拉河,即今幼发拉底河。河水有纯净的质地,能养育生命,以至成为生命的象征,同时也有涤污除垢的功能。耶路撒冷北方的高山上有汲沦溪流出,向南行经城东与橄榄山之间的狭谷,蜿蜒注入盐海,那溪是以色列人清理污物之处。希西家在位时将耶路撒冷的偶像祭坛尽都除去,抛入溪中(代下29:16;30:14),约西亚称王时再次清理异教祭物,在汲沦溪旁烧掉,灰烬倾倒于溪中(王下23:4—6,12)。涤污除垢的引申义是铲除恶人和仇敌,此义项在基顺河的纪事中得以体现。"基顺"意谓"弯曲",特指巴勒斯坦一条仅次于约旦河的重要河流,从耶斯列平原流向西北,穿过狭窄弯曲的河道注入地中海;该河水涨时节能泛滥于耶斯列平原,使河道两岸形成一片泥泞的沼泽。据《士师记》载,迦

---

[1] David Rhoads and Donald Michie. *Mark As Story: An Introduction to the Narrative of a Gospel.* pp.64—65.

南将军西西拉率领900辆铁甲战车与以色列人争战时，曾被"基顺古河……冲没"（5：21）。以利亚斗败巴力的450个先知后，则在基顺河边把他们除掉（王上18：40）。

纵贯《旧约》和《新约》的重要河流首推约旦河，该河发源于黑门山和黎巴嫩山之间，流经呼勒湖和加利利海，向南注入死海。约旦河被视为圣河，自古多有奇迹发生。雅各携家眷从哈兰返回迦南途中在雅博渡口过约旦河，与天使较力得胜而被改名"以色列"（创32：10）。以色列人漂流旷野后在耶利哥对面渡过约旦河而进入应许之地，那时祭司抬着上帝的约柜先行，脚刚入水，河水就在上游止住，使众民得以从干地上顺利过河（书3：14—17）。先知以利亚升天之前也在耶利哥对面过河，用外衣打水使之分向两边，他和以利沙从干地上走过（王下2：8，14）。犹太人自古相信约旦河水能洗净人的肉体和灵魂。亚兰王的元帅乃缦患麻风病后，按以利沙的吩咐用约旦河水沐浴七回，病症便彻底消除（王下5：9—14）。施洗者约翰传道时用约旦河水为众人施洗，甚至为耶稣施洗（太3：5，6，13—15）。此后，在河水中受洗成为初期基督徒必经的礼仪，它象征洁净，意味着灵魂已接受基督恩典的沐浴；也象征摆脱旧人成为新人——据说受洗者须从一岸入水而从另一岸出水，表明在受洗的刹那间其生命进入一个新世界。受洗还象征信徒与基督合而为一：施洗之水须漫过人头，示意当事人与耶稣同死；随后当事人从水中抬起头，象征着与耶稣一起复活。

3. 旷野

古代犹太人和初期基督徒的活动与五个旷野密切相关，它们是：（1）书珥旷野，上帝在那里对夏甲说话（创16：7）；（2）米甸旷野，摩西在那里渡过其中年（出2：15；3：1）；（3）汛旷野，以色列人去西奈山时从那里经过（出16：1）；（4）巴兰旷野，大卫逃避扫罗追捕时去过该地（撒上25：1）；（5）阿拉伯旷野，保罗皈依耶稣后曾去那里静修（加1：17）。旷野是荒凉而贫瘠的沙漠之地，弥漫着与人为敌的气息，以致成为表现两大母题"试探"和"预备"的恰切空间。

以色列人出埃及、过红海后进入汛旷野，在那里遭遇艰难困苦的考验，缺食断水。许多意志薄弱者经不起考验，欲走回头路；上帝便从天上降下鹌鹑和吗哪，让摩西击石出水，为他们提供食物。众人抵达加低斯巴尼亚后听信十个探子的不实之言，对进入迦南丧失信心，向上帝大发怨言，以致触怒上帝，遭到漂流旷野40年的惩罚。无独有偶，耶稣也在旷野遇到魔鬼撒旦的试探，接连40天，但他全然抵御了试探（可1：13），并赢得天使服侍。门徒们也在旷野遭遇试探，信心不足，以为耶稣无法在那荒凉之地为众人提供食物，而耶稣却向天祈祷，以五饼二鱼使数千人吃饱，且有不少剩余（可6：32—44）。新旧两约的纪事前呼后应，都以旷野的险恶环境试探人心，又以提供食物之奇迹烘托上帝的仁慈、怜悯和大能。

试探的另一面是磨炼和预备，以艰苦条件磨炼当事人的意志，为其预备进入新生的必要素质。以色列人漂流旷野40年，为他们进军迦南、占据应许之地做了充分准备。以赛亚宣布，上帝的荣耀显现之前，必有人在旷野为他预备道路（赛40：3）；福音书认定，那位预备道路的人乃是施洗者约翰，他身穿骆驼毛的衣服，腰束皮带，以蝗虫和野蜜为食，先于耶稣在犹太的旷野传道，为耶稣的到来做准备。而耶稣传道之前在旷野接受撒旦的试探，也为他担负弥赛亚使命进行了必要的预备。

4. 海

"海"是圣经中又一多次出现的空间意象，给人的直观印象是混乱无序和充满敌意。它的原型是上帝创世之前的空虚混沌状态，那时尚无时间和空间，只有大水深渊，"渊面黑暗，上帝的灵运行在水面上"（创1：2）。在巴比伦创世史诗《艾努玛·艾立什》中，创世之前也是空虚混沌状态，也有黑暗的深渊，只是深渊被人格化为女妖提阿马特，她被年轻的马尔都克神击败，尸体成为他创造天地的物质原料。据《旧约》其他卷籍提供的内证，希伯来上帝经历过与水中妖魔的争斗："你曾用能力将海分开，将水中大鱼的头打破；你曾砸碎鳄鱼的头，把它给旷野的禽兽为食物。"（诗74：13，14）以赛亚也论及上帝刀劈不可一世的大海怪："到那日，亚卫必用他刚硬有力的大刀刑罚鳄鱼，就是那快行的蛇，并杀死海中的大鱼。"（赛27：1）"鳄鱼"指一种名为"利维坦"（Leviathan）的海怪，在犹太传说中是穷凶极恶的庞然大物和海洋霸主。当上帝用大洪水除灭人类时，"海"的意象令人惊惧万分，因为——

> 水势在地上极其浩大，天下的高山都淹没了。水势比山高过十五肘，山岭都淹没了。凡在地上有血肉的动物，就是飞鸟、牲畜、走

兽，和爬在地上的昆虫，以及所有的人都死了；凡在旱地上、鼻孔里有气息的生灵都死了；凡地上各类的活物，连人带牲畜、昆虫，以及空中的飞鸟，都从地上除灭了。（创7：19—23）

尽管如此可怕的大洪水后来再未重现，"海"仍然每每给人带来灾难。以色列人出埃及后行至红海，后有法老的追兵，前有波涛汹涌的大海，若非摩西奉神意在海底辟出一条干路，民众的命运不堪设想。约拿违命乘船前往他施时，海上"狂风大作"，几乎把航船掀翻；船员们无奈把约拿抛进海中，才使狂浪平息（拿1：4，15）。在福音书中，海是两千头猪的葬身之处，是惩罚罪人的刑场（可5：13；9：42），也是试探和考验门徒信心的地方。门徒随耶稣乘船同行，海面上突然风狂浪猛，耶稣在船尾安然入睡，门徒却禁不住惊呼救命（可4：35—38）。又一次，耶稣在风浪中行于海面，被门徒误称为"鬼怪"；彼得欲效仿老师也在海上行走，刚一下水就沉没下去（太14：25，29）。

与此同时，海又是上帝彰显其卓越能力的场所。正是从空虚混沌之中，上帝用话语创造了世间万物和人类，其中包括汇聚了天下之水的海（创1：10）。毁灭生灵的大洪水固然可怕，它却是上帝惩罚罪人的手段。在波浪翻滚的红海岸边，上帝对子民实施拯救后，将埃及的追兵尽都溺毙。当约拿违命背道而驰时，上帝兴起海浪阻止他，又令大鱼将他吞入腹中。在风浪骤起之际，耶稣使之瞬间平息，并借以训诲门徒：弥赛亚本是大自然之主，对他必须虔信不移。

5. 谷

巴勒斯坦的地形复杂多变，有崇山峻岭，也有洼地峡谷。圣经中有名可稽的山谷多达十几个，其中许多是兵戎相见的古战场。比如，西订谷是以拦王基大老玛等四王与所多玛等城的五王交战之处，那次战争殃及亚伯兰家族，四王联军劫掠了罗得及其财物（创14：1—12）；亚割谷又名"灾难谷"，是犹大支派的亚干被乱石击毙之处，亚干在艾城之役中私藏战利品，导致以色列人失败，结果遭此严罚（书7：24—26）；亚雅仑谷是约书亚追击亚摩利人的古战场，在那里以色列人见证了太阳和月亮停止运行的奇迹（书10：12）；梭烈谷是妓女大利拉的居处，士师参孙在那里堕入情网，被大利拉出卖给非利士人（士16：4）；以拉谷是以色列人与非利士人交战之地，大卫在那里击毙非利士猛将歌利亚（撒上17：2；21：9）；利乏音谷是以色列与非利士人交战的又一地区，大卫在那里大获全胜（撒下5：22）；盐谷位于死海南部，犹大王亚玛谢在那里击败以东大军（王下14：7）；比拉迦谷是犹大军队获胜之地，约沙法王在那里盛赞上帝（代下20：26）。

圣经叙事空间的独特之处在于从真名实地引申出某种神学的比喻义或象征义。约珥说，上帝将在约沙法谷或断定谷审判列国（珥3：12—14）。以西结称，哈们歌革谷将成为邪恶势力歌革的葬身处（结39：11）。耶利米说，亚卫上帝要把欣嫩子谷改名为杀戮谷，使那里尸首成堆，甚至无处可葬（耶7：31，32）。欣嫩子谷是耶路撒冷城南的一条峡谷，自所罗门时代起就成为祭拜异神之处，犹太人在那里将幼童烧死后献给亚扪人的神摩洛和迦南人的神巴力。至后世传说中它成为恶魔出没的恐怖之地，那里的陀斐特则是地狱的入口。英国小说家哈代在《远离尘嚣》中使用了这个典故："一声惊心动魄的炸雷把那棵高大而挺直的树干整个劈倒……随后，一切都静了下来，天黑得像欣嫩子谷中的山洞。"可见在西方文化中，"欣嫩子谷"已超越真实地名而成为阴森可怕之地的象征。

6. 山

在圣经的空间系统中，山的意象大都伴以肯定性内涵。它是正面人物的避难之地，常能给人以安全的庇护。摩西打死欺侮希伯来人的埃及监工后逃往西奈山附近的米甸旷野牧羊（出3：1）；以利亚杀死侍奉巴力的450个先知后，行走40昼夜抵达何烈山，躲在那里的一个山洞中（王上19：8，9）；耶稣教导门徒，末日来临时"应当逃到山上"，来不及上山的要上房，"在房上的不要下来，也不要进去拿家里的东西"（可13：14，15）。之所以上山能避难，是因为它更接近神的天上居所，且常被上帝用为发布启示之地。考察圣经的历史，可知上帝的启示都是在山上发布的。摩西为岳父叶忒罗牧羊时亚卫在何烈山上呼召他，让他去带领以色列人出埃及（出3：1—8）。出埃及后行至西奈山时摩西登上山顶，在山上居留40昼夜，领受了犹太教的基本信条"十诫"和繁详的典章律例（出19：20—20：17）。以色列人行经毗珥山时，亚卫使异教术士巴兰只能说出祝福之语（民23：28）。摩西晚年"从摩押平原登尼波山，上了那与耶利哥相对的毗斯迦山顶"，看到上帝应许给以色列人的土地，听到他的许诺"我必将这地赐给你的后裔"（申34：1，4）。以利亚在何烈山避居时也得到亚卫的谕示（王上19：8—18）。时至耶稣传道时代，似乎要呼应上帝在西奈山颁布律法，耶稣对门徒的著名教诲"登山训众"也是在山上发布的（太5：1）。耶稣还在山上改变容貌，那时门徒听到有声音从云彩里传出，说："这是我的爱子，我所喜悦的，你们要听他。"（太17：1，5）

　　天与地之间原本存在着绝对的差异和对立，圣经叙述者却构思出一个中间地带或过渡性空间，那就是山。作为上帝颁布启示之地，山既是凡人难以企及之处，也是非凡人物时常光顾之处。犹太教首任大祭司亚伦是在何珥山顶辞世的（民20：27, 28），摩西亦在摩押境内的尼波山上逝世（申34：1—5）。耶稣传道期间经常上山祷告（可6：46），直到被捉拿前夕还在橄榄山上的客西马尼园祈祷（14：26，32）；他受难复活以后亦在橄榄山上被接升天（徒1：9, 12）。山的意象还与以色列理想境界中的美好家园相联系，此乃诗人所言："黑门山的甘露降在锡安山，那里有亚卫所命定的福，就是永远的生命。"（诗133：3）至于通常象征犹太人家园的锡安山，《希伯来书》的作者称之为"永生神的城邑，就是天上的耶路撒冷"（12：22）。

## 第二节
## 社会背景

　　如果说圣经空间背景的典范形态是路、河、旷野、海、谷、山一类自然景观，那么社会背景的焦点就是人，准确地说，是以人为中心的政治制度、阶级构架、经济体系、民情风俗，以及弥漫于情节各处、环绕着人物的一般性文化氛围。它涉及特定时期的历史条件、特定国家的社会状况和特定民族的文化心理结构。相对于空间背景，它对人物性格的形成、发展和嬗变常能发挥更大的作用。

### 一、社会背景与文学社会学批评

　　早在古希腊时代，亚里士多德就注意到文学是对人的摹仿，而人分为好人、坏人和一般人。他说："摹仿者所摹仿的对象既然是在行动中的人，而这种人又必然是好人或坏人，——只有这种人才具有品格，（一切人的品格都只有善与恶的差别——,)因此他们所摹仿的人物不是比一般的人好,就是比一般的人坏。"(或是跟一般人一样。)亚里士多德用其理论研究古希腊文学,认为"(荷马写的人物比一般人好,克勒俄丰写的人物恰如一般人,)首创戏拟诗的塔索斯人赫革蒙和《得利阿斯》的作者尼科卡瑞斯写的人物却比一般人坏"。他进而以其理论界定悲剧和喜剧:"悲剧和喜剧也有同样的差别:喜剧总是摹仿比我们今天的人坏的人,悲剧总是摹仿比我们今天的人好的人。"[1]

亚里士多德认为,"文学是对以人为中心的社会生活的摹仿"逐渐成为源远流长的文论传统。塞万提斯把社会称为"自然",认为对于文学创作来说,"所有的事只是摹仿自然,自然便是它唯一的范本;摹仿得愈加妙肖,你这部书也必愈见完美"。[2]狄德罗进一步主张诗人表现"非常的事变",他说:"什么时代产生诗人?那是在经历了大灾难和大忧患以后,那时想象力被伤心惨目的景象所激动,就会描绘出那些后世未曾亲身经历的人所不认识的事物。"[3]歌德自述其诗歌创作时也强调了文学与社会生活的密切联系:"世界是那样广阔丰富,生活是那样丰富多彩,你不会缺乏作诗的动因。但是……现实生活必须提供诗的机缘,又提供诗的材料。一个特殊具体的情境通过诗人处理,就变成带有普通性和诗意的东西。我的全部诗都是应景即兴的诗,来自现实生活,从现实生活中获得坚实的基础。"[4]巴尔扎克更明确地指出:"文学的使命就是描写社会。"在他看来,人类社会与动物生存的自然界迥然相异:"动物彼此之间惨剧很少,混乱也不常发生;它们只是相互角逐,没有别的。人们也相互角逐,可是他们或多或少的智慧把战斗弄得特别复杂。"巴尔扎克还对人与动物的差异性做出历史性考察:"每只动物的习惯,至少在我们看来,在任何时代都经常是相同的;可是,国王、银行家、艺术家、资产者、教士和穷人的习惯、服装、语言、住宅,是完全不同的,并且随着文明程度的高下而起变化。"[5]以上论述都认定文学是对现实生活的摹仿,现实生活的中心是人,人则存在于特定历史条件下的社会背景之中。

---

1 亚里士多德:《诗学》,第7—9页。
2 塞万提斯:《〈堂·吉诃德〉作者原序》,载《西方文论选》上卷,上海:上海译文出版社,1979年,第208页。
3 狄德罗:《论戏剧艺术》,《文艺理论译丛》1958年第2期,第137页。
4 爱克曼辑录:《歌德谈话录》,朱光潜译,北京:人民文学出版社,1978年,第6—7页。
5 巴尔扎克:《〈人间喜剧〉前言》,《文艺理论译丛》,1957年第2期,第2—3页。

既然文学与社会紧密相关，是社会现实的产物，作家就不可能单纯为自己或"艺术本身"而创作，更不可能脱离现实生活的根基而凭空编造。正是在充分注意到文学依附于社会生活的前提下，文学社会学批评才应运而生。这派理论家强调从作品与一定时期的社会背景及作家生平和思想的关系中理解文学，认为唯此才能形成对其价值或意蕴的科学认知。

据美国批评家埃德蒙·威尔逊考察，文学社会学批评兴起于18世纪，当时意大利学者维柯依据对古希腊社会的研究探讨荷马史诗的内容和作者，使社会学批评方法初露端倪。19世纪这种批评形成明确而系统的理论，进而成为一个重要的文论派别，对此做出突出贡献的是法国美学家圣·佩韦和丹纳。圣·佩韦将孔德的实证主义哲学用于文学批评领域，主张尽可能充实地掌握有关作家和文学史的实证性材料，尽可能深入地了解作家所处的时代及其社会背景，在此基础上对作品做出中肯的评价。丹纳运用实证主义哲学和达尔文的进化论研究文学，将圣·佩韦的理论向前推进了一大步。他认为文学是种族、环境和时代的产物，种族指"天生的和遗传的那些倾向"，即人的先天的、生理的、遗传的因素；环境指围绕着人的自然界和其他人，分为"物质环境"和"社会环境"；时代指"后天的动量"或"已经印有标记的底子"，即特定的历史和文化。[1]就三者关系而言，丹纳提出种族是内部的主源，环境是外部的压力，时代是后天的动量。他坚称文学的创作和发展与其民族的先天特性、该民族所处的环境及其拥有的历史和文化紧密相关，并最终取决于这三种力量，故此强调："要了解一件艺术品，一个艺术家，一群艺术家，必须正确地设想他们所属的时代精神和风俗概况。这是艺术品最后的解释，也是决定一切的基本原因。"[2]由于丹纳的文学批评是建立在时代生活尤其社会背景的基础上，这派理论便得名文学社会学批评。20世纪西方文坛上百家争鸣，一批形式主义流派异军突起，该派学者指责社会学批评忽略作品的文学特质和审美价值，把文学混同于单纯记录社会现象及作家生平的历史文献。二次大战以后社会学批评告别了鼎盛期，但由于文学对社会生活的依存关系终究无法否定，这派的理论和实践迄今仍不失为重要的批评模式。

---

1　丹纳：《〈英国文学史〉序言》，《西方文论史》下卷，上海：上海译文出版社，1979年，第236—241页。
2　参见吕智敏主编：《文艺学新概念辞典》，北京：文化艺术出版社，1990年，第172页。

重温文学社会学的理论和实践，有助于深入理解社会背景在叙事性作品中的性质、地位和功能。既然各类作品的总背景都是以人为中心的社会生活，以人物故事为基本内容的叙事文学无疑更是如此，从社会背景的视角解析叙事性作品，也必然得出某些合乎实际的科学结论。事实证明，对于一批含有特定历史内容的作品而言，社会背景研究不但是行之有效的，而且是不可或缺的。斯托夫人的《汤姆叔叔的小屋》生动地描写了19世纪上半叶美国南方蓄奴制的实况，"对唤起舆论反对蓄奴制发挥了重要作用"；它雄辩地证明，"废奴文学是废奴主义宣传活动的一个重要部分"。[1]对这样一部作品，如果仅仅了解当时美国新奥尔良地区种植园的自然风光和经济模式，而不知那里实行的蓄奴制社会制度，以及白人种植园主和黑人奴隶之间尖锐对立的阶级关系，对它的理解显然会浮于表面而不得要领。

圣经叙事作品与古代犹太人和初期基督徒的社会生活有着水乳交融的联系，其中包含了极其丰富的社会背景知识，以至后世读者如果不了解那些知识，就无法深刻理解作品的特定内容和意义。据《路加福音》第7章载，一次耶稣应邀去一个法利赛人家里就餐，席间一个妓女闻讯来到耶稣跟前，"挨着他的脚哭，眼泪湿了耶稣的脚，就用自己的头发擦干，又用嘴连连亲他的脚，把香膏抹上"——她因此得到耶稣的高度评价。这些举动意味着什么？在当时的社会有何意义？当今的读者距离耶稣时代过于遥远，倘若不具备相关的宗教及民俗知识，欲正确感悟这个片断会十分困难。这导致圣经学术界对社会背景研究的高度重视。20世纪八九十年代，不少学者在此领域取得了引人瞩目的成果，如威尔逊（Robert R. Wilson）的《研究〈旧约〉的社会学路径》（1984）、[2]哥特瓦尔德（Norman K. Gottwald）的《希伯来圣经：社会—文学导论》（1985）、[3]艾略特（John H. Elliot）的《什么是社会科学批评？》（1993）、[4]布鲁格曼（Walter Brueggemann）的《〈旧约〉的社会阅读：研究以

---

1　董衡巽等：《美国文学简史》，北京：人民文学出版社，1978年，第34页。

2　Robert R. Wilson. *Sociological Approaches to the Old Testament*. Philadelphia: Fortress Press, 1984.

3　Norman K. Gottwald. *The Hebrew Bible: A Socio-literary Introduction*. Philadelphia: Fortress Press, 1985.

4　John H. Elliot. *What Is Social-Scientific Criticism?* Minneapolis: Augsburg Fortress, 1993.

色列社群生活的预言路径》（1994）[1]等，这批著作的共同特点是注意揭示圣经卷籍与其赖以形成的社会背景之间的关系，立足于具体的社会条件，对经卷文本中的某些复杂现象做出令人信服的解释。一些学者在承认社会背景对于理解文学的必要性之际，为强调其工作的文学研究性质而自造一些用连字符连接的新词，如"社会—文学批评"（Socio-Literary Criticism）、"社会—叙事学批评"（Socio-Narrative Criticism）等。坡威尔指出，这类前缀其实不必要，因为"对社会背景的关注也内在于恰当理解的叙事批评"，[2]即叙事批评并不排斥对社会背景的适当关注。另一些学者因受形式主义—结构主义的影响而刻意回避对社会背景的讨论，认为这类问题应归于历史学或社会学领域，但正如大卫·罗斯所说，用公元1世纪的历史和文化知识指导现代读者正确地理解某个福音书故事，与借用某些故事成分重构古代的历史事件是相当不同的两码事。[3]

## 二、社会背景与人物

前文已述，相对于空间背景的典范形态即自然现象而言，社会背景的中心意象是人物。一方面，人物存在于社会背景之中，社会背景先于人物——或至少与人物同时——出现在叙事中；另一方面，社会背景本身也由各种各样或隐或显的人物构成。在肖像画中，人物依托于背景的烘托而显示；在故事中，人物的观念、意识、道德和信仰借助与背景的交互作用而呈现。区别于绘画和摄影的二维空间、戏剧舞台的三维空间，社会背景的存在形态是一种由读者心灵感受的四维空间——除了特定时刻的三维空间，还有贯穿于事件始末的时间之流。

人物及社会背景通常由人类角色充任，但在特殊情况下也能代之以动物或其他物象，比如伊索寓言和童话故事就借助动物喻示人间事理，《狼和小羊》揭示了横行霸道的权势者欺小凌弱的现实，《小白兔战胜大狮子》则透露出弱

---

1 Walter Brueggemann. *A Social Reading of the Old Testament: Prophetic Approaches to Israel's Communal Life.* Edited by Patrick D. Miller, Minneapolis: Augsburg Fortress, 1994.

2 Mark A. Powell. *What Is Narrative Criticism?* Minneapolis: Fortress Press, 1990, pp.74—75.

3 David Rhoads. "Narrative Criticism and the Gospel of Mark", *Journal of the American Academy of Religion* 50 (1982): 413.

小者与权势者做斗争时的机智勇敢。在科幻小说中不仅友善的或敌对的机器人能成为人物,各种自然力如风、火、雷、电和自然物象如太阳、月亮、星辰等也能成为呼之欲出的文学角色。麦尔维尔的《白鲸》讲述了"斐廓德号"船长亚哈带领水手追杀白鲸的故事,其主人公亚哈被塑造成邪恶人性的化身,他的仇敌白鲸既是一条凶猛的海洋怪兽,又被描绘成神秘的超自然对象和上帝惩治邪恶的使者,这使白鲸与亚哈的斗争显示为"服从神意与反叛上帝之间、善与恶之间"的冲突,[1]白鲸也成为环绕着亚哈之社会背景中的核心角色。

叙事性作品所展示的是人物的世界,有中心人物,也有融入了背景的次要人物或陪衬性人物。怎样理解陪衬性角色的地位?查特曼认为,他们只是"人",而算不上"人物"。他列举了《五号屠场》中的一个片断,其间叙述者提到"保卫……我们数千英国人、美国人、荷兰人、比利时人、法国人、加拿大人、南非人、新西兰人、澳大利亚人的俄罗斯士兵",查特曼说,这些名称只是沉闷的背景要素,类似于雨水、甜菜地和易北河;他们并非人物,只能构成叙述者赖以讲故事的背景。[2]圣经中有些许多人参与的大场面,诸如摩西带领以色列民众出埃及、耶稣向门徒讲道等,其间民众或门徒固然以其自主言行对主人公的意志做出反应,但同时也融入背景之中,成为主人公必须活动于其间的社会背景的一部分。其实,就一种相对意义而言,各种人物是互为背景的,他们共存于同一个社会场合中,彼此之间发生相互依存、相互影响的交往,每个人的言行都可能是他人言行的结果,同时又兼为他人言行的动因。耶稣受审的场面中有三种力量——耶稣、犹太当权者和罗马巡抚彼拉多,他们皆作为一种主体存在,都不能无视另外两方面的言行,但同时其主体行为又都对另外两方面的反应形成制约性元素。犹太当权者欲除掉耶稣,由于不具备处决犯人的权力而利用彼拉多;彼拉多欲释放耶稣,但迫于犹太人的威胁而顺遂其意,下令将耶稣处死;耶稣则按照上帝天父的计划,因犹太人的迫害和彼拉多的宣判而受死,以其献身之血完成救赎普世罪人的使命。这种人物之间相依相生的关系构成人物活动的小背景,而一组人物共同依存的社会环境则形成某一叙事的大背景。仍以记载耶稣受审的福音书为例,它的大背景乃是公元1世纪

---

1 虞建华:《20部美国小说名著评析》,上海:上海外语教育出版社,1985年,第85页。

2 Seymour Chatman. *Story and Discourse: Narrative Structure in Fiction and Film.* Ithaca and London: Cornell University Press, 1978, p.138.

30年代罗马帝国统治下的犹太社会，是新生的基督教与犹太教和罗马当权者之间错综复杂的政治纠葛及宗教矛盾。

大卫·罗斯和多纳德·米琪认为，依据陪衬性人物与主人公的亲疏关系，可发现两种不同的社会背景——私人背景和公众背景。[1]就私人背景（Private Settings）而言，陪衬性角色与主人公同属一个阵营，甚至有亲属关系，主人公在此环境中如鱼在水，悠游自得。耶稣与其门徒单独相处时，便处于关系融洽的私人背景中，这时他带领门徒进入一间房子，登上一条小船，或爬上一座高山，向门徒做专门的训诲，那些训诲对外界通常都秘而不宣，比如他对自己必定受难和复活的预告，以及对末世景观的讲解等。同为私人背景又有亲疏程度的不同，彼得、雅各、约翰是耶稣最亲近的三个门徒，耶稣曾带领他们单独经历救活睚鲁的女儿、登山变容和客西马尼园的祷告；这三个门徒中最亲近的首推彼得，他是耶稣首选的门徒，也是他最器重的门徒，耶稣曾称之为"磐石"，说将来要把教会建造在这磐石上，并把"天国的钥匙"交给他（太16：18，19）。故此耶稣和彼得同在时便处于最亲近的私人环境中。

私人背景有利于表现隐秘的主题，例如彼得认出耶稣是基督后，耶稣称赞他："西门巴约拿，你是有福的！因为这不是属血肉的指示你的，乃是我在天上的父指示的。"随后嘱咐身边的门徒，不可对外人说他是基督（16：17，20）。耶稣具备明确的"内外有别"意识，认定天国的奥秘只能讲给门徒，而不能讲给"外人"。他对门徒谈起"撒种的比喻"时说："上帝之国的奥秘只叫你们知道；若是对外人讲，凡事就用比喻，叫他们看是看见，却不晓得；听是听见，却不明白。"（可4：11，12）他行施神迹后也几次嘱咐门徒不可让外人知道（可5：43；路4：41）。另一方面，私人背景也有利于表现主人公与其亲友、门徒之间的内部冲突。耶稣与其门徒单独相处时，对他们多次严加批评，如他平息风浪后指责他们："为什么胆怯？你们没有信心吗？"他被捕前夕预言彼得将三次不认主（可4：40；路22：34）。两种不同的背景将耶稣与门徒的冲突和他与犹太当权者的冲突区分开来，他与门徒的冲突都发生在私人背景中；而一旦进入公众背景，他和门徒就形成一个具有统一意志的整体，他是那个整体的发言人，门徒通常都跟他在一起，追随他并效命于他。

---

1　David Rhoads and Donald Michie. *Mark As Story: An Introduction to the Narrative of a Gospel.* p.67.

公众背景（Public Settings）与私人背景恰成对照，是各色人等都粉墨登场尽行亮相的社会环境。耶稣与法利赛人、撒都该人、文士、祭司长、希律王、彼拉多等的矛盾冲突便发生在公众背景中，其时双方在大庭广众之下公开地相互指责，进行智慧和勇气的角逐，使场景充满令人焦灼不安的气氛。由于公众背景中难免有众人到场，当权者的阴谋诡计就不能不受其牵制而难以随意施展。犹太会堂和耶路撒冷圣殿对耶稣而言是最具威胁性的场所，因为那里是犹太当权者对社会各阶层实施控制和审判的权力中心，但具有讽刺意味的是，耶稣在此类公众场合并未轻易受到伤害，原因是众人对是非曲直自有公论，他们拥戴耶稣，自觉不自觉地保护着他，使他免遭各种明枪暗箭的伤害。

由于深知民众的力量，法利赛人多次企图在公众面前给耶稣出难题，难倒他，使他因错误的回答而触犯众怒，遭到众人的惩罚；但事与愿违，他们的多次试探都因耶稣的机智应对而失败。比如一次他们询问能不能向罗马皇帝该撒纳税？此语的险恶之处在于，耶稣若回答"能"，便有悖于独尊上帝的犹太信条；若回答"不能"，又是对世俗统治者不忠——无论怎样回答都会导致阴险的迫害。耶稣却以一句模棱两可之语作答——"该撒的物当归给该撒，上帝的物当归给上帝"，即世俗之事按世俗的方法处置，宗教之事按宗教的原则办理。这使那些发难者"当着百姓，在这话上得不着把柄，又希奇他的应对，就闭口无言了"（路20：25，26）。出于对民众力量的恐惧，犹太当权者密谋捉拿耶稣时极力回避光天化日之下的公开场合，而秘密收买加略人犹大，让他在漆黑的夜色中带路，以亲吻的伎俩指认老师，悄无声息地对耶稣实施了抓捕。反过来，耶稣的许多重要行为都发生在公众背景中，如他在众人面前发布"山上宝训"，对天祈祷后以五饼二鱼使5000人吃饱还有剩余，怒发冲冠地洁净耶路撒冷圣殿，面对各路民众在十字架上受难而死，以及在众门徒的注视下缓缓升天（太5：1，2；14：18—21；21：13；27：39—56；徒1：9）等。正是在各种公众背景中，叙述者最终完成了对耶稣作为万民救主形象的塑造。

私人背景和公众背景的区分也适用于《旧约》。相对而言，希伯来远古族长们的传说大多发生在家庭内部，如撒拉与夏甲母子的纠纷、老仆人为以撒迎娶利百加、雅各与以扫之争、雅各在拉班家安家立业、约瑟与其兄弟们的悲欢离合等，读者从中看到的主要是私人背景。此外，多涉婚姻爱情的《路得记》、《托比传》中也有不少私人背景。另一方面，从出埃及时代起，历经征服迦南、士师时代、王国时代、分国时代、波斯时代、希腊时代和罗马时代，以色列人经常处于各种民族纷争之中，与西亚、北非、南欧的古代大帝国埃及、亚述、巴比伦、波斯、希腊、罗马，以及巴勒斯坦内外的诸民族迦南、非利士、摩押、亚扪、亚兰……等接连发生各种争端，加之其本民族内部的宗教、道德、政治、经济……问题错综复杂，叙述者笔下便更多地出现公众背景。以《马加比传上下卷》为例，该书从诸多角度描绘出犹太人反抗希腊化统治者的历史画卷，其中即便涉及家庭生活，也弥漫着战火硝烟，而绝无儿女情长、夫妻缠绵的场面。

### 三、圣经社会背景的类型

由于人是一切社会关系的总和，透过形形色色的圣经人物，读者能看到各种类型的社会背景，诸如政治背景、阶级背景、宗教背景和民俗背景等。

1. 政治背景

古代犹太人和初期基督徒长年处于外来民族的压迫之下，这使异族当权者的残暴统治和被压迫民众的奋力反抗成为圣经中许多篇章的政治背景。

《出埃及记》形象地记载了以色列人在埃及遭遇的苦难："埃及人派督工辖制他们，加重担苦害他们……严严地使以色列人做工，他们因做苦工觉得命苦；无论是和泥，是做砖，是做田间各样的工，在一切的工上都严严地待他们。"非但如此，埃及王还想对希伯来人斩草除根，命令收生婆"为希伯来妇人收生，看她们临盆的时候，若是男孩，就把他杀了；若是女孩，就留她存活"（出1：11—17）。暴虐的统治激起顽强的反抗，以色列人在摩西带领下与埃及王不屈不挠地做斗争，终于战而胜之，摆脱为奴之地，获得自由和解放。在后世，"出埃及"成为民族独立和社会解放的象征，"不论是摆脱外国的压迫，还是从贫困和屈辱中解放出来，人们总是用以色列人迁出埃及的壮丽场景象征一种可能的变化，即'奴役将转化为自由，黑暗将变为光明'。"[1]1971年秘鲁天主教神父古斯塔沃·古铁雷斯在《解放神学》中极力主张基督教以维护被压迫、被剥削者的权益，使之获得物质和精神的解放为宗旨，这种理论得以确立的圣经依据首先就是《出埃及记》。

---

[1] 阿巴·埃班：《犹太史》，阎瑞松译，北京：中国社会科学出版社，1986年，第15页。

士师秉政时期以色列人多次遭受异族奴役,陷于水深火热之中。对此史家有如下记载:

> 米甸人压制以色列人,以色列人因为米甸人,就在山中挖穴、挖洞、建造营寨。以色列人每逢撒种之后,米甸人、亚玛力人和东方人就上来攻打他们,对着他们安营,毁坏土产,直到迦萨,没有给以色列人留下食物,牛、羊、驴也没有留下。因为那些人带着牲畜帐棚来,像蝗虫那样多,人和骆驼无数,都进入国内,毁坏全地。以色列人因米甸人的缘故,极其穷乏……(士6:2—4)

正是在这种政治背景之下,基甸,以及俄陀聂、以笏、底波拉、耶弗他和参孙等士师登上以色列民族解放的舞台,演示出他们英勇悲壮、可歌可泣的人生。

尖锐的民族矛盾给以色列人带来无以复加的深重苦难。亚兰王便哈达围困北国京都撒玛利亚时,城中遭遇严重饥荒,饥民为求果腹竟把亲生孩子煮熟吞吃(王下6:28,29)。下层百姓如此,王公贵族也难逃厄运。巴比伦王尼布甲尼撒攻破耶路撒冷之际,犹大国的末代君王西底家企图逃命,被追兵抓住;巴比伦人当面杀死其儿子们,然后挖出他的眼睛,把他用链子拴住,押送到巴比伦(王下25:4—7)。申命派史书和祭司派史书就在这种政治背景之下,对以色列—犹大古代国家的衰微和灭亡做出震撼人心的叙述。可以说,倘若不了解政治背景,圣经中的不少卷籍都难以解读。欲读懂《以斯帖记》、《但以理书》、《犹滴传》和《马加比传》,必须了解自波斯统治时期至希腊、罗马称霸时期犹太爱国者与异教帝国当权者的顽强斗争。同样,欲深刻认识福音书和《使徒行传》的历史内容,必须对罗马帝国境内以及犹太社会的各种政治力量做出全面深入的洞察。

2. 阶级背景

圣经叙事文学中的所有故事都发生在阶级关系中,其间国王、贵族、富商、宗教首领和部落及家族长老明显居于上层,有权有势,衣食无忧;平民百姓、孤儿寡妇、奴隶妓女及各种伤残病弱者、乞讨寄居者则位于社会下层,遭受欺凌,缺衣少食。在邻近犹太社会的希腊和罗马,奴隶制是社会体制的基础,希腊人的民主就是以奴隶制为前提的贵族式民主,罗马人则把奴隶称作会说话的工具。相对而言,犹太社会的奴隶制远未达到希腊、罗马的规模和程度，但摩西律法也认同奴隶制存在，并规定了对待奴仆的条例，如称"若买希伯来人作奴仆，他必服侍你六年，第七年可以自由，白白地出去。他若孤身来，可以孤身出去，他若有妻，他的妻可以同他出去"（出21：1—3）。雅各为娶拉结为拉班无偿工作14年，其实一直在做家族奴隶。约瑟与其哥哥们发生龃龉时被其卖给过路的以实玛利人，带往埃及做奴隶。拿八的妻子亚比该有许多服侍的仆役，她嫁给大卫时便带了五个婢女。

即使不提奴隶制，在圣经叙述者笔下，犹太社会中紧张对立的阶级关系也有多种表现。以色列王亚哈看中了拿伯的葡萄园，欲据为已有，却遭到他的拒绝。亚哈的妻子耶洗别遂施展阴谋，收买歹徒作伪证，控告拿伯毁谤了上帝和国王，把他拉出去用石头打死，随后其葡萄园便被亚哈霸占（王上21：1—16）。两个道貌岸然的犹太审判官目睹苏撒拿的美貌而燃起炎炎欲火，趁四处无人之机向她求欢；他们遭到拒绝和反抗后恼羞成怒，竟执法犯法，凭空编造谎言诬蔑苏撒拿与一男子勾搭成奸，继而判她死刑；危急时刻只是幸遇但以理机智援救，苏撒拿才转危为安（《苏撒拿传》）。

或许最能揭示以色列社会尖锐剧烈的阶级冲突的是先知们的犀利言论。阿摩司以主张公平正义闻名，他愤怒揭露王公贵族的奢侈腐化，认定他们纵情挥霍的财富无不来自欺诈和掠夺："卖出用小升斗，收银用大戥子，用诡诈的天平欺哄人；用银子买贫寒人，用一双鞋换穷乏人，将坏了的麦子卖给人。"（摩8：5，6）他斥责富人"践踏贫民，向他们勒索麦子"，"苦待义人，收受贿赂，在城门口屈枉穷乏人"（5：11，12），并严正地呼唤："唯愿公平如大水滚滚，使公义如江河滔滔。"（5：24）另一位先知弥迦也向地主恶霸发出严辞声讨："祸哉！那些在床上图谋罪孽造做奸恶的人！天一发亮，他们因手上有能力，就出来干坏事。他们贪图田地就占据，贪图房屋便夺取。他们欺压人，霸占房屋和产业。"（弥2：1，2）弥迦还以极大的义愤痛斥以色列当权者："你们恶善好恶，从人身上剥皮，从人骨头上剔肉；吃我民的肉，剥他们的皮，打折他们的骨头，分成块子像要下锅……"（3：1—3）以"剥皮"、"剔肉"、"打折骨头"控诉统治者的十恶不赦，揭露尖锐对立的阶级关系，即使今天读来也令人不寒而栗，心惊发指。

3. 宗教背景

圣经叙事性作品存在于一部宗教典籍之中，这决定了深入了解相关的宗教背景，对于正确解读这批作品极其重要。大体说来，欲读懂《旧约》，必须熟悉犹太教形成、发展、嬗变及其与四邻异教激烈斗争的历史；欲读懂《新约》，除了理解犹太教外，还必须熟知初期基督教从犹太教母体中诞生、成长及其与犹太教当权者殊死搏斗的历史。

依据圣经提供的资料，犹太信仰的源头是亚伯拉罕，他首先遵从亚卫上帝的呼召，从两河流域迁往迦南。当希伯来人陷于被埃及法老虐待的苦难时，摩西按亚卫的吩咐带领民众出埃及，在西奈山颁布"十诫"和一系列法规律例，为犹太教的发展奠定了基础。自流徙旷野至王国时期，上帝居所的象征是会幕和约柜，大卫定都耶路撒冷后，把约柜隆重地迁往该城，并筹划兴建亚卫圣殿；建殿的蓝图到所罗门时代化为现实。所罗门死后王国分裂，北国以色列在撒玛利亚等地另立圣所。此后兴起的先知运动强调亚卫上帝"喜爱良善，不喜爱祭祀"（何6：6），赋予犹太教教义浓郁的伦理学性质。公元前6世纪的"巴比伦之囚"事件促使第二以赛亚等先知发展出普世性一神论，论证亚卫上帝的权能远及万国万族。波斯时代犹太人从巴比伦囚居地返回故国，重建圣殿，使民族宗教再度振兴；一批祭司和文士编成律法书，标志着犹太教最终形成。希腊化时代的犹太教呈四分五裂之状，撒都该派、法利赛派、哈西典人、奋锐党人、艾赛尼派以及初期基督教应运而生。犹太教成长的过程伴随着与异族宗教的持续斗争，《旧约》述及一批异族神祇，包括西亚诸族奉拜的主神巴力和女神亚斯他录、亚扪人的神摩洛、非利士人的神大衮、亚述人的神亚舍拉、摩押人的神基抹、巴比伦人的神搭模斯等，它们无不遭到圣经叙述者的口诛笔伐。在《列王纪上》中，奉拜巴力的450个迦南先知被以利亚诛杀，在《彼勒与大龙》中，巴比伦人的偶像崇拜和动物崇拜遭到无情嘲弄。

《新约》的总背景即基督教的形成和发展。公元1世纪二三十年代，30岁左右的犹太人耶稣在加利利及巴勒斯坦其他地区传教，宣讲不同于犹太传统的新教义。他因触犯犹太教的利益被其上层分子捉拿，押送罗马官府，以谋反的罪名被钉上十字架处死。三四十年代耶稣的门徒以耶路撒冷为中心建起教会，过着凡物共有、互为兄弟的集体生活，遵守犹太教的礼仪规章，参加圣殿的崇拜活动。由于遭到犹太教徒的责难和迫害，他们被迫分散到巴勒斯坦其他地区避难并传道，陆续进入小亚细亚、北非、南欧等地，发展信徒建立教会。初期教会最重要的思想家和传教士是保罗，他于四五十年代三次长途旅行传道，足迹遍及小亚细亚和希腊、罗马世界，其间写出书信多封，系统地阐释了基督教教义。初期基督教运动的主要阻力来自犹太教当权者，他们不仅处心积虑地害死耶稣，还为基督徒传道设置重重障碍，用乱石砸死司提反，在保罗等人的传道行程中围追堵截。其实，初期基督教成长的过程就是她不断脱离犹太教母体，形成独立的教义教规、组织制度和仪式节期的过程，而《新约》讲述的正是这一过程。

4. 民俗背景

要想读懂圣经中的叙事性作品，还应当了解古代犹太人的民情风俗，包括选亲、订婚、结婚、离婚的习俗，家庭伦理习俗，防病治病习俗，新生儿降生及治丧殡葬习俗，以及与各种日常消费活动（如服饰消费、饮食消费、住居消费、旅行消费等）相关的习俗。只有熟知方方面面的民俗文化，才能从人物的一举一动、一招一式中看出内在必然性，悟出其间的观念奥妙之所在。

仅以叔嫂婚配的习俗为例。依此习俗，一个家庭中如果丈夫死了，妻子又未为其生孩子，丈夫的弟弟即妻子的小叔子有责任娶寡嫂为妻，并继承兄长的家产。他与寡嫂生子后儿子归在兄长名下，以便为兄长留后，也避免由于寡嫂外嫁而家产外流。当然叔嫂婚配并不勉强，死者的兄弟亦可不与其寡嫂结婚，并当着城里长老的面表示自己不愿意娶嫂。《申命记》第25章5至10节明确规定："弟兄同居，若死了一个，没有儿子，死人的妻子不可出嫁外人，她丈夫的兄弟当尽弟兄的本分，娶她为妻，与她同房……他（兄弟）若执意说'我不愿意娶她'，他哥哥的妻就要当着长老到那人跟前，脱了他的鞋，吐唾沫在他脸上，说：'凡不为哥哥建立家室的，都要这样待他。'"可见弟弟有权不娶嫂子，但他这样做会受到舆论谴责，为犹太民俗所不容。

了解到这一点，他玛的故事就一目了然了。据《创世记》第38章记载，犹大有三个儿子——长子珥、次子俄南、幼子示拉。珥娶他玛为妻，但尚未生子就死去。犹大令俄南与他玛同房，俄南表面上应允，其实同房时故意遗精于地，不肯为哥哥留后。"俄南所作的在亚卫眼中看作恶，亚卫也叫他死了"（创38：10）。可见圣经强烈要求遵守为兄立嗣的习俗，否则俄南之死就是榜样。然而故事尚未结束，他玛无法与小叔子成婚，竟假扮妓女，诱使公公犹大与其同房，怀孕生子。圣经对这种极端行为亦持赞赏态度——犹大之言"她（指他玛）比我更有义"（38：26）便是明证。

叔嫂婚配习俗还能解读《路得记》中的一些细节。婆婆拿俄米劝寡媳路得和俄珥巴回娘家改嫁时说："我女儿们哪，回去吧！为何要跟我去呢？我还能生子做你们的丈夫吗？……即使我今夜有丈夫可以生子，你们岂能等着他长大？你们岂能等着他们而不嫁别人呢？"（1：11—13）此语的言外之意是："我若有已经长大成人的儿子，一定会按规矩让他们把你们娶去。"路得跟随拿俄米回到夫家后欲改嫁本族的近亲波阿斯，波阿斯也想娶她，但因路得还有个更近的亲属，波阿斯就首先征求他的意见，在他表示不娶路得并脱鞋为证后，波阿斯才有资格娶她（4：3—10）。这段记载表明，叔嫂婚配能从家庭内部扩展到整个家族，家中若无兄弟，寡妇应嫁给丈夫家族中最近的亲属。

## 四、《使徒行传》的社会背景一瞥

下面以《使徒行传》为例，对一部叙事性作品的社会背景略加分析。这种分析表明，从事叙事性作品的社会背景研究时，可以从文学社会学理论中借鉴某些行之有效的方法论。

### 1. 罗马社会

《使徒行传》中的纪事发生于公元1世纪30至60年代的罗马帝国境内。此时期的罗马皇帝是加力古拉（公元37—41）、克劳狄（公元41—54）和尼禄（公元54—68），贵族分为元老阶层和骑士阶层，前者与君王关系密切，是统治人才的主要来源；后者的等级稍次，但能够借助经商和贸易赚取财富，成为统治集团的成员。平民百姓在政治上没有地位，而自由人若能得到政府认定的公民身份（peregrine），则能享受比外国人更优越的待遇。保罗便因具备罗马公民身份而获得行动的便利，摆脱犹太人的迫害而去罗马城向皇帝上诉（徒22：27—29；25：10—12）。被释放的奴隶（freed person）可追随主人的公民身份成为公民，还能通过自由致富晋升高位，据考罗马巡抚腓力斯（23：26）起初就是这种人。罗马贵族作为庇护者与其保护的平民之间可能存在友好关系，类似中国的孟尝君与其食客们。奴隶为数众多，主要来自战俘、被贩卖的人口或奴隶的后代，他们是最基本的劳动者。初期基督徒主要来自贫困阶层和奴隶，保罗在《腓利门书》中论及因做了错事而逃亡的奴仆阿尼西母，说他由于皈信基督而不再是奴仆，"乃是高过奴仆，是亲爱的兄弟"（门16）。

罗马帝国幅员辽阔，各族民众大体以务农为业，靠当地农副业产品自给自足，其中巴勒斯坦地区的主要物产包括大麦、小麦、橄榄、葡萄等。为满足多方面的日常需求，自然也有人从事制陶、采矿、纺织及其他手工业，保罗即以制造帐棚为业，他传道至哥林多时曾与亚居拉和百基拉一同做工（18：2，3）。频繁的军事征伐及繁荣的商务贸易促进了交通运输的发展，据考帝国境内曾辟出多条陆路和水路，将北非的粮食运往罗马，将两河流域的棉花和香料运往西班牙。相对而言，水路交通有一定危险性，保罗乘船赴罗马上诉途中便遭遇逆风，航船损毁，众人被迫中止旅行。正是借助于颇为通畅的公路网，基督教传道士得以从一地顺利地行至另一地，实现其广传福音的预期目的；而借助奔波在公路网上的罗马信使，他们也在各教会之间传递信件，这些信件的一部分后来被收集起来，编纂成册，成为《新约》中的使徒书信。

在思想文化领域，罗马人是古希腊哲学的继承者。古希腊自古就有多种哲学思潮和派别流行，此伏彼起，蔚为大观，纪元前后伊壁鸠鲁派和斯多亚派尤其活跃。伊壁鸠鲁派的观念有时被概括为"快乐主义"，认为快乐与生俱来，因而是善良而合理的；快乐是选择的唯一标准，也是人生的主要目的，但快乐分为两种，一种是感官上的"活跃的"快乐，另一种是心灵中的"宁静的"快乐；人对快乐的追求若偏离正道，可能会导致不幸和痛苦。斯多亚派的创始人芝诺认为宇宙的基本元素是火，主张人过一种"顺应自然"的生活；其后期哲学家塞涅卡、爱比克泰德、马可·奥勒留等倡导淡泊人生和禁欲主义，宣传肉体是灵魂的桎梏，同时提出"世界国家"、"世界公民"思想，认为人应当彼此友爱，即使奴隶也是平等的人类一员。保罗在雅典传道时曾与这两派学人相遇，和他们对话并发生争执，被他们指责为"胡言乱语"、"传说外邦鬼神的"（17：18）。

使徒时期罗马帝国的精神领域还流行希腊及罗马的宗教。希腊宗教具有丰富的神话传说，完备的神庙、祭司制度及仪式典章，以及高度拟人化的神灵系统，主要神系是以宙斯为首的奥林匹斯诸神，其中主神宙斯、智慧女神雅典娜、太阳神阿波罗等皆具端庄、美丽、睿智的人形和人性。罗马宗教在流行于本土的自然崇拜基础上接受希腊的影响形成，主神朱庇特与希腊的主神宙斯相仿，爱与美之神维纳斯与希腊的阿芙洛狄忒相通。罗马人亦在希腊影响下建成宏伟的神殿和神灵偶像，由父系家长主持家族祭祀活动，由地方官员主礼公众祭仪，由皇帝兼任全国性大祭司。与希腊相比，罗马人的宗教观念较少诗情感受和哲学玄思，而注重宗教律法观念，严格遵守确定的仪节程序和诫规。据《使徒行传》第14章记载，保罗和巴拿巴在路司得传道时曾被当地民众奉为希腊神灵，巴拿巴因其颇具领袖仪态被当成主神宙斯，保罗则因具有出众的口才被尊为神界的信使希耳米。另据该书第19章，保罗传道行经以弗所时遭遇一场由银匠底米丢掀起的轩然大波，险遭不测，底米丢等人靠制造希腊亚底米女神的神龛为业，大发横财；保罗宣传除了天上的上帝其余皆不是神灵，致使其生意大受冲击，底米丢遂恼羞成怒，向保罗发起攻击。

虽然自尼禄皇帝末期（公元64年以后）基督教先后遭到罗马帝国的十次大迫害，但在《使徒行传》反映的使徒时代，罗马官员对基督徒的态度还算友好。在居比路岛，身份高贵的方伯士求保罗聆听使徒传道后皈依了基督（13：12）；亚该亚方伯迦流认为保罗无罪，因而遣散控告他的犹太人（18：12—16）；以弗所银匠底米丢掀起"戏园骚乱"后，该城书记出面安抚众人，申明基督徒既没有偷盗，也没有干涉他人的信仰自由，无可指摘（19：37）；革老丢吕西亚查问保罗的案子后，认定保罗"并没有什么该死该绑的罪名"（23：29）；巡抚非斯都也说："我查明他没有犯什么该死的罪。"（25：25）可见当时罗马政府对民间宗教采取了比较公允的态度，客观上保护了基督徒的传道活动。当然也有例外，例如保罗和西拉在腓立比时治愈一个被巫鬼附身的使女，致使原先从那使女"大得财利"的主人因失去财源而大为恼怒，乃抓住保罗和西拉聚众闹事，该城长官也不分青红皂白地火上浇油，"吩咐剥了他们的衣裳，用棍打；打了许多棍，便将他们下在监里……两脚上了木狗（一种木枷）"（16：22—24）。

2. 犹太社会

既然罗马政府对基督徒的态度尚属友善，使徒传道的阻力又来自何方呢？原来，除了上述银匠底米丢、靠使女发财的主人一类当地歹徒外，一如致使耶稣被钉上十字架的仇敌是犹太人，与使徒为敌者主要也是固守其宗教传统的犹太人。使徒传道时期巴勒斯坦正处于效忠罗马的犹太傀儡政权希律王朝的统治之下，初由希律·安提帕治理，后由希律·亚基帕一世管辖。后者在任时（公元41—44）迫害基督徒，囚禁彼得，杀害西庇太的儿子雅各（12：1—5），终被虫子咬死（12：23）。此后亚基帕二世被罗马皇帝委任为巡抚，几年后又任命为犹太王,保罗传道期间曾在罗马长官非斯都和这位亚基帕面前陈述长篇辩词(25:13—27;26:1—29)。

那时犹太教受希腊罗马文化的影响而发生分化,信徒因经济地位、政治态度和宗教观念的差异分成许多派别,最重要的是撒都该派、法利赛派、奋锐党人和艾赛尼派。撒都该派以祭司和守殿官为主要成员,以圣殿为基本活动场所,生活富裕,热衷于政治权势,对教义神学则比较淡漠;只求保持现状,不盼望天国降临,不信弥赛亚,不信天使,不信灵魂不朽和死人复活;最关心圣殿的金银,认为只要罗马人不侵犯圣殿,就该服从其统治。法利赛派的成员主要是文士和律法师,属犹太社会的知识阶层。他们有自成体系的神学理论,承认律法书之外的口传律法,注重律法的精神实质,相信彼岸世界、灵魂不朽和死后复活,相信天使和弥赛亚,并热诚地盼望弥赛亚降临。在政治上反对罗马人和希律王朝的统治,但很少参与实际斗争;在宗教生活中刻板地严守律法传统,如经常禁食、饭前洗手、恪守安息日等。在一些基本教义问题上与撒都该派长期各执一词,相互攻讦。保罗在犹太公会受审时发现议员中既有撒都该人,也有法利赛人,就称自己为法利赛人,之所以被审判是因为盼望死人复活。这句话挑起两派争端,在场的法利赛人甚至宣布保罗没有过错(23:6—9)。

犹太教内部固然四分五裂,其上层人士对新生的基督教却一概持敌视态度。他们无法承认拿撒勒人耶稣是古代先知预言的弥赛亚,无法接受那些与摩西律法背道而驰的新颖教义和思想。因此,不论在耶路撒冷还是在罗马帝国的其他地区,他们都把传道的基督徒视为眼中钉、肉中刺,必欲置其死地而后快。据《使徒行传》记载,彼得、约翰在圣殿讲论时,犹太官府将其抓获,只是由于众怒难犯,又"想不出法子刑罚他们",才予以释放(4:21)。不久大祭司和撒都该人追捕使徒,把他们关进监牢(5:17,18)。接着著名传教士司提反死在犹太人的乱石之下(7:58—60)。随后"耶路撒冷的教会大遭逼迫,门徒被迫分散在犹太和撒玛利亚各处"(8:1)。保罗转变信仰后被犹太人恨之入骨,几次险遭谋害(9:23,24)。他旅行传道途中总有犹太人围追堵截,在彼西底的安提阿、以哥念、路司得、帖撒罗尼迦和哥林多时都遭到犹太人骚扰、凌辱或击打(13:50;14:5,19;17:5;18:12)。他第三次旅行传道后返回耶路撒冷,在圣殿又被犹太人攻击,只因被罗马士兵及时带进营楼才幸免罹难(21:27—36)。

### 3. 初期教会成长图像

《使徒行传》的社会背景中还有另一幅不可忽略的景观——初期教会成长的图像。公元2世纪初一位罗马总督小普林尼在写给图拉真皇帝的信中述及罗马庇推尼省内教会活动的情况：

> ……即在一个规定的日子里，在黎明以前聚会。当聚会的时候，他们用轮唱的诗句，像对一位神一样地对基督唱赞美歌，同时用庄严的誓言来约束他们自己，不是要做任何邪恶的事，而是决不做任何欺骗、偷盗或奸淫，也决不说谎话，当他们被召唤来陈述真情时也不背信。之后，按他们的习惯分散开来，然后又重新聚集在一起分享食物——也只是一种很普通的无害的食物。[1]

这段话用旁观者的目光对初期教会的活动形式做出某些描述。除了少量教外作者的零星记载外，教会成长的更多情况见于《使徒行传》等基督教文献中。依据这些文献，耶稣去世后其门徒在耶路撒冷建成第一个教会，成员包括十一个使徒、一些跟随过耶稣的妇女、耶稣的母亲马利亚和他的兄弟雅各等；教会初由彼得主持，后来又由雅各领导。信徒们过着凡物公用、互通有无的集体生活，深信耶稣是救主弥赛亚，虽然已经被杀，但又复活升天，不久后还将再临人间。这种教义吸引了大量饱经忧患的下层民众，使越来越多的犹太人和外邦人加入教会。

教会进一步发展后，信徒又选出司提反等人作使徒的助手。外邦信徒的增多使这个新生教派日益显示出普世性特征而与犹太教的狭隘民族主义背道而驰，以致遭到犹太教上层集团的迫害。彼得、约翰被抓捕，继而司提反成为第一个殉道者。在这种情势下基督徒被迫离开耶路撒冷，避居于巴勒斯坦其他地区的城镇乡村。更严重的迫害来自希律·亚基帕一世，他约于公元44年杀死雅各。此间基督教运动在叙利亚、小亚细亚、地中海岛屿、北非和南欧的辽阔地区蓬勃兴起，安提阿、腓立比、帖撒罗尼迦、哥林多、以弗所等地相继建起教会。随着皈依者人数日众，教会内部出现犹太民族主义的障碍，一批犹太裔基督徒要求外邦信徒必须按律法书的规定受割礼。约公元49年教会在耶路撒冷召开会议，明确取消外邦人入教必须受割礼的规定，这次会议标志着初期基督教

---

1 参见韩彼得：《新约简史》，南京：江苏基督教协会印行，1985年，第119—120页。

进一步摆脱犹太传统的羁绊，在向普世性宗教发展的道路上迈出新的步伐。

耶路撒冷会议前后，初期教会的传教士们既以旺盛的精力在罗马帝国境内各省奔波传道，创办教会，又以极大的热情讨论教义教规，与不断滋生的各种异端邪说做斗争。作为传教士的典范代表，保罗将其后半生都献给了传教事业，不但身体力行，四方奔走，而且精于思辨，勤于笔耕，在《罗马书》、《哥林多前后书》、《加拉太书》、《以弗所书》等书信中精辟地论证了因信称义、基督与信徒的神秘联系、基督徒的信仰与道德、教会的组织和管理等神学课题，为基督教思想武库的建设做出了重大贡献。

# 第七章
# 修 辞

　　在叙事批评视野中，希伯来圣经中的叙事性作品是一批讲述人物和事件的文学故事，福音书更是一部人物传记，记录了一个非凡人物从生到死的事迹。它们皆由一系列引人入胜的情节构成，能不断激起读者新奇、挂虑、恐惧、惊讶、慨叹……的情感反应。圣经故事怎样促使读者对文本的细节做出反应？怎样引导读者站在特定人物方面而厌恶另一些人？其叙述者怎样在读者中树立自己的威信？他采用哪些技巧吸引人从一个场面转向另一个场面？……这里涉及的就是修辞问题，即文学故事怎样对读者发生特定审美效果问题。

　　可以说，修辞和语言同样古老。为了准确生动地叙述事件、抒发情感、表达见解和意愿，自古以来，言说者就运用各种必要的手段陈述己意——其间运用的言说手段就是修辞。早在公元前5世纪，古希腊智者派的伊索克拉底（Isokrates）就在雅典附近创设修辞学校，专门培养能言善辩的演说家。稍后，柏拉图对修辞学也加以研究，但出于对文艺和诗人的反感，在《高尔吉亚篇》中借苏格拉底之口称修辞并非真正的艺术，而是讨好人迷惑人的雕虫小技；声称修辞学家并不追求真理，而像诗人一样对撒谎更感兴趣。然而，柏拉图的学生亚里士多德却提出截然相反的观点。亚里士多德多年潜心研究哲学、修辞学和论辩学，在《修辞学》一书中探讨了修辞学的知识系统，涉及辩论和劝说的方式、种类、题材、风格、构思等。该书是西方修辞学的开山之作，对后世产生了极其深远的影响，一如莱恩·库柏（Lane Cooper）所说，纵观西方修辞学的历史，"就其精华而言，根本上都是亚里士多德的东西"。[1]

---

[1] Edward P. J. Corbett. *Classical Rhetoric for the Modern Student*. New York: Oxford University Press, 1965, pp.598—599.

亚里士多德时代的古希腊是一个演说盛行、演说人才辈出的时代，因此亚里士多德非常注重演说技巧，把各种演说统称为"修辞演说"。在他看来，修辞有"一种能在任何问题上找出可能的说服方式的功能"，[1]而"修辞演说"分成三类："诉讼演说"、"审议演说"和"典礼演说"。诉讼演说以申辩和质询形式进行指控或辩护，目的是评判是非；审议演说以劝告和劝阻形式要求人去做或不去做某件事，意在评判某种行为有利还是无利；典礼演说以称赞和谴责形式宣扬美德、抨击邪恶，意在对高尚或者低劣做出判断。[2]亚里士多德认为，修辞演说的本质是说服听众，使之形成正确的判断，认同、赞成并采纳演说者的观点，并诉诸具体行为；修辞学的目标是研究如何使论证达到最大的劝说效果。亚氏指出，修辞的效果来自三方面：品格、情感和理性。品格（ethos）指演说者品行信誉和论点的公正性，属于"伦理论证"（ethical proofs），依靠演说者的性格形成；易言之，"当演说者的话令人相信的时候，他是凭他的性格来说服人，因为我们在任何事情上一般都更相信好人"。[3]情感（pathos）指演说者要诉诸听众的情感，用言辞打动听众，属于"情绪论证"（pathetic proofs），依靠使听众处于某种心境而产生；为了使演说具有说服力，演说者必须了解听众对论题的情感和态度，善于掌握、调动，有时甚至迎合他们的情感和态度。理性（logos）指论证本身所包含的事据和推理证明，属于"逻辑论证"（logical proofs），在演说的过程中形成；"逻辑论证"通常包括例举法、修辞论证法和类比法。[4]在实际演说过程中这三种论证是相辅相成的：品格吸引听众，情感打动听众，理性说服听众。亚里士多德的修辞术是一种极富实用性的话语艺术，广泛适用于实际生活的各个领域，这正如他在《修辞学》中所言："所有的人几乎都要用到它们，因为每个人都试图讨论问题，确立主张，保护自己，驳倒他人。"[5]

古希腊文化衰落之后，修辞学在古罗马得到长足发展，逐渐成为时髦的学问。它揭示修辞现象的肌理，论述修辞技巧的体系和分类，指导人灵活应用并积极创造各种修辞手段，恰切自如地表达意欲言说的思想。古罗马共和时代末

---

1　Aristotle. *The Rhetoric*. trans. John Henry Freese, Cambridge: Harvard University Press, 1926, 1378a.

2　Aristotle. *The Rhetoric*. 1356a.

3　Aristotle. *The Rhetoric*. 29.

4　Aristotle. *The Rhetoric*. 1356b.

5　Aristotle. *The Rhetoric*. 1354a.

期已有明哲之士开设专门学校，向16岁以上的贵族子弟传授演说术和修辞学，使之能胜任国家的高级职务。古罗马最出色的修辞学家是西塞罗，他写了《论演说家》、《演说家》等修辞学专著，对修辞学的目标、演说的功能、演说家必备的修养，以及智慧和口才的关系等做出精辟论述。

某些重要的修辞手段自古就被归纳出来，由文人学士熟练地运用。古代修辞学家从功能角度将其分成两大类，一类具有转义效果，包括隐喻、明喻、拟人、反讽、夸张、含蓄等，另一类由语句的特定结构方式造成，包括重复、排比、对照、堆砌、铺陈、递进、设问、省略、呼语等。由于语词时常缺乏稳定的含义，也由于精妙的话语往往是多种修辞手段综合运用的结果，在实际语言中，这两类手段经常是交织出现的。[1]

以《新约》为代表的初期基督教文学是在罗马帝国境内诞生和发展起来的，按朱维之先生的观点，这座古代文库本来就是古罗马文学的一部分。[2]古希伯来文学的后期作品（包括少数《旧约》卷籍、全部"次经"和"死海古卷"、多数"伪经"作品）亦成书于希腊—罗马时代，该时代肇始于亚里士多德的学生亚历山大大帝竭力将古希腊文化推行到东方之际。在这种历史文化氛围下，圣经中丰富多彩的修辞艺术与古希腊罗马的修辞学难免发生种种内在关联。但本章的目的并非揭示二者的关联，而是从修辞角度展示希伯来圣经和《新约》的艺术世界，说明其叙述者如何运用隐喻、重复、二步递进、对照、反衬、排比、夸张、拟人、反讽、例举、推论、呼语、反诘、双关、警策，以及种种超现实笔法和诗文相间的技巧，成功地表现出古犹太民族和初期基督教的历史生活，塑造出一批在文学史上熠熠生辉的人物。由于"隐喻"和"重复"的情况略为复杂，本章为之另辟专节详加讨论。

---

1　参见《修辞学》，载《简明不列颠百科全书》第8卷，北京：中国大百科全书出版社，1986年，第699页。
2　朱维之主编：《外国文学史·欧美卷》，天津：南开大学出版社，1994年，第17—19、41—46页。

## 第一节
## 圣经修辞艺术概览

### 一、"二步递进"

大卫·罗斯认为,"二步递进"(two-step progression)是福音书中最常运用的修辞手段,经常出现在语词、文句、段落和局部构思中,是理解许多片断的关键所在。[1]其基本特征是,两个彼此关联的句子相继出现,后者对前者进行补充、认定、解说,或从某个角度加以论证。一个简单的例子是"次日早晨,天未亮的时候"(可1:35),耶稣去旷野里祷告。"天未亮的时候"重申了"早晨",又对早晨的具体时刻做出精确界定。在这里,第一步(早晨)圈出一个大范围,第二步(天未亮的时候)又从中确定一个小范围,第二步是重心所在,含有更重要的内容因素。另一个例子涉及地点:"耶稣渡海到那边去,来到加大拉人的地方"(太8:28),"那边"指的就是"加大拉人的地方",但它含义不清,需要做出明确界定。除了对时间和地点的"二步递进",叙述者对人物和事件也有类似的处理。当论及一个推罗—西顿境内的妇人时,叙述者说她是"希利尼人,属叙利非尼基族",她要求耶稣"赶出那鬼,使鬼离开她的女儿"(可7:26)。"叙利非尼基族"是对"希利尼人"身份的确认,"使鬼离开她的女儿"是对"赶出那鬼"的具体说明。

在耶稣讲演词中,"二步递进"也很常见。[2]一种情况是重叠,后一句用大体相仿的语词和结构重复前一句,对前一句做出强调,如称"若是你的右眼叫你跌倒,就剜出来丢掉,宁可失去百体中的一体,不叫全身丢在地狱里;/若是你的右手叫你跌倒,就砍下来丢掉,宁可失去百体中的一体,不叫全身下入地狱"(太5:29,30)。另一情况是前后两句形成对比,使题旨更趋鲜明,如耶稣劝人进"窄门"时说:"引到灭亡,那门是宽的,路是大的,进去的人多;/引到永生,那门是窄的,路是小的,找着的人少。"(太7:13,

---

[1] David Rhoads and Donald Michie. *Mark as Story: An Introduction to the Narrative of a Gospel.* Philadelphia: Fortress Press, 1982, p.47.

[2] David Noble. *An Examination of the Structure of St. Mark's Gospel.* Edinburgh: Edinburgh University Press, 1972, p.55.

14）有时耶稣做出一个论断后，接着否定它的相反命题，如谓"安息日是为人设立的，/人不是为安息日设立的"（可2：27），这种格式可称为"对比式二步递进"的变体。耶稣的训言还时常运用"排除式"递进法，先排除某种情况再作论述，如"世人一切的罪和一切亵渎的话，都可以赦免；/惟独亵渎圣灵的罪，永不得赦免"（可4：28，29）；"人子来不是要受人服侍，/乃是要服侍人，并且要舍命，作多人的赎价"（太20：28）。由于排除了相反的结果，后面的论断就显得特别有力，无可置疑。耶稣训言的另一些命题就语言形式而论前后平行，就逻辑关系而言则彼此对照，两句共同揭示出某一哲理，如谓"若有人愿意作首先的，/他必作众人末后的，作众人的用人"（可9：35）；"有许多在前的将要在后，/在后的将要在前"（可10：31）；"凡自高的必降为卑，/自卑的必升为高"（路14：11）等。这类句子之所以属于"二步递进"，是因为其后句是对前句的必要补充，只有前后两句连成一体，言说者的意念才能彰显出来。

还有一种运用"二步递进"的常见模式：先讲一个具体事例，再引申出抽象的神学内涵。比如"撒网的比喻"先说渔民将网中的鱼分出好坏，再说"到世界的末了，天使要从义人中把恶人分出来，丢在火炉里"（太13：48—50）。加百尔称这类作品为"宣示型故事"，认为"它们一般先有一段简短的情节或事件，最后引出耶稣的一句话，并以那句话结束，故事的存在仅仅是为了引出那句话"[1]。对此不熟悉的读者可能会专注于语词的表象而曲解其内涵，以致发生误解。比如，不少人以为"耶稣为小孩子祝福"（可10：13—16）是在表现耶稣对儿童的慈爱，其实，小孩子只是一种道具，耶稣乃是要藉其揭示得进天国者的某种纯真特点。

"二步递进"还被应用于故事情节的布局中。耶稣在伯赛大为一个瞎子治病时，先"吐唾沫在他眼睛上，按手在他身上"，使他能看见走动的人影；接着又"按手在他眼睛上"，使他的视力完全恢复，"样样都能看得清楚"（可8：23—25）。一般说来，"二步递进"的第一步是引言和铺垫，第二步才是重点和核心；第一步造成悬念，激起读者了解结局的欲望，第二步则将结局公示出来，使读者的欲望满足。用这种观点阅读福音书，会发现整部耶稣传记都

---

1　John B. Gabel and Charles B. Wheeler. *The Bible as Literature, an Introduction.* New York: Oxford University Press, 1986, p.188.

呈现出一种二步递进式结构：第一步，耶稣降生、成长、在加利利传道，这部分告诉读者耶稣是受膏者，是上帝的儿子，他降临世间履行天父的使命，拥有行施奇迹的非凡权柄。这部分结束时，耶稣的弥赛亚身份被其首选门徒彼得认出："你是基督，是永生上帝的儿子。"（太16：16；可8：29）第二步，耶稣从加利利去耶路撒冷，顺从天父的意愿甘心承受十字架上的苦难，这部分结尾处再次确认耶稣是"上帝的儿子"（太27：54；可15：39）。在叙述者笔下，耶稣的性格从前到后经历了显著变化：在前半部，他是个精力充沛的布道家，一直处在积极行动中；到后半部，他成为自我献祭的牺牲者，为了奉行天父的命令而在所不辞地饮尽苦杯，献出生命。读者从前半部对耶稣的身份和使命得出初步认识；读完后半部，对其人其事进而达成更深刻的感悟。[1]

"二步递进"在《旧约》中也举目可见，仅举数例："挪亚是个义人，在当时的世代是个完全人"（创6：9），"完全人"对"义人"之义做出说明。亚卫说："我的百姓在埃及所受的困苦，我实在看见了；他们因受督工辖制所发的哀声，我也听见了。"（出3：7）"听见哀声"是"看见困苦"的必要补充。基甸说："我家在玛拿西支派中是至贫穷的，我在我父家是至微小的。"（士6：15）言说者借助"至贫穷"和随后的"至微小"，表明自己是何等微不足道。亚哈随鲁王对以斯帖说："你要什么，我必赐给你；你求什么，就是国的一半也必为你成就。"（斯5：6）后句补充了前句，说明波斯王对以斯帖如何有求必应。

## 二、对比和反衬

古犹太作家惯以恰成对比的语词或情状进行论述和描写，使读者在强烈对照的意象中产生一种心灵震撼。他们的"反义平行体"诗歌即属此类，在智慧文学中举目可见，比如"明哲人嘴里有智慧，无知人背上受刑杖"、"正直人的纯正必引导自己，奸诈人的乖僻必毁灭自己"（箴10：13；11：3）。史传文学经常展示敌强我弱、对比悬殊的场面，通过正面主人公的决战决胜塑造其英雄性格。以色列人流徙旷野数十年后抵达约旦河东，欲以弱小的兵力和简

---

[1] David Rhoads and Donald Michie. *Mark as Story: An Introduction to the Narrative of a Gospel*, p.48.

的军备攻击人多势众、装备精良的迦南人。成功原已不可思议，而在《约书亚记》的叙述中，约书亚势如破竹地节节胜利，将迦南土地尽收囊中。摩押王伊矶伦穷凶极恶地奴役以色列人，士师以笏孤身入虎穴，以非凡的智慧和勇敢将其刺死，继而机智地返回营地，带领民众勇猛反击，获得胜利（士3：12—30）。犹太作家描写人物时擅长渲染某种反差，以示其或褒或贬的评价态度。雅各早年去舅舅拉班家避难时孤身一人，20年后返回迦南之际妻妾、子女、仆婢和牛羊浩浩荡荡，前后相较，显示出隐含作者对他勤奋、精明、能干性格的首肯。约瑟初入埃及时是被哥哥们出卖的奴隶，最后竟贵为一国的宰相，这种命运的天渊之变体现出隐含作者对他的由衷赞誉。在某些情况下，隐含作者也运用多种对比手法揭示主题，如在"以利亚斗败巴力先知"（王上18：20—40）中，巴力的先知多达450人，亚卫的先知仅以利亚一人；巴力先知的祭神仪式时间长、声音高、动作大，以利亚求告亚卫只做了简短的祷告；巴力从早到晚没有反应，证明是假神，亚卫一听到祷告就降下天火，烧净祭牲、木柴、石头和尘土，甚至烧干沟里的水，证明是真神。

值得注意的是，古犹太作者还热衷于表现理性与情感之间的对立和冲突。《马加比传四书》津津乐道于"理性绝对支配感情"，认为"理性是当家作主的园丁，它要彻底……驯服由激情滋生出的乱树杂草，因为理性是品行的指南，是情感至高无上的主人"（1：13—30）。在该书看来，这方面的最佳例证是马加比战争前夕以利亚撒的受难和犹太母亲及其七个儿子的殉教，书中以大量篇幅叙述他们遭受的痛苦折磨，称颂他们如何因虔诚理性的支配而痛斥异族暴君，坦然无惧地接受残酷的死亡。犹太母亲的受苦和捐躯尤其被解释为理性的胜利，因为她直到最后牺牲，一直都在勉励儿子们宁死不可背弃犹太律法。《旧约》也多次记载"虔诚的理性支配感情"之事，如耶弗他及其女儿都面临理性与情感的尖锐冲突，也都做出崇高选择——父亲忠诚于信仰，既许必践；女儿深明大义，为了成全父亲的誓言不惜以身相殉（士11：29—40）。

所谓反衬，是指作家的主要笔触不在乎意欲表现的对象本身，而在与其相关的外部环境，或者由其造成的某种后果，借助环境和后果衬托出对象的特定品格。"示巴女王访问所罗门"（王上10：1—13）的重心无疑是所罗门，但线索性人物却是示巴女王。女王听到所罗门的名声，带着随从和礼物前去拜访他，当面提出种种难题，所罗门对答如流，女王惊叹得神不守舍。故事以一个旁观者的眼光反衬出所罗门的非凡智慧。在历史书中，亚卫是以色列民族的战神，经常以奇妙的手段大量杀伤敌军，如五王联军被约书亚击败后，"亚卫从天上降下大冰雹在他们身上，直降到亚西加"，致使敌人"被冰雹打死的，比以色列人用刀杀死的还多"（书10：11）。这类记载不重战争过程而强调其结果，意在以辉煌的战果反衬亚卫上帝的卓越权能。按福音书所载，耶稣传道时众人经常前拥后随，把他挤在中间，一次有人抬着瘫痪病人请他医治，因难以靠近他所在的屋子而不得不上房揭瓦，从屋顶上打洞，把病人缒进屋内（路5：18，19）。此种描写以众人的表现反衬出耶稣的崇高声望。

### 三、排比和夸张

排比句由一系列结构相似的平行语句并列而成，用以抒发作者异乎寻常的情感，激起读者强烈的审美体验。这类句式在希伯来诗歌中屡见不鲜；比如：

> 亚卫的律法全备，能苏醒人心；
> 
> 亚卫的法度确定，能使愚人有智慧；
> 
> 亚卫的训词正直，能快活人的心；
> 
> 亚卫的命令清洁，能明亮人的眼目；
> 
> 亚卫的道理洁净，存到永远；
> 
> 亚卫的典章真实，全然公义。（诗19：7—9）

耶稣登山训众之初宣讲的"八福"、他斥责文士和法利赛人时宣告的"七祸"（太5：3—10；23：13—13）等，也娴熟地运用了排比修辞法。不仅诗歌，圣经的叙事文学有时亦用排比构思写成，比如《旧约》开头的创造天地故事：引言写创世背景，尾声记安息日的起源，正文（创1：3—31）述说上帝在六天中相继造出天地万物和人类的过程，其中每天都按大体相同的模式写作，述及"上帝说"、所说的内容、内容的实现、上帝的评价等，前后彼此照应，给人以律动的节奏感。

作家为追求显著的语言效果而故意进行言过其实的描写，被称为"夸张"。以理性主义目光审读，《旧约》和《新约》中频频出现的神迹奇事皆含夸张。约书亚的军队用号角声和呐喊声震塌耶利哥的城墙（书6：20），参孙用驴腮骨杀死1000非利士人、赤手空拳地掀翻大庙的支柱（士15：15；16：30），便是典型的夸张。夸张亦在某些并非神迹奇事的情节中不露痕迹地出现，如称大洪水前的祖先们极其高龄长寿，亚当活了930岁，塞特活了912岁，以挪士活了905岁，该南活了910岁，玛勒列活了895岁，雅列活了960岁，玛土撒拉活了969岁，拉麦活了777岁。按照生理学的一般原理这些数字是不确实的，如此叙述乃是要表达某种意念：最初的人类由于接近上帝造人的原初圣工而出类拔萃。《旧约》多次述及亚卫上帝对以色列人的应许：亚伯拉罕的后裔将"如同地上的尘沙那样多"，多得"如天上的星，海边的沙"（创13：16；22：17。参见创41：49；书11：4；撒上13：5；撒下17：11）。从这种夸张的比喻中，读者能感受到古代以色列人对人多势众、民族强盛的梦寐追求。普遍同意，《旧约》中的不少数字带有夸张意味，如以色列人出埃及时仅男子就多达60万（出12：37）；大卫平定押沙龙叛乱时一天就杀死2万人，且使叛军"死于树林的比死于刀剑的更多"（撒下18：7，8）；所罗门在耶路撒冷圣殿用22000头牛、120000只羊向亚卫献平安祭（王上8：63），等等。加百尔指出，对这类数字大可不必过于认真，"它们不过是史官的想象，而非确切的统计数据……不论这些数字背后隐藏着什么，它们都能使读者对主题的重要性加深印象——这才是读者应注意的，才是全部奥秘所在"。[1]

《约拿书》、《但以理书》和《以斯帖记》是《旧约》中运用夸张笔法最频繁的叙事著作。为表明尼尼微城面积极大，称它要走"三日的路程"；写到尼尼微人幡然悔悟时，声称不但众人禁食，且连牛羊也不吃草喝水（拿3：3，7）。尼布甲尼撒为了惩罚拒拜偶像的犹太三少年，令人把窑烧热，"比寻常更加七倍"，不料三少年竟能在窑中信步行走，"火无力伤他们的身体，他们的头发没有被烧焦，衣裳没有变色，并没有火燎的气味"（但3：19，27）。亚哈随鲁王大宴群臣180天；哈曼为处罚末底改私设5丈高的刑架（斯1：4；5：14），……此类描写时有所见，致使夸张已超越单纯的文字技巧而成为揭示主题的重要手段。耶稣传道时亦深谙夸张的效用，常有精妙之言脱口而出，例如"骆驼穿过针的眼，比财主进上帝的国还容易呢！"、"你们这假冒为善的文士和法利赛人有祸了！……蠓虫你们就滤出来，骆驼你们倒吞下去。"（太19：24；23：23，24）

---

[1] 加百尔等：《圣经中的犹太行迹——圣经文学概论》，梁工等译，上海：上海三联书店，1991年，第23页。

## 四、拟人

将无生命的概念、物体或景观描写成生动的人，使之拥有人的特定属性，即拟人手法。《箴言》第8章便以拟人手法写成：

> 智慧岂不呼叫？聪明岂不发声？她在道旁高处的顶上，在十字路口站立。在城门旁，在城门口，在城门洞，大声说："众人哪，我呼叫你们，我向世人发声，说："愚蒙人哪，你们要会悟灵明；愚昧人哪，你们当心里明白……寻得我的，就寻得生命，也必蒙亚卫的恩惠。得罪我的，却害了自己的性命；恨恶我的，都喜爱死亡。"

将智慧描绘成一个论证雄辩的演说家，运用第一人称独白的口吻，挥洒自如、淋漓尽致地讴歌了智慧的卓越地位和非凡功能。从《诗篇》中常能看到对自然物象的拟人化处理，如称"诸天述说神的荣耀，穹苍传扬他的手段"、"众城门哪，你们要抬起头来"、"愿大水拍手，愿诸山在亚卫面前一同欢呼"、"林中的树木都要在亚卫面前欢呼"（诗18：1；24：7；98：8；96：12）等。

耶路撒冷本是巴勒斯坦的古城，作为一个普通地名，原本不含任何生理学意义的生命。然而，作为古犹太民族的都城和犹太历史风云的焦点，它却成为历代犹太作家的魂牵梦绕之地。他们如同自己的家人一般熟悉它，留下许多描写它的不朽章句。在《耶利米哀歌》卷首，把它刻划成命运悲惨的寡妇："先前满有人民的城，现在何竟独坐！先前在列国中为大的，现在竟如寡妇！……她夜间痛哭，泪流满腮，在一切所亲爱的中间没有一个安慰她的。她的朋友都以诡诈待她，成为她的仇敌。"在《以西结书》第16章，作者把它塑造成一个淫荡之妻，进而喻指违命犯罪的以色列人。后来耶稣又把它斥责成倒行逆施的凶犯："耶路撒冷啊，耶路撒冷啊！你常杀害先知，又用石头打死那奉差遣到你这里来的人。我多次愿意聚集你的儿女，好像母鸡把小鸡聚集在翅膀底下，只是你们不愿意。"（太23：37）

圣经中出现频率最高也是最重要的形象——亚卫上帝——就是用拟人手法塑造成的。《创世记》说上帝"照着自己的形象造人，乃是照着他的形象造男造女"（1：27），明示人与神的形象相同，亦即神与人的形象相同。神与人有着共同的语言表达方式,能毫无障碍地进行言语沟通和交流,如亚卫询问偷吃了禁果的女人:"你做的是什么事呢?"女人回答:"那蛇引诱我,我就吃了。"(3:13)神与人之间还有共同的精神评价准则,神以公正严明和仁慈宽厚为本性,对人间的是非善恶随时进行严密监控和公平处置,引导人一步步离开罪恶,趋于完善。此外,亚卫上帝还具有种种普通人的性情,如因罪人的顽梗狂傲而发怒,甚至大发烈怒;对自己以往的某些作为不甚满意,进而产生懊悔之意等。就懊悔而言,由于"人在地上罪恶很大,终日所思想的尽都是恶,亚卫就后悔造人在地上,心中忧伤"(创6:5);由于扫罗拒不从命,亚卫就后悔不该当初立他为王(撒上15:11)。历时性地考察,亚卫上帝经历了从具体到抽象、从人格化到哲理化的演变过程。在早期作品中他常以人形出现,与世间凡人进行种种近距离交往,如同人的亲密朋友。他在幔利的橡树旁化身为三人,向亚伯拉罕显现,亚伯拉罕向他们跪拜,为之宰牛备饭,他们中的一位预言撒拉次年必生儿子。时至先知预言中,亚卫的人格神形象逐渐发生超越性升华,"巴比伦之囚"事件过后,伴随着犹太人国破家亡的惨剧,他似乎不再是那个频频光顾于子民中的民族神,而升上遥远的高天,成为普世万族的最高主宰。在此基点之上,基督教神学家融会古希腊宗教哲学的神灵概念,把上帝最终阐释成形而上学的观念之神。

## 五、反讽

关于反讽,加百尔的解说是:"观众的无所不知和角色有所不知形成对照,从而形成反讽。反讽总带有令人满足的色彩,它来自观察者的高视点位置和全知心态。"[1]据《创世记》第31章记载,雅各在舅舅拉班家长年帮工之后不辞而别,带着妻妾儿女和大批家产踏上归途,其妻拉结悄悄带走父亲拉班家里的神像。十天后拉班追上雅各,责备他偷了神像。雅各矢口否认,并陪同拉班到处查找。拉结把神像藏在驮篓里,自己坐在篓上,谎称正值经期不便起身,避过拉班和雅各的搜查。雅各怒气冲冲地斥责拉班诬陷了他,读者则发出会心的微笑,因为他们知道拉结的确偷走了神像。在阅读这段文字时他们既欣赏拉结的沉着机智,又嘲笑搜查者拉班的盲然无知;拉班无法证实其合理猜

---

[1] J·B·加百尔等:《圣经中的犹太行迹——圣经文学概论》,第32—33页。

疑，雅各则误以为拉班对他进行了栽赃陷害。《以斯帖记》也多处运用反讽，试举一例：宰相哈曼对犹太人末底改恨之入骨，欲蛊惑亚哈随鲁王吊死他，这时国王却想起末底改立功未赏的往事，问哈曼道："王所喜悦尊荣的人，当如何待他？"哈曼误以为国王"喜悦尊荣的人"必是自己，就提议让一个极尊贵的大臣为他穿上国王的朝服，扶上御马，带他游遍城里的街市。孰料国王却让哈曼立即向末底改如此行！哈曼不得不为末底改牵马游街，致使自己威风扫地。此间哈曼和亚哈随鲁王都"有所不知"，以致造成误解，而读者则无所不知，因而能感受到强烈的讽刺意味，从中得到审美的愉悦和满足。

从以上两例可以看出，作为修辞手段的反讽是用与本义相反的情节或话语传达本义，以达到挖苦嘲弄对象的目的。它通常分为"情境反讽"（situational irony）和"语词反讽"（verbal irony）两类，前者多寓于一段故事情节中，如上述两例所示，表现为某角色天真地希望发生之事与实际发生的情况彼此矛盾，或某角色的盲目想象与事实相互背离。从某种意义上说，《约伯记》的总体构思就建立在情境反讽的基础上：读者从序幕中得知，是亚卫上帝和撒旦在天上的打赌造成约伯在人间的灾难，以及随后约伯对义人受苦原因和上帝本性的追问。"读者若不明白这一点，就会像约伯一样陷入迷茫，感到自己遇到的不是考验，而是不公正的折磨；另一方面，如果约伯本人知道了此乃考验，这部书也许就会不复存在"，[1]所以当事人的"不知"和读者的"知"缺一不可。

就福音书的总体构思而言，情境反讽也很显著，它植根于上帝统治的性质与故事角色的理解每每彼此相悖的事实中。犹太当权者指望上帝确认其解释律法的权威性，上帝却把权柄赋予拿撒勒人耶稣，让他对律法做出全新诠释。当权者料想古代先知以利亚会率先临世，上帝却派施洗者约翰作先行者，让耶稣作上帝在世间的代言人，以受难献身方式履行其救赎罪人的计划。在审判耶稣的情境中，犹太当权者本以为他们正确地把一个渎神者判处了死刑，而事实却是，他们自己才是真正的渎神者，其倒行逆施注定不配得到好下场。一如彼利茨坎（Gilbert Bilezikian）所言，在福音书中讽刺性的对照无处不在，甚至构成作者的基本思路："上帝的统治是隐藏的，受膏者的身份是秘密的，那些被耶稣视为自己人的门徒盲目得像是局外人，以色列首领对上帝的意图盲然无

---

1 加百尔等：《圣经中的犹太行迹——圣经文学概论》，第35页。

知,上帝的意志逆转了所有世俗的盼望,最重要的人其实是地位最卑贱的人,最伟大的人将成为奴仆,失去性命的将得到性命,君王将在十字架上施行统治。"[1]

"语词反讽"多见于人物言论中,表现为言说者的议论与其真正含义恰成对照,即通常所谓的"正话反说"。亚卫上帝从旋风中答复约伯时就对他进行了刻薄的嘲弄:"我立大地根基的时候,你在哪里呢?你若有聪明,只管说吧!……你总知道,因为你早已生在世上,你日子的数目也多。"——"早已生在世上",还能比上帝立大地的根基更早吗?约伯悟出了其中的反讽而答道:"我是卑贱的!我用什么回答你呢?只好用手捂口。"(伯38:4,21;40:4)

福音书中最明显的"语词反讽"是敌对者对耶稣的嘲讽。耶稣受审后兵丁为他穿上朱红色袍子,戴上荆冠,戏弄他说:"恭喜,犹太人的王啊!"他被钉上十字架后,路人讥诮道:"你这拆毁圣殿,三日又建造起来的,可以救自己吧!你如果是神的儿子,就从十字架上下来吧!"(太27:28,29,40)这些话语都表达了相反的含义:这个可悲又可怜的人竟被当成犹太人的王,这是何等可笑啊!一个被钉在十字架上的罪犯,怎能是上帝的受膏者呢!此处的语词反讽其实又含有深层的"情境反讽":故事角色相信他所谈论之事都是真实的,孰不知实情恰恰相反;而读者却能将角色的盲目议论和事情发生的真实方式尽收眼底,从二者的讽刺性对照中感受到某种鉴赏的愉悦。当敌对者嘲讽耶稣为"犹太人的王"时,读者看到这种说法其实是真实的,因为耶稣不仅是犹太人的王,而且要成为天下万族的王,所以应遭受嘲讽的不是耶稣,而是他们自己。又如门徒经常处于被嘲弄的境况中:彼得自信他会与耶稣同生共死,而他却接二连三地拒认主;他的绰号"磐石"其实是讽刺性的,因为他并无磐石的坚定性。"语词反讽"也不时出现在保罗书信中,如《哥林多前书》第4章10节:"我们为基督的缘故算是愚拙的,你们在基督里倒是聪明的;我们软弱,你们倒强壮。"保罗在这里绝非称赞,而是挖苦那些接受书信的哥林多人。当反讽的锋芒特别锐利,达到一望便知的地步时,就形成挖苦,而"挖苦

---

[1] Gilbert Bilezikian. *The Liberated Gospel: A Comparison of the Gospel of Mark and Greek Tragedy.* Grand Rapids, Mich.: Baker Book House, 1979, p.122.

别人乃是为了宣扬自身"。[1]

## 六、例举和推论

亚里士多德在《修辞学》中说："有的演说富于例证，有的演说富于推论……依靠例子演说的说服力并不比较差，但依靠修辞式推论演说的更能得到高声喝彩。"[2]这段话论及两种修辞方式：例举和推论。例举是一种归纳论证方式，用若干类似的事例证明自己的结论，以求用事实打动读者的情感，征服其理性。推论是一种演绎论证方式，从普遍认为或多数人认为可靠的命题推出相关结论，主要诉诸人的理性，以道理使人心折服。这两种方式都常见于圣经中。

《旧约》中有许多列举事实表明其作者观点的章节，颇能雄辩地证明言说者见解的合理性。《弥迦书》的前三章是声讨社会罪孽的檄文，总论点见于第1章开头："万民哪，你们都要听！……主亚卫从他的圣殿要见证你们的不是。"（1：2）有哪些"不是"呢？弥迦随后列举大量事实：奸恶之人"贪图田地就占据，贪图房屋就夺取"（2：2）；以色列的官长"恶善好恶，从人身上剥皮，从人骨上剔肉，吃我民的肉，剥他们的皮，打折他们的骨头，分成块子像要下锅"（3：2）；他们"厌恶公平，在一切事上屈枉正直；以人血建造锡安，以罪孽建造耶路撒冷；首领为贿赂行审判，祭司为雇价施训诲，先知为银钱行占卜"（3：9—11）……这些事例无疑能充分证实开头的论断。最后，弥迦在此基础上发出灾难将临的预言："锡安必被耕种像一块田，耶路撒冷必变为乱堆……"（3：12）

耶稣深谙讲演艺术，经常以例举法证明其见解。在劝告门徒"勿虑衣食"（太6：25—34）时他首先提出论点："不要为生命忧虑吃什么，喝什么，为身体忧虑穿什么。"继而举出两个例子：其一，"你们看那天上的飞鸟，也不种，也不收，也不积蓄在仓里，你们的天父尚且养活它。你们不比飞鸟贵重得多吗？"其二，"野地里的百合花……也不劳苦，也不纺线，然而我告诉你们：就是所罗门极荣华的时候，他所穿戴的还不如这花一朵呢！"在做出这番举证之后，耶稣呼应开头，归纳道："你们需用的这一切东西，你们的天父是

---

[1] J·B·加百尔等：《圣经中的犹太行迹——圣经文学概论》，第35页。
[2] Aristotle. *The Rhetoric*. 1356b.

知道的。你们要先求他的国和他的义,这些东西都要加给你们了。"耶稣拒绝文士和法利赛人求显神迹时,也以约拿、尼尼微人、南方女王、所罗门等为例,申述其见解(太12:38—45)。

亚里士多德在《修辞学》中对修辞式推论做过经典界定:"如果有了某些命题,由这些普遍被人认为或多半被认为是真实可靠的命题推出另一个与它们并列的命题来,这个方法在论辩术中叫作'三段论法',在修辞术中叫作'恩梯墨玛'(enthymema)。"[1]论辩术的三段论特指大前提、小前提和结论,一个广为人知的例子是:

  大前提——所有的人都是要死的,
  小前提——苏格拉底是人,
  结论——苏格拉底也是要死的。

圣经作者虽未明言三段论,却在不少地方娴熟地运用了此种方法,试看《传道书》的构思。该书的总论点是"凡事都是虚空"(1:2),在证实其见解时,作者提出"喜乐福祉亦属虚空"(2:1)、"劳有所获亦属于虚空"(2:11)、"智慧愚昧皆属虚空"(2:16,17)、"劳碌所得不知遗谁亦属虚空"(2:18—21)、称王执政亦属虚空(4:13—16)、"富有资财不得享用亦属虚空"(6:2,3)、"多子多寿亦属虚空"(6:3—6)……若套用古希腊修辞学的三段论,即:

  大前提——凡事都是虚空,
  小前提——喜乐福祉、劳有所获、智慧愚昧、劳碌所得不知遗谁、称王执政、富有资财不得享用、多子多寿……都是事,
  结论——喜乐福祉、劳有所获、智慧愚昧、劳碌所得不知遗谁、称王执政、富有资财不得享用、多子多寿……尽属虚空。

下面再以《罗马书》为例,分析保罗的推论艺术。基督教初兴之际,不少早期信徒深受犹太传统的影响,主张入教必须受割礼,称义的前提是恪守摩西律法,谓之"因守法称义"。保罗敏锐地意识到,基督教要想大发展,就必须破除犹太教的陈规旧仪,集中到一点,是打破摩西律法对人的精神束缚。但摩

---

1 Aristotle. *The Rhetoric*. 21.

西律法是犹太传统的安身立命之本，在最初的犹太裔基督徒心目中占居着不容动摇的崇高地位，绝不可稍有不敬。怎么办？保罗在"信仰"二字上大做文章。在他看来，自耶稣基督降世之后，能否被上帝认定为义并进而得其拯救，不在乎是否恪守了摩西律法，而在乎是否真正信仰上帝。这就是他的著名理论"因信称义"，即"人称义是因着信，不在乎遵行律法"（罗3：28）。那么，如何论证"因信称义"之理呢？保罗指出，其实此乃亚伯拉罕显明的道理。亚伯拉罕早在摩西之前就与亚卫上帝立约，信奉上帝，被其认定为义人，那时他尚未接受割礼，更未读过摩西律法。所以，割礼只是一种临时性礼仪，未必适用于一切时代；律法的重要性也远在信仰以下。正是基于这一点，保罗说："上帝应许亚伯拉罕和他后裔必得承受世界，不是因律法，乃是因信而得的义。"（罗4：13）可见保罗巧妙地运用了"以子之矛攻子之盾"的推论策略，绕过摩西，回到信仰的始祖亚伯拉罕，通过张扬亚伯拉罕，有力地证明信仰的地位远胜于摩西律法。

### 七、呼告、反诘、"两难诘问"、谜语

圣经文学中常有呼告和感叹语。《诗篇》中的赞美诗往往以呼唤上帝之词和称颂上帝的感叹语开头，如"上帝啊，求你快快搭救我！亚卫啊，求你速速帮助我！"（70：1）"你们要赞美亚卫！我的心哪，你要赞美亚卫！"（146：1）使读者诵诗伊始就被一种浓烈的宗教激情所感染。《诗篇》第136篇、《三童歌》第35至66节用"启应体"写成，最初或许在崇拜仪式上使用，由两班歌手交替对唱，一班唱上半句，另一班唱下半句，下半句皆为内容相同的感叹语，两班此启彼应，颇能创造庄重热烈的抒情气氛。呼告和感叹语也出现在表达世俗亲情的诗文中，如："看哪，弟兄和睦同居是何等的善，何等的美！"（诗133：1）大卫在隐基底的山洞里不害扫罗，扫罗出洞后他呼唤道："我主，我王！……我父啊！看看你外袍的衣襟在我手中。"（撒上24：8，11）呼告语颇能行之有效地增强所述情节的感人效果。

反诘是一种修辞性提问，一般无需回答，因为答案就寓于问题之中，言说者其实是在"以问而论"。如阿摩司之言："狮子吼叫，谁能不惧怕呢？主亚卫发命，谁能不说预言呢？"（摩3：8）此语意在申述先知的使命：奉亚卫之

命说预言。又如耶稣质问门徒之语："瞎子岂能领瞎子，两个人不是都要掉在坑里吗？……为什么看见你弟兄眼中有刺，却不想自己眼中有梁木呢？你不见自己眼中有梁木，怎能对你弟兄说'容我去掉你眼中的刺'呢？"（路6：39—42）这句话虽然连提三问，却非寻求回答，而是要听者意识到"瞎子不能领瞎子，否则两人都会掉进坑里；不能只见别人有小错而不见自己有大错；欲正人者必先正己"。叙述者把陈述句处理成设问句，显然能启发听者主动思考，从而增强表意效果。

耶稣经常以设问句对门徒讲话，如称"为什么胆怯？你们还没有信心吗？""西门，你睡觉吗？不能警醒片时吗？"（可4：40；14：37）其间既有希望和要求，也有对门徒恨铁不成钢的失望。耶稣还常用设问对犹太当权者演说，但发问之后往往连带一句论断语。法利赛人指责门徒安息日掐麦穗吃违背了律法书的规定，耶稣以设问句回敬他们："经上记着大卫和跟从他的人缺乏、饥饿之时所做的事，你们没有念过吗？"接着讲出名言："安息日是为人设立的，人不是为安息日设立的。"（可2：25—27）

这类修辞式提问也出现在与耶稣对立的犹太众人和当权者口中。耶稣在家乡的会堂里教训人，语惊四座，乡邻们惊奇不已，但有人认出他原来是耶稣，马上就改用不以为然的口气说："这不是木匠的儿子吗？他母亲不是叫马利亚吗？他弟兄们不是叫雅各、约西、西门、犹大吗？他妹妹不是都在我们这里吗？"（太13：55—56）在另一处，耶稣回答大祭司审问时坦言自己是"那当称颂者的儿子基督"，大祭司认定他说了"僭妄的话"，怒气冲冲地对周围人道："我们何必再用见证人呢？你们已经听见他这僭妄的话了。"（可14：63—64）上述设问句的特点都是"问中有答，亦问亦答"，"外表疑惑，实际确认无疑"。较之平铺直叙，这种手法能为文章增添更浓的文学意味，使读者对作家的意图产生更真切的感受。

"两难诘问"数次出现在福音书中，均为法利赛人向耶稣发出的恶意询问，意在使之陷于左右为难的尴尬境地，甚至留下被控告犯罪的把柄。但耶稣每次都机警睿智地做出答复，令对方无言以对。一次法利赛人问："纳税给该撒可以不可以？"其险恶用心在于，若回答"可以"，就意味着背叛宗教信仰；若回答"不可以"，则等同于对官府不忠。耶稣却从容不迫地说："该撒的物当归给该撒，上帝的物当归给上帝。"（太22：21）这两面皆通的回答使法利赛人哑口无言。又一次，法利赛人带来一个行淫时被捉拿的妇人，问耶稣能否按摩西律法的规定用石头打死。这又是一个难题：若回答"能"，有悖于仁慈宽恕的原则，回答"不能"，又违背了律法书的规定。但耶稣也以巧言做出答复（约8：3—9）。

在中国古书中，谜语又称为"隐语"，是一种用隐喻、暗示或类比之法做成谜面供人猜测的文字。《旧约》中也有谜语性质的文字，如"谁升天又降下来？谁聚风在掌握中？谁包水在衣服里？谁立定地的四极？"（箴30：4）《旧约》里最有名的谜语出自士师参孙之口："吃的从吃者出来，甜的从强者出来。"其谜底由猜谜的非利士人说出："有什么比蜜还甜呢？有什么比狮子还强呢？"（士14：14，18）原来参孙曾徒手撕裂一只狮子，几天后发现死狮体内有蜜蜂酿出的蜜，就用手取蜜，边走边吃。力大无穷的参孙与敌族之民斗以心智，显示出一种机智而幽默的性格，亦表明希伯来民族自古就有崇尚智慧之风。

福音书中有许多令人费解的神秘故事或含义隐晦的比喻，颇似中国的谜语。它们大多由耶稣讲给听众，内容涉及上帝救赎世人的计划、末日审判和天国降临等，由于听众往往不得要领，需要耶稣将喻义陈明，耶稣便在设谜和解谜过程中把天国的道理条分缕析地讲给听众。耶稣的谜语大都直接间接地述及天国或神的国，如天国的种子已经撒下，它将有正反两方面的回应，到世界末日恶人必被丢在火炉里，义人则像太阳一样发光（太13：24—30，36—43）。耶稣用谜语向门徒讲道，是由于他设想门徒和追随者能够理解其谜语，从中增长见识，因为他们已被告知天国的秘密，而且他们也离弃原有的一切，诚心实意地追随耶稣。当门徒并不理解那些谜语时，耶稣为之惊奇，继而向他们讲解谜底；当他们显然仍不明白时，耶稣便失望而愤怒了。另一方面，耶稣用谜语讲道也是为了避免"外人"听明白，所谓"外人"主要指犹太当权者，他们对神的统治又瞎又聋，根本不配理解谜语。有时耶稣说谜语还能免受迫害。由于身处一个杀机四伏的险恶环境中，耶稣经常面临遭遇恶意指控的危险。一次法利赛人责备他的门徒"用俗手吃饭"，违背了"古人的遗传"即律法书的规定，他用谜语巧言相对："从外面进去的不能污秽人；惟有从里面出来的，乃能污秽人"（可7：5，15），机智地避开以"亵渎律法"为由的责难。

谜语为读者展示出有待解决的谜团，使福音书的叙事富有魅力。较之作品中的人物，读者处于理解谜语的更佳位置，因为从一开始，他们就知晓耶稣的身份及其与天国的关系。对谜语的理解使读者得以更深入地把握福音书的隐晦含义，进而体认耶稣的世界观和价值观，同时疏离耶稣的敌对者。读者或许觉得那些谜语神秘莫测、令人困惑，但即便如此，也能在其引导下从内在逻辑而非外部表象去理解故事。

## 八、双关和警策

利用文字的同音或谐音，以某语词或一对相关语词巧妙地表达二重含义，被称为"双关"。在希伯来文中，"人"（adam，音译"亚当"）的一音之转是"尘土"（adamah），了解了这两个词的谐音特征，会明白亚卫何以咒诅亚当"你本是尘土，仍要归于尘土"（创3:19）。古老的希伯来民间故事中常有谐音双关语词出现，如"巴别"（babel）源于"变乱"（balal），故《创世记》第11章9节说"亚卫在那里变乱天下人的言语，使众人分散在全地上，所以那城名叫巴别（就是'变乱'的意思）"。雅各的名字写作ya'akov，既含"脚后跟"（akev）之意，又与"智胜"或"欺诈"（akav）谐音，这两种含义都出现在雅各生平中：他出生时抓着孪生哥哥以扫的脚后跟，后来又机智地夺走他的长子继承权。以撒的名字（yitshaq）与"笑"（tsahaq）相关，而笑声三次出现在与以撒出生有关的叙述中（创17:17；18:12；21:6）。据《马太福音》第16章18节载，耶稣对彼得说："你是彼得，我要把我的教会建造在这磐石上。"示意彼得就是磐石，磐石亦即彼得。这是一句双重双关语，因为彼得的希腊文名字Petros与希腊文"磐石"（petra）相近，同时，彼得的亚兰文名字kephas也与亚兰文的"磐石"（kepha）音似。耶稣传教时讲亚兰文，此语收入福音书之前又被译成希腊文，不论在哪种文字中都有谐音双关之趣。[1]

由于以色列人将双关视为睿智之语，这种手法在他们笔下便时有所见，仅在《弥迦书》第1章10至15节中就出现十余处，比如：（1）"我在伯亚弗拉滚于灰尘之中"，"伯亚弗拉"（Beth Leaphrah）既是地名，又含"灰尘的屋子"之意，在原文中颇具谐趣。（2）"沙斐的居民哪，你们要赤身蒙

---

[1] J·B·加百尔等：《圣经中的犹太行迹——圣经文学概论》，第36—37页。

羞过去",地名"沙斐"（Shaphir）意谓"美丽"、"姣好"，与"赤身蒙羞"恰成对照。（3）"玛律的居民心甚忧急，切望得好处，因为灾祸从亚卫那里临到耶路撒冷的城门"，地名"玛律"（Maroth）意谓"苦楚"，此语暗示因灾祸将临，以色列民众将苦上加忧。（4）"拉吉的居民哪，要用快马套车"，地名"拉吉"（Lachish）与"战车"（rekesh）谐音，语句在原文中首尾呼应，暗含情趣。（5）"亚革悉的众族必用诡诈待以色列诸王"，"亚革悉"（Achzib）意谓"欺骗"，与随后的"诡诈"同义。（6）"玛利沙的居民哪，我必使那夺取你的来到你这里"，地名"玛利沙"（Mareshah）意谓"财产"、"产业"，该句示意玛利沙城必被入侵者占领，成为敌族的财产或产业。（7）"以色列的尊贵人必到亚杜兰"，地名"亚杜兰"（Adullam）意谓"退隐"或"避难所"，该句示意敌族入侵之际以色列的领袖们将仓皇逃避，犹如当年大卫被扫罗追捕时去亚杜兰洞躲避（撒上22：1）一样。

圣经中常见的修辞格式还有"警策"，即刻意锤炼文辞，使之备具语简言奇、含义深邃而精警动人之效。典范例证可举出《旧约》中的"十诫"（出20：2-17；申5：7—21）和"示玛"（申6：4—9；11：13—21），耶稣的一系列讲道辞如"八福"、"盐和光"、"论奸淫"、"论施舍"、"论窄门"（太5：3—10，13—16，27—32；6：1—4；7：13—14），以及保罗的"论爱"（林前13：1—8，13）。下面是"论爱"的一个片断：

> 爱是恒久忍耐，又有恩慈；爱是不嫉妒，爱是不自夸，不张狂，不作害羞的事，不追求自己的益处，不轻易发怒，不计算人的恶，不喜欢不义，只喜欢真理；凡事包容，凡事相信，凡事盼望，凡事忍耐；爱是永不止息……如今常存的有信，有望，有爱；这三样，其中最大的是爱。

这类言简意赅的语句不时出现，使圣经文本每每给人以掷地有声、余音绕梁之感。

## 九、超现实描写

圣经是一部宗教经典，其文学是一种宗教文学。作为宗教文学的有机组成部分，其中的叙事性作品必然会表现两个世界——俗民生存的现实世界和上帝显现的超现实世界。而既然要表现超现实世界，就势必借助于各种超现实笔法。

首先，以多种方式描写上帝的显现。圣经中的上帝是积极干预世俗生活的神灵，经常在世间抛头露面，包括直接显现、化身显现、梦境显现、异象显现等。"直接显现"的一般模式是：亚卫出现于某处，自然界顿时发生剧烈变化，如他在西奈山向摩西颁布"十诫"前的场面（出19：16—19）：天地昏暗、星辰移动、山岳震撼、大海翻腾……作者以外物的剧变反衬出亚卫的威力。所谓"化身显现"是指亚卫完全以人形出现，与普通人发生某种交往，如在毗努伊勒与雅各通宵摔跤，最后为其更名"以色列"（创32：22—30）。"梦境显现"指上帝出现在当事者的睡梦中，在一种亦真亦幻的氛围里向人传达某种训谕。雅各从别是巴前往哈兰的途中枕着一块石头席地而睡，入睡后"梦见一个梯子立在地上，梯子的头顶着天，有神的使者沿梯子上去下来"，亚卫在梯子上向他讲出祝福之言（创28：10—15）。这个梦述及神人交往的一种方式——以天梯沟通天上和人间。无独有偶，中国古典文献中也有"天梯"神话，称"有灵山，巫咸、巫即、巫盼、巫姑、巫彭、巫真、巫礼、巫抵、巫谢、巫罗十巫，从此升降"（《大荒西经》），又称"登葆山，群巫所从上下也"（《海外西经》）。同中有异的是，十巫和群巫的职能是下宣神旨，上传民情，希伯来上帝则大体只有单向运动，即"下宣神旨"，而不见上传民情。"异象显现"多见于成书较晚的先知书和启示文学中，表现为某种含义晦涩的画面，其时间、地点皆不可考，角色的身份和情节的寓意富于神秘意味，上帝在某一节点显现，整个场景的内涵由天使或先知做出解释。圣经中最庞大的异象群见于《启示录》，该书绘出一系列喻示天国、人世和地狱的神秘场面，用象征手法写出基督的诞生和胜利、撒旦的顽抗和失败、信徒的敬拜和未来新天新地的降临，表明上帝是宇宙的最高统治者和历史变迁的终极支配者，邪恶势力不论暂时何等嚣张，最终都会被公义圣洁的力量所制服。

其次，叙述者还擅长表现各类神人中介者如天使、先知、"神之灵"等。作为神意的表达者，天使在圣经的世界里异常活跃，如向马利亚预言她将要怀孕生子，其子将成为"至高者的儿子"；在墓地告诉妇女们，耶稣已经从死里复活（路1：30—33；24：5，6）等。作为上帝在世间的代言人，先知与众人的关系十分密切，同时又有非凡的蒙召经历，亦有各种与神沟通的经验。此外，上帝借以主动干预尘世的另一种力量是所谓"神之灵"。施密特（W. H. Schmidt）认为，神之灵的出现无法预料，"它并不一成不变地居留于某处，而只'临到'被神召呼的某人身上，驱使其行动，而后再收回神力。它能使一个无名之辈变成领袖和成功者。它并非一种持续的存在，而显得活跃不定：它是力量，能使人有力；是运动，能使受其影响者运动"。[1]在《旧约》中，俄陀聂、耶弗他皆因亚卫的灵降在身上而作了士师（士3：10；11：29）；以利亚、以利沙亦因受了亚卫之灵的感动而成为"神人"（王下2：9）；以西结甚至数次被灵举起，随其巡视四方（结1：3；2：2；3：12，14）。

再次，圣经叙述者还热衷于讲述神迹奇事。在《旧约》的摩西、以利亚、以利沙、约拿等人物故事和《新约》的耶稣故事中，各种超自然奇迹接连不断。圣子耶稣既然本来就是"道成肉身"，便自然无需再如其圣父那样，转弯抹角地显现或借助某种中介者显圣。那么，如何标识他乃是圣子而非俗民呢？除了绘声绘色地描述其奇妙的降生、复活及升天外，叙述者将其笔触指向了行施神迹。耶稣既然能行施种种为俗民所咋舌的神迹——如使瞎子重见光明、使哑巴开口说话、使海浪平息、能行于水面等——还能不是圣子吗？

此外，圣经叙述者偶尔也讲述交鬼招魂故事。扫罗与非利士人决战前心中惧怕，求问亚卫战事吉凶未得回答，听说隐多珥有女巫会交鬼，就改换衣装夜间寻访，求她招出撒母耳的亡魂。撒母耳的亡魂出现后，宣告扫罗父子次日必定阵亡（撒上28：3—19）。这篇奇文交织着以色列的纯正信仰和异教陋俗，一方面，招出的撒母耳亡魂向扫罗传达了亚卫的旨意，另一方面，这件事又包裹在女巫交鬼的陈腐外壳之中，足见犹太信仰从原始宗教语境中脱胎而出时代的某些特征。圣经叙述者还惯用某些数字和色彩增加作品的神秘意味，最常用的数字是"七"（如《启示录》中的七教会、七印、七号、七灵、七星、七灯台、七角、七眼、七头、七天使等）和"十二"（如以色列十二支派，耶稣十二门徒等），最推崇的色彩是象征圣洁的白色。

圣经叙事文学的超现实笔法深刻影响了后世文学创作。中世纪的奇迹剧、神秘剧、道德剧、梦幻故事、寓意故事、游历宇宙三界故事无不溯源于此。但丁的《神曲》以主人公梦游地狱、炼狱、天堂的宏伟构思，表明犯罪的人类经过受罚和忏悔，终能实现灵魂的升华，进入神人合一的圣境。约翰·班扬的

---

1　W. H. Schmibt. *Understanding the Old Testament*. New York: Macmillan Co., 1982, p.113.

《天路历程》借梦幻中的基督徒朝圣之旅，揭示出上帝对世人的救赎行程。弥尔顿的《失乐园》、《复乐园》、《力士参孙》在由圣经人物建构的超现实舞台上探讨了信念、道德与个人意志的关系问题。自19世纪后期开始，由象征主义领头的现代派文学异军突起，多方面反拨现实主义传统，开创了一个"神话复兴"的新时代，这个新时代的到来与圣经提供的文学资源有着密切的内在联系。

### 十、诗文交织

这里还应指出圣经中常有诗歌穿插于叙事的特点。雨果曾经惊叹："就像大海里都是盐一样，圣经里都是诗歌……如果圣经里没有诗歌，哪里还有诗歌呢？"[1]除了《诗篇》、《耶利米哀歌》、《雅歌》、《箴言》、《约伯记》、《传道书》、《约珥书》、《俄巴底亚书》、《那鸿书》、《所罗门智训》、《便西拉智训》、《三童歌》、《玛拿西祷言》等十余卷诗歌书外，散篇诗歌几乎遍及《旧约》、《次经》和《新约》的其余各卷，它们散布于叙事散文之中，为强化其审美效果发挥了多种功能。

有时，诗文交织有助于调节叙述节奏，抒发浓郁的情感。圣经故事以节奏迅疾著称，叙述者往往专注于情节讲述，轻易不做游离主线的说明或描写。抒情是一种"亚讲述"，叙述速度明显慢于匀速的讲述（即场景），但尚未慢至"说明"和"描写"的零速度——这便导致诗歌具有对叙述节奏进行调节的功能。通俗地说，每当诗歌出现，读者就能稍稍放松被情节绷紧的神经，而随着阅读抒情性诗句松一口气。以《红海胜利歌》（出15：1—18）为例，该诗穿插于以色列人奇渡红海之后，此前摩西以十大天灾斗败法老，迫使其允许以色列人离境；不料他们刚踏上归途，法老的兵马就追赶过来；行至红海岸边时，摩西巧施神迹使族人从海底的干路上过海，而将法老的追兵全部淹死。《红海胜利歌》以复述这一过程为主要内容，其间交织着对上帝拯救之恩的由衷称颂，众人的情感既舒缓又热烈。而咏诵这段诗歌之后，读者看到以色列人从红海去玛拉的纪事，叙述速度历经一段松弛之后又恢复先前的紧张状态。此外，参孙的庆功诗"我用驴腮骨杀人成堆，用驴腮骨杀了一千人！"（士15：16）

---

1 维克多·雨果：《威廉·莎士比亚》，丁世忠译，北京：团结出版社，2001年，第225—226页。

以色列妇女们献给扫罗和大卫的祝辞"扫罗杀死千千，大卫杀死万万！"（撒上18：7）以及大卫哀悼扫罗和约拿单的《弓歌》（撒下1：19—27）等，也都有类似的调节气氛、抒发情感的功能。

有时，诗文交织能收到归纳哲理、画龙点睛之功效，这时读者眼前出现的往往是短小精悍的哲理诗。大先知耶利米抨击"父罪子赎"观念而主张各人只对自己的行为负责时，引述了形象化的诗句："当那些日子，人不再说'父亲吃了酸葡萄，儿子的牙酸倒了'，但各人必因自己的罪死亡，'凡吃酸葡萄的，自己的牙必酸倒。'"（耶31：29，30）耶稣降生之夜，有天使向伯利恒野地里的牧羊人显现，向他们报告大喜的信息，同时一队天兵从天而降，和天使齐声颂赞道：

> 在至高之处荣耀归与上帝，
> 在地上平安归与他所喜悦的人。（路2：14）

喻示耶稣降生不仅为至高处的上帝带来荣耀，也给地上的万民带来平安。耶稣教训门徒和众人时讲过许多格言警句，比如：

> 你们愿意人怎样待你们，
> 你们也要怎样待人。（太7：12）

此语不但是基督徒的基本道德准则，也是普遍适用的一般伦理规范，与中国古训"己所不欲，勿施予人"相通，被后人誉为"黄金律"（the Golden Rule）。

有时，圣经中的诗歌与相关的散文故事还有相互补充之功效。典范一例见于《士师记》，该书第4章是女士师底波拉的事迹，第5章是颂扬她的《底波拉之歌》，两章彼此贯通，内容又有不少差异。第4章先用叙述文体介绍故事发生的背景（4：1—3）、底波拉的身份和职业（4：4，5），尔后正面描写她如何动员巴拉参加抗击迦南将军西西拉的战争（4：6—10）。接着，插叙基尼人希百的身份和活动（4：11），扼要讲述两军交战及西西拉的溃败（4：12—16），叙写西西拉被雅亿钉死的细节（4：17—22），其中刻意交待了西西拉与雅亿家族的特殊关系（4：17）。最后是全篇的结束语（4：23，24）。第5章的显著差异首先表现为抒情诗体，全篇被镶嵌在一个颂神诗的框架中。

此外，其中还提到不少位于第4章的重要细节，包括参与抗击迦南军队的各支派情况，即以法莲、便雅悯、西布伦、以萨迦、流便、但、亚设、拿弗他利支派对战事的不同反应和表现（5：14—18）；战争的发生地点"米吉多水旁的他纳"（5：19）；战事的特征"基顺古河把敌人冲没……那时壮马驰驱、踢跳、奔腾"（5：21，22）等。正是综合了第4章和第5章的信息之后，有学者对战争的全过程做出推测：迦南军队原有以烈马驱驰的铁甲战车900辆，战争打响后不幸遭遇天降大雨，基顺古河洪水泛滥，铁甲战车陷于淤泥之中；以色列人趁机发起攻击，迦南军队顿时人仰马翻，乱作一团。最后，《底波拉之歌》还想象了西西拉的母亲如何盼儿回家、"聪明的宫女"如何自我宽慰（5：28—30），这幅画面与西西拉的惨死恰成对照，成为第4章所载历史叙事的一种艺术补充。

## 第二节
## 隐 喻

隐喻，连同与其相关的比喻、讽喻、象征、寓言等，是圣经中举目可见的文学现象，基本特征是"言此及彼，意在言外"。它不仅是圣经作者最常使用的修辞手段，也是普遍存在于希伯来—基督教文化中的重要思维模式。

### 一、隐喻阐释传统

西方的隐喻阐释传统可追溯到公元前6世纪古希腊哲学家对荷马史诗的解释。荷马史诗是古希腊文化的滥觞，本应为后人提供立身行事的完美规范，但其中一些内容显然有悖于高尚的道德，如神灵常有虚荣心、妒嫉心、报复心，诸神之间动辄相互欺诈、彼此争斗等。如何消解个中的矛盾？一些哲学家尝试对它进行内在哲理的解释，主张荷马史诗博大精深，在神话情节的字面含义之外还隐藏着有关宇宙和人生意义的丰富内涵，这种内涵必须借助隐喻阐释（allegoresis）才能发现。斯多葛派哲人断言希腊主神宙斯是万物本源的体现，其他神祇都是他的延伸；宇宙、自然和人互相关联，故观天象便能知人事——这种猜测与中国古代的"天人合一"观念不无类似之处。古罗马诗人维吉尔进而模仿经过隐喻阐释后的荷马史诗，写出《埃涅阿斯纪》。他将罗马皇帝屋大维的血统追溯到特洛伊英雄埃涅阿斯，称埃涅阿斯为爱神维纳斯的儿子，以此表明屋大维乃是神的后裔。这种写法使《埃涅阿斯纪》成为自觉的隐喻性文人史诗。

在希腊化时代的埃及犹太侨民中，早在公元前2世纪中叶，哲学家亚里思托布鲁斯就对隐喻阐释法表现出浓厚兴趣。他认为解释圣经只注重字面意义远远不够，还必须挖掘更高深的内在隐喻。他举出"手"的例子，说"手"往往与"力量"相关联。《出埃及记》称"亚卫的手加在你田间的牲畜上"、"亚卫用大能的手将你从埃及领出来"（9：3；13：9），乃是以"手"指代"神圣的力量"。[1] 百多年后，希腊化名城亚历山大里亚的犹太哲人斐洛进一步发展了隐喻阐释法，他致力于用希腊方式阐释摩西五经的宗教价值，以便使犹太观念和希腊哲学谐调起来，将二者纳入共同的一种文化范畴。在他看来——

> 在任何情况下，上帝直接或间接地都是摩西律法和希腊哲学真理的源泉；人的心灵和上帝的血缘相通，人是上帝按逻各斯或理性的形相创造出来的，因此人有某种接受和发现超时空实在真理的能力；集中到这个超越性世界的中心点上，宗教和最好的哲学是同一的。[2]

以这种理论为基础，斐洛解释圣经时特别注重越过经文的字面意义而寻索其内在的"隐含之义"，于是，圣经对上帝的人格化描写就转变成了象征，因为上帝与其说是人物，不如说是宇宙的基本力量。

斐洛的方法对后来的基督教释经学影响深远。受其启发，早期教父奥利根（约185—254）运用隐喻阐释法专论圣经，并将此方法提升到理论化高度。他说："正如人有肉体、灵魂和精神一样，上帝为拯救人类所设的经文亦如是。"论及经文的实体（肉体）意义和精神意义的关系时，他着重强调精神意义的重要性："就全部圣经而言，我们的看法是全部经文都必有精神意义，但并非都有实体意义。事实上，很多地方全然不可能具有实体意义。"[3] 奥利根

---

1 A. Yarbro Collins. "Aristobulus", in *The Old Testament Pseudepigrapha*, vol.2, edited by J. H. Charlesworth, New York: Dorbleday Press, pp.839—840.
2 范明生：《晚期希腊哲学和基督教神学》，上海：上海人民出版社，1993年，第214—215页。
3 转引自张隆溪：《讽寓》，载《外国文学》，2003年第6期，第54页。

以其理论阐释《雅歌》，主张书中那些富于性爱色彩的意象皆为隐喻，其实乃是以两性之爱象征圣洁的精神之爱；所以，为肉欲冲动所羁绊者不可读《雅歌》，因其不懂得如何从精神意义的层面去理解它；而仅仅从字面意义理解，又必定导致误读。

中世纪神学的集大成者托马斯·阿奎那（1225—1274）进一步发展了隐喻释经法，他在《神学大全》第一编第一题中探讨了隐喻释经问题，认为圣经以有形事物表述神圣真理完全合乎情理，因为人能通过可感事物领悟精神的真理。圣经以诸多物象喻指上帝并非不敬，而是要启迪世人更好地理解上帝，因为上帝本是"无"或"虚空"，是无形无象的存在，只有借助可观可感的隐喻才能为人所知。由此，阿奎那得出"圣经运用隐喻既是必然又合效用"的结论。[1]阿奎那还发展了奥利根对经文之实体意义与精神意义的区分，断言圣经中的每一个语词都有字面含义和精神含义，后者寄寓于前者之中，而后者又一分为三，是为隐喻义、道德义和神秘义。这一理论"不仅消除了一些教父神学家对圣经解读之一词多义可能导致混乱的疑惑，使圣经的神启之义呈现出开放性的结构特征，而且敏锐地发现了语言有以物喻物的性质，以及使意义长新不衰的阐释潜能"。[2]

比托马斯·阿奎那稍迟的意大利诗人但丁（1265—1321）在论述《神曲》的特质时也明确指出文学具有多重意义：

> ……这部作品的意义并不简单，相反，可以说它具有多种意义，因为我们通过文字得到的是一种意义，而通过文字所表示的事物本身所得到的则是另一种意义。头一种意义可以叫作字面的意义，而第二种意义则可称为譬喻的，或者神秘的意义。为了更好地阐明它的意义，这种处理方式可以就下面这行诗考虑一下："当以色列逃出埃及，雅各的家族逃出说外国语言的异族时，犹太就变成他的圣域，以色列就变成他的权力。"[3]假如你就字面而论，出现于我们面前的只

---

[1] 参见陆扬：《欧洲中世纪诗学》，上海：上海社会科学院出版社，1999年，第187页。
[2] 李定清：《〈神曲〉与基督教神学的内在关联》，载梁工主编《圣经与欧美作家作品》，北京：宗教文化出版社，2000年，第84页。
[3] 该诗系《诗篇》第114篇1、2节，中文和合本译作"以色列出了埃及，雅各家离开说异言之民。那时犹太为主的圣所，以色列为他所治理的国度。"

是以色列人的子孙在摩西时代离开埃及这一件事；可是如果作为譬喻看，它就表示基督替我们所作的赎罪；如果就道德意义论，我们看到的就是灵魂从罪恶的苦难到天恩的圣境的转变；如果作为寓言看，那就是从腐朽的奴役状态转向永恒的光荣的自由的意思。虽然这些神秘意义都有各自特殊的名称，但总起来都可以叫作寓意，因为它们同字面的历史的意义不同。[1]

在这段文字中但丁明示文学或诗具有字面的、譬喻的、道德的、寓言的四重意义，其中后三种均属"神秘意义"，是文学或诗的真义所在。但丁显然认为他的《神曲》同圣经一样寓有微言大义，就字面义而言不外乎是"亡灵的境遇"，但若从隐喻义解，则是说人在运用自由意志时其善行或恶行必将得到相应的报偿，而犯罪的人类经过受罚和忏悔，终能抵达人神合一的圣境，实现灵魂的升华。

文艺复兴以后，随着欧洲社会生活日趋世俗化，教会的势力逐渐衰落，基督教隐喻阐释理论亦日渐失去以往的权威性。与此同时，象征作为与隐喻相对应的理论范畴却得到愈益广泛的关注。如果说隐喻的本体缺乏实在的意义，其意义都存在于自身之外，则象征便既是有韵味的具体形象，又寓有本体以外的连带意义。康德在《判断力批判》第59节称美是善德的象征，就充分肯定了象征在美学上的重要意义。歌德、席勒、谢林等对象征也有不少论述，使之成为19世纪美学和文艺理论中的重要议题之一。概观之，在近代美学家的视野中，象征体现了特殊性和普遍性的统一，既是一个完整的个体，又含有丰富的一般性意义。

时至19世纪末期，象征主义作为现代派文学的先驱在西方文坛上异军突起，基本主张是用象征和暗示手法表现作者的精神世界，喻示抽象的人生哲理，该派的代表诗人之一马拉美说：

> 诗写出来原就是叫人一点一点地去猜想，这就是暗示，即梦幻。这就是神秘性的完美应用，象征是由这种神秘性构成的：一点一点地

---

[1] 但丁：《致斯加拉大亲王书》，杨岂深译，载伍蠡甫主编《西方文论选》上卷，上海：上海译文出版社，1979年，第159页。

把对象暗示出来,用以表现一种心灵状态。反之也是一样,先选定某一对象,再通过一系列的猜测探索,把某种心灵状态展示出来。[1]

由此可见,象征主义强调诗的特征在于暗示,目的是借助暗示性语言将可见的对象与不可见的心灵状态融为一体。其实,象征和隐喻都主张本体之外另有喻意,在这一点上,二者并无本质差异。

## 二、隐喻的内在机理和外在样式

隐喻是一种源远流长的语言现象,形成的年代或许与语言的诞生同样远古。在希腊文中,"隐喻"(allegory)由"另一种"(allo)和"话语"(agoreuein)组合而成,原指一类在表面意义之外另有喻意的言论或作品。隐喻植根于语言和世间万象之间的不一致性或矛盾性。各民族语词的数量都是有限的,基本术语往往只有数千个,而这些语词所面对的物象——包括自然物象、社会现象和人类心理现象等——却是无穷无尽、纷繁复杂的。这决定了仅仅是在某些情况下,语言有可能清晰明了、准确无误地履行其指事表意的功能,而在另一些情况下,在更多的时候,必须对言说者的意图进行曲折委婉的暗示。于是隐喻便在暗示过程中孕育生成。换一个角度观察,语词的既定含义与言说者的具体意念之间难免存在种种差异,此即现代符号学所谓"能指"(signifier)和"所指"(signified)之间的差异,隐喻就是"在能指和所指之间有明显差异的作品,包括文学作品和造型艺术作品,这类作品在其直接和表面意义之外还有另一层比喻的意义"。[2]语词的含义是相对稳定的,人们欲借助语词指代的事物、陈述的意愿、抒发的情感却是因时因地因人而异的,甚至是丰富多彩的,这就要求阅读者或聆听者从有限的文字符号中看出意外之象,听出弦外之音,亦即不但把握语词的字面含义,还要感悟蕴含于其间的超字面喻义。

仅就明显含有超字面意义这一点而言,与隐喻密切相关的还有象征、童话等修辞手法或文体,而隐喻又可细分为明喻、暗喻、借喻等。如前所述,隐喻

---

[1] 参见孙博:《象征主义》,载《文艺学新概念辞典》,北京:文化艺术出版社,1990年,第61—62页。

[2] 张隆溪:《讽寓》,《外国文学》,第53页。

强调的是引申义，语词本身只是其引申义的载体，语词的本义实际上近乎"意义空壳"；相对于此，象征则兼重语词的本义和引申义，既是一个意义主体，又寓有字面以外的某些含义。寓言是明确带有劝谕或讽刺性目的的短篇叙事，常以动物为主角，有时也以人为主人公，作者借此喻彼，借远喻近，借古喻今，借小喻大，寓深邃的道理于简明的情境之中，如西方寓言名著中古希腊的伊索寓言，17世纪法国的拉封丹寓言，近代俄罗斯的克雷洛夫寓言。中国自春秋战国时代就有寓言流行，其中一些收入《庄子》和《韩非子》中。圣经中的著名寓言可举出"树王之喻"（士9：8—15）和"黎巴嫩的蒺藜之喻"（王下14：9）。童话是讲给儿童听的故事，常以曲折的情节和生动的形象传达某种智慧或哲理，使儿童在娱乐中潜移默化地受到教育。德国的格林童话、丹麦的安徒生童话是世界文学史上有口皆碑的童话名著。大致说来，寓言和童话篇幅短小，寓意比较明确，属隐喻的低级形态；隐喻的高级形态则复杂得多，且往往与被奉为经典的历史文化名著相联系。

隐喻既是一种思维模式，也是理解该种思维模式的阅读策略，还是一种常见的修辞技巧。作为修辞技巧，它又被称为"譬喻"。当思想中的对象与另一事物产生相似点时，用另一事物来比拟思想中的对象，即构成譬喻。譬喻通常含有"思想中的对象"、"另一事物"和"相似点"三个要素，其文本形式表现为主词、喻体和喻词三种成分。依据这三种成分的异同及隐显，譬喻可分为明喻、暗喻和借喻三种类型。在明喻中，主词和喻体之间一般用"似"、"若"、"像"、"宛如"、"好比"等喻词连接，例如在"他的年月如同影儿转瞬即逝"（诗144：4）中，"他的年月"是主词，"如同"是喻词，"影儿"是喻体。较之明喻，在暗喻中主词和喻体的关系更加密切。明喻在形式上只是相类似，暗喻在形式上却是相类合，主词和喻体之间的喻词多被省略，如谓"你们这瞎眼的领路人，蠓虫就滤出来，骆驼倒吞下去"（太23：24），此语若改成明喻，应是"你们犹如瞎眼的领路人，就像滤出蠓虫、吞下骆驼一样因小失大、不辨是非"。在借喻中，作者全然不写主词，也不写喻词，而只用喻体暗指主词。借喻之义往往须经特别的阐释才能显明，比如《雅歌》第2章3节中的诗句"我欢欢喜喜地坐在他的荫下，尝他果子的滋味，觉得甘甜"，表面上写的是男女恋人之间的性爱，但不少解经家称，这种人间性爱其实是神人之爱的借喻，指的乃是亚卫上帝与以色列之间的互爱，或基督与教会之间的互爱。在中国古典文学中，王安石的《木末》诗运用了借喻："缫成白雪桑重绿，割尽黄云稻正青。""白雪"喻丝，"黄云"喻麦。

可以说，古今中外的文学都以隐喻为重要特征，因为它们皆区别于简单的文字排列而寓有某些特别的内涵和意蕴。进一步观察，还能发现隐喻现象普遍存在于现实生活的方方面面，因为人们所面对的事物和情境通常并非简单清楚，一目了然，相反，其意义总是隐藏在难以感性直观的深层，需要进行深入理解和精心阐释。人们习惯于追求意义明确，希冀借助正确的理解把握身边的世界，从而导致解读的必要性，使阐释成为人类生存境况中举目可见的文化现象。阐释现象发生于文本意义的两个极端之间：一方面，其意蕴是暗昧不明的，不加阐释就会出现误读；另一方面，文本字面的本身又提供了适当的线索，使人有可能"顺藤摸瓜"地寻索其内在意蕴。倘若文本的意义在字面层次就全然明了，便会失去阐释的必要性；而若字面层次毫无解读的线索，阐释就会无从着手，更无法获得成功。

隐喻和阐释固然存在于各民族的文化生活之中，在不同民族那里，它们的特点却有所不同。在希伯来—基督教传统中，隐喻通常带有宗教性质，作家频繁地运用它，意在深入浅出地展示神学教义，使深奥的教理得以明白晓畅地显露出来。希伯来圣经原是古犹太历史生活和宗教观念的记录，基督教神学家为了将其纳入自己的宗教构架，乃称其中的人物和事件皆有更深或更高的超字面喻义，那便是合乎基督教教义的精神意义。他们惯用"预表法"（typological interpretation）将《旧约》和《新约》连贯起来，从《旧约》中找到能"预先表露"出耶稣的成分，如称以色列人出埃及后过红海，预示着耶稣及其门徒将要接受洗礼；以色列民族分为12支派，预示着耶稣将召选12门徒；摩西登上西奈山40昼夜，预示着耶稣将接受魔鬼试探40天（出24：18；路4：2），等等。

但在中国文化语境中，隐喻及其阐释则多与宗教无关而常涉及伦理道德，表现出祈求富贵吉祥的民众心理。中国古代文人喜以"美"、"刺"诠释《诗经》中的民间爱情诗，如以《关雎》为美"后妃之德"，以《静女》为刺"卫君无道，夫人无德"等。美国学者沃尔夫拉姆·爱伯哈德（Wolfram Eberhard）毕生研究中国历史和民间文化，著述甚丰，其中包括一部《中国符号词典——隐藏在中国人生活与思想中的象征》（陈建宪译为《中国文化象征词典》）。在该书导论中他引用西方研究成果指出是：

> 中国人的象征语言，以一种语言的第二种形式，贯穿于中国人的信息交流之中；由于它是第二层的交流，所以比一般语言具有更深入的效果，表达意义的细微差别以及隐含的东西更加丰富。[1]

语中所论"语言的第二种形式"、"第二层的交流"，就是隐喻或象征及其阐释。爱伯哈德精心研究400多个中国隐喻符号之后指出，"中国人思想体系中神与人的关系，与基督教、犹太教和伊斯兰教完全不同"，"他们不怎么关心彼岸世界的事——例如死后会发生什么，再生的机会，神的仁慈或罪孽的赦免等等。中国古书上的神仙有几百位……他们比一般人（皇帝例外）更有力量，但他们能够被操纵，甚至被贿赂，就像地上的官吏一样"，总之"中国人的象征极少用来表达宗教意识，它们的作用纯粹是社会性的"。[2]这种"社会性的"象征可举出红枣和蝙蝠之例：人们在民间婚礼中以红枣待客，不仅由于枣是富含营养的果品，还因为它是"红"色的，象征吉祥；"枣"与"早"谐音，隐喻"早生贵子"。蝙蝠本是一种动物，只因"蝠"与"福"谐音，它便作为一种美好形象进入民间绘画艺术品。

### 三、《旧约》中的比喻

在历史上，通常被归入隐喻（allegory）的作品其实有若干种类型，如古希腊据说出自奴隶伊索之口的短篇动物故事名为寓言（fable），圣经中的寓意故事名为比喻（parable）。为避免术语混乱，本节随后统一用"比喻"指称圣经中的隐喻性作品。叶舒宪将圣经中的比喻分成三类：其一，经文中具有隐喻、象征意义的意象，如"混沌"、"禁果"、"方舟"、"十字架"等；其二，圣经叙述语言和对话语言中使用的修辞性比喻，如"神吐气如火"、"性欲乃是一种愈演愈烈的火焰"等；其三，带有说理、劝诫或讽刺目的的比喻性小故事，能把深奥的教理或观念用通俗的故事体现出来，如"稗子和麦子"、"浪子回头"等。[3]应当说，其中第一类是经过后人研读才显示出隐喻或象征

---

[1] W·爱伯哈德：《中国文化象征词典》，陈建宪译，长沙：湖南文艺出版社，1990年，导言第3页。

[2] W·爱伯哈德：《中国文化象征词典》，导言第10、12页。

[3] 叶舒宪：《圣经比喻》，桂林：广西师范大学出版社，2003年，引言第2—3页。

意义，而第二、第三类则是原作者自著书之日便有意识地赋予其比喻性质，故只有这后两类才是典范的圣经比喻。下面便考察这两类在《旧约》中的具体表现。

《旧约》的叙述语言、对话语言、抒情语言和描写语言中经常出现修辞性比喻，有时借以陈述信仰教诫，有时亦解说立身行事的原理或日常行为的规则。相传大卫曾吟诵赞美上帝之诗："亚卫是我的岩石，我的山寨，我的救主，我的上帝，我的磐石，我所投靠的。他是我的盾牌，是拯救我的角，是我的高台。"（诗18：2）语中用一系列具有保护功能的喻体——"岩石"、"山寨"、"磐石"、"盾牌"、"角"、"高台"等——将上帝的义人守护者性质形象地揭示出来。犹太教笃信亚卫上帝是世间唯一真神，认定他无形无影，无法被视觉感知；如同灵魂充满了肉体，他遍及宇宙各处；如同灵魂居住在肉体的最深处，他居住在宇宙的最深处；他是全能的造物主，创造了世间万物和人类，制定了大自然演变的规律，支配着人类历史按既定的轨道运行；他无所不知，智慧如同其能力一般无可限量；他还永恒存在，是起初的、中间的、最后的，亦即永不退位的王中之王；就社会属性而言，他既是公正严明的审判者，又富于仁慈怜悯之心……这位上帝经由后世基督教神学家融合古希腊宗教哲学概念，被逐渐阐释成形而上学的观念神——一个全知、全能、遍在、永恒、自由、圣洁、公义、善良、仁慈、博爱、佳美、信实等哲学理念的终极聚合体。对于如此奥妙高深的宗教原理，古犹太作家如何诉诸文化水平相当低下的普通民众？——行之有效的手段之一便是借助于比喻。试看下面这段诗歌：

亚卫的声音发在水上，
荣耀的神打雷，亚卫打雷在大水之上。
亚卫的声音大有能力，
亚卫的声音满有威严。
亚卫的声音震破香柏树，
亚卫震碎黎巴嫩的香柏树。
他也使之跳跃如牛犊，
使黎巴嫩和西连跳跃如野牛犊。
亚卫的声音使火焰分岔。

亚卫的声音震动旷野，

亚卫震动加低斯的旷野。

亚卫的声音惊动母鹿落胎，

树木也脱落净光……。（诗29：3—9）

世间凡人虽无法与上帝直接对话，不可能听到他的神圣声音，但却能看到他在自然界行施的种种奇迹，间接感受到他的无限声威。这段小诗便以雷声的巨大威力为喻，揭示出亚卫上帝如何"大有能力"、"满有威严"。

古犹太作者也常用修辞性比喻论述各种人生经验。比如，要"以命偿命，以眼还眼，以牙还牙，以手还手，以脚还脚，以烙还烙，以伤还伤，以打还打"（出21：23，24），主张同态报复，以其人之道还治其人之身。又如"扫罗也列在先知中吗"（撒上9：12），喻"俗人也可以成圣吗"，含有"不可思议"、"咄咄怪事"等讽刺意味。再如所罗门之子罗波安对民众代表的答复："我的小拇指头比我父亲的腰还粗。我父亲使你们负重轭，我必使你们负更重的轭；我父亲用鞭子责打你们，我要用蝎子鞭责打你们。"（王上12：10，11）语中之"轭"原指牲畜在田间耕作时颈部所负的木器，"重轭"转喻君王加在民众身上的苦役和重税；"小拇指头比腰还粗"意谓"有过之而无不及"；"蝎子鞭"是鞭头装有铁刺的鞭，比普遍鞭子的威力更胜一筹，作者以此转喻"变本加厉"、"加倍惩罚"。又如"父亲吃了酸葡萄，儿子的牙酸倒了"（耶31：29；结18：2），喻"父罪子赎"；"母亲怎样，女儿也怎样"（结16：44），喻"长辈的秉性子女传承"。从格言诗的总汇《箴言》中不难感到比喻手法在犹太民间是何等深得人心："妇女美貌而无见识，如同金环戴在猪鼻上。"，"吃素菜彼此相爱，强如吃肥牛彼此相恨。"，"钱财必长翅膀，如鹰向天飞去。"，"好争竞的人煽惑争端，就如余火加炭，火上加柴一样。"（箴11：22；15：17；23：5；26：21）。

《旧约》还载有一批比喻性小故事，意在说理、劝诫或讽刺，克莱恩·R·斯诺格拉斯（Klyne R. Snodgrass）特意指出其中的9篇：拿单向大卫讲述的小母羊羔之喻（撒下12：1—7）、两兄弟与报血仇之喻（撒下14：1—11）、逃犯之喻（王上20：35—40）、葡萄园之喻（赛5：1—7）、老鹰和葡萄树之喻（结17：2—10）、幼狮之喻（结19：2—9）、葡萄树之喻（结19：10—14）、林火之喻（结20：45—49）、煮沸之锅的比喻（结24：3—5）。[1]其实《旧约》中的寓意故事远非这几篇。在民族危机日益深重之际，以色列和犹大国的先知们特别擅长借助讲故事向百姓说理，指出民众的犯罪和悖弃、上帝的惩罚和救赎、即将遭遇的深重灾难，以及灾难过后终必到来的复兴。先知何西阿述说了一幕家庭悲剧：慈爱的丈夫娶了不贞的妻子歌篾，妻子在罪恶的漩涡中沉沦，离家私奔，丈夫则宽容仁慈地将她赎回来，劝她祛除劣迹，弃恶从良（何1—3章）。但作者并未孤立地讲故事，而是从中引申出深邃的寓意——亚卫上帝和以色列人的关系。在何西阿看来，亚卫对待以色列人恰如丈夫之于妻子，西奈山立约便是亚卫婚娶的以色列标志（何2：14，15）。立约后亚卫始终恩待以色列，以色列却未恪守盟约，而是追随异神，祭拜偶像，一如歌篾耽于淫乱，堕落为一个可耻的淫妇。然而亚卫却不记前嫌，仍以"仁义、公平、慈爱、怜悯"对待他们，要娶他们永远为妻（何2：19）。

先知以西结特别擅长讲比喻，其书中通篇可见隐喻性文字，它们并不流于粗陋，而往往情节生动，细节翔实，寓意从多角度表达出来，又凝聚于一个内涵深刻的焦点。比如"阿荷拉与阿荷利巴"之事洋洋一千六百余言，通过一段有声有色的故事，揭示出撒玛利亚和耶路撒冷陷落的根源（结23：1—49）。又如"枯骨复生"的场面：一堆枯骨奉先知之命筋骨相连、骨上长肉、肉上包皮、皮中进入气息，继而"站立起来，成为极强大的军队"（结37：1—14），先知以此喻示流散他乡、屈身为奴的以色列人必定重归故土，再度强盛。值得注意的是，以西结还擅长将特定的见解动作化，在众人面前演示出某种道理。他把耶路撒冷画在一块砖上，在砖的周围造台筑垒，安设撞锤攻击，以示不日将会发生的灾难（4：1—3）。他于夜间挖墙携物而出，示意京城陷落时君王将照此仓惶逃命（12：7—12）。他还把牛粪烤在饼上食用，预示以色列人被掳后将吃不洁净的食物（4：13—15）。

还应指出，《旧约》中有一类重在表现末世景观的启示文学，基本上都用隐喻或象征笔法写成。启示文学的早期作品出现于先知们笔下，如小先知约珥别出心裁地描写了一场可怕的蝗灾，把铺天盖地的蝗虫喻为无坚不摧的大军，活龙活现地绘出它们横扫大地时的种种奇观（珥1：6—12；2：1—11）。何以

---

[1] 克莱恩·R·斯诺格拉斯：《比喻》，载《证主圣经百科全书》，香港：福音证主协会，1995年，第3卷，第1231页。

瞩目于此？原来，约珥极写蝗灾的恐怖是为了引出深层的宗教喻义："亚卫审判的日子"即将到来，国民欲免遭可怕的刑罚，必须弃恶从善，归向上帝。希腊化后期成书的《但以理书》更展示出一幅幅寓意抽象、历史背景淡化的宇宙性冲突，冲突的场合时而在天上，时而在地面，时而在阴间；冲突的双方有时是人与兽，有时是天使与魔鬼，有时是上帝与世间邪恶势力。作家既将其笔触指向末世，笔法亦相应转变成含义晦涩的隐喻或象征：书中时常出现一个线索性人物，他看到神秘莫测的异象，那异象往往以离奇古怪的画面表达既定思想，如以一只怪兽征服另一只怪兽喻指一个君王推翻另一个君王；其含义则由某个诠释者——大多是天使——予以澄清或阐明。概观之，启示文学欲申述的是：无论世间如何大国称霸，强暴横行，犹太人终有美满的前程，得到"国度、权柄和天下诸国的大权"，"直到永永远远"（但7：18，27）。

### 四、福音书中的比喻

福音书是记载耶稣生平和言论的著作，就言论部分而言，三分之一以上都用比喻手法写成。有西方学者认为："在耶稣的教训中没有其他言论比他的比喻来得更有力、更恰当和更贴切。虽然耶稣并不是唯一用比喻教训人的人，但他肯定是善于使用比喻的人；他不单用比喻来说明所传讲的道理，那些比喻在很大程度上就是他要传讲的道理。耶稣的比喻不是一些简单故事而已，正如有人说，它们真是'艺术的作品'和'争战的武器'。"[1]这段话论及比喻在耶稣言论中的重要地位、耶稣使用比喻的原因，以及那些比喻的基本特征——"艺术的作品"是对其形式特征的概括，"争战的武器"是对其性质和功能的归纳。比喻在四部福音书中的分布并不均衡，《约翰福音》中最少，因为该书更注重收录耶稣的长篇诗体专论（如"好牧人"、"真葡萄树"等），而不甚关注短小叙事；《马可福音》中也不多见，因为那部书中的耶稣总在风风火火地行动，很少停顿下来高谈阔论；《马太福音》和《路加福音》则相反，述及耶稣的传道生涯时（太4：12—25：46；路4：14—21：38）都经常涉及各种比喻。这两部书之所以比喻多，是因为耶稣的言论多，那些包括比喻在内的耶稣训言据考证多取自一部"耶稣言论集"（简称"Q"，德文Quelle的缩写，意

---
[1] 克莱恩·R·斯诺格拉斯：《比喻》，载《证主圣经百科全书》，第1226页。

谓"原始资料")。

耶稣讲道时为何常用比喻？显而易见的原因是，比喻中的喻体通常都是普通人喜闻乐见的物象，能使人由浅入深地领悟作者的意念，透过生动活泼的感性形象体会到精深的思辨性原理。比如"天国"是人们看不见摸不着的事物，如何理解其特征？耶稣以"芥菜种"为喻，说："天国好像一粒芥菜种，有人拿去种在田里。它原是百种里最小的，等到长起来，却比各样的菜都大，且成了树，天上的鸟飞来宿在它的枝上。"（太13：31，32）用平凡的芥菜种说明天国必定由小到大之理，既使人感到亲切，又令人为之折服。又如耶稣以"面酵"为喻，说："天国好像面酵，有妇人拿来，藏在三斗面里，直等全团都发起来。"（太13：33）依耶稣之见，正如面酵具有令面团发酵的巨大能量一样，天国的势力也将由弱到强，对世界产生深远影响。在另一处耶稣说："掩藏的事，没有不显出来的……"（可4：22），示意使用比喻意在让"掩藏的事"彰显出来。正是在此种意义上耶稣习惯用比喻讲道："耶稣用许多这样的比喻，照他们所能听的，对他们讲道。若不用比喻，就不对他们讲。没有人的时候，就把一切的道讲给门徒听。"（可4：33，34）

然而，福音书对耶稣使用比喻的目的似乎另有一说，颇令人困惑不解："耶稣对他们（门徒）说：'神国的奥秘只叫你们知道；若是对外人讲，凡事就用比喻，叫他们看是看见，却不晓得；听是听见，却不明白。恐怕他们回转过来，就得赦免。'"（可4：11，12）此语的字面含义似乎是，有一种神秘信息只能让门徒知道，不能让"外人"明白；比喻是讲给外人的，目的在于让他们不明白；否则，他们明白了，悔改了，就会免遭上帝的刑罚。有研究者提出，如此理解是错误的，因为依据福音书的其他记载，耶稣的门徒与外人并无本质区别，亦属"视而不见、听而不闻"之辈："你们还不省悟，还不明白吗？你们的心还是愚顽吗？你们有眼睛，看不见吗？有耳朵，听不见吗？"（可8：17，18）这是耶稣要求门徒"防备法利赛人和希律的酵"之后对他们的指责。"视而不见、听而不闻"典出于《以赛亚书》第6章，在那里，亚卫上帝告诉以赛亚，他作为先知的任务将十分艰巨，因为他面对的将是一群"视而不见、听而不闻"的顽梗之民。可见马可在此处引述以赛亚之语，乃是要表明"耶稣所得到的回应，与以赛亚得到的回应是相同的"。[1]

---

[1] 克莱恩·R·斯诺格拉斯：《比喻》，载《证主圣经百科全书》，第1230页。

福音书中的比喻不仅数量大，而且种类多。比喻通常被界定为"带有属地意义的属天故事"，即其既讲述世间道理，亦寓有神圣真理。泛泛而论，福音书中的比喻包括箴言、寓言、谜语、难懂的格言、例证、用以比照之语和含有言外之意的故事，其中以后者最常见也最典范。《路加福音》第4章23节引述过一句比喻"医生，你医治自己吧"，此言亦被理解为"俗语"。该章随后第24节的论断"没有先知在自己家乡被人悦纳"日后被归纳为著名格言"先知回乡无人敬"。《马可福音》第3章23节述及比喻"撒旦怎能赶出撒旦呢"，其字面形式本是耶稣质问文士的谜语。在该书第13章28节耶稣让门徒"从无花果树学个比方"，"比方"实即"比喻"，在此指一个说明事理的例子。据《路加福音》第18章9至14节载，耶稣讲了"法利赛人和税吏"的比喻，中心内容是将二者作对比，藉此引申出"凡自高的必降为卑，自卑的必升为高"之理。从福音书中常能见到发人深思的格言警句，它们往往有精美的比喻融于其间，如称"你们要进窄门，因为引到灭亡，那门是宽的，路是大的，进去的人也多；引到永生，那门是窄的，路是小的，找着的人也少"（太7：13，14），用"宽门"和"窄门"分别喻指死亡之途和永生之路，勉励信徒不畏艰难地追求永生。又如"为什么看见你兄弟眼中有刺，却不想自己眼中有梁木呢"（太7：3），藉"刺"和"梁木"喻指"待人苛刻、律己宽松"。

但福音书中给人印象最深的比喻还是一些具有双重寓义的小故事，它们本身皆有虚构的情节，通常以过去时态叙述一个特别的事件，同时又确切无疑地带有象征性，欲使读者从中得到宗教或道德方面的引导。斯诺格拉斯曾将耶稣的40个比喻制作成表，逐一注明其出处，如"器皿下的灯"（太5：14，15；可4：21，22；路8：16；11：33）、"凶恶的园户"（太21：33—41；可12：1—9；路20：9—16）等。[1]这些比喻中的一部分又称为"宣示型讲道"，一般格式是耶稣先讲一个小故事，再引出（或宣示）一句论断，故事的存在只是为了引出最后的论断，并使听众更深刻地理解那句论断。比如"喜筵的比喻"：一个国王举办娶亲筵席，请人赴宴却无人响应，他便派仆人到大街上请所有的人赴宴。客人一下子来了许多，国王看到其中一人没穿礼服，便勃然大怒，派人把他捆绑起来，丢到外面的黑暗里。耶稣讲完这件事，点出题旨道："被召的人多，选上的人少。"（太22：1—14）其喻意是"被呼召进天国的

---

1 克莱恩·R·斯诺格拉斯：《比喻》，载《证主圣经百科全书》，第1232页。

人很多，真正能进去的却很少"，语中暗含对犹太人的批评与责难——犹太人曾被邀请进天国，他们却拒之不理，故其位置必将被外邦人占有，他们则永远失去进天国的机会。

福音书中有许多隐喻性小故事，其文学特色可以从"浪子回头"（路15：11—32）中略见一斑。"浪子回头"是一篇惜墨如金的小小说，译成汉语仅数百字，但却内涵深邃，具有精湛感人的内容和思想。一个殷实富裕的家庭，大儿子有很好的教养，对父亲尊敬又顺从，小儿子则贪图享受，甚至"预支"了自己的一份产业，远行天涯纵情挥霍。然而，不论谁都无法拒绝"苦难"的教诲，小儿子也不例外。在穷困潦倒的境地中，他想用别人喂猪的豆荚充饥，但却找不到。他醒悟了，意识到"苦海无边，回头是岸"，最温馨的地方是家庭，最可信赖的人是父亲。于是他背负着成熟后的感悟踏上归途，投入老父亲的怀抱。从这个颇具哲理内涵的人物形象中，后人引申出"浪子回头金不换"之语，比喻罪人若能悔过自新，比金银财宝更可贵。大儿子勤劳肯干，却缺乏宽广的胸襟。他得知父亲盛情款待那个把财产都耗费在娼妓身上的弟弟，气得不肯进门去，因为自己多年来像奴隶一样埋头工作，从不违逆父命，却没有得到过一只小山羊，能"和朋友一同快乐"；而这个放荡不羁的弟弟刚一回家，父亲就为他宰了肥牛犊。但故事在结尾处示意读者，大儿子终于被父亲的深刻道理所折服。作品的中心人物是一位仁慈和蔼、富于宽恕之心的父亲，他不因小儿子离弃自己、远走他乡而怨恨，也不因他挥霍了家财而怀怒。当沦落为乞丐的儿子终于归来时，他远远看见就"动了慈心"，"跑过去抱住他的颈项，和他连连亲嘴"，并以一系列款待向他表达衷心欢迎：把上好的袍子拿给他穿，把戒指戴在他手指上，把鞋穿在他脚上，并把肥牛犊宰了，全家人一起庆贺快乐。何以如此？原来在他看来，这个小儿子是"死而复生，失而复得"的，他的归来比从未丧失过更值得庆贺。基督教解经家认为，这位仁慈的父亲乃是在天之父的象征。基督徒的天父集各种善德于一身，其中首推仁慈宽厚，因为他普爱众生，"叫日头照好人，也照歹人；降雨给义人，也给不义的人"（太5：45）。

"浪子回头"中的人物都是无名氏。无名的角色不易表现个性，却能不受具体时空的限制，更好地揭示人物的"类特征"，阐释普遍适用的宇宙原理。作品中的家庭也许没有真凭实据，但它的遭遇能使所有读者都感到亲切，产生共鸣，如同发生在自己身边一般。后世学者从诸多角度发掘它的丰厚内涵，有人主张，它再现了人类"失乐园"的悲哀和"复乐园"的喜庆。人类始祖亚当、夏娃被逐出伊甸园，踏上愈益远离上帝的行程，是为"失乐园"的肇端；人子耶稣在约旦河受洗，继而抵御魔鬼撒旦试探，被上帝天父宣布为"爱子"，则是"复乐园"的起点。小儿子离开父家，在异地他乡恣意挥霍，演出了"失乐园"的场景；他在困顿和磨难中迷途知返，重归老父亲怀抱，又重现了"复乐园"的景观。

若就内容进行分类，耶稣的比喻半数以上都直接间接地论及神的国度或天国。这个国度不是世间的政治性或地理性国家，而是一个建立于信徒心中的精神王国，既是现存的，也是将临的。一方面，上帝已经兑现了他在《旧约》中的应许，透过耶稣的言论和工作施行其统治，击败邪恶势力而推行公平与正义；另一方面，耶稣也期待着《旧约》的应许在未来的日子完全实现——这种双重见解充分反映在一批隐喻性小故事之中，"撒种和稗子"（太13：3—8；可4：3—8；路8：5—8）、"芥菜种"和"面酵"（太13：31—33；可4：30—32；路13：18—21）、"大筵席"（路14：16—24）、"藏宝"和"寻珠"（太13：44—46）、"葡萄园雇工"（太20：1—6）、"两个儿子"（太21：28—31）等比喻便是其中的代表，它们从不同侧面寄寓了耶稣的天国观念。

与天国观念密切相关的是末世论思想，耶稣的不少比喻流露出一种殷切期待的心理，期待着一个未来的日子早早到来，那时上帝将实施最后审判，使天国完全实现。"无花果树"（太24：32，33；可13：28，29；路21：29-32）、"按才干受托付"（太25：14—20）、"十个童女"（太25：1—13）等比喻便属此类，其中后者被理解成诠释耶稣再临时间的寓言，故事中的新郎代表耶稣，童女代表信徒，新郎耽延说明耶稣再临的时间不可预测；愚笨童女被拒之门外，表明将有拙劣的信徒被拒绝于天国大门以外。故事的基本信息是"随时保持警醒，时刻等候耶稣再临"，这一信息是藉聪明童女从正面传达出来的：区别于愚笨童女只带灯而不备油，她们不仅带了灯，而且预备了足够的油，所以一旦新郎到来，便立即点上灯，跟随他同去赴宴。

此外，耶稣的比喻还涉及"祷告"主题。在"法利赛人和税吏"的故事（路18：10-13）中，耶稣论述了如何祷告才能被上帝悦纳，认为祷告的重点不在其本身，而在于上帝对祷告的回应，因为人能否得救不在于自己的行善或守法，而全仗上帝的恩典。一个人不论多么优秀，都不能仅靠自己的主观努力得救，因为不贪婪、不行不义、不淫乱、每星期禁食两次、奉献全部收入的十分之一——如同法利赛人自我表白的那样——都无法成就上帝之国的义。相反，一个人无论多么罪大恶极，即如那个税吏，上帝只要怜悯他，就能使他得救；而税吏之所以能得怜悯，乃是因为他在上帝面前虔心祷告，谦卑地祈求怜悯。

  耶稣与犹太教当权者的生死斗争纵贯其传道生涯的始末，也充分体现在他的比喻性故事中，这方面的名作可举出"好撒玛利亚人"（路10∶30—37）、"失羊"和"失钱"（太18∶12，13；路15∶4—6，8—10）、"凶恶的园户"（路20∶9—16）等比喻。在"好撒玛利亚人"之喻中，一个行路人途中遭遇强盗，被打个半死，凄惨地躺在路边。一个祭司看到他时居然绕道而行，扬长而去。随后一个利未人同样见死不救，从旁边绕行而去。在这里，耶稣仅用三言两语，就勾画出那些犹太社会所谓"优秀分子"的伪善嘴脸。祭司和利未人为何不帮助那个遇害者？是不是为了严守律法？因为律法书规定，祭司不能触摸尸体，甚至不能接近尸体。叙述者对此未作说明。但耶稣的意图显然是在另一方面：批评祭司和利未人表面上道貌岸然，实则根本没有爱人之心。祭司和利未人的冷酷与撒玛利亚人的热心形成强烈的对照。那撒玛利亚人一看见落难者就动了慈心，想方设法地为他包扎，并把他送进一家客栈，不但当天晚上施以精心照顾，翌日还为他预付银币，嘱托店主继续照顾他。较之祭司和利未人，撒玛利亚人在犹太社会中属于低等族类，其祖先是北方王国公元前722年沦亡后以色列人与异族杂居而形成之族，犹太血统不纯。然而在耶稣看来，就是这些人，也比那些满口仁义道德、实则见死不救的犹太教上层人士高尚得多。"凶恶园户"的比喻对犹太人的指控尤为激烈。叙述者以园主指代上帝，以园户指代犹太人的宗教领袖，以园主的仆人指代众先知，以园主的儿子指代耶稣；示意犹太宗教领袖不遗余力地杀害众先知，又杀害了耶稣，以致上帝将园子转交给别人，即新生的基督教会。这个锋芒毕露的比喻极大地激怒那些宗教领袖，竟使他们"当时就想要下手捉拿他"（路20∶19）。

  耶稣的比喻还带有鲜明的道德色彩。"好撒玛利亚人"立意于解释何谓"爱邻舍如同自己"，主张以一种彻底的、无止境的、无界限的爱去爱他人。

"不饶恕人的恶仆"(太18:23—34)篇幅不长,却含有一个"大故事套小故事"的复合结构:在大故事的前半部分,君王以仁慈之心宽恕了欠其巨款的恶仆;在小故事中,恶仆以其狠毒心肠向欠其少许钱款的同伴催逼债务;在大故事的后半部分,君王又据其邪恶表现将恶仆关进监狱,使之遭到可悲的惩罚。两相对照,可知作者意在倡导最大限度的宽恕之心,希望人们都能像那个君王一样宽恕别人;他认为宽恕人者必蒙怜恤,不宽恕人者必遭刑罚。在"按才干受托付"之喻(太25:14—30)中,耶稣主张"分配任务须依据各人的才干及其对主人的忠心"。用五千银币赚到五千银币,说明当事人既勤勉又能干;把一千银币埋在地里,则表明当事人既懒惰又无能。对于既懒又笨者须剥夺其仅有的资本,转交给能干者,以便更好地发挥其效用——这就是著名的"马太效应",即传福音马太藉耶稣之口论证的"集中资源务求实效"的原理。"无知财主"的比喻(路12:16—21)劝人远离贪婪之心,因为一个人是否拥有真正的生命,并不在于多么富裕,占有了多少物质财产。故事中的财主储藏起成山的财物,本想舒舒服服地享用,不料却一夜之间命归黄泉,成为被人耻笑的糊涂虫。"财主和拉撒路"之喻(路16:19—31)形象地表现出初期基督教对"贫"与"富"、"善"与"恶"、"今生"与"来世"等问题的见解:讨饭的拉撒路以其贫穷趋同于"善",终日宴乐的财主则以富贵贯通于"恶"。善良的拉撒路今生虽然贫困,至来世却被天使带到亚伯拉罕的怀里享福;邪恶的财主今生固然富贵,至来世却在阴间的火焰里备受熬煎,苦不堪言。

## 第三节
## 重 复

重复是人们司空见惯、习以为常的自然现象和文化现象。日出日落、冬夏寒暑,时光在周而复始地重复;婴儿降生、老人辞世,人生在周而复始地重复;王朝盛衰、民族兴亡,历史在周而复始地重复。正是慨叹于世间万物的重复性质,传道者说:"日头出来,日头落下,急归所出之地。风往南刮,又向北转,不住地旋转,而后返回转行原道。江河都往海里流,海却不满;江河从何处流,仍归还何处……已有的事,后必再有;已行的事,后必再行。日光之下,并无新事。岂有一件事人能指着说这是新的?哪知,在我们以前的世代,早已有了。"（传1：5—10）所谓"日光之下并无新事"，说的就是一切都是旧事重现、老调重弹、剩饭重炒；凡事皆重复，凡事皆模仿，凡事皆复制。

古往今来的理论家早已注意到举目可见的重复现象，并对其做出种种富有说服力的诠释。圣经学者也充分观察到那部圣典中的重复现象，亦对其做出多方面的分析和解说。本节试图在此基础上展开讨论，辨析圣经文本中重复的类型和特点，解读重复和变化的关系，追溯重复现象的成因，并探讨其对实现叙事意图所发挥的功能和效果。

## 一、重复理论一瞥

"重复"（repetition）是西方文学理论和文化理论的关键词之一，相关论述可追溯到前苏格拉底时期。柏拉图的"理念论"便建立在重复理论的基础上，对后世哲学影响深远。"理念论"认为现象世界与实在世界相分离，现象世界变化不定，是实在世界亦即理念世界的摹本，而理念世界永恒不变，是实在世界的原型。世间万物的存在都是由于模仿了理念，美的事物之所以美，也是因为模仿了美的理念。一切美的事物都是相对而言，都处于变化之中，唯独美的理念是"永恒的、无始无终、不生不灭、不增不减的……它只是永恒地自存自在，以形式的整一永与其自身同一；一切美的事物都以它为泉源，有了它，那一切美的事物才成其为美，但是那些美的事物时而生时而灭，而它却毫不因之有所增，有所减。"[1]柏拉图主张，诸如"美的理念"、"正义的理念"一类具体理念背后还有一个更高的"善的理念"，是对神本身的模仿，所以说到底，现象世界模仿了理念世界，理念世界模仿了神本身。在这种理论框架中，艺术作为对现象世界的模仿，处于世界秩序的最底层，是"影子的影子"，"和真理隔着三层"。[2]总之，世间万象固然优劣不等，终究都是理念的复制品。

亚里士多德的哲学在柏拉图学说的基础上建立，对后者又有诸多创新。在艺术和世界的关系上亚里士多德也主张模仿说，但认为艺术所模仿的是现象世界，而非柏拉图所说的理念。他提出，诗的起源有两种原因，一是"人从孩提

---

1 柏拉图：《柏拉图文艺对话集》，朱光潜译，北京：人民文学出版社，1959年，第271—272页。
2 参见伍蠡甫主编：《西方文论选》上卷，第36—37页。

的时候就有模仿的本能",二是"人对于模仿的作品总是感到快乐"。他说:"人和禽兽的分别之一,就在于人最善于模仿,他们最初的知识就是从模仿得来的。"[1]可见亚里士多德充分注意到了艺术对外部世界的复制或重复性质。

近代以来,更多的西方思想家(如维柯、黑格尔、叔本华、马克思、克尔凯戈尔、尼采、弗洛伊德等)研究过重复,发表过各具特色的见解。在论及艺术的宗旨或本质时,叔本华的观点与柏拉图的理念论似出一辙:"艺术复制着由纯粹观审而掌握的永恒的理念,重制着一切现象中本质的和常住的东西……艺术的唯一源泉就是对理念的认识,它唯一的目标就是传达这种认识。"[2]然而何谓"理念"?叔本华与柏拉图的见解却大相径庭。叔本华把表象世界分成两种形式,一种是低级形式,即在空间和时间中存在的各种事物,它们不能直接传达世界的本质;另一种是高级的、基本的、普遍的形式,能够显示出世界的本质,后者便是理念,其原型则是意志。他说:"理念只是自在之物的直接的因而也是恰如其分的客观化,而自在之物是意志。"[3]理念是意志的直接客观化,意志通过理念显示出自身的本质特征,也显示出世界的本质特征。简言之,在叔本华的唯意志论哲学体系中,重复或重制是关键词之一,包括艺术在内的具体事物都是对理念的复制,理念是意志的直接客观化表现,唯独意志是自在之物或世界的本原。

当代法国学者德鲁兹(Gilles Deleuze)在《意义逻辑》中把重复分成特征迥异的"柏拉图式重复"和"尼采式重复",认为前者引导人"考虑以预设的相似原则或相同原则为基础的差异",即该类重复所产生的复制品虽然有别于它所模仿的原型,但其与原型仍然尽可能地接近乃至同化;后者则让人"把相似甚至相同的事物视为本质差异的产物",前提是"把世界本身理解为幻影",这使重复难免"缺乏某种范式或原型作基础"。[4]区别于柏拉图、亚里士多德和叔本华都强调一个实在而恒定的原型模子,认为它是被重复或复制的对象,尼采质疑这种对象的实在性,而认为重复往往似是而非,总"带有鬼

---

1 亚里士多德:《诗学》,罗念生译,北京:人民文学出版社,1982年,第11页。
2 叔本华:《作为意志和表象的世界》,石冲白译,北京:商务印书馆,1982年,第259页。
3 叔本华:《作为意志和表象的世界》,第244页。
4 Gilles Deleuze. *Logique du sens*. Paris: Les Editions de Minuit, 1969, p.302. 参见殷企平:《重复》,载《外国文学》2003年第2期,第61页。

魂般的效果"。[1]尼采论及狄奥尼索斯音乐与其赖以复制的神话原型之关系时说,音乐表面上看来是对神话的重复,其实并非如此,它远未体现出神话的底蕴,只是一个"不足取的现象之摹本"。[2]所以,如果说任何重复都以复制品与其原型的关系为根基,则"柏拉图式重复"强调了二者的承继性,"尼采式重复"突显了二者的歧异性。

此处还应特别提到弗洛伊德有关重复的思想。弗洛伊德曾对"如何通过回忆来构建真实"进行考察,他所说的回忆和构建其实是一种重复。他在《幼儿期诱发性精神病一例》(1919)中提出"初始场景"(Primal Scenes)概念,用以表示精神分析家根据病人回忆建构的有助于解释患者病因的场景或事件。[3]随后,他又在《超越唯乐原则》(1920)中提出"强迫重复"概念,认为人本能地要求重复以前的状态,希望回到过去的生活中。这些理论为精神分析家研究"创伤性神经症"患者的重复思维提供了依据,并使人对重复形式及其内涵的复杂性形成新的认识。"在弗洛伊德之前,人们对重复的认识和描述大都建筑在'同一逻辑'(the logic of identity)的基础上,而在弗氏之后,人们逐渐增加了对建立在'差异逻辑'(the logic of difference)基础上的重复形式的关注。"[4]所谓"同一逻辑",指复制的事物与其原型之间具有一致性;所谓"差异逻辑",则指二者可能相去甚远,甚至毫不相干。

重复理论的繁荣折射出重复现象的普遍性以及深刻认识此种现象的必要性。重复的行为能积累经验,重复的经验能升华出理论;反过来,建立在重复行为基础上的经验和理论又能对行为提供积极有效的引导。克尔凯戈尔在一本名为《重复》的书中用"重复"取代柏拉图的传统术语"回忆",以强调记忆不但是经验的简单重复,也是对它的重新创造。弗莱进而指出,强化重复意识有助于研究人类文化的总体形态:"过去的文化不仅仅是人类的记忆,而且是我们业已埋葬了的生活。对它的研究将导致一种认识,一种发现。透过它,

---

1 J. Hillis Miller. *Fiction and Repetition*. Oxford: Basil Blackwell, 1982, p.6.
2 尼采:《悲剧的诞生》,李长俊译,长沙:湖南人民出版社,1986年,第133页。
3 参见殷企平:《走出批评话语的困境——从"初始场景"说起》,载《外国文学评论》1996年第2期,第24—29页。
4 殷企平:《重复》,《外国文学》2003年第2期,第60页。

我们不但能看到已往的生活，而且能看到当今生活的总体文化形态。"[1]人类文化在长期积累过程中日趋成熟和丰富，积累的本质其实是不断重复已有的成果，在重复的同时谋求并实现新的创造。

在当代叙事学领域，重复理论已占有公认的一席之地。霍尔曼（C. H. Holman）和哈蒙（W. Harmen）说："自从弗洛伊德的论文《超越唯乐原则》问世，'重复'已经被承认为叙事作品的要素之一。"[2]米勒（J. H. Miller）声称："一部像小说那样的长篇作品，不管它的读者属于何种类型，对它的解读多半要通过对重复以及由重复所产生的意义的鉴定来完成。"[3]米勒还归纳出两种相去甚远的重复类型，分别以德鲁兹的"柏拉图式重复"和"尼采式重复"概念相界定，并借鉴本雅明的"自觉记忆"和"非自觉记忆"术语予以论证。依本雅明之见，"自觉记忆"的工作模式是符合逻辑的，即"每一次记忆/重复都有一个坚实的基础"，而"非自觉记忆"却缺乏坚实基础，"特点就像梦幻"。关于后者他举例道："我们常常在梦中发现，本质上大相径庭的事物会以这样或那样的奇特方式呈现出一种模模糊糊的相似性。"[4]在米勒看来，所有小说中都有这两种颇为不同的重复，而且它们还以多种形态交织在一起，米勒将他对此现象的判断称为"异质性假说"（the hypothesis of heterogeneity）。[5]

重复理论对当代文论的深刻影响可从"互文性"概念略见一斑。"互文性"（intertextaulity）一语出现于20世纪60年代，随后成为后现代批评的标识性术语之一，通常指两个或更多文本之间的相互关系，包括两种含义：其一，两个特定文本之间的关系；其二，某一文本通过记忆、重复、修正，对其他文本之扩散性影响的接纳及贮存。以互文性概念为核心术语，一种宽泛语境下的跨文本文化研究——互文性批评应运而生，这种研究摒弃只关注作品与作家关系的传统方法而强调多学科的话语分析，主张取代文学史的历时性描述而专注于符号系统的共时性观察，从而"把文学文本从心理、社会或历史决

---

1　Northrop Frye. *Anatomy of Criticism*. London: Penguin Books, 1990, p.346.
2　C. Hugh Holman and William Harmen. *A Handbook to Literature*. New York and London: Macmillan Publishing Company, 1992, p.402.
3　J. Hillis Miller. *Fiction and Repetition*. p.1.
4　殷企平：《重复》，载《外国文学》2003年第2期，第61页。
5　J. Hillis Miller. *Fiction and Repetition*. pp.4—5.

定论中解放出来,投入到一种与各类文本自由对话的批评语境中"。[1]程锡麟和王晓路在《当代美国小说理论》中认为,米勒的重复理论其实是"互文性理念的翻版",[2]这一见解颇有道理。依"互文性"概念的首倡者克里斯蒂娃(J. Kristeva)之见,"互文性意味着任何单独文本都是许多其他文本的重新组合;在一个特定的文本空间里,来自其他文本的许多声音互相交叉,互相中和"。[3]语中所论"重新组合"、"互相交叉"、"互相中和"皆为某种形式的重复。罗兰·巴特(Roland Barthes)提醒人充分注意互文现象的复杂性,不可将其简单地理解成溯源和传播问题,指出:"互文是一片综合性的领域,它包容了各种几乎已经无法追溯其起源的无名程序,包容了各种不加引号的、在无意识状态或自动化状态中被引用的话语。"[4] "无法追溯其起源的无名程序"可理解为来源不详的重复模式,"被引用的话语"则是能被辨析的重复语词。

## 二、圣经学者对重复的研究

对重复问题的研究也受到圣经学者的充分重视。早在20世纪上半叶,有人就注意到圣经文本中的重复现象并加以探讨。1946年,犹太学者奥尔巴赫(E. Auerbach)在《模仿论:西方文学中所描绘的现实》[5]中致力于探讨文学描绘或复制、重复现实的不同模式,在该书第一章"奥德修斯的伤疤"中对《奥德赛》第19卷所载奥德修斯于10年漂泊后回到家乡的场面和《创世记》第22章所载亚伯拉罕燔祭献子之事进行了比较,发现前者总是极尽铺陈之笔,把所有细节都尽可能交待得清清楚楚,不留下悬念;而后者则"简约、含蓄","甚至没有对人物和景物的描绘,连个形容成分也很难看到"。[6]奥尔巴赫认为,二者的区别反映了作家对文学与现实关系的不同理解,以及由此导致的复制现实的不同手法和效果。他说:"这两种文体表现出完全不同

---

1 陈永国:《互文性》,载《外国文学》2003年第1期,第25页。

2 程锡麟、王晓路:《当代美国小说理论》,北京:外语教学与研究出版社,2001年,第152页。

3 Julia Kristeva. *Desire in Language.* Oxford: Blackwell, 1980, p.145.

4 Roland Barthes. *Untying the Text: A Poststructuralist Reader.* London: Methuen, 1981, p.41.

5 Erich Auerbach. *Mimesis: Representation of Reality in Western Literature.* New York: Doubleday and Co., 1957.

6 参阅刘意青:《简约、含蓄的圣经叙事艺术》,载《外国文学》2001年第1期,第66—71页。

的基本类型:一个是详尽的描述,着墨均匀,各部分联接紧密,表述自如,发生的一切均在幕前,一目了然,但在历史发展及人类问题方面有局限;另一个是突出几个部分,淡化其他部分,支离破碎,未完全表达的东西具有强烈的作用,后景化,含义模糊,需要诠释历史发展的要求、历史发展观念的形成及问题的深化。"[1]

20世纪70年代以后,随着当代结构主义、修辞学、叙事学和读者反应等圣经研究的深入,重复作为一个理论范畴日益为学者们所关注。总的来说,研究者对圣经文本中的重复现象进行了日趋细密的观察,对其类型、表现、成因、作用和功能也进行了愈益透彻的解析。1979年犹太学者伊弗拉特在特拉维夫出版希伯来文专著《圣经的叙述艺术》,在该书第五章"文体"中设专题探讨了"语词的重复"。他指出,语词或词根的重复是圣经叙事文体的重要特征,重复的语词有时构成一篇叙事的关键词,而关键词能在故事的不同阶段之间建立联系,揭示出文本起初模糊不清的含义。换言之,故事的意义不是借助其他增补成分讲述出来的,而是通过关键词的重复自然而然地显示出来的。他以"该隐杀弟"(创4:1—15)为例,指出其中的关键词是"兄弟"——该词在短短15节中就出现7次,表明人类的第一次凶杀便以兄弟相残的方式发生,可见其罪孽之深重;圣经称世间所有人都是同一个始祖的后代,在此意义上后来的每次凶杀都是兄弟相残。伊弗拉特还讨论了词组或句子的重复,分析了它们对描写人物、强调意念的重要性。他把一组词完全相同或稍有变化地出现在某段落开头和结尾的情形称为包裹(envelope),认为这种处理意在对重复的词组加以强调。[2]

1981和1986年福克尔曼(J. P. Fokkelman)出版两卷本的《〈撒母耳记〉的叙事艺术与诗歌:文体与结构的详尽分析》,[3]对该卷书中的叙事性内容进行了精细的逐行解析,其兴奋点涉及情节结构、人物塑造等,但主要还在于文本的修辞特征,诸如语词的声音和类型,以及各种模式的重复。1987年福克尔曼对

---

1 埃里希·奥尔巴赫:《摹仿论——西方文学中所描绘的现实》,吴麟绶等译,天津:百花文艺出版社,2002年,第26页。

2 Shimon Bar-Efrat. *Narrative Art in the Bible.* First published by Sifriat Poalim (Tel Aviv) in Hebrew, 1979, translated by Dorothea Shefer-Vanson. Sheffield: Almond Press, 1989, p.216.

3 J. P. Fokkelman. *Narrative Art and Poetry in the Books of Samuel: A Full Interpretation Based on Stylistic and Structural Analysis.* 2vols. Assen: Van Gorcum, 1981, 1986.

《创世记》的解读[1]收入由奥特和克莫德主编的《圣经文学指南》中,该文要求读者从文类、主题、情节、内容、关键词等层面注意《创世记》整合素材的方式,尤其注意各种重复现象对于构建全书的作用和意义。2003年福克尔曼的《圣经叙述文体导读》在香港出版,其中设专章研究"重复的力量",指出:"以色列作者运用重复的立场与我们几乎截然相反……我们写作时一心避免重复,可是圣经作者却受过全面的训练,尽量采用不同形式的重复使沟通更为有效。"[2]他从"直线结构和环形结构"、对比、"相似和相异"等角度对重复进行了实证考察。斯腾伯格在《圣经叙事诗学》(1985)中也充分注意到重复问题,辟专章予以探讨,论及叙述文本中的稳定性因素和不稳定因素、重复的各种表现、重复与变化及信息交流的关系,以及重复的叙述艺术特征等。[3]时至90年代的圣经叙事批评著作,重复已成为研究者经常谈论的理论范畴。古恩(D. M. Gunn)和弗威尔(D. N. Fewell)在《希伯来圣经中的叙事》(1993)中列专节研讨"重复与变化",联系"他玛与暗嫩"(撒下13章)、"约沙法传记"(代下17—20章)、"所罗门与亚多尼雅"(王上1—2章)中的实例,指出重复的多种功能:有助于建构故事、营造气氛、表达主题、塑造人物,且能强调重点,制造悬念,创造出富于幽默感或嘲讽意味的情节。[4]

在《新约》研究方面,大卫·罗斯以《马可福音》为例探讨了福音书的重复艺术。他发现,福音书的传说片断中有各种形式的重复,有时一个问句中的语词在答语中重复,有时命令句或祈使句中的术语在与其对应的兑现描写中重复,有时人物引经据典,继而在讲解经典时重述其中的关键词,也有时某一情状会引起连锁反应,其间出现某种重复。[5]早在20世纪上半叶,奎斯特(H.

---

[1] J. P. Fokkelman. "Genesis", in *The Literary Guide to the Bible*, ed. by Robert Alter and Frank Kermode. Cambridge: Belknap Press, 1987, pp.36—55.

[2] 福克尔曼:《圣经叙述文体导读》,胡玉藩等译,香港:天道书楼有限公司,2003年,第135页。

[3] Meir Sternberg. *The Poetics of Biblical Narrative: Ideological Literature and the Drama of Reading.* Bloomington: Indiana University Press, 1985, pp.365—440.

[4] David M. Gunn and Danna Nolan Fewell. *Narrative in the Hebrew Bible*. New York: Oxford University Press, 1993, p.148.

[5] David Rhoads and Donald Michie. *Mark as Story: An Introduction to the Narrative of a Gospel*. p.46.

Kuist）就注意到福音书语词的"构成关系"（compositional relationships），实即不同的修辞手段，在其《怎样鉴赏圣经》[1]中加以论述。后来，他又在《作用于心灵的语词：圣书与基督徒的反应》[2]中深化了先前的见解。其后，特雷纳（Robert Traina）在《方法论的圣经研究：一种释经学新进路》中继续了奎斯特的研究。时至80年代后期，他们的成果被鲍尔（David Bauer）综合起来，纳入一个研讨福音书修辞艺术的体系之中。鲍尔将福音书中常见的修辞技巧分成15种类型，其中第1种就是重复。在其余14种中，第5、12、13、14种也与重复相关，它们是：第5种"渐进"，表现从较小强度到较大强度的文本运动；第12种"对应"，一个语言单位的开头和结尾具有重复性质；第13种"交替"，局部重复的叙述成分按"a-b-a-b"的模式交替出现；第14种"交叉"，局部重复的成分按"a-b-b-a"的顺序交叉出现。[3]

诺斯洛普·弗莱出版于1982年的巨著《伟大的代码——圣经与文学》通常被视为原型批评的经典之作，但其中也述及各类重复。原型理论与重复其实有着极为密切的关系，说到底，它所研究的乃是后世的各种复制品如何重复了最初的原型。弗莱是以圣经为对象展开其研究的，其间探讨了从巨到细的多种重复现象。首先，他认为《新约》和《旧约》彼此重复："我们怎么知道《新约》中的福音故事是正确的呢？因为它们印证了《旧约》的预言。但我们又怎么知道《旧约》中的预言是正确的呢？因为《新约》中的福音故事证实了它们。"[4]"印证"和"证实"乃是重复的变体。其次，进入圣经文本之后，弗莱指出："圣经是一部浩瀚的神话，是从创世到启示这整个时期的叙事，是由一系列反复出现的意象组成的统一体。"[5]他从宏观视野将圣经历史分成7个阶段，分别是创世、变革、律法、智慧、预言、福音和启示，[6]认为各阶段之间是相互

---

1　Howard Kuist. *How to Enjoy the Bible*. Richmond: John Knox Press, 1939.
2　Howard Kuist. *These Words Upon Thy Heart: Scripture and the Christian Response*. Richmond: John Knox Press, 1947, pp.80—87、159—181.
3　David Bauer. *The Structure of Matthew's Gospel: A Study in Literary Design*. Sheffield: Almond Press, 1988, pp.13—20.
4　诺斯洛普·弗莱：《伟大的代码——圣经与文学》，郝振益等译，北京：北京大学出版社，1998，第111页。
5　诺斯洛普·弗莱：《伟大的代码——圣经与文学》，第287—288页。
6　诺斯洛普·弗莱：《伟大的代码——圣经与文学》，第143—181页。

复制的，"每个阶段都既是下一阶段的先前模型，又是上一阶段的原型"。[1]再次，弗莱还指出个别卷籍中的重复现象，如他对《士师记》的分析：

> 这部书实际上是一本原初是部落首领的那些英雄们的故事集，被编辑成为一部联合起来的以色列人经历一系列危机的历史。以色列人始终不变地具有叛教精神，他们背弃上帝，遭受奴役，呼求上帝解放，然后一位士师被派来解救他们。这个叙述中有一系列不同的内容，而包装这些内容的则是不断重复的神话或叙事形式。由于作者的兴趣在于道德说教，在这种叙事结构中我们所读到的是不断重复的同一类故事。[2]

复次，弗莱亦论及"细节重复"，即后部章节大面积重复前部的内容。他列举一个典型例证：自《出埃及记》第25章始，上帝详示摩西如何制造约柜及其他圣物，并指派一个名叫比撒列的工匠完成那些任务；继而自第36章始，该书又将上述文字几乎完全重述一遍，只是把上帝的命令语"你们要……"改为"于是他就做出了……"。弗莱分析道："这种重复主要是为了给读者以深刻的印象，感到正在做的事情的重要性，而这里使用的传统技巧与口语文学的传统技巧是很接近的。"[3]他进而指出重复之于圣经文本的审美功能，称"圣经是以上帝的声音通过人的声音来说话的"，其中上帝的声音是"神谕的、权威的、反复的"，而"经文越像韵文，越重复，越含有隐喻，就越被外部的权威意义所笼罩"。[4]

对重复技巧之最详尽的研讨见于罗伯特·奥特（Robert Alter）的《圣经的叙事艺术》（1981），该书第五章列举诸多实例，雄辩地论证了圣经作者运用重复的原因、重复的表现和类型、重复在诗歌和叙事中的不同特点，以及重复与变化的关系。[5]奥特说，在现代人不拘一格的目光中，重复似乎是圣经故事最原始的特征，反映了一种迥异于当今文化的智慧和心理状态，也反映了与当

---

1　诺斯洛普·弗莱：《伟大的代码——圣经与文学》，第144页。
2　诺斯洛普·弗莱：《伟大的代码——圣经与文学》，第64页。
3　诺斯洛普·弗莱：《伟大的代码——圣经与文学》，第274页。
4　诺斯洛普·弗莱：《伟大的代码——圣经与文学》，第274—275页。
5　Robert Alter. *The Art of Biblical Narrative*. New York: Basic Books, 1981, pp.88—113.

今截然不同的经验方式。古代以色列人的各种教诲、预言、传说都惯以严格的逐字重复进行讲述，最极端的例子见于《民数记》第7章12至83节。该段描写以色列12支派的代表依次进入会幕献祭，每个支派奉献的祭物完全相同，但必须重复讲述12次，其中除了各支派及其代表的名字每次更改外，其余内容包括文字的先后次序皆无变化。至于这种现象的成因，批评家们已将之归于其口头起源、它赖以产生的民间故事背景，以及经文的构成特质。

偶尔，某些语词的重复也会由抄写时的错误造成，但经过仔细甄辨，可知大多数重复都出于既定目的——不仅简短的叙述是如此，一些被推测源于相似传统的整篇故事亦如此。奥特分析道，古犹太普通百姓大都不识字，这决定了圣经文本不可能四处传阅，而要由一个饱学之士在特定场合向听众诵读。那正在诵读的书卷犹如正在播放的电影片，但电影片能固定某个画面以便进行特殊的检阅，书卷却不能；固定书中某段内容的唯一便捷之法，就是对它做重复的朗诵。为了印证圣经叙事的重复特色，奥特还论及其他作品，认为那些形成于异时异地的短篇故事、小说、戏剧和史诗中也常有重复笔法，它们与圣经作者对重复的运用非常相似。他介绍了卡文（Bruce F. Kawin）的著作《一遍遍地讲述：文学和电影中的重复》，[1]并将《李尔王》中的重复与《创世记》和《撒母耳记》中的重复加以比较。

按照从小到大、从简单到复杂的顺序，奥特将圣经叙事中的重复分为五种类型，首先是字词重复（Leitwort）。奥特转述马丁·布伯（Martin Buber）之言道，字词重复是"在一段经文中、一个经文的续列中，或者几段经文的结构中有意义地重现的词或词根"；通过这种重复，"人们可以解读或理解经文的含义，或者说，经文的含义可以显示得更加明晰"；"源于经文内在韵律的有分寸的重复，是无须表述便可传情达意的最绝妙的方式之一"。[2]马丁·布伯是德国人，他和弗朗兹·罗森茨威格（Franz Rosenzweig）首次发现圣经散文的一个重要惯例是这种词汇有目的的重复，遂将该现象称为"主导词文体"（Leitwortstic，缩写为Leitwort）。奥特指出，在这种文体中，构成双关语、同义词、反义词的语词或词根会发生多种重复，它们能直接表达意义，进而也表达主题。米奇尔·费西本（Micheal Fishbane）认为，关键词的重复贯穿于

---

1　Bruce F. Kawin. *Telling It Again and Again: Repetition in Literature and Film*. Ithaca, 1972.
2　Robert Alter. *The Art of Biblical Narrative*. p.93.

雅各故事始终，其中最重要的语词是"赐福"和"长子权"，它们被一套附属的"语词母题"（word motifs）所支持，能在相关的叙事单位之间造成各种联系。[1]运用费西本的方法，奥特提出，约瑟故事中也有一系列反复出现的关键词，如"认识"、"人"、"主人"、"奴隶"、"房子"等。

按奥特的分类，第二种是"母题（motif）重复"，即某个具体的想象，抑或传递感觉的意象或对象透过特定的叙述而重复发生。该母题也许时断时续地与一种字词重复相联系，假如离开一定上下文，它本身并无意义；它或许含有某种早期的象征意义，或者曾为某一叙事提供形式上的连缀方式。这类母题可举出参孙故事中的火，雅各故事中的石头、白色和红色，摩西故事中的水，约瑟故事中的梦、监牢、坑穴、银币等例子。

第三种是"主题（theme）重复"，特指某种思想观念通过重复再现的范型表现出来。那种观念是故事价值系统的一部分，或许是伦理道德的、道德—心理的、法律的、政治的、历史的，抑或是神学的。它通常与一个或更多的字词重复相联系，但不随着它们而扩展；抑或与某种母题重复相联系。这类重复可举出《创世记》中长子权在以扫和雅各之间的转换、约瑟故事中的知情与不知、以色列人飘流旷野期间的遵命与反叛、他们向应许之地的迁徙及其背井离乡、《撒母耳记》和《列王纪》中诸王的登基和被废等。

第四种是"行为序列（sequence of actions）重复"，指一组类似的行为相继出现，最常见的是三次，或是三次加一次，其中前三次是铺垫，最后一次使情节达到高潮或发生逆转。如在《列王纪下》第1章中，三位五十夫长及其随从依次受到天火惩罚的威胁；在《民数记》第22章中，巴兰三次无法指挥他的驴子；在《约伯记》第1章中，约伯三次遭遇毁坏财产的祸患，第四次更遭遇丧失子女的灾难。

最后一种是"类型化场景（type-scene）重复"，指对英雄人物生平一个非常时期的描述，通常由某个固定的母题序列构成，并与某种一再显露的主题相联系。它与字词重复无关，尽管有时一个重现的语词或短语就能使人辨别出某个类型化场景。对英雄人物诞生的预告、井边的订婚、旷野中的磨练等便属于这种情况。在上述五类重复中，奥特认为，第一类和最后一类是圣经文学的惯例（当然亦见于其他叙事传统中），第二、三、四类则为圣经和其他叙事传统所共有，也常见于其他民族的叙事性作品中。

---

1　Micheal Fishbane. *Text and Texture*. New York: Basic Books, 1979, pp.40—62.

### 三、圣经文本中的重复

圣经文本中的重复现象纷繁复杂，耐人玩味。现参考已有的研究成果，将若干相关问题综论如下。

1. 重复的表现

（1）单词、语句、情节、意念的重复

圣经文本中最基本的重复现象是单词即个别语词或词根的重复。"参孙和大利拉的故事"篇幅不长，却8次出现"捆绑"（士16：5，6，7，8，10，11，12，13），4次出现"挣断"（16：9，12），5次出现"欺哄"或"说谎言"（16：10，13，15），由此可见其主要篇幅讲的乃是非利士人利用大利拉捆绑参孙，参孙则一再挣断捆绑；大利拉多次探听参孙力大无比的秘密，参孙则一再欺哄她，向她说谎言。被特意重复的语词实即叙事文本中的关键词，它们不但见于局部情节中，也见于圣经的整体构架中。贯穿于圣经始末的关键词可举出"神"、"信"、"爱"、"约"、"罪"、"惩罚"、"救赎"、"悔改"等。在福音书中，这类语词仅在耶稣传道之初就有"福音"、"受膏者"、"上帝之子"、"旷野"、"宣告"、"赦免"、"神的国"、"信心"、"跟随"、"权柄"等，它们在许多片断中出现，能造成一种"共震"或"回响"（echoes）效果，使读者将前后章节连贯起来。举一个纵贯福音书的例子：《马可福音》开头述及耶稣受洗时，说他从水里一上来，天就"裂开"了（可1：10）；该书临近结尾处提到耶稣在十字架上断气时，又说殿里的幔子"从上到下裂为两半"（可15：38）——这两处都以"裂开"的异象印证耶稣的圣子身份，在前一处天空裂开后有声音传来："你是我的爱子，我喜悦你！"在后一处幔子裂开后罗马百夫长发出慨叹："这人真是神的儿子！"这两处之间还有另一处类似的"裂开"：大祭司审讯耶稣时怒而"撕裂"自己的衣服（可14：63），原因也与耶稣的圣子身份有关，因为这时耶稣自我认定，他就是"那当称颂者的儿子基督"。这三处异常的"裂开"一再加深读者的印象：圣子耶稣在世上传道、献身——这桩异乎寻常的事件已然发生。

"语句重复"也时有所见，如在《以斯帖记》中，波斯王亚哈随鲁4次对以斯帖说："你要什么，我必赐给你；你求什么，就是国的一半也必为你成就。"（斯5：3，6；7：2；9：12）这句话借助一个异国君主对一位普通犹太女子的多次慷慨承诺，对犹太民族的出类拔萃进行了由衷赞美。又如《士师记》多次出现"那时以色列中没有王，各人任意而行"（士17：6；18：1；19：1；20：25），强调了王国建立之前混乱的社会状况。

"情节重复"较单词和语句重复为少，但也不鲜见。如波提乏的妻子接二连三地引诱约瑟，每次都遭到拒绝：头一次，她"以目送情给约瑟，说：'你与我同寝吧！'"约瑟婉言相拒；后来，"她天天和约瑟说，约瑟却不听从她"；最后她"拉住他的衣裳，说：'你与我同寝吧！'"约瑟却"把衣裳丢在妇人手里，跑到外边去了"（创39：7—12）。又如，在巴兰骑驴前去咒诅以色列人的途中，亚卫的使者一连三次拦路阻挡，驴子认出了使者，第一次跨进田间，第二次靠在墙边，第三次卧在路上；巴兰却视而不见，接连三次用杖击打驴子（民22：23—27）。

"意念重复"指某种意识、观念或思想多次出现。《出埃及记》的中心思想是"出走"，即"摆脱为奴之境，回归自由的家园"。贯穿于整部圣经的核心意念是"立约"：圣经作者多次记载神人立约，较重要的可举出挪亚之约、亚伯拉罕之约、摩西之约、大卫之约、耶利米预言的新约，以及上帝藉耶稣之血与世人所立之约。

（2）二度重复、三度重复、多度重复和多维重复

"二度重复"指内容相关的类似叙述两次出现，这一手法在叙事诗《底波拉之歌》中特别常见。该诗有如下语句："西西拉求水，雅亿给他奶子，用宝贵的盘子给他奶油。雅亿左手拿着帐棚的橛子，右手拿着匠人的锤子，击打西西拉，打伤他的头，把他的鬓角打破穿通。西西拉在她脚前曲身仆倒，在她脚前曲身倒卧。在那里曲身，就在那里死亡。"（士5：25—27）其中"给他奶子"与"给他奶油"重复，"击打西西拉"与"打伤他的头，把他的鬓角打破穿通"重复，"在她脚前曲身仆倒"与"在她脚前曲身倒卧"重复，"在那里曲身"与"在那里死亡"重复。究其原因，这种手法是受希伯来诗歌"平行体"的制约形成的。当然，纯粹的散文叙事中也有"二度重复"，突出表现为"呼应重复"（详后）。

所谓"三度重复"，是指类似的叙述三次出现，或三次之后又有第四次，但情节却发生陡转，如参孙三次欺哄大利拉之后屈服于其纠缠，第四次终于说

出秘密，以致束手就擒，成为非利士人的阶下囚（士16：15—21）。

"多度重复"是指相同或相仿的叙述多次出现，一个极端的例子已如奥特所言，见于《民数记》第7章12至83节，12次重述以色列12支派的代表如何奉献完全相同的祭物。《路得记》在数千字的短篇中7次提到"摩押女子"（得1：4，22；2：2，6，21；4：7，10），也属于多度重复。

上述"二度"、"三度"、"多度"皆就重复次数的多寡而言，相对于此，"多维重复"则指一种形态更为复杂的情况，不但重复的数量多，而且各自的特点也不相同。在《创世记》第21章，法老做了两个奇怪的梦：7只瘦牛吃了7只肥牛，7个弱穗吃了7个肥穗，这两个梦的内涵和外形大体重复。随后，法老向约瑟讲述这两个梦，属于对上述内容的逐字重复。接着约瑟解梦，称肥牛、肥穗皆指丰年，瘦牛、弱穗皆指灾年，法老之梦预示着将先有7个丰年，继而又有7个灾年，这段解梦文字是对法老之梦的变形重复。再后，7个丰年和7个灾年先后到来，将前后的描写连贯起来，从中又可看出预言与应验的"呼应重复"。

观察福音书作者对重复技巧的运用，会发现"三度重复"——即某一相似议题、行为、事件或背景三次重现——最为常见。有时，叙述者接连三次记述一组彼此关联、内涵相近的事件，如魔鬼撒旦三次试探耶稣，耶稣三次抵御了试探（太4：1—11）；最后的晚餐过后耶稣带门徒去客西马尼园，他连续三次祷告（太26：39，42，44），门徒三次昏然入睡（太26：40，43，45），耶稣则三次批评他们（可14：37—42）；耶稣预言彼得鸡叫前三次不认主，大祭司的党徒三次指认彼得与耶稣一伙（太26：69，71，73），彼得一连三次矢口否认（太26：70，72，74）；彼拉多认为耶稣无罪，三次提出释放他（路23：16，20，22），犹太人则三次激烈反对，执意要求把耶稣钉上十字架（路23：18，21，23）；耶稣被钉后叙述者又三次述及时间（巳初、午正、申初，可15：25，33，34），每次间隔三个时辰。[1]

在另一种情况下，三度重复的事件不是连续发生的，而是每两次之间有一段间隔，例如，耶稣召选门徒经历了三个阶段，最初在加利利海边召选彼得、安得烈、雅各和约翰（太4：18—22），后来扩充为12门徒（太10：1—4），再后又选出70人，差遣他们两人一组地外出传道（路10：1）。耶稣在海上行

---

[1] Alan Culpepper. "The Passion and the Resurrection in Mark", *Review and Expositor* 75 (1978): 584.

第七章　修辞

施的奇迹也构成一组三度重复：他斥责风和海，使之平静下来（太8：26）；斥责狂风大浪，使风浪止息（路8：24）；在海面上行走，如同行于平地（太14：25）。这三次奇迹都使门徒惊慌恐惧，而耶稣每次都批评他们信心不足（太8：26；路8：25；太14：31）。与此类似的是，门徒三次遇到食物短缺问题，每次都无视耶稣的异能（可6：36；8：4，14），耶稣则相继以五个饼和两条鱼使五千人吃饱（可6：41—42），以七个饼和几条小鱼使四千人吃饱（可8：6—8），并责备门徒不该忽略主的能力（可8：7—21）。继而在前往耶路撒冷的途中，耶稣三次预言他将受难，被钉死在十字架上（太16：21；17：22—23；20：18—19），但门徒每次都无法理解，只是感到惶恐不安（太16：22；可9：32；路18：34）。耶稣骑驴进入耶路撒冷后三次前往圣殿，第一次察看周围的情况（可11：11），第二次赶走在那里做买卖的人（可11：15—17），第三次称赞投钱入库的穷寡妇，并预言圣殿即将毁灭（路21：2—6）。

　　这种"三度重复"的叙事模式能暗示某类运动的方向，还能充分揭示人物的心理和性情。在门徒的数量愈益增加一例中，读者看到了基督教的前景兴旺发达。耶稣接连预言他必定受难，说明他深谙自己降世的使命，对承受将临的苦难在所不辞。至于门徒，他们的动摇、惶惑和软弱由于再三的自我表现而显露无遗。读者第一次看到门徒在客西马尼园违背老师的教训而昏昏入睡时，或许还能谅解他们；第二次又看到时，对他们不免失望有加；第三次再看到时，很可能认定他们会一遇风浪就离弃老师，四散而逃。门徒对海上奇迹的反应、在面临食物短缺时的表现、对耶稣受难预言的困惑，以及彼得接二连三地拒认主，都能使人产生类似的感受。

　　应当指出，"三度重复"不仅是相似事件的简单重现，所述各次事件之间还有某种递进关系，一般说来，作者的意图在末次叙述中表现得最为清楚。且以《马可福音》中的三次求粮为例：前两次，读者关注的主要是耶稣以少许食品使数千人吃饱的奇异能力，直到最后一次，才看出叙事的重心其实在于耶稣对门徒之"愚顽"的责备：

　　　　……耶稣说："你们为什么因为没有饼就议论呢？你们还不省悟，还不明白吗？你们的心还是愚顽吗？你们有眼睛，看不见吗？有耳朵，听不见吗？也不记得吗？我擘开那五个饼分给五千人，你们收拾的零碎装了多少篮子呢？"

他们说："十二个。"

"又擘开那七个饼分给四千人，你们收拾的零碎装满了多少筐子呢？"

他们说："七个。"

耶稣说："你们还是不明白吗？"（可8：17—21）

从这段话中能听到耶稣对门徒信心不足乃至缺失的严厉批评。可见，求粮奇迹背后还寓有更深邃的主题，即信心的至关重要性，该主题在前两次叙事中不甚明晰，直到最后一次才显示清楚。

（3）呼应重复

"呼应重复"指圣经叙事文本中的"前呼后应"或"遥相呼应"现象，即前面提到某个命令、预言、规划或设想，后面相应地讲述它的实现、应验、结局或效果。最初也是最简洁明了的例子见于《创世记》卷首："上帝说：'要有光。'就有了光。""要有光"是呼，"就有了光"是应。对于这类重复，奥特论述道："就圣经叙事而言，从《创世记》开头到《历代志》结尾，始终都在解释上帝的语言——通常借助于人类语言——如何以比较模糊的方式变成了历史事实。因而这类重复在命令或预言之后往往紧跟着就讲述命令的实现，证实了一种对历史因果论的潜在看法；它导致一种核心的叙事观点：惟一上帝的公正权威要用语言自我表现。"[1]在福音书中，这类重复常以耶稣行施神迹的叙述表现出来，如称"耶稣斥责风，向海说：'住了吧！静了吧！'风就止住，大大地平静了"（可4：39）。又如耶稣使睚鲁的女儿复活之事：他"拉着孩子的手，对她说：'闺女，我吩咐你起来！'那闺女立时就起来行走。"（可5：41，42）

在《旧约》中，这类重复经常表现为先知预言及其应验。以利亚向亚哈和耶洗别宣告："狗在何处舔拿伯的血，也必在何处舔亚哈的血……狗在耶斯列的外廓，必吃耶洗别的肉。"这些预言后来都如期应验（王上21：19，24；22：34—38；王下9：33—35）。撒玛利亚城遭遇亚兰王便哈达围困之际，以利亚预言次日众民必得丰裕，第二天众人果然得到充足的粮食（王下7：1，

---

1　Robert Alter. *The Art of Biblical Narrative*. p.91.

16）。这类重复还有一些常见的变体，诸如"说梦与圆梦"、"讲述异象与解释异象"等。经过增补的《以斯帖记》开头是末底改的梦：雷轰地震，天下大乱，两条巨龙准备争斗；子民向上帝呼救，上帝使一条小泉里流出大河。结尾则是末底改对梦的解释："梦中的每个细节都已应验：小泉流成大河，这河便是以斯帖，她与国王结婚，当上了王后；两条龙代表哈曼和我。"围绕着异象的讲述和解释不胜枚举，尤其见于《以西结书》、《但以理书》和《撒迦利亚书》中。此外，世俗文学中常见的"首尾呼应"在圣经文本中也有体现，如《约伯记》的开头写约伯完全正直，家境殷实，结尾写他苦尽甘来，又得到加倍的财富。

圣经中最宏伟的前呼后应发生在《新约》与《旧约》之间。弗莱对此做过深入研究，称"《新约》和《旧约》成了面对面的两面镜子，彼此映照着对方……《新约》可以说是《旧约》的钥匙……《旧约》中的一切成为《新约》事件的先前模型或预兆"。[1]这方面的例子举目可见，仅以引用《诗篇》论述耶稣之处为证：《使徒行传》第13章33节述及耶稣的人子身份时引用了"你是我的儿子，我今日生你"，此语出自《诗篇》第2篇7节；《约翰福音》第13章18节述及耶稣被出卖时引用了"同我吃饭的人，用脚踢我"，此语出自《诗篇》第41篇9节；《马太福音》第21章42节述及耶稣被抛弃时引用了"匠人所弃的石头，已作了房角的头块石头"，此语出自《诗篇》第118篇22节；《以弗所书》第4章8节述及耶稣升天时引用了"他升上高天的时候，掳掠了仇敌"，此语出自《诗篇》第68篇18节。正是诸如此类的引用，以及更多的暗中化用，使《新约》成为《旧约》的复制品，亦使《新旧约全书》成为一个难解难分的整体。

福音书作者相信基督教起源于亚伯拉罕的古老传统，从亚伯拉罕到耶稣基督的宗教运动自始就已规划周全，其最高阶段乃是基督道成肉身，降生于世，实现上帝圣父的救赎计划，此事早已由古代先知反复陈明。正是为了论证基督教与《旧约》的内在关联，福音书才频频引录古代经典，尤其先知们的预言。就修辞艺术分析，这些引用成功地实现了叙述者的预期目的，将耶稣生平及其创建的基督教与《旧约》体现的古犹太传统天衣无缝地编织在一起。

（4）柏拉图式重复和尼采式重复

"柏拉图式重复"以"似非而是"为特征，强调变中的不变，"尼采式重

---

[1] 诺斯洛普·弗莱：《伟大的代码——圣经与文学》，第111—112页。

复"则以"似是而非"为特征,强调不变中的变。罗波安对北方百姓说:"我父亲使你们负重轭,我必使你们负更重的轭;我父亲用鞭子责打你们,我要用蝎子鞭责打你们。"(王上12:14)"重轭"与"更重的轭"、"鞭子"与"蝎子鞭"貌似不同,其实只是在程度或数量上有一定差异,而在性质上仍是一类,故属于柏拉图式重复。《新约》之于《旧约》则是尼采式重复:二者虽然确有种种表层和深层联系,却也有根本性差异——《旧约》是犹太神学载体,要求尊崇犹太民族的亚卫上帝,《新约》是基督教神学典籍,要求奉拜耶稣基督或三位一体上帝;《旧约》用摩西律法规范人的思想和行为,《新约》力倡"因信称义";《旧约》是犹太民族史、宗教史的记录,《新约》是初期基督教历史与文化的结晶。

(5)互文性重复

互文性理论综合吸纳了比较文学影响研究和跨学科研究的精华,主张任何单独文本都是许多其他文本的重新组合,"许多其他文本"可能指文学文本,也可能指历史、哲学、宗教、法律、政治、伦理、民俗、艺术乃至自然科学等其他学科的文本;可能指某些共时性文本,也可能指某些历时性文本。这种观念要求人们从事互文性重复的研究时,尽可能周全地观察文本生成的复杂条件,不仅注意它对相近学科文本的复制性质,也留心辨析它或许接受过的其他学科对它造成的影响;不仅关注它对同时代文本的复制,也考察它对以往文本可能发生过的模仿。

研究表明,《出埃及记》中的摩西故事就受到过多种外来影响,其中不少要素有所改造地复制了其他民族或学科的早期文本。弗洛伊德曾引用奥托·兰克(Otto Rank)的《英雄诞生的神话》,指出许多民族的古代英雄都有类似于摩西的奇妙诞生和早年经历,如阿卡得国王萨尔贡、巴比伦城邦王吉尔伽美什、波斯皇帝居鲁士、古罗马建国者罗姆洛斯、希腊神话英雄俄狄浦斯、帕里斯、忒勒福斯、珀耳修斯、赫拉克勒斯、安菲翁、罗马女神卡纳等。在萨尔贡传说中,他也如摩西一样秘密降生,被母亲"装在芦苇箱里,用沥青封好箱子,放入河水",后来被一个提水人阿克搭救,"当成他自己的儿子哺养成人"。[1]《出埃及记》在此文本之后形成,且摩西传说的相应内容与上述细节如出一辙,很可能汇有其中的文化因子。弗洛伊德还转述布雷斯特德(J.

---

[1] 弗洛伊德:《摩西与一神教》,李展开译,北京:生活·读书·新知三联书店,1989年,第5页。

B. Breasted)的考据,说"摩西"(Moses)一名源于埃及语,本义是"孩子",埃及有许多相仿的名字如"阿蒙摩西"(Amon-mose)、"普塔摩西"(Ptah-mose)等,意思分别是"阿蒙的孩子"、"普塔的孩子"。[1]关于以色列人中的异族男子在逾越节受了割礼(出12:44,48),据希罗多德研究,割礼起源于埃及。他说,埃西欧匹亚人、腓尼基人、叙利亚人、玛克涅斯人都是从埃及学到了割礼。[2]弗洛伊德也同意希罗多德的看法:"事实说明,涉及割礼起源的问题只有一种答案:它起源于埃及。'历史之父'希罗多德告诉我们,割礼风俗在埃及已经流传了很长时间,他的说法已经从对木乃伊做的检查和古墓壁画中得到了证实。"[3]

另据山本七平对赫梯皇帝与下属小国之君所立约法的研究,某些东方国家自古就有"宗主权条约",主要内容包括:(1)皇帝的自我介绍;(2)皇帝与过去历史的关系及其赐予下属的恩惠;(3)约法条款;(4)证人或证据;(5)对遵守纪法者的祝福和对违背约法者的咒诅。[4]《出埃及记》和《申命记》所载"十诫"似乎受到这种条约的影响,其开头也有最高当权者的自我介绍"我是亚卫,你的上帝",以及上帝与历史的关系及其赐予的恩惠:"曾将你从埃及地为奴之家领出来。"(出20:2;申5:6)随后便是各种约法条款。非但形式,据考证就连《出埃及记》中的一神论思想可能也受过古埃及宗教观念的影响,古埃及第18王朝的法老阿蒙霍特普四世(公元前1419—前1402年在位)曾推行废除多神崇拜,树立一神观念、独尊太阳神的宗教改革,那时与摩西的时代相去不远,阿蒙霍特普四世的观念可能潜在地成为摩西赖以复制的范本。古埃及的赞美诗称太阳神为"万物之主"、"万物的创造者"、"世界的主宰"、"创世之主"、"永生的缔造者"、"光之主",[5]这些说法与《旧约》对上帝的理解相当接近。

2. 重复与变化

毋庸置疑,叙事文本中的重复不可能只字不易地完全复制。不难想象,倘

---

1  弗洛伊德:《摩西与一神教》,第2页。
2  希罗多德:《历史》,王以铸译,北京:商务印书馆,1962年,第319页。
3  弗洛伊德:《摩西与一神教》,第20页。
4  山本七平:《圣经常识》,天津编译中心译,北京:东方出版社,1992年,第80页。
5  E·A·华理士·布奇:《埃及亡灵书》,罗尘译,北京:京华出版社,2001年,第244—245页。

若完全复制，新意义的生成就会失去必要的文字依托。事实上，所谓重复通常是指变化中的重复：前后关联的语句既局部重复，又程度不等地变化；这种变化造成差异，差异引出新的意义。此即古恩和弗威尔所说："假如意义主要依存于差异，辨析异同就是细读（close reading）的中心行为。重复造成大量变化的可能性，而变化又导致新的意义。重复首先引导读者形成虚假的期待，尔后通过突然的变化，导入某种成分而造成惊异。重复和变化能使事件、人物甚至全部文本达到平衡或对比，且使读者借助联想思考相同或差异的意义。"[1] 不可否认，文本中有时会出现前后语词完全相同的情况，但"即使作者重复使用一连串相同的字眼，它们的意义和功能也不能保留不变，因为上下文已经改变了。当这些字眼在发展线上移到另一个位置时，故事在同一时间已经有种种不同的发展"。[2]

重复中的变化有多种情况。依据变化程度的深浅不同，可分出柏拉图式重复和尼采式重复，其中前者变化较浅，摹本与范型的关系属"似非而是"；后者变化较深，二者的关系属"似是而非"。此外，有时变化表现为局部语词的替换，替换后的表述与其范型之间仍保持着同构形态，如参孙欺哄大利拉时第一次让她用"七条未干的青绳捆绑"，第二次让她用"没有使用过的新绳捆绑"，第三次让她将"（参孙的）七条发绺与纬线同织"（士16：7，11，13），除此细节各不相同外，三次欺哄的内容和结构基本一致，最后的结局也如出一辙。在另一种情况下，变化表现为摹本在其范型中增入某些新成分，以致情节的演变出现新局面。大卫晚年其子亚多尼雅谋窃王权，先知拿单和所罗门的母亲拔示巴协力挫败其阴谋，将所罗门扶上王位。事发之初拿单给拔示巴出主意，让去游说大卫王，对他说：

> 我主我王啊，你不曾向婢女起誓说，你儿子所罗门必接续我作王，坐在我的位上吗？现在亚多尼雅怎么作了王呢？（王上1：13）

但当拔示巴来到老态龙钟的大卫面前时，这句话的内容被大幅度扩充，变成：

> 我主啊，你曾向婢女指着亚卫你的神起誓说："你儿子所罗门必接续我作王，坐在我的位上。"现在亚多尼雅作王了，我主我王却不

第七章　修辞

---

1　David M. Gunn and Danna Nolan Fewell. *Narrative in the Hebrew Bible*. p.148.
2　福克尔曼：《圣经叙述文体导读》，第146页。

> 知道。他宰了许多牛羊、肥犊，请了王的众子和祭司亚比亚他，并元帅约押；惟独王的仆人所罗门他没有请。我主我王啊，以色列人的眼目都仰望你，等你晓谕他们，在我主我王之后谁坐你的位。若不然，到我主我王与列祖同睡以后，我和我儿子所罗门必算为罪人了。（王上1：17—21）

这句话首先在拿单所说大卫曾"向婢女起誓"中增入神名，改成"向婢女指着亚卫你的神起誓"，使誓言更显庄重；其次，又增入亚多尼雅谋权篡位的许多细节，用以激起大卫的愤怒。接着拿单进来，向大卫再次重述亚多尼雅企图篡权之事，说：

> 我主我王果然应许亚多尼雅说："你必接续我作王，坐在我的位上"吗？他今日下去，宰了许多牛羊、肥犊，请了王的众子和军长，并祭司亚比亚他，他们正在亚多尼雅面前吃喝，说："愿亚多尼雅王万岁！"惟独我，就是你的仆人和祭司撒督，耶何耶大的儿子比拿雅，并王的仆人所罗门，他都没有请。这事果然出乎我主我王吗？王却没有告诉仆人们，在我主我王之后，谁坐你的位。（王上1：24—27）

此语在基本上重复拔示巴之言的同时，又增入三点内容：（1）质问大卫是否应允过亚多尼雅，让他作王；（2）告诉大卫亚多尼雅的党徒们正在吃喝庆祝，欢呼"愿亚多尼雅王万岁！"（3）称亚多尼雅不但未请所罗门，而且怠慢了先知拿单、祭司撒督和比拿雅等国中要人。上述考察表明，拔示巴和拿单在重复前文之际都做出"添油加醋"的更改，正是这种更改触怒了大卫，使他向拔示巴起誓道：

> 我指着救我性命脱离一切苦难、永生的亚卫起誓。我既然指着亚卫以色列的上帝向你起誓说："你儿子所罗门必接续我作王，坐在我的王位上。"我今日就必照这话而行。（王上1：29，30）

这句话删去所有旁枝侧蔓，回到大卫对所罗门称王的基本承诺，也对拔示巴和拿单之言作出重要增补："我今日就必照这话而行。"正是这句增补导致随后情节的逆转，亚多尼雅的篡位阴谋被粉碎，所罗门成为继位之王。此例充分显示出重复中的变化笔法对于推动情节进展的叙事学意义。

3、重复的原因和功能

圣经文本中的一类重复是由"异文"造成的,"异文"指同一事件或论述的不同记载。《创世记》中有三段"称妻为妹"之事（12：10—19；20：2—18；26：6—11），彼此大同小异,即为异文。扫罗称王有两种说法,一是亚卫选中了他,指示撒母耳立他为王（撒上9：15—10：6）；二是民众要求立王,撒母耳起初不同意,后来屈从民意而请示亚卫,得到允准后以抽签之法立他为王（撒上8：4—22；10：17—24）。扫罗被废黜的原因也有二说,一谓他违命擅自献祭,二谓他违命未杀亚玛力王亚甲（撒上13：8—15；15：4—23）。至于扫罗如何认识了大卫,更有三说：（1）扫罗因受魔鬼的扰乱而烦躁不安,大卫被人推荐进宫为他弹琴逐魔,使之舒畅爽快（撒上17：14—23）；（2）以色列人遭遇非利士巨人歌利亚挑战时大卫主动应战,扫罗同意了他的要求（撒上17：31—37）；（3）大卫杀死歌利亚后提着他的头返回以色列营地,扫罗认识了他（撒上17：57,58）。论及异文的成因时张朝柯正确地指出,圣经文本源于口头文学,不像文字记录和出版的作品那样具有相当的稳定性,"由于自然景物、生活环境、社会生活、突发事件不同,就产生了异文变体,改变了原来作品的面目"。[1]

虽然异文并非修辞性重复,不是作者为了更有效地叙述、抒情、描写或议论而有意为之,它的成因对于理解修辞性重复的起源仍有某种启迪意义。异文和修辞性重复的共同背景是民间口头文学,而"民间口头文学创作经过长期口耳相传的过程,形成了世世代代袭用的比较固定的艺术手法和格式,相同的词语、相似的句式、相仿的段落,以及惯用的迭词和不变的套语,反复出现在作品中。这一传统的形式特征,对着重表现思想感情、加深理解作品内容、突出描写对象的特点、增强欣赏者及创作者的记忆并强化艺术效果,都具有重要作用"。[2]亦如朱维之先生所言："典型的民间形式,和荷马史诗一样不避重复……在约瑟的史诗中,雅各在《创世记》第42章里表示不愿让便雅悯被带到埃及去,说了'要我白发苍苍、悲悲惨惨地进坟墓'的话；在第44章约瑟要留下便雅悯时,兄弟们又把雅各的话一字不差地重复一遍。这是民间口头文学的特

---

[1] 张朝柯：《圣经与希伯来民间文学》,北京：东方出版社,2004年,第109—111页。
[2] 张朝柯：《圣经与希伯来民间文学》,第111页。

点，有些在书面上不必重复的原话，在口头上却有必要重复一遍，这是为了听众能加深印象。"[1]阅读书面作品时，前面的内容遗忘了，可以翻回来重读；电影导演为了强调以往的某个情节，可以一遍遍地回放，这种"重读"和"回放"所具备的功能就是借助重复使读者或观众加深印象。民间口头文学由于难以"重读"或"回放"，遇到重要内容时便只能"重述"，即重复地讲述。

考察各民族远古文学成长的历史，一般都是先有诗歌，后有散文，散文在诗歌创作的基础上衍生开来。古犹太人的文学也不例外，他们最初的创作也是诗歌，确切地说，是一种以平行体为显著特征，各种重复笔法时有所见的民族诗歌，这种诗歌对其日后的散文叙事产生了深远影响。自从罗伯特·洛斯（Robert Lowth）在《希伯来圣诗讲演集》（1753）中对平行体进行深入探讨之后，世人对希伯来诗歌的文体特征逐渐形成明晰认识，得知这批古诗的基本体裁是平行体，包括同义平行、反义平行、综合平行等；在一个平行体对句中，前后两行的语词往往构成重复、对照、递进或补充关系。除了平行体本身的重复意味，重复在希伯来诗歌中还有其他表现，张朝柯将其分为"开头和结尾的重复"、"全诗中间的重复"、"语词略有变化的重复"和"相同语句的不断重复"。至于重复手法在诗歌里的功能，一如张朝柯所说，它"对于更突出地表现主题、更充分地抒发感情、更有力地激起共鸣，都发挥了重要作用；同时也可以增强理解，便于记忆，使语音和谐、韵律铿锵，富有音乐性，产生更大的艺术魅力"。[2]圣经的叙事散文既然承袭诗歌传统发展起来，难免受其影响而出现类似于平行体对句的重复叙述，如："神就照着自己的形象造人，乃是照着他的形象造男造女。"（创1：27）又如亚卫对该隐的质问："你为什么发怒呢？你为什么变了脸色呢？"（创4：6）

重复还有助于强化主题，揭示相关情节的承续性，造成更为强烈的表意效果。《路得记》7次重复"摩押女子"，是为了更有效地赞美不同民族之间的友好往来，说明异族联姻并非坏事。该书形成时期以色列人的宗教领袖为净化民族信仰而禁止与异族通婚，《路得记》的作者不赞成这种狭隘民族主义意识，乃精心塑造了摩押女子路得的美好形象，称她两次嫁给犹太人，第二次出嫁后竟成为大卫的曾祖母。摩押族虽是与以色列为敌的异族之一，却养育了忠

---

1 朱维之：《圣经文学十二讲》，北京：人民文学出版社，1989，第150—151页。
2 张朝柯：《圣经与希伯来民间文学》，第332—333页。

贞贤淑、备受赞誉的路得。既然异族女子的后代能成为以色列的伟大君王，与异族通婚又有何害？作者反复强调路得的"摩押女子"身份，正是为了更好地表述其开放型的民族观。至于重复在相关情节中的穿针引线作用，下面两段话中有清楚的显示。摩西晚年对约书亚说：

> 你当刚强壮胆，因为你要和这百姓一同进入亚卫向他们列祖起誓应许所赐之地，你也要使他们承受那地为业。亚卫必在你前面行，他必与你同在，必不撇下你，也不丢弃你。（申31：7，8）

随后，在约书亚成为以色列的领袖之初，亚卫勉励他道：

> 我怎样与摩西同在，也必照样与你同在，我必不撇下你，也不丢弃你。你当刚强壮胆！因为你必使这百姓承受那地为业，就是我向他们列祖起誓应许赐给他们的地。（书1：5，6）

前后比较，可看出二者的语义几乎完全重复，显著的差异只有一处：《申命记》中的"亚卫必在你前面行，他必与你同在"被替换成了《约书亚记》中的"我怎样与摩西同在，也必照样与你同在"。二者的重复说明约书亚和摩西被赋予了共同的使命，均须在亚卫指引下带领以色列人承受迦南之地为业；重复中的差异则告诉读者，约书亚是摩西的继承者，二人的事业是前后相承的。

# 余论
# 圣经叙事批评的反思和展望

本书对圣经叙事艺术的研究兼而采用了传统方法和现代方法，现代方法特指由现代叙事学提供的观察视野和分析思路而展开的研究方法。如前所述，现代叙事学的诞生以1966年第8期《交际》杂志在巴黎出版为标志，从那时起，这门新兴学科已走过将近50年的发展历程。其间20世纪七八十年代是第一阶段，"经典叙事学"臻于鼎盛，热奈特、普林斯、查特曼等人为之建构基本的理论体系。90年代以后一批学者表现出新兴学术导向，不仅关注文本自身，也研究文本与作者、读者、历史文化语境之间的相互关系和交互作用；不但探讨诗学原理，还热衷于深入分析具体的叙事作品，其学术倾向被称为"后经典叙事学"。本书讨论的"圣经叙事批评"即在"经典叙事学"的理论陶冶下成长起来，亦于七八十年代取得显著成就。奥特、伊弗拉特、罗斯、斯腾伯格、帕林、坡威尔等叙事学研究者一改历史考据学的传统观念，将圣经中的叙事性作品理解为"艺术"，主张其首先具有"诗性"而非历史文献属性，学者的着眼点应当是文本自身，是故事世界赖以建构的文学技巧，而非文本以外的种种历史性元素。进行叙事批评的第一步是将历史记载转换成故事，一如帕林所言："《创世记》中的亚伯拉罕不是一个真实人物，就像图画上的苹果不是真正的水果。这样说并非判断历史上曾否有亚伯拉罕存在，就像论述苹果是否存在一样；只是说明我们不该将历史人物与故事中呈现的形象混为一谈。"[1]论及叙事批评的特质时，斯腾伯格称叙事为"功能性的结构，为达到沟通目的而采用的方法，是叙事者与听众之间的交流；叙事者要透过一些安排来产生某种效果"。[2]所谓"叙事者要透过一些安排来产生某种效果"，大体是说真实作者要借助隐含作者、叙述者、受述者和隐含读者将信息传递给真实读者，并通过

---

1 Adele Berlin. *Poetics and Interpretation of Biblical Narrative.* Sheffield: Almond, 1983, p.13.
2 Meir Sternberg. *The Poetics of Biblical Narrative: Ideological Literature and the Drama of Reading.* Bloomington: Indiana University Press, 1985, p.1.

对人物、情节、时间、背景的精心处理，运用适当的聚焦手段和行之有效的修辞技巧，实现最佳的信息传递效果。较之以往的圣经研究方法，这种批评范式令人耳目一新，显示出多方面的学术优长。

首先，叙事批评专注于圣经文本自身，在历史背景不确定的情况下为分析文本提供了重要的学术视角。这种方法的迷人魅力在于它以文本为中心，寻求以其自身的语词——而非来自其他渠道的资料——去理解圣经。在某种程度上，它实现了一批圣经学者的愿望：以较少时间观察圣经外围之事，而以更多精力研究圣经本身。以往两个世纪人们对圣经卷籍的资料来源、著述者、成书时间和地点、文体样式、编纂过程等进行了殚精竭虑的考辨，得出种种富有启发性的结论，然而学者们彼此一致的见解并不多见。叙事批评的长处在于，它能使研究者暂时无视那些悬而未决的问题，而从文本的诗学或艺术层面发现隐含作者所要传达的信息。例如对于众说纷纭的同观福音问题，是马可在先，马太和路加从《马可福音》中取材；还是马太和路加在先，《马可福音》是它们的缩写本？编修批评家开始其研究时必须首先预设一种解决方案，但叙事学者则不会遇到类似的麻烦，因为在他们的视野中，无论马太、马可还是路加的福音书都是一个完整的文学天地，不依赖他者而独立存在。资料来源批评家和形式批评家皆瞩目于构成最终文本的局部篇章，认为对最终文本进行分割和重组能恢复圣经成书的历史经过；叙事学者则无意于分辨各种类型或时期的片断传说，而主张按照所有段落的现存顺序进行完整的阅读。他们把大部分精力用于对文本的阅读和再阅读，所思考的是特定对象在文本自身的上下文或故事背景中有何意义，以及叙事者如何揭示出了那些意义。

其次，叙事批评有助于圣经研究进入可与学术界自由对话的领域，还有利于缩小专家与普通读者之间的距离。由于研究者运用在文学界普遍适用的叙事学理论解读圣经，其成果得以被各种读者心悦诚服地接受，圣经研究也因而获得更重要的学术地位。事实上，许多信奉基督教的学者在一般性文学期刊上发表了文章，而自称无意追随任何宗教的专家教授也对圣经叙事批评产生兴趣，出版了研究论文和专著。圣经源于古代犹太人和初期基督徒的日常经验，本来就是平民大众的读物，但后世解经家却有意无意地将其阐释得玄而又玄，历史考据学者也倾向于认为阅读圣经是研究者的专利。他们似乎觉得，如果缺乏高深的学问，不具备关于圣经起源和编纂的专门知识，就无法正确地理解它。叙事学则另辟蹊径，寻求从隐含读者的视角理解文本，而隐含读者是内在于文本的理想化读者，即便对文本的起源和编纂过程一无所知，也能按照隐含作者所期待的方式对特定内容及其意义做出反应。事实上，叙事学者在不少情况下对圣经的见解与普通读者的理解十分接近，这被汉斯·弗雷称为学术研究向圣经本身之"平易感"（the plain sense）的复归。[1] 当然，这样说并不意味着后世读者的目光总能与圣经隐含作者的目光相重叠，比如《马太福音》第10章24节称"学生不能高过先生，仆人不能高过主人"，语中流露的因循守旧观念就难以被现代读者所接受。其实随着时过境迁，今人日益远离圣经形成时代的文化，包括叙事批评在内的圣经学术研究恰恰焕发出强劲的生命力，为读者客观全面准确地把握圣经所需要。

第三，叙事批评从故事层面释读圣经，有助于协调各类读者对文本的不同见解。它无意于追索圣经形成前可能遭遇过的复杂多样的成书经历，而将目光锁定于唯一的最终文本，这种方法对那些遭到历史考据学挑战的人尤其具有吸引力。历史考据学固然为各种信仰社团提供了不计其数的研究成果，它所遵循的历史原则和体现社团至高利益的信仰之间却始终存在程度不等的张力。阿兰·库普柏指出："史学研究需要怀疑主义，它最后所提供的仅仅是多少有些可能性的证据之重组。"[2] 怀疑主义是一种远离既定信仰的声音，而圣经的叙事性作品是在信仰的引导下写成的，必然希望人们也在信仰的引导下阅读。由于叙事批评高度尊重故事本身的意义逻辑，它所得出的结论必然以信仰的原则为立足点和出发点，这就为持不同见解的基督徒读者找到共同的阅读基础。另一方面，它也将非基督徒读者带进一个信仰的天地，以隐含读者所限定的信徒目光鉴赏诸如上帝创世造人、摩西降十灾惩罚法老、耶稣行施神迹之类的奇妙描写，因为无论持何种信仰的读者，只有自然而然地融入故事之中，完全认同隐含读者的理解，才能真正领悟故事的诗意。试想某人阅读女娲补天、嫦娥奔月、孙悟空大闹天宫一类故事时，倘若首先怀疑它们"不科学"，是"胡编滥造"，还能品味到其中的艺术美吗？

第四，叙事批评能使圣经故事释放出陶冶情操乃至改造社会的固有力量。现代学者已愈益深刻地认识到叙事活动所拥有的约束人、塑造人、改造人生和

---

[1] Kathryn E. Tanner. "Theology and the Plain Sense", in Garret Green, *Scriptural Authority and Narrative Interpretation*. Philadelphia: Fortress Press, 1987, pp.59—78.

[2] Alan Culpepper. "Story and History in the Gospels", *Review and Expositor* 81 (1984): 473.

世界的巨大能量。从某种意义上说,人类文化的积淀乃是借助以语言为媒介的叙事活动实现的,而人类天性中原本就潜伏着一种"叙述品质"(narrative quality)。[1]那些脍炙人口的故事往往具有激动人心的力量,原因在于它们含有"生活的样式"(the shape of life),[2]是对生活原型的浓缩和升华。圣经故事凝聚了一个奇异民族的历史生活,这个传由神秘力量命名为"以色列"(创32:28)的弱小民族相信自己是天地间唯一上帝的选民,他们凭借着独特的宗教信仰,不但克服千难万险,在一个大国林立的世界中生存下来,而且为人类文化做出有口皆碑的卓越贡献。由这个民族孕育的基督教延续了以色列人的奇迹,不仅赤手空拳地击败装备精良的罗马军团,征服西方古典文化而成为罗马帝国的国教,还逐渐发展成迄今信徒最众的世界性宗教。古代以色列人和初期基督徒的喜怒哀乐、企盼追求、沉思冥想及其凝聚的文明精华无不生动形象地体现在圣经故事中,这使圣经叙事批评在揭示其中蕴涵的人生哲学和社会经验,实现圣经的认识、教育和审美价值方面显示出特殊的重要性。

第五,叙事批评还能为"纯美学"性质的圣经文学研究提供切实可行的操作范式。朱维之先生在发表于1986年的《希伯来文学研究的新途径》中说:

> 一个世纪以来,欧、美、日本的希伯来文学研究以大学的神学院为大本营;他们的目的,首先是要弄清希伯来宗教的源流、本质和发掘的历史,文学不过是表现宗教意识的手段。我们现在研究的新课题,却是世界文学史的一个部门。我们大学中的文学系有"世界文学"或"外国文学"这门课,"希伯来文学"就是其中的一章。我们的目的是要弄清世界文学中这一部分的发生、发展、特质和影响,赏析它们的艺术特点。过去一个世纪中,也有人走这一条路,但是被排斥了,说是纯美学的观点,是他们务要避免的路。我们现在所要踏上的新途径正接近这条不可避免的路。[3]

这番话是在中国改革开放后不久写下的,那时希伯来文学刚刚走出禁区,成为

---

1　Mark Allan Powell. *What Is Narrative Criticism?* Minneapolis: Fortress Press, 1990, p.80
2　Lonnie Kliever. *The Shattered Spectrum: A Survey of Contemporary Theology.* Atlanta: John Knox Press, 1981, p.156.
3　朱维之:《希伯来文学研究的新途径》,载《外国文学研究的新发展》,南京:南京大学出版社,1986年,第6页。

大学课堂上和学者书房里的论述专题。朱维之先生主张在"外国文学"的脉络中研究希伯来文学,重在赏析其艺术特点,今天看来,圣经叙事批评便是实现该目的的通道之一,它从审美角度观照圣经故事的世界,玩味其中诸要素的性质、相互关系及其内含的意义,一般不涉及其他外在因素,也无意于求索字面以下的隐喻或神秘意义。当然,今天的研究不仅可以诉诸叙事批评,也可以借鉴所有其他行之有效的理论和方法;不仅应瞩目于圣经的形式美,还应全面开掘其各方面的精神文化资源。

如同圣经研究领域流行的其他新潮理论一样,叙事批评在得到种种肯定的同时也难免遇到某些非议。比如,认为叙事学者把摩西五经和福音书当成连贯的故事,而实际上它们本是零散材料的组合;认为叙事学者在强调文本是有机联系的整体之际,把一些确属异质的成分也不加分析地糅合在了一起;认为叙事学者带有"非历史化"的倾向,使圣经"被逐出原来停泊的港口,漂浮在现代相对论的海洋中";[1]批评他们企图把得自现代文学研究的概念强加于古代作品,试图用研究虚构小说的方法解释具有历史意义的经卷;指责他们忽略了圣经的资料功能,以致削弱了经卷的历史见证价值;宣称他们忽视初期基督教会对圣经的理解,其理论与犹太教和基督教神学缺乏合理的内在联系,等等。[2]这些非议的正误得失另当别论,需要指出的是,透过这些负面议论,圣经叙事批评的理论特征反而更趋明晰:它把原始资料或许千差万别的经卷当作其内在诸要素有机联系的完整故事;它无视圣经形成的历史过程、圣经的资料功能或历史见证价值,以及犹太教和基督教的神学诠释传统;它的概念和方法来自世俗文学尤其虚构小说研究领域。

参照90年代经典叙事学向后经典叙事学转型期间的理论动向,对圣经叙事批评的整体走向可尝试做出某些评估。据申丹研究,自80年代初期起西方一批小说学者将注意力转向意识形态研究,转向文本外的社会历史环境,将作品视为一种政治现象,在这种氛围中叙事学出现与政治批评和文化批评合流的倾向。但90年代中期以后,越来越多的叙事学者"再度重视对叙事形式和结构

---

[1] 格兰·奥斯邦:《基督教释经学手册》,刘良淑译,台北:校园书房出版社,1999年,第224页。

[2] 参见格兰·奥斯邦:《基督教释经学手册》,第224—229页;Mark Allan Powell, *What Is Narrative Criticism?* pp.91—98.

的研究，认为小说的形式审美研究和小说与社会历史环境之间关系的研究不应当互相排斥，而应当互为补充"，这导致叙事理论研究的复兴，表现出三个特点：其一，分析文本时转为注重读者和社会历史语境的作用；其二，重新审视或解构经典叙事学的一些理论概念；其三，注重跨学科研究，有意识地从其他派别吸取有益的理论概念、批评视角和分析模式，以求扩展研究范畴，克服自身的局限性。[1]反思七八十年代的圣经叙事批评，不可否认，叙事学者在专注于圣经文本的形式审美要素之际，或多或少地忽略了意识形态角度的分析，对拓宽视野汲取其他派别之长、从事跨学科研究也关注得不够。

文学作为社会的意识形态之一，与意识形态的其他部门（政治、法律、哲学、宗教、道德等）始终保持着水乳交融的联系，这要求学者即便进行文学内在要素的研究，也不能无视其他意识形态对文学的潜在作用。马克思和恩格斯在《德意志意识形态》中强调意识形态属于观念的上层建筑，是社会生活反映在人们头脑中的产物。20世纪的语言学家不仅研究语言自身的规律，还探讨语言与社会、文化、意识形态的关系，提出"观念在社会中是以话语、表达方式、言说或书写的文字来传播的，因此从某个方面和某种程度上说，研究意识形态就是研究社会中的语言"。[2]既然研究意识形态离不开研究语言，从事以现代语言学理论为基础的叙事批评必然涉及意识形态研究；就圣经叙事批评而言，尤其涉及对古代犹太教、基督教神学观念的研究。事实上，圣经故事之所以采用某些特定的结构模式，往往是因为作者要更好地传达神学教义。士师们的故事出现在一个大同小异的叙事框架中，作者藉其展示出"犯罪—受罚—呼求—得救"的历史观。申命派史家在摩西、约书亚、士师们、联合王国和分国时期的开端和结尾一再写下类似的套语，意在表明以色列人守约就能得福，违命则要遭罚，直至国破家亡，沦为异族的阶下囚（详见本书第四章第二节）。圣经在性格塑造和人物关系处理方面常有二元对立特征，这也与犹太教及基督教的宗教思维模式相关联（详见第三章第二节）。对这种现象，米克·巴尔的见解富有启发性："认为只有文本的评论部分才传播意识形态的观点可能幼稚可笑。文本的描写和叙述部分可能同样交流意识形态，只是传播的方式不同罢

---

[1] 申丹：《新叙事理论译丛·总序》，载詹姆斯·费伦：《作为修辞的叙事：技巧、读者、伦理、意识形态》，陈永国译，北京：北京大学出版社，2002年，第1—2页。
[2] John B. Thompson. *Studies in the Theory of Ideology.* Cambridge: Polity Press, 1984, p.2.

了。话语形式……本身就有意识形态的含义。"[1]

七八十年代的圣经叙事批评整体上对意识形态问题关注不够，但也有例外，典范一例是斯腾伯格的《圣经叙事诗学：意识形态文学和阅读的戏剧性》。该书强调圣经首先是一部意识形态著作，忽略了这一点而企图对它进行"纯文学"讨论，随时都可能得出简单武断的结论。斯腾伯格以《撒母耳记上》所载扫罗被废黜之事为例，详尽地论述了作者的宗教观念如何体现在叙事过程和叙述行为之中。[2]研究表明，叙事具有"审美意识形态"的特殊本质，从内容上看，"任何叙事都是对现实世界的某种意识形态化了的解释"；从方式上看，"一定的叙事写作方式形成一定的写作风格，而种种风格背后的制约要素之一就是意识形态"。[3]联系圣经文本，稍加观察即可发现，它的宏观构思显示了犹太教和基督教的历史观念，它的人物则带有类型化特征，是其人学意念的艺术符码。更多地注意到圣经文本的意识形态性质有助于叙事批评的深入，笔者相信，未来的叙事艺术研究必将在这里找到一个向纵深发展的突破口，当然前提是持守形式与审美研究的本体论，避免叙事批评蜕变成庸俗社会学、机械历史学和简单政治批评的可能性。

笔者同时相信，圣经叙事批评的深入发展还将与其他批评范式的发展同步进行，与它们兼存并荣，共同推动圣经研究的繁荣兴盛。现代学术的进步日益呼唤宽容的心态和开放的局面，呼唤多种理论和批评模式多元并存，相依互补。其实任何一种曾经蔚成风气的批评理论都有其流行的理由，而相对于它的学术优长，也都有自身的薄弱环节和局限性。模仿型理论有助于揭示文学与外部世界的关系，但缺乏对作者、读者和文本的关注；表现型理论充分注意到作者意图及其情感状态在创作过程中的地位，对外部世界、读者和文本则注意不够；实用型理论强调了读者或观众对文学活动的参与及制约作用，却有失对外部世界、作者和文本的足够重视；最后，客观型理论着眼于文本的内部剖析，又不免在某种程度上割裂文本与外部世界、作者和读者的关联性（参见第一章第三节）。

---

1　Mieke Bal. *Narratology: Introduction to the Theory of Narrative.* Toronto: University of Toronto Press, 1985, p.129.

2　Meir Sternberg. *The Poetics of Biblical Narrative: Ideological Literature and the Drama of Reading.* pp.482—505.

3　童庆柄主编：《文学理论教程》，北京：高等教育出版社，1998年，第229—300页。

作为一种兼具某些实用型理论要素的客观型批评范式，圣经叙事批评的学术优长和缺陷互为彼此存在的前提。它之所以能在文本的世界里纵横驰骋，寻幽探奥，发现一幕幕别有洞天的迷人景色，是因付出了牺牲关注历史和作者等等对象的学术代价。它的缺失有待于其他理论的优长予以弥补，比如，有待于历史考据学揭示文本形成前的资料来源、形式特征、编修过程和编修者的神学观念；有待于阐释学为理解意义提供本体论、认识论和方法论的哲学支撑；有待于社会学探讨文本与其赖以生成的社会背景之间的复杂关系；有待于读者反映批评描述阅读接受活动的能动性及其对意义产生的制约性；有待于修辞学提供研究论说形式和效果的思维和操作方式；有待于原型批评运用现代心理学透视叙述意象的深度构成；有待于解构主义破除陈旧的结构观念而引领一种更具灵活性的圣经释读；有待于女性主义提供诠释圣经的女性文化视角；还有待于后殖民主义着眼于前殖民统治者和被殖民者的现代政治、经济、文化处境，提供一种特别为发展中国家读者所推崇和运用的研经视野。

圣经是一座蕴蓄着多种文化资源的矿山，对它的开采需要全方位多途径地进行。叙事批评只是其中一种途径，它并不排斥更不企图取代其他途径。如同其他各种拥有学术生命力的批评理论，它的理论体系亦有待于继续充实发展，从而更具科学性和实用性。可以认为，在与其他批评理论联袂完成引导读者全面深入理解圣经的历史使命过程中，圣经叙事批评本身亦将日益成熟，不断趋于完善。

# 主要参考书目
（按首字母音序排列）

Abrams, M. H. *A Glossary of Literary Terms.* 4th ed. New York: Holt, Rhinehart and Winston, 1981.

Alter, Robert and Kermode, Frank. *The Literary Guide to the Bible.* Cambridge: Belknap Press, 1987.

Alter, Robert. *The Art of Biblical Narrative.* New York: Basic Books, 1981.

Aristotle, *The Rhetoric.* trans. John Henry Freese, Cambridge: Harvard University Press, 1926.

Auerbach, Erich. *Mimesis: Representation of Reality in Western Literature.* New York: Doubleday and Co., 1957.

Baird, A. Craig. *Rhetoric: A Philosophical Inquiry.* New York: Ronald Press Co., 1965.

Bal, Mieke. *Narratology: Introduction to the Theory of Narrative.* Toronto: University of Toronto Press, 1985.

Bar-Efrat, Shimon. *Narrative Art in the Bible.* First pub. by Sifriat Poalim (Tel Aviv) in Hebrew, 1979, trans. by Dorothea Shefer-Vanson. Sheffield: Almond Press, 1989.

Barthes, Roland. *Untying the Text: A Poststructuralist Reader.* London: Methuen, 1981.

Bauer, David R. *The Structure of Matthew's Gospel: A Study in Literary Design.* Sheffield: Almond Press, 1988.

Beardslee, William A. *Literary Criticism and the New Testament.* Philadelphia: Fortress Press, 1969.

Berlin, Adele. *Poetics and Interpretation of Biblical Narrative.* Sheffield: Almond Press, 1983.

Betz, H. D. *Galatians: A Commentary on Paul's Letter to the Churches in Galatia.* Philadelphia: Fortress Press, 1979.

Brooks, C. and Warren, R. P. *The Scope of Fiction.* New York: Crofts, 1960.

Brueggemann, Walter. *A Social Reading of the Old Testament: Prophetic Approaches to Israel's Communal Life* .ed. by Patrick D. Miller, Minneapolis: Augsburg Fortress, 1994.

Caws, Peter. *Structuralism: The Art of the Intelligible.* New Jersey and London: Humanities Press, 1988.

Charlesworth, J. H. ed.. *The Old Testament Pseudepigrapha.* New York: Doubleday Press, 1983.

Chatman, Seymour. *Story and Discourse: Narrative Structrue in Fiction and Film.* Ithaca and London: Cornell University Press, 1978.

Corbett, Edward P. J. *Classical Rhetoric for the Modern Student*. New York: Oxford University Press, 1965.

Culler, J. *Structurlist Poetics*. London: Rortledge, 1975.

Culpepper, R. A. *Anatomy of the Fourth Gospel: A Study in Literary Design*. Philadelphia: Fortress Press, 1983.

Darr, J. A. *Paradigms of Perception: The Reader and the Characters of Luke-Acts*. Louisville: John Knox Press, 1994.

Dibelius, M. *From Tradition to the Gospel*. New York: Scribner's Press, 1935.

Elliot, John H. *What Is Social-Scientific Criticism?* Minneapolis: Augsburg Fortress, 1993.

Else, G. F. *Plato and Aristotle on Poetics*. Chapel Hill: University of North Corolina Press, 1986.

Fishbane, Micheal. *Text and Texture*. New York: Basic Books, 1979.

Fokkelman, J. P. *Narrative Art and Poetry in the Books of Samuel: A Full Interpretation Based on Stylistic and Structural Analysis*. 2vols. Assen: Van Gorcum, 1981.

Fokkelman, J. P. *Narrative Art in Genesis*. Jerusalem: Assen Press, 1975.

Forster, E. M. *Aspects of the Novel*. Harmondsworth: Penguin, reprinted 1986.

Fowler, R. M. *Let the Reader Understand: Reader-Response Criticism and the Gospel of Mark*. Minneapolis: Fortress Press, 1991.

Frei, Hans W. *The Eclipse of Biblical Narrative: A Study in Eighteenth and Nineteenth Century Hermeneutics*. New Haven, CT: Yale University Press, 1974.

Frye, Northrop. *Anatomy of Criticism*. London: Penguin Books, 1990.

Fryene, S. *Galilee, Jesus, and the Gospels: Literary Approaches and Historical Investigations*. Philadelphia: Fortress Press, 1988.

Gabel, J. B. and Wheeler, C.B. *The Bible as Literature: An Introduction*. New York: Oxford University Press, 1986.

Gottwald, Norman K. *The Hebrew Bible: A Socio-literary Introduction*. Philadelphia: Fortress Press, 1985.

Gunn, David M. and Fewell, Danna Nolan. *Narrative in the Hebrew Bible*. New York: Oxford University Press, 1993.

Hill, John S. "Samson", in *A Dictionary of Biblical Tradition in English Literature*. Michigan: William B. Eerdmans Publishing Company, 1992.

Holman, C. Hugh and Harmen, William. *A Handbook to Literature*. New York and London: Macmillan Publishing Company, 1992.

J. Hillis Miller. *Fiction and Repetition*. Oxford: Basil Blackwell, 1982, p.6.

Kawin, Bruce F. *Telling It Again and Again: Repetition in Literature and Film*. Ithaca, 1972.

Kennedy, George A. *The Art of Persuasion in Greece*. Princeton: Princeton University Press, 1963.

Kennedy, George A. *The Art of Rhetoric in the Roman World, 300 B.C.—A.D. 300*. Princeton: Princeton University Press, 1972.

Kingsbury, Jack D. *Matthew As Story*. Philadelphia: Fortress Press, 1988.

Kingsbury, Jack D. *The Christology of Mark's Gospel*. Philadelphia: Fortress Press, 1983.

Kliever, Lonnie. *The Shattered Spectrum: A Survey of Contemporary Theology*. Atlanta: John Knox Press, 1981.

Krentz, Edgar. *The Historical Critical Method*. Philadelphia: Fortress Press, 1975.

Kristeva, Julia. *Desire in Language*. Oxford: Blackwell, 1980.

Kuist, Howard. *How to Enjoy the Bible*. Richmond: John Knox Press, 1939.

Kuist, Howard. *These Words Upon Thy Heart: Scripture and the Christian Response*. Richmond: John Knox Press, 1947.

Kummel, W. G. *The New Testament: The History of the Investigation of Its Problems*. Abingdon, 1972.

Kurz, W. S. *Reading Luke-Acts: Dynamics of Biblical Narrative*. Louisville: Westminster, 1993.

Leach, Edmund. *Genesis as Myth and Other Essays*. London: Jonathan Cape, 1969.

Leibovitz, N. *How to Read a Chapter of the Bible*. Jerusalem: Nefesh Weshir Press, 1953.

Levi-Strauss, Claude. *Structural Anthropology*. Garden City, New York: Doubleday Anchor Books, 1968.

Lodge, David. *Language of Fiction*. Routledge: Kegan Paul Ltd. 1966.

Lubbock, Pency. *The Craft of Fiction*. London: Jonathan Cape, 1966.

Malbon, E. S. *Narrative Space and Mythic Meaning in Mark*. San Francisco: Harper & Row, 1986.

Mckenzie, S. L. and Haynes, S. R. ed. *To Each Its Own Meaning: An Introduction to Biblical Criticism and Their Application*. Louisville: Westminster John Knox Press, 1999.

Metz, Christian. *Film Language: A Semiotics of Cinema*. New York: Pantheon Books, 1974.

Muilenburg, James. "Form Criticism and Beyond", *Journal of Biblical Literature* 88 (1968): 1—18.

Noble, David. *An Examination of the Structure of St. Mark's Gospel*. Edinburgh University Press, 1972.

Patte, Daniel and Patte, Aline. *Structural Exegesis: From Theory to Practice*. Philadelphia: Fortress Press, 1978.

Patte, Daniel. *What is Structural Exegesis?* Philadelphia: Fortress Press, 1976.

Perrin, Norman. *Want is Redaction Criticism? Guides to Biblical Scholarship*. New Testament Series. Philadelphia: Fortress Press, 1969.

Perrine, Lawrence. *Story and Structrue*. New York: Harcourt Brace Jovanovich, 1974.

Peterson, Norman R. *Literary Criticism for New Testament Critics*. Philadelphia: Fortress Press, 1978.

Powell, Mark Allan. *What Is Narrative Criticism?* Minneapolis: Fortress Press, 1990.

Prince, G. *A Dictionary of Narratology.* Lincoln: University of Nebraska Press, 1988.

Richards, I.A. *The Philosophy of Rhetoric*. New York: Oxford University Press, 1936.

Rhoads, David and Michie, Donald. *Mark As Story: An Introduction to the Narrative of a Gospel.* Philadelphia: Fortress Press, 1982.

Rimmon-Kenan, Shlomith. *Narrative Fiction: Contemporary Poetics.* London: Metheuen, 1983.

Sternberg, Meir. *The Poetics of Biblical Narrative: Ideological Literature and the Drama of Reading.* Bloomington: Indiana University Press, 1985.

Tannehill, R. *The Sword of His Mouth: Forceful and Imaginative Language in Synoptic Sayings.* Missoula, Mont.: Scholars Press, 1975.

Tannehill, Robert C. *The Narrative Unity of Luke-Acts: A Literary Interpretation*. Philadelphia: Fortress Press, 1986.

Thompson, John B. *Studies in the Theory of Ideology.* Cambridge: Polity Press, 1984.

Tolmie, D. F. *Narratology and Biblical Narratives: A Practical Guide.* San Francisco: International Scholars Publications, 1999.

Uspensky, Boris. *A Poetics of Composition: The Structure of the Artistic Text and Typology of Compositional Form.* Berkeley and Los Angeles: University of California Press, 1973.

Via, Dan. *The Ethics of Mark's Gospel in the Middle of Time.* Philadelphia: Fortress Press, 1985.

Wilson, Robert R. *Sociological Approaches to the Old Testament.* Philadelphia: Fortress Press, 1984.

阿巴·埃班：《犹太史》，阎瑞松译，北京：中国社会科学出版社，1986年。

A·J·格雷马斯：《结构语义学：方法研究》，吴泓缈译，北京：生活·读书·新知三联书店，1999年。

埃里希·奥尔巴赫：《摹仿论——西方文学中所描绘的现实》，吴麟绶等译，天津：百花文艺出版社，2002年。

爱伯哈德：《中国文化象征词典》，陈建宪译，长沙：湖南文艺出版社，1990年。

爱克曼辑录：《歌德谈话录》，朱光潜译，北京：人民文学出版社，1978年。

奥古斯丁：《忏悔录》，周士良译，北京：商务印书馆，1989年。

巴赫金：《小说理论》，白春仁等译，石家庄：河北教育出版社，1998年。

白云晓编译：《圣经人名词典》，北京：中央编译出版社，2002年。

柏拉图：《柏拉图文艺对话集》，朱光潜译，北京：人民文学出版社，1959年。

保罗·利科：《虚构叙事中时间的塑形：时间与叙事（卷二）》，王文融译，北京：生活·读书·新知三联书店，2003年。

北京师范大学中文系文艺理论教研室编：《文艺理论学习参考资料》，沈阳：春风文艺出版社，1982年。

贝尔纳：《历史上的科学》，伍况甫等译，北京：科学出版社，1959年。

布斯：《小说修辞学》，华明等译，北京：北京大学出版社，1987年。

陈永国：《互文性》，载《外国文学》，2003年第1期。

陈中梅：《柏拉图诗学和艺术思想研究》，北京：商务印书馆，1999年。

程锡麟、王晓路：《当代美国小说理论》，北京：外语教学与研究出版社，2001年。

戴卫·赫尔曼：《新叙事学》，马海良译，北京：北京大学出版社，2002年。

丹纳：《艺术哲学》，傅雷译，北京：人民文学出版社，1963年。

董小英：《叙述学》，北京：社会科学文献出版社，2001年。

E·A·华理士·布奇：《埃及亡灵书》，罗尘译，北京：京华出版社，2001年。

范明生：《晚期希腊哲学和基督教神学——东西方文化的汇合》，上海：上海人民出版社，1993年。

弗洛伊德：《摩西与一神教》，李展开译，北京：生活·读书·新知三联书店，1989年。

福克尔曼：《圣经叙述文体导读》，胡玉藩等译，香港：天道书楼有限公司，2003年。

福斯特："小说面面观"，方土人译，载《小说美学经典三种》，上海：上海文艺出版社，1990年。

格兰·奥斯邦：《基督教释经学手册》，刘良淑译，台北：校园书房出版社，1999年。

黑格尔：《美学》，第一卷，朱光潜译，北京：商务印书馆，1996年。

亨利·詹姆斯：《小说的艺术：亨利·詹姆斯文论选》，朱雯等译，上海：上海译文出版社，2001年。

华莱士·马丁：《当代叙事学》，伍晓明译，北京：北京大学出版社，1990年。

J·B·加百尔、C·B·威勒：《圣经中的犹太行迹——圣经文学概论》，梁工等译，上海：上海三联书店，1991年。

J·希利斯·米勒：《解读叙事》，申丹译，北京：北京大学出版社，2002年。

金元浦：《接受反应文论》，济南：山东教育出版社，1998年。

克莱恩·R·斯诺格拉斯："比喻"，载《证主圣经百科全书》，香港：福音证主协会，1995年。

里蒙-凯南：《叙事虚构作品》，姚锦清等译，北京：生活·读书·新知三联书店，1989年。

刘意青：《<圣经>的文学阐释：理论与实践》，北京：北京大学出版社，2004年。

卢伯克·福斯特·缪尔：《小说美学经典三种》，方土人等译，上海：上海文艺出版社，

1990年。

陆扬：《欧洲中世纪诗学》，上海：上海社会科学院出版社，1999年。

吕智敏主编：《文艺学新概念辞典》，北京：文化艺术出版社，1990年。

罗钢：《叙事学导论》，昆明：云南人民出版社，1994年。

M·H·艾布拉姆斯：《镜与灯：浪漫主义理论批评传统》，袁洪军等译，北京：中国社会科学出版社，1991年。

米克·巴尔：《叙述学：叙事理论导论》（第二版），谭君强译，北京：中国社会科学出版社，2003年。

尼采：《悲剧的诞生》，李长俊译，长沙：湖南人民出版社，1986年。

诺斯洛普·弗莱：《伟大的代码——圣经与文学》，郝振益等译，北京：北京大学出版社，1998。

欧内斯特·勒南：《耶稣的一生》，梁工译，北京：商务印书馆，1999年。

浦安迪：《中国叙事学》，北京：北京大学出版社，1996年。

乔纳森·卡勒：《结构主义诗学》，盛宁译，北京：中国社会科学出版社，1991年。

热尔马诺·帕塔罗："基督教的时间观"，载《文化与时间》，郑乐平译，杭州：浙江人民出版社，1989年。

热拉尔·热奈特：《叙事话语·新叙事话语》，王文融译，北京：中国社会科学出版社，1990年。

山本七平：《圣经常识》，天津编译中心译，北京：东方出版社，1992年。

申丹："叙事学"，载《外国文学》，2003年第3期。

申丹："叙述"，载《外国文学》，2003年第5期。

申丹：《叙述学与小说文体学研究》（第二版），北京：北京大学出版社，1998年。

叔本华：《作为意志和表象的世界》，石冲白译，北京：商务印书馆，1982年。

索绪尔：《普通语言学教程》，高名凯译，北京：商务印书馆，1999年。

谭君强：《叙事理论与审美文化》，北京：中国社会科学出版社，2002年。

童庆炳主编：《文学理论教程》，北京：高等教育出版社，1998年。

王秋荣编：《巴尔扎克论文学》，北京：中国社会科学出版社，1986年。

王泰来等编译：《叙事美学》，重庆：重庆出版社，1987年。

威利斯顿·沃尔克：《基督教会史》，孙善玲等译，北京：中国社会科学出版社，1991年。

维克多·雨果：《威廉·莎士比亚》，丁世忠译，北京：团结出版社，2001年。

伍蠡甫主编：《西方文论选》，上海：上海译文出版社，1979年。

希罗多德：《历史》，王以铸译，北京：商务印书馆，1962年。

谢·伊·拉齐克，：《古希腊戏剧史》，俞久洪等译，天津：南开大学出版社，1989年。

亚里士多德：《诗学》，罗念生译，北京：人民文学出版社，1982年。

杨克勤：《古修辞学：希罗文化与圣经诠释》，香港：汉语基督教文化研究所，道风书社，2002年。

叶舒宪：《圣经比喻》，桂林：广西师范大学出版社，2003年。

叶舒宪编选：《结构主义神话学》，西安：陕西师范大学出版社，1988年。

殷企平："重复"，载《外国文学》，2003年第2期。

殷企平："走出批评话语的困境——从'初始场景'说起"，载《外国文学评论》，1996年第2期。

尤瑟夫·库尔泰：《叙述与话语符号学》，怀宇译，天津：天津社会科学院出版社，2001年。

虞建华：《20部美国小说名著评析》，上海：上海外语教育出版社，1985年。

詹姆斯·费伦：《作为修辞的叙事：技巧、读者、伦理、意识形态》，陈永国译，北京：北京大学出版社，2002年。

张朝柯：《圣经与希伯来民间文学》，北京：东方出版社，2004年。

张隆溪："讽寓"，载《外国文学》，2003年第6期。

张寅德编选：《叙述学研究》，北京：中国社会科学出版社，1989年。

赵毅衡：《当说者被说的时候：比较叙述学导论》，北京：中国人民大学出版社，1998年。

周天和：《新约研究指南》，香港：香港中文大学崇基学院神学组教牧事工部，1998年。

朱维之：《圣经文学十二讲》，北京：人民文学出版社，1989年。

朱维之主编：《外国文学史·欧美卷》，天津：南开大学出版社，1994年。

# 圣经（新旧约全书）卷名缩略语表

**旧约全书**

| | |
|---|---|
| 创世记 | 创 |
| 出埃及记 | 出 |
| 利未记 | 利 |
| 民数记 | 民 |
| 申命记 | 申 |
| 约书亚记 | 书 |
| 士师记 | 士 |
| 路得记 | 得 |
| 撒母耳记上 | 撒上 |
| 撒母耳记下 | 撒下 |
| 列王纪上 | 王上 |
| 列王纪下 | 王下 |
| 历代志上 | 代上 |
| 历代志下 | 代下 |
| 以斯拉记 | 拉 |
| 尼希米记 | 尼 |
| 以斯帖记 | 斯 |
| 约伯记 | 伯 |
| 诗篇 | 诗 |
| 箴言 | 箴 |
| 传道书 | 传 |
| 雅歌 | 歌 |
| 以赛亚书 | 赛 |
| 耶利米书 | 耶 |
| 耶利米哀歌 | 哀 |

**新约全书**

| | |
|---|---|
| 马太福音 | 太 |
| 马可福音 | 可 |
| 路加福音 | 路 |
| 约翰福音 | 约 |
| 使徒行传 | 徒 |
| 罗马书 | 罗 |
| 哥林多前书 | 林前 |
| 哥林多后书 | 林后 |
| 加拉太书 | 加 |
| 以弗所书 | 弗 |
| 腓立比书 | 腓 |
| 歌罗西书 | 西 |
| 帖撒罗尼迦前书 | 帖前 |
| 帖撒罗尼迦后书 | 帖后 |
| 提摩太前书 | 提前 |
| 提摩太后书 | 提后 |
| 提多书 | 多 |
| 腓利门书 | 门 |
| 希伯来书 | 来 |
| 雅各书 | 雅 |
| 彼得前书 | 彼前 |
| 彼得后书 | 彼后 |
| 约翰一书 | 约一 |
| 约翰二书 | 约二 |
| 约翰三书 | 约三 |

| 以西结书 | 结 | | 犹大书 | 犹 |
| 但以理书 | 但 | | 启示录 | 启 |
| 何西阿书 | 何 | | | |
| 约珥书 | 珥 | | | |
| 阿摩司书 | 摩 | | | |
| 俄巴底亚书 | 俄 | | | |
| 约拿书 | 拿 | | | |
| 弥迦书 | 弥 | | | |
| 那鸿书 | 鸿 | | | |
| 哈巴谷书 | 哈 | | | |
| 西番雅书 | 番 | | | |
| 哈该书 | 该 | | | |
| 撒迦利亚书 | 亚 | | | |
| 玛拉基书 | 玛 | | | |

# 后 记

我最初接触圣经叙事艺术研究是在80年代中期，那时我正在南开大学师从朱维之教授攻读圣经文学，从金陵协和神学院图书馆复印到罗伯特·奥特（Robert Alter）的《圣经的叙事艺术》（*The Art of Biblical Narrative*, 1981），从中窥见圣经叙事艺术的斑斓世界，颇感兴奋不已。我精心阅读了那部书，将奥特的见解整理成两大本笔记，其间对圣经的叙事艺术产生浓厚兴趣。

1995年我在芝加哥路德神学院（Lutheran School of Theology at Chicago）做访问学者时，有幸结识该校的青年教授、《新约》叙事批评的拓荒者大卫·罗斯（David Rhoads），得其赠送他与多纳德·米琪（Donald Michie）合著的《作为故事的〈马可福音〉：福音书叙事导论》（*Mark as Story: An Introduction to the Narrative of a Gospel*, 1982），该书在圣经学术史上曾发生"一花引来万花开"的奇妙功效。随后我又在芝加哥大学东亚研究所得到著名比较文学学者、翻译家余国藩教授（Anthony C. Yu）的点拨，得其赠送罗伯特·奥特和弗兰克·克莫德（Frank Kermode）联合主编的巨著《圣经文学指南》（*The Literary Guide to the Bible*, 1987）。余教授精通圣经文学和西方圣经文学研究，连续多年给该校高年级研究生开设相关课程，他的精辟见解迄今依旧余音绕梁。在美国搜寻到一批圣经叙事批评的著述之后，2001年暑假我又在香港中文大学崇基学院图书馆搜集到更多资料，在此前后投入本课题的写作。几年来陆续将先行成稿的部分篇章在学术会议上宣读，在学术期刊上发表，最后汇成这本很不成熟的小书。

这本小书的写作得到多方人士的鼎力相助，此刻我对他们充满感恩之情。北京大学外国语学院英语系教授、全国高校外国文学教学研究会副会长、著名圣经文学专家刘意青先生不顾眼疾，于百忙中通读了拙作，为之欣然撰序，使之生色不少。北京大学外国语学院英语系教授、著名叙事学专家申丹先生对拙作提出精当的修订意见，使之有可能避免某些差错。香港中文大学崇基学院宗教系教授、著名圣经学者李炽昌先生审阅了部分书稿，给我不少勉励和指点。河南大学校长关爱和教授、文学院院长张生汉教授、研究生处处长张德宗教授历来全力支持我校的圣经文学研究，这次亦为本书的顺利面世提供了强有力的学术支撑和出版投入。香港中文大学的卢龙光教授、香港汉语基督教文化研究所的杨熙楠总监多年来对本专业方向的学术活动和研究生培养予以大量无偿援助。中国社会科学院世界宗教研究所的卓新平研究员、中国人民大学基督教文化研究所的杨慧林教授不断馈赠各种珍贵书刊。倘若离开他们的有力援助，这本书的竣稿和刊行是不可想象的。在此我谨向他们表示最衷心的感谢。

在此我还想特别提到妻子廉洁对我多年如一日的理解、支持和关心，惟愿这本小书能见证我们之间的真挚情谊。我也难忘妹妹梁中、姐姐梁明多年来对我的诚挚关爱，她们的天伦之情使我每每深感人生的幸福和世间的温馨。

由于学术积累的欠缺、参考资料的不足，以及本课题内在的复杂性和深度，这本书中的舛误和肤浅之处难免时有所见。诚祈海内方家不吝赐教，同时也由衷企盼与各位同道切磋交流，以求将这项研究不断推向深入。

梁 工<br>
2004年9月5日于开封

# 再版后记

拙著《经典叙事学视域中的圣经叙事文本》陆续写作于20与21世纪之交的若干年间。其主体部分运用经典叙事学理论剖析圣经中的叙事性作品,少量章节亦尝试透过后经典叙事学的理论视野审读那批叙事性著作,并借鉴文学社会学、历史学、修辞学等相关学科的思路和方法,对圣经叙事研究中的隐喻、重复等热点议题做出跨学科的考辨。该书于2006年7月由商务印书馆首版发行,前后得到了学界的关注和热议,获得河南省政府社科优秀成果一等奖、教育部人文社科研究优秀成果三等奖。在此,衷心感谢刘意青、申丹、陆扬、王志耕、刘建军、黄汉平、李公昭诸先生对笔者的精当指导和慷慨勉励!

这次再版大体保留了初版的原貌,仅对少量语词欠妥之处予以纠正。拙著得以进入"中外语言文学学术文库"系列丛书,与华东师范大学出版社编辑们的热心联络、认真编稿密不可分,值此书稿即将付梓之际,谨向他们,以及所有为本书作出过贡献的人士表达诚挚谢意。书中不当之处在所难免,诚邀海内外方家不吝赐教。

梁工

2017年10月12日

于开封晋开御景湾